Pablo Rouviot ist Psychologe, ein Mann der Sprache, der weiß, dass jedes Wort noch etwas anderes bedeuten kann, als es den Anschein hat. Als eines Tages die junge Paula Vanussi in seiner Praxis in Buenos Aires auftaucht und ihn um ein psychologisches Gutachten bittet, ahnt er zunächst nicht, in welche Machenschaften ihn dieser Auftrag verwickeln wird. Er soll bescheinigen, dass Paulas Bruder Javier, der seit frühester Kindheit an schweren Persönlichkeitsstörungen leidet, schuldunfähig ist. Ein Fall von besonderer Brisanz, denn angeblich hat Javier seinen eigenen Vater, einen einflussreichen Geschäftsmann, ermordet. Der Psychologe ahnt, dass sich hinter alldem ein dunkles Drama verbirgt, zu dessen Auflösung er sein ganzes psychoanalytisches Können aufbieten muss.

GABRIEL ROLÓN, geboren 1961 in Buenos Aires, studierte Psychologie und avancierte in kürzester Zeit zum bekanntesten Analytiker Argentiniens. Seine Bücher »Auf der Couch« und »Trauer, Panik, Leidenschaft«, Erzählungen über wahre Fälle aus der Praxis, waren in Argentinien Bestseller.

Gabriel Rolón

DER PSYCHO LOGE

Kriminalroman

Aus dem Spanischen
von Peter Kultzen

btb

Die argentinische Originalausgabe erschien 2010 unter dem Titel
»Los padacientes« bei Editorial Planeta, Buenos Aires.

MIX
Papier aus verantwor-
tungsvollen Quellen
FSC® C014496
FSC
www.fsc.org

Verlagsgruppe Random House FSC® N001967

2. Auflage
Deutsche Erstausgabe Januar 2017,
btb Verlag in der Verlagsgruppe Random House GmbH,
Neumarkter Str. 28, 81673 München
Copyright © 2010 by Gabriel Rolón
Umschlaggestaltung: semper smile, München
Covermotiv: © plainpicture/Glasshouse/Julio Calvo
Satz: Uhl + Massopust, Aalen
Druck und Einband: GGP Media GmbH, Pößneck
LW · Herstellung: sc
Printed in Germany
ISBN 978-3-442-74456-5

www.btb-verlag.de
www.facebook.com/btbverlag
Besuchen Sie unseren LiteraturBlog www.transatlantik.de

Für Vitu, wegen des Kaffees, zu dem wir nicht gekommen sind

Für Horacio Castillo: Geht, Meister, und berichtet
im Olymp von den Tragödien, die sich hier bei uns abspielen

»Die Hölle der Lebenden ist nicht etwas, was sein wird; gibt es eine, so ist es die, die schon da ist, die Hölle, in der wir tagtäglich wohnen, die wir durch unser Zusammensein bilden. Zwei Arten gibt es, nicht darunter zu leiden. Die eine fällt vielen recht leicht: die Hölle akzeptieren und so sehr Teil davon werden, dass man sie nicht mehr erkennt. Die andere ist gewagt und erfordert dauernde Vorsicht und Aufmerksamkeit: suchen und zu erkennen wissen, wer und was inmitten der Hölle nicht Hölle ist, und ihm Bestand und Raum geben.«

Aus dem Dialog Marco Polos mit Kublai Khan in:
Italo Calvino, *Die unsichtbaren Städte*

Inhalt

Erster Teil
Der Ruf

1

Nichts kommt dem Tod so nah wie das Schweigen, und er weiß das. Wenn die Worte keinen Platz mehr finden, tritt die Sinnlosigkeit an ihre Stelle, das, worüber sich nicht sprechen lässt, was sich in namenloser Dunkelheit verliert. Das Letzte, was dann noch vor dem Wahnsinn schützt, ist ein stummer, stechender Schmerz. Eben deshalb ist er so begeistert von seiner Arbeit, eben deshalb kann er niemals aufhören. Jeder neue Patient ist ein neues Labyrinth, jede neue Geschichte kündet von einer Angst, die zum Schweigen gebracht werden will. Und, so seltsam es klingt: Das Einzige, womit die Angst zum Schweigen gebracht werden kann, sind Worte.

Die Angst. Seine ständige Begleiterin. Schon immer hat er sich fast krankhaft von ihr angezogen gefühlt. Da geht es ihm wie den Insekten mit den blau schimmernden Heizspiralen der Elektrogrills, die man früher in Pizzerien sehen konnte: Scharenweise erlagen die Tierchen ihrer tödlichen Anziehungskraft. Die Angst, ein Thema, das ihn fasziniert, das ihn immer wieder in Bann schlägt.

Vielleicht ist er bloß deshalb Psychoanalytiker geworden, vielleicht war der Wunsch, anderen zu helfen, bei diesem Entschluss gar nicht das Entscheidende, vielleicht war die Angst, so unerträglich sie für die leidenden Patienten ist, für ihn einfach nur unwiderstehlich.

Sein Vater hatte eine schwierige Kindheit, wie man sie niemandem wünscht. Pablo weiß noch genau, wie es war, wenn er und sein Vater sich nachts darüber unterhielten. Verwundert hatte er ihn angesehen, während er fast liebevoll davon erzählte, was ihm damals alles vorenthalten worden war und welchen Bedrohungen er ausgesetzt war. Und doch wusste Pablo, dass die Schilderungen der angeblich so spannenden Nächte, die sein Vater auf offener Straße zugebracht hatte, und der strengen Regeln in der Erziehungsanstalt nur die durchlittene Angst überdeckten. Genau deshalb hatten diese Erzählungen eine solch hypnotisierende Wirkung auf ihn. Er sah seinen Vater als Kind vor sich, das sich nachts, zitternd vor Angst, wehrlos einem unverständlichen Schicksal ausgesetzt fühlt.

Pablo dürfte gerade einmal acht oder neun gewesen sein, als er sich zum ersten Mal die Frage stellte, ob jemals ein anderer Mensch den Schmerz wahrgenommen hatte, der die Erzählungen seines Vaters durchzog, was dieser selbst nicht zu bemerken schien. Oder er wollte nichts davon merken. Schließlich ist es gar nicht so einfach, zu akzeptieren, dass man uns alleingelassen hat. Auch die Einsamkeit kommt dem Tod sehr nahe, Pablo weiß das genau, denn er ist jetzt ebenfalls allein. Und dass er ausgerechnet heute an seinen Vater denkt, ist kein Zufall. Er vermisst ihn.

Genau vor einem Jahr hat er Alejandra zum letzten Mal gesehen, und der Schmerz sitzt immer noch tief. Sein Vater hätte in diesem Augenblick die richtigen Worte gefunden oder ihn wenigstens irgendwie aufgemuntert. Seit seinem Tod hat Pablo niemanden mehr, bei dem er ein wenig Ruhe finden kann, und heute weiß er kaum noch, wie er das aushalten soll. Wie lange lässt er sich jetzt schon von niemandem mehr in den Arm nehmen, wenn er sich schlecht fühlt, wann hat er zum letzten Mal geweint?

Der Vater mit seinem offenen und sicheren Blick brauchte

ihn bloß anzusehen, um zu wissen, wie es ihm ging, und dann zögerte er auch nicht, zu fragen, was los sei – da hatte er keine Hemmungen, schließlich war ihm klar, dass er ihn würde trösten können. Pablo erinnert sich noch an seine starken Arme und die liebevollen Worte, mit denen er seine Zuwendung begleitete. Er empfindet eine fast kindliche Sehnsucht nach ihm, die er sich kaum erklären kann, so schmerzhaft ist sie. So schmerzhaft wie die Sehnsucht nach ihr, nach Alejandra und ihrem unschuldigen Lächeln, nach Alejandra und ihrer wilden Lust, nach Alejandra und ihrer verfluchten Intelligenz.

Eines Tages, genau ein Jahr ist es jetzt her, packte Alejandra ihre Sachen, legte sich zu ihm ins Bett und gab sich ihm völlig verzweifelt hin. Am Ende lag sie schluchzend in seinen Armen. Und als Pablo aufwachte, war sie nicht mehr da.

Aber es war kein bloßes Versteckspiel – auf dem Tisch hinterließ sie einen Zettel mit einer Adresse und einer Telefonnummer. Als Pablo ihn gelesen hatte, begriff er, dass Alejandra in eine andere Stadt zog. Hatte er sie wirklich so sehr verletzt, dass sie beschlossen hatte, alles, was sie bis dahin aufgebaut hatte, aufzugeben – ihre Freunde, ihre Arbeit, ihre Familie –, nur um nicht mehr in seiner Nähe sein zu müssen?

Ja, genauso war es. So schwer es ihm fällt, sich das einzugestehen, aber sich selbst kann er nichts vormachen. Sie hatten sich gegenseitig schwer verletzt. Er durch seine gnadenlose Offenheit, die stets alles bis aufs Äußerste zuspitzen musste. Immer wieder hatte er sie bis ans Ende ihrer Kräfte getrieben und seine Macht über sie fast zynisch ausgespielt.

Alejandra wiederum hatte ihn bedingungslos, ja krankhaft geliebt und sich auf all die gefährlichen Spiele eingelassen, die er vorschlug.

In ihrer letzten gemeinsamen Nacht hatte Pablo lange ihre

Brüste und ihre Scham angesehen und sie überall gestreichelt und geküsst, als wollte er sich ihren Körper für immer einprägen. Und sie hatte es zugelassen, hatte ihn nach Lust und Laune mit ihr spielen lassen und es, so wie immer, genossen.

Denn es gefiel ihr, Pablos Kopf zu betrachten, wenn er sie zwischen den Beinen küsste, oder zu spüren, wie er sich in ihr bewegte, während er ihr fast wie ein Tier in den Hals biss. Am liebsten aber sah sie zu, wenn er stöhnend den Höhepunkt erreichte und sein Gesicht sich für ein paar Sekunden zu einer lustvollen und gleichzeitig schmerzlichen Grimasse verzog. Vielleicht, weil sie ihn nur dann so zu sehen bekam, wie er war, ohne Maske und Schutzpanzer oder andere Verkleidungen.

Wenn er sich ganz der schmerzhaften Lust überließ, war er endlich nicht mehr der brillante Intellektuelle und scharfsinnige Psychoanalytiker, der für alles eine Antwort hat und nie die Kontrolle über seine Gefühle verliert. Im Gegenteil, in solchen Augenblicken war er einfach nur Pablo, ein Mann, der sich verzweifelt der Lust hingab, die nur sie, Alejandra, ihm verschaffen konnte.

Dafür besaß nur er die Macht, ihr jede Selbstkontrolle zu nehmen und sie höchste Lust und schon im nächsten Augenblick furchtbare Angst empfinden zu lassen. Ja, vielleicht hatte sie tatsächlich bloß deshalb beschlossen, von Buenos Aires wegzugehen und in eine kleine Stadt zu ziehen, die mehr als tausend Kilometer von allem, was ihr bisheriges Leben ausgemacht hatte, entfernt war. Vielleicht hatte sie gehofft, Pablo und den Schmerz und die Erniedrigung, die er ihr zufügen konnte, auf diese Weise endgültig hinter sich zu lassen.

Andererseits hatte sie es gerade genossen, an seiner Seite nicht mehr die scharfsinnige und sensible Frau sein zu müssen, die sie sonst war, und sich ganz ihrer Lust und seinen Fantasien ausliefern zu können.

Weshalb sie sich am Ende ihrer letzten gemeinsamen Nacht auf Pablos Bett zusammengerollt und stumm geweint hatte, wohl wissend, dass die Zeit mit Pablo für immer vorbei war.

Dass sie ihn schrecklich vermissen würde, war ihr klar gewesen, genauso klar war jedoch, dass es so nicht weitergehen konnte. Sie hatten sich gegenseitig zu sehr verletzt. Alejandra hatte sich dem Spiel nicht entziehen können und dabei ihrerseits Pablo wehgetan. Ohne es zu wollen, im Gegenteil. Aber sie hatte ihre Unschuld und ihre Wahrheit dadurch verloren. Jetzt, viel zu spät, tat ihr das leid.

Als sie ging, hatte sie ihn nicht geweckt. Sie hatte sich leise angezogen und ihn bloß noch einmal kurz angesehen, bevor sie das Zimmer verließ. Draußen regnete es, wie schon am Abend davor, und in der Ferne leuchteten Blitze am Himmel über Buenos Aires. Drinnen lag ein nackter Mann – ihr Mann – verzweifelt schluchzend in seinem Bett.

Alejandra hatte den Schlüssel in einen Umschlag gesteckt und in Pablos Briefkasten geworfen, bevor sie in die feuchte Kälte getreten und für immer aus seinem Leben verschwunden war.

Ein Jahr ist das jetzt her.

Und nichts hat den Lauf der Dinge aufhalten können.

2

Pablo sieht auf die Uhr. Es ist schon neun, normalerweise verabschiedet er sich zu dieser späten Stunde von seinem letzten Patienten. Aber als er jetzt ins Wartezimmer blickt, sitzt da immer noch jemand, eine Frau. Er sieht sie an und lächelt höflich, bevor er sich wieder ins Sprechzimmer zurückzieht. Hinter ihm betritt Helena, seine Assistentin, den Raum.

»Wer ist das?«, fragt Pablo.

»Heute Morgen habe ich dir von der Kleinen erzählt. Du hast gesagt, ich soll ihr einen Termin geben.«

»Ja, aber warum um diese Uhrzeit?«

»Sie hat gesagt, es ist dringend.«

»Das kennst du doch«, erwidert Pablo, »es ist immer dringend.«

»Ich weiß, aber ich habe ihr angemerkt, dass es ihr wirklich schlecht geht. Sie hat mir leidgetan.«

»Und was ist mit mir? Tue ich dir etwa nicht leid? Ich bin erst am Morgen von einer Reise zurückgekehrt, und heute war ein sehr anstrengender Tag.« Er macht eine kaum wahrnehmbare Pause. »Ich bin direkt vom Flughafen hierhergekommen. Ich sehne mich bloß noch nach meinem Bett – ich muss schlafen! Oder glaubst du wie die anderen, dass ich nie irgendwelche Probleme habe und bei mir immer alles wie von selbst läuft?«

»Natürlich nicht. Wenn jemand dich kennt, dann ich. Manchmal sage ich mir sogar, du brauchst gar keine Assistentin, sondern einfach bloß einen Menschen, der dich lieb hat und sich um dich kümmert.«

Pablo muss lächeln.

»Hoppla – ich dachte, ich bin hier der Analytiker ...«

Schweigen.

»Und, was soll ich jetzt mit der Kleinen machen? Wenn du willst, sag ich ihr, dass ich mich im Datum getäuscht habe, und gebe ihr einen anderen Termin.«

»Nein, ist schon gut«, sagt Pablo nach einer kurzen Pause. »Lass sie reinkommen. Und du selbst kannst nach Hause gehen, es ist schon spät.«

»Kein Problem, ich kann warten, bis du fertig bist.«

»Nein, das ist nicht nötig. Außerdem weiß ich genau, wie das ist, wenn man nach Hause will«, sagt er und lächelt ironisch.

»Dafür muss man allerdings erst mal ein Zuhause haben, stimmt's?«, erwidert Helena und küsst ihn zum Abschied auf die Wange. »Und seit Alejandra nicht mehr da ist, würde ich sagen, dass du ...« Sie verstummt, schüttelt den Kopf und geht.

Er sieht ihr lächelnd hinterher. Wenn jemand sich ihm gegenüber solche Äußerungen herausnehmen darf, dann Helena. Denn Helena ist viel mehr als seine Assistentin. Sie sind schon seit der Sekundarschulzeit befreundet. Dass er eines Tages ein berühmter Psychoanalytiker werden würde, war zu der Zeit nicht vorauszusehen. Damals nannten ihn alle »Rubio«, »Blondschopf«, obwohl er kein bisschen blond war. Er hatte und hat immer noch dunkle Haare. Schuld an dem Spitznamen war sein ursprünglich französischer Nachname: Rouviot.

Pablo weiß noch, dass er mit fünfzehn total verknallt in Helena war, aber sie schien nichts Besonderes für ihn zu empfinden, weshalb er ihr nie etwas von seiner Liebe verriet. Als sie sich später wiedertrafen, waren sie beide fünfunddreißig. Pablo arbeitete damals bereits als Psychoanalytiker und hatte gleich mit seinem ersten Buch ziemliches Aufsehen unter den Kollegen erregt. Es war an einem kühlen Aprilabend. Pablo kam gerade aus einem Saal, wo er einen Vortrag gehalten hatte. Auf einmal hörte er, wie jemand ihn von hinten mit seinem fast vergessenen Spitznamen ansprach:

»Rubio …«

Überrascht blieb er stehen und drehte sich um. Er wusste nicht sofort, wen er vor sich hatte. Obwohl sie genau so jung war wie er, wirkte sie müde und erschöpft. Aber an den immerzu lächelnden Augen erkannte er seine alte Freundin dann doch.

»Sag jetzt bloß nicht, dass ich immer noch so aussehe wie früher – das nehme ich dir sowieso nicht ab«, verkündete Helena leise. Also verzichtete er auf diese Floskel. Sie sahen sich eine Weile stumm an, bis Helena sagte: »Tut mir leid, dass ich einfach so hier aufkreuze, Rubio, nach all den Jahren. Ehrlich gesagt, bin ich aber nicht wegen deines Vortrags gekommen.«

»Sondern?«

»Von Psychologie hab ich keine Ahnung.«

Pablo lächelte.

»Das heißt …?«

Helena biss sich auf die Unterlippe und senkte den Kopf. Offensichtlich fiel ihr die Antwort nicht leicht.

»Dir geht's gut, ich weiß, du hast Erfolg, und so … Ich habe eine Tochter, wusstest du das? Sie heißt Juliana, und … ich lebe mit ihr allein … Wie es halt so geht im Leben.« Sie räusperte sich, blickte auf und sah Pablo mit müden, traurigen Augen an. »Rubio, ich brauch einen Job.«

Pablo merkte sofort, ob es jemandem wirklich schlecht

ging, darauf war er schließlich trainiert. Und in diesem Fall war Helena diejenige, der es offensichtlich nicht gut ging. Während er sie jetzt betrachtete, stiegen zahllose Bilder von früher in ihm auf. Er trat zu ihr und strich ihr zärtlich über die Wange.

»Hast du Zeit? Wenn du willst, lade ich dich zum Abendessen ein.«

Helena nickte stumm.

Seit dem Abend war sie seine Assistentin. Was genau die richtige Entscheidung gewesen war. Inzwischen wüsste Pablo gar nicht, wie er ohne ihre Hilfe zurechtkommen sollte. Zwei Jahre später lernte Helena Fernando kennen, einen Geschäftsmann, mit dem sie eine Vortragsreihe aushandelte, die Pablo einen schönen Zusatzverdienst bescherte und Helena die Liebe ihres Lebens. Eigentlich hätte sie von da an nicht mehr zu arbeiten brauchen, aber in der Nähe ihres alten Freundes, der sie einst, ohne dass sie etwas ahnte, geliebt hatte, fühlte sie sich viel zu wohl, um aufzuhören. Das gemeinsame Matetrinken am Morgen, der tägliche Kampf mit dem Terminkalender, der oft genug nur mit irgendwelchen Ausreden und Notlügen zu bewältigen war, vor allem aber das Wissen um ihre langjährige Freundschaft taten ihr gut. Also beschloss sie weiterzumachen.

Als Pablo die Praxistür ins Schloss fallen hört, weiß er, dass Helena gegangen ist. Da fällt ihm ein, dass noch jemand im Wartezimmer sitzt. Eine junge Frau. Er fand sie hübsch, als er sie vorhin sah. Wie sie heißt, weiß er noch nicht.

3

Als sie ihm jetzt gegenübersitzt, sagt er sich, dass sie wirklich eine sehr attraktive Frau ist. Sie hat dunkles Haar, große grüne Augen, ungewöhnlich feine Gesichtszüge und eine sinnliche Stimme.

»Ich heiße Paula«, sagt sie, um sich vorzustellen, »vielen Dank, dass Sie mich um diese Uhrzeit noch empfangen.«

»Keine Ursache.«

Kurzes Schweigen.

»Entschuldigen Sie, ich weiß nicht recht, wie ich anfangen soll ...«

Pablo kennt diesen Satz und versucht, ihr zu helfen.

»Meine Assistentin Helena hat gesagt, dass es wohl ziemlich dringend ist. Warum erzählen Sie mir nicht einfach, worum es geht?«

Sie sieht ihn an und holt mehrmals tief Luft. Endlich scheint sie Mut gefasst zu haben, denn sie fängt an zu sprechen:

»Ich nehme an, Sie haben in den letzten Tagen die Zeitung gelesen.«

»Leider nicht«, sagt Pablo, als wollte er sich entschuldigen, »ich bin gerade erst von einer Reise zurückgekehrt, und da habe ich wohl einiges nicht mitbekommen. Ehrlich gesagt, lese ich aber sowieso nicht viel Zeitung.«

»Ich verstehe.«

»Und was hat das, was in der Zeitung steht, mit Ihnen zu tun?«

Paula zieht nervös den Reißverschluss ihrer Handtasche auf und fängt an, darin herumzuwühlen. Sie scheint das Gesuchte jedoch nicht zu finden. Ohne weitere Erklärungen macht sie die Handtasche wieder zu und sieht Pablo direkt in die Augen.

»Vor ein paar Tagen hat man den Leichnam meines Vaters gefunden auf dem freien Feld, neben einer Landstraße. An der Stelle ist normalerweise ein kleiner See, aber in den letzten Monaten ist er ausgetrocknet, und so kam die Leiche zum Vorschein.«

Schweigen.

»Er hieß Roberto Vanussi, und er war ein einflussreicher Geschäftsmann.«

Paula sieht ihn weiterhin unverwandt an.

»Ich verstehe.«

»Nein, ich glaube nicht, dass Sie mich verstehen. Sie denken bestimmt, ich bin zu Ihnen gekommen, weil ich Hilfe brauche, um mit der Sache fertigzuwerden.«

»Und stimmt das nicht?«

»Nein. Ich hoffe, ich enttäusche Sie nicht allzu sehr.«

»Keine Sorge, Sie haben mich nicht enttäuscht. In meinem Beruf ist es normal, dass die Dinge nicht so sind, wie sie aussehen. Aber warum sind Sie dann zu mir gekommen?«

»Ich wollte Sie um einen Gefallen bitten. Das heißt«, sie unterbricht sich und spricht gleich darauf weiter, »ich wollte Ihnen einen Auftrag anbieten.«

Pablo sieht sie verwirrt an.

»Ich verstehe nicht, was Sie meinen. Können Sie das bitte genauer erklären?«

»Ich wollte Sie bitten, dem Mörder meines Vaters zu helfen.«

Lange sagt niemand ein Wort. Pablo versucht, das Gehörte zu verarbeiten.

»Habe ich Sie richtig verstanden? Sie sagen, ich soll dem Menschen helfen, der Ihren Vater getötet hat?«

»Genau.«

»Und warum? Können Sie mir das sagen?«

Paulas Antwort verwirrt ihn noch mehr.

»Weil es mein Bruder ist.«

4

José Heredia erscheint in der Tür und sieht sich suchend um. Er ist einen Meter neunzig groß und wirkt mit seinem knielangen schwarzen Mantel und den spitzen Stiefeln ein wenig aus der Zeit gefallen. Was macht so jemand an einem ganz normalen Abend in einer Bar an der Avenida de Mayo in Buenos Aires? In einer Bodega in der Altstadt von Sevilla oder auf den Seiten eines Romans von Bram Stoker wäre er dagegen wohl kaum aufgefallen.

Schließlich fällt sein Blick auf einen Tisch am Fenster, und er setzt sich in Bewegung, geht einmal quer durch den Raum und lässt sich seinem Freund gegenüber auf einem Stuhl nieder. Er seufzt und tut, als wäre er noch ganz außer Atem.

»Was ist denn los? Auf einmal rufst du an und erklärst – oder vielmehr befiehlst –, ich soll sofort hierherkommen. Hätte das nicht bis morgen Zeit gehabt?« Man merkt ihm an, dass seine Worte nicht ganz so ernst gemeint sind, wie sie klingen. »Weißt du, womit ich gerade beschäftigt war? Dir ist das ja vielleicht egal, aber ich erzähl's trotzdem. Ich war mit meinem letzten Patienten fertig und hatte angefangen zu kochen. Wenn ich mal wieder einen ganzen Tag nur für die anderen da gewesen bin, ist das mein schönster Moment. Für mich gibt es nichts Besseres, um zu entspannen. Wenn ich koche, ist mir alles andere egal. Und da kommst du auf einmal mit deinen Geschichten daher«, sagt er theatralisch. »Ich hoffe, du hast gute Gründe für deine Aufdringlichkeit.«

Normalerweise würde Pablo jetzt lachen. Aber diesmal sieht er seinen Freund bloß schweigend an.

»Paula Vanussi – sagt dir der Name was?«, fragt er schließlich.

Der ironische Ausdruck auf Josés Gesicht verschwindet schlagartig.

»Natürlich sagt der mir was. Das ist eine meiner Patientinnen.«

»Da hast du mir ja was Schönes eingebrockt!«

An Pablos Tonfall merkt José, dass es um etwas Ernstes geht.

»Sie ist doch nicht etwa bei dir aufgekreuzt?«

»Allerdings. Sie ist in der Praxis erschienen, hat mich mit großen Kulleraugen angesehen und dann angefangen, irgendwelche Geschichten von einer Leiche und einem Vatermörder zu erzählen. Und als ich gefragt habe, wie sie ausgerechnet auf mich gekommen ist, hat sie erklärt, du hättest ihr meine Telefonnummer gegeben.« Schweigen. »Und, was hast du dazu zu sagen?«

José lächelt. »Hat sie dir erzählt, was alles passiert ist?«

»Nein, aber dir schon, nehme ich an. Deswegen habe ich dich ja angerufen. Also, leg los.«

»Du meinst, ich soll mein Berufsgeheimnis brechen?«

»Jetzt hab dich nicht so, wir sprechen schließlich nicht zum ersten Mal über einen Patienten. Außerdem hast *du* mir die Geschichte eingebrockt, vergiss das nicht.«

»Ganz so ist es auch wieder nicht.«

»›Nicht ganz‹ heißt, ein bisschen also doch …«

»Komm mir jetzt bloß nicht mit irgendwelchen Analytikerweisheiten, bitte!«

»Entschuldige, wir sind schließlich beide Analytiker, oder nicht?«

Da erscheint der Kellner, und José bestellt einen Kaffee. Pablo wartet schweigend auf weitere Erklärungen seines Freundes.

»Okay, aber hör auf, mich so anzusehen, so schlimm ist es auch wieder nicht.«

»…«

»Ich habe Paula vor ungefähr drei Jahren an der Universität kennengelernt, sie hat damals Psychopathologie bei mir studiert.«

»Aha, sie ist also Psychologin.«

»Noch nicht. Sie hat alle Kurse absolviert, aber einen Teil der Prüfungen schiebt sie immer noch vor sich her. Wenn sie das nicht bald hinter sich bringt, muss sie die entsprechenden Kurse nochmal belegen, was natürlich totaler Mist wäre. Genau daran arbeiten wir unter anderem in der Analyse.«

»Das interessiert mich nicht«, fällt Pablo ihm ins Wort.

»Du hast doch gesagt, ich soll dir alles erzählen.«

»Aber nicht diesen Teil – mir geht es um sie selbst, nicht um die Analyse. Was weißt du über den Tod ihres Vaters beziehungsweise über seine Ermordung?«

José gibt Zucker in seine Tasse, rührt um, schiebt sich dann den Löffel zwischen die Zähne. Anschließend legt er ihn auf der Untertasse ab und trinkt einen Schluck.

»Wie gesagt, sie hat bei mir studiert, und sie war eine sehr gute Studentin, fleißig und immer sehr interessiert, vor allem an der Funktionsweise psychischer Erkrankungen. Am aufmerksamsten war sie – fast schon ein bisschen übertrieben –, als wir im Unterricht über Psychosen und besondere psychiatrische Fälle gesprochen haben – schwere Geistesstörungen, neurologische Erkrankungen, Borderline-Syndrom und solche Sachen. Später habe ich begriffen, warum sie sich dermaßen dafür interessiert.« Pablo sieht ihn fragend an. »Ihr

Bruder Javier hat ernsthafte Probleme. Nach dem, was sie mir erzählt hat, liegt bei ihm eine Art Schizophrenie vor und dazu vielleicht noch eine Persönlichkeitsstörung.«

Pablo merkt, dass sein Ärger fast verflogen ist – so geht es ihm jedes Mal mit seinem Freund José. Anfangs hätte er ihm den Hals umdrehen können, aber je länger er ihm zuhört, desto mehr genießt er die Möglichkeit, jemanden wie ihn zu haben, mit dem er sich entspannt und offen unterhalten kann.

Sie haben sich an der Universität kennengelernt, und sie haben sich von Anfang an gut verstanden. Sie hatten viel Spaß zusammen und lernten auch oft gemeinsam. Die meisten Fächer belegten sie gleichzeitig, Pablo machte allerdings ein bisschen früher seinen Abschluss. Er ging das Studium einfach methodischer und zielbewusster an. Obwohl José gerne Witze macht und sich allen Leuten gegenüber nett und freundlich verhält, ist er ein eher introvertierter Typ, dessen Stimmung sich zu manchen Zeiten verdüstert. Dann zieht er sich von allem zurück. Pablo vermutet, dass irgendeine alte unbearbeitete Geschichte dahintersteckt, aber José hat nie darüber gesprochen und wird das wohl auch nie tun.

José bekam trotz allem als Erster von beiden eine Stelle an der Universität. Als es so weit war, gelang es ihm, Pablo mithilfe des Dekans seiner Fakultät eine Assistentenstelle zu verschaffen. Aber Pablo fühlte sich an der Universität nicht wohl, und nach Auseinandersetzungen mit der Fachbereichsleitung verzichtete er schon bald auf seinen Posten. Obwohl Josés Stellung an der Universität dadurch nicht unbedingt gestärkt wurde, unterstützte er Pablo auch danach und verteidigte ihn gegen seine Kritiker, selbst als sein Freund es sich durch die Veröffentlichung seiner ersten theoretischen Schriften für immer mit den akademischen Kreisen verscherzte. Trotz aller Unterschiede mögen und respektieren die beiden sich bis heute.

»Ungefähr in der Mitte des letzten Studienjahrs«, erzählt José weiter, »hat Paula auf einmal erklärt, sie wolle bei mir eine Analyse machen. Ich habe ihr gesagt, dass das nicht geht, dass sie bei mir studiert und dass das deshalb nicht korrekt wäre. Und ich habe ihr vorgeschlagen, bis zum Ende des Studiums zu warten, dann könnten wir meinetwegen ein paar Probesitzungen machen und sehen, ob ich sie als Patientin annehmen kann, falls sie dann noch Interesse an der Sache hat.

Sie hat sich jedenfalls noch im Dezember, als der Kurs gerade erst zu Ende war, gleich zum ersten Prüfungstermin angemeldet und dann auch auf Anhieb bestanden. Damit war ich natürlich automatisch meine Professorenrolle los …« Er lächelt. »Noch nie hatte sie so schnell eine Prüfung abgelegt.« Er trinkt den Rest Kaffee mit einem Schluck aus. »Bah, der ist ja schon kalt.«

»Und dann habt ihr mit der Analyse begonnen.«

»Nicht sofort. Ich hielt es für besser, die drei Monate Sommerferien abzuwarten, damit es ein bisschen in Vergessenheit gerät, dass wir bis dahin Lehrer und Schülerin gewesen waren. Sie war einverstanden, und im März hat sie sich wieder gemeldet.«

»Und dann?«

»Ich habe trotzdem lange gebraucht, um mich endgültig zu entscheiden. Ich habe mehr Probesitzungen mit ihr gemacht als mit meinen meisten anderen Patienten.«

»Warum?«

»Ich weiß nicht. Sie ist wirklich sehr intelligent, fast schon genial, könnte man sagen, und sie hat mir auch jede Menge

Material für die Analyse zur Verfügung gestellt. Aber trotzdem, irgendwas passte nicht recht zusammen. Nach mehreren Monaten hätte ich allerdings immer noch nicht sagen können, warum es nicht gehen sollte, und so haben wir dann tatsächlich mit der eigentlichen Analyse angefangen, auch wenn ich sie zunächst im Sitzen behandelte – sich auf die Couch legen ließ ich sie erst nach einer ziemlichen Weile.«

José verstummt für einen Augenblick.

»Ihre Familie ist sehr reich, das wirst du bereits selbst herausgefunden haben, und dass sie sehr hübsch ist, brauche ich wohl nicht extra zu sagen.«

»Ja, klar.«

»Trotzdem hat sie eine schreckliche Kindheit durchgemacht, die reinste Hölle. Ihr Vater war Geschäftsmann und hatte mit sehr einflussreichen Leuten zu tun … Wirklich hohe Tiere, verstehst du?«

»Ich weiß nicht.«

»Nach außen hin war sein Unternehmen eine Baufirma. Alles ganz legal. Es war sogar an der Börse notiert. In der Hinsicht schien also alles in Ordnung.«

»Aber?«

»Paula glaubt, das war bloß Fassade, und das Geld stammte in Wirklichkeit aus Geschäften, die mit Glücksspiel, Drogen und Prostitution zu tun hatten.«

»Hat sie irgendwelche Beweise dafür?«

José schüttelt den Kopf und winkt dem Kellner.

»Endgültig belegen kann sie es nicht, hat sie gesagt, aber trotzdem spricht wohl viel dafür.« Er bestellt noch einen Kaffee.

»Und was glaubst du?«

Sie sehen sich an, und Pablo merkt, dass José ihm nicht die

ganze Wahrheit verrät. Obwohl ihn das stört, kann er es verstehen – José schützt seine Patientin.

»Ich arbeite mit dem, was meine Patientin für die Wirklichkeit hält, ob es sich dabei auch um die wirkliche Wirklichkeit handelt, ist nicht entscheidend. Und wenn in ihrer Wirklichkeit ihr Vater ein Schwein war, muss ich sehen, was sie daraus macht, und was für Gefühle das in ihr hervorruft. Siehst du das nicht so?«

Pablo blickt ihn nachdenklich an.

»Theoretisch ja, aber wenn in der wirklichen Wirklichkeit ein Mord geschehen ist, ein Vatermord genauer gesagt, stellt sich mir schon die Frage, wie ernst gemeint die Behauptungen der Patientin sind. Denn vielleicht haben ja tatsächlich irgendwelche Leute, die in die angeblich schmutzigen Geschäfte ihres Vaters verwickelt waren, also irgendwelche hohen Tiere, damit zu tun.«

»Vergiss es.«

»Warum?«

»Weil der Typ von seinem Sohn ermordet worden ist. Ein armer Kerl, das hab ich dir ja gerade erzählt – ihm geht es wirklich total mies.«

»Und wieso bist du dir da so sicher?«

»Weil Paula es mir gesagt hat. Aber es sieht auch sonst ganz danach aus, und ich wüsste nicht, warum ich die Beweise infrage stellen sollte, mit deren Hilfe die Polizei und die Anwälte zu diesem Ergebnis gekommen sind.«

Pablo sieht ihn schweigend an. Offensichtlich überlegt er genau, was er als Nächstes sagen soll.

»Weißt du, warum Paula zu mir gekommen ist?«

»Sie hat gesagt, sie bewundert dich sehr. Deine Bücher haben sie schwer beeindruckt, und sie hat durch sie gelernt, einen anderen Blick auf die klinische Behandlung zu entwickeln. Sie weiß, dass wir befreundet sind, an der Universität ist das kein Geheimnis.« Er lächelt. »Ich bin schließlich dein letzter Unterstützer dort …«

»Ich weiß, aber jetzt geht es um Paula und nicht um meine Schwierigkeiten mit den Kollegen von der Universität.«

»Ja, stimmt. Sie wollte jedenfalls, dass jemand eine Einschätzung über den Geisteszustand ihres Bruders abgibt. So hat sie es wenigstens mir erklärt.«

»José«, sagt Pablo, »sie hat mich gebeten, bei dem Mordprozess gegen ihren Bruder als Gutachter aufzutreten. Anders gesagt – falls ich mich nicht klar genug ausgedrückt haben sollte: Sie möchte, dass ich vor dem Richter bezeuge, dass der junge Mann nicht wegen der Ermordung seines Vaters angeklagt werden kann. Ich soll dem Gericht erklären, warum jemand mit so gravierenden psychischen Störungen wie Javier – sie behauptet jedenfalls, die würden bei ihm vorliegen –, dass so jemand also nicht in der Lage ist, die Schwere seiner Tat zu begreifen, wie man so sagt, verstehst du? Ich soll nicht irgendwas zu dem Geisteszustand ihres Bruders erklären, sondern ich soll mich als Psychologe dafür einsetzen, dass er nicht wegen Mordes ins Gefängnis muss. Das ist weiß Gott nicht dasselbe, das wirst du wohl einsehen.«

Er verstummt, und in der lastenden Stille, die daraufhin eintritt, rutscht José unbehaglich auf seinem Stuhl hin und her. Irgendwann fängt er an, seine Serviette zu einem Papierschiffchen zu falten. Erst als er fertig ist, sieht er Pablo wieder an und sagt nach einem Seufzer:

»Ja, du hast recht, und ich will auch nicht, dass du dich zu irgendwas verpflichtet fühlst, nur weil ich mit von der Partie bin. Ich schwöre, ich wusste nicht, dass sie dir mit so was kommen würde. Ich hab gedacht, sie will bloß herausfinden, ob du etwas für den Gesundheitszustand ihres Bruders tun kannst.«

»José, du weißt, von Gerichtsmedizin habe ich so gut wie keine Ahnung. Und wenn ich es richtig sehe, hat Paula Vanussi genug Geld, um den besten Gerichtsmediziner der Welt zu beauftragen.«

»Ich weiß, aber zu dir hat sie offensichtlich sehr großes Vertrauen.«

Pablo nickt.

»Und, was wirst du machen?«, fragt José.

»Erinnerst du dich noch, als wir damals zusammen im Logik-Seminar saßen?«

»Ja.«

»Ein Thema fand ich wirklich faszinierend.«

»Ich weiß, die sogenannten Trugschlüsse.«

»Genau. All diese scheinbar völlig logischen und folgerichtigen Gedankengänge, die in Wirklichkeit trotzdem falsch sind.«

José sieht ihn fragend an.

»Und was hat das mit unserer Geschichte zu tun?«

»Ein Beispiel war die Sache mit der angeblich zuvor gestellten Frage, erinnerst du dich?« José nickt. »In dem Fall stellt man eine Frage und tut dabei so, als wäre eine andere Frage, die eigentlich die Voraussetzung der aktuellen Frage ist, schon beantwortet worden. Dabei ist diese Frage überhaupt nicht gestellt worden.«

Pablo kann an Josés Gesicht ablesen, wie sehr dieser sich bemüht, ihm zu folgen.

»Sagen wir, nur als Beispiel, ein Mann fragt seine Frau: ›Seit wann liebst du mich nicht mehr?‹ Damit tut er so, als wäre eine andere Frage bereits beantwortet worden, und zwar: ›Liebst du mich nicht mehr?‹ Diese Frage hat er aber nie gestellt.«

»Einverstanden – aber was hat das mit der Geschichte von Paula zu tun?«

»Du und Paula, ihr beiden fragt, ob ich bereit bin, zu beweisen, dass Javier Vanussi nicht wusste, was er tat, als er seinen Vater umbrachte.«

»Und?«

»Ihr habt mich aber nicht gefragt, ob ich überzeugt bin, dass er ihn tatsächlich umgebracht hat.«

Schweigen tritt ein, bis José irgendwann sagt:

»Na gut, dann frage ich dich jetzt: Glaubst du, dass Javier seinen Vater umgebracht hat?«

Pablo holt tief Luft und sagt:

»Ich weiß es nicht, José.«

5

Sie wacht auf, weil das Telefon klingelt. Im Dunkeln tastet sie nach der Uhr. Als sie daraufsieht, stellt sie fest, dass es zwei Uhr nachts ist. Erschrocken blickt sie neben sich – zum Glück liegt dort Fernando und schläft. Sie hat nicht mitbekommen, dass er nach Hause zurückgekehrt ist, aber er ist da. Sie seufzt erleichtert auf.

»Aber wer ruft dann um die Uhrzeit an?«, fragt sie sich.

Sie greift nach dem Hörer und sagt leise, um ihren Mann nicht zu wecken:

»Hallo?«

»Hallo, Helena, entschuldige, dass ich dich so spät störe, aber es ist dringend.«

Helena erkennt die Stimme sofort, obwohl sie noch gar nicht ganz wach ist.

»Rubio, bist du das?«

»Ja.«

»Was ist los?« Unruhig setzt sie sich im Bett auf. »Ist alles in Ordnung?«

»Ja, keine Sorge. Es ist nichts Schlimmes, es ist bloß sehr dringend.«

»Bist du sicher, dass alles in Ordnung ist?«

»Ja, ganz sicher.«

»Na gut, dann erzähl mal.«

Pablo lässt mehrere Sekunden verstreichen, bevor er weiterspricht. Er ist überzeugt, dass Helena nicht verstehen wird, weshalb er ausgerechnet jetzt mit dieser Frage kommt.

»Kennen wir jemanden von der Ferro-Klinik? Es müsste aber jemand von der Leitung sein oder etwas Vergleichbares.«

»Meinst du die psychiatrische Klinik in Belgrano?«

»Ja, genau.«

»Ist irgendwas mit einem von deinen Patienten? Du kannst es mir ruhig sagen.«

»Nein, nichts dergleichen. Ich will dich auch gar nicht weiter stören. Ich wollte bloß wissen, ob wir da irgendwen kennen, der was zu sagen hat.«

Helena überlegt.

»Natürlich gibt es da jemanden«, sagt sie schließlich.

»Wen denn?«

»Doktor Ferro, Rubén Ferro, den Leiter.«

Jetzt überlegt Pablo eine Weile, bevor er antwortet.

»Ich wusste gar nicht, dass wir mit dem was zu tun haben.«

»Kein Wunder, du hast dich ja nicht mal dazu herabgelassen, seine Anrufe entgegenzunehmen«, sagt Helena vorwurfsvoll. »Er hat mehrmals versucht, dich zu einem Vortrag einzuladen, für seine Angestellten. Er ist schon älter, ein sehr freundlicher Herr. Vor allem interessiert er sich aber sehr für deine Arbeit, und du hast ihn immer abblitzen lassen.«

»Und wie hat er das aufgenommen?«

»Na ja, sagen wir mal, er ist es nicht unbedingt gewohnt, dass man ihm etwas abschlägt. Andererseits ist er sehr diplomatisch, und in deinem Fall hat er so getan, als ob er es versteht. Und er hat jedes Mal wieder gesagt, er steht dir zur Verfügung, egal, worum es geht.«

Pablo denkt eine Weile nach und sagt dann seufzend:

»Na gut, jetzt brauche ich ihn wirklich mal.«

»Worum geht's denn? Kannst du mir das sagen?«

»Du musst ihn sofort anrufen, jetzt gleich«, sagt Pablo,

als hätte er Helenas Frage nicht gehört. »Ich brauche Zugang zu allen Informationen über einen seiner Patienten. Ach ja, außerdem muss ich unbedingt mit dem Arzt sprechen, der für den Fall zuständig ist.«

»Sonst nichts?«, fragt Helena ironisch. »Darf ich wenigstens erfahren, um wen es geht? Sonst könnte die Sache ziemlich kompliziert werden ...«

»Ja, natürlich. Der Patient heißt Javier Vanussi.«

Nach kurzer Überlegung sagt Helena:

»Vanussi? Aber ... Hieß so nicht der Typ, den sie neulich tot aufgefunden haben?«

»Ja.«

»Rubio, in was für einer Geschichte steckst du denn jetzt schon wieder?«

»Tja ... Du hast mir schließlich den Termin mit seiner Tochter eingebrockt.« Kurzes Schweigen. »Mit dieser Paula, die unbedingt zu mir wollte.«

Erneute Pause.

»Ich wusste nicht, dass sie seine Tochter ist.«

»Jetzt weißt du es jedenfalls. Und wenn die Sache kompliziert werden sollte, seid ihr beiden mit von der Partie, du und José.«

»José? Was hat der denn damit zu tun?«

»Das erklär ich dir ein andermal, dafür ist jetzt nicht der richtige Moment.«

»Gut, einverstanden. Und für wann soll ich den Termin in der Klinik ausmachen?«

»Gleich für heute Morgen, so früh wie möglich.«

Helena ist daran gewöhnt, dass Pablo es fast immer eilig hat, aber diesmal geht die Sache zu weit. Unwillkürlich sieht sie noch einmal auf die Uhr.

»Pablo, es ist jetzt Viertel nach zwei. Mit Glück erreiche

ich Ferro irgendwann zwischen zehn und elf, und ich glaube nicht, dass der Mann nichts anderes zu tun hat, als auf Anrufe von dir zu warten, auch wenn du dich für noch so wichtig hältst.«

»Ihn selbst brauche ich ja gar nicht zu treffen«, sagt Pablo, ohne auf Helenas letzte Worte einzugehen, »mir wäre es sogar lieber, das ließe sich vermeiden, sonst verlangt er noch im Gegenzug Dinge von mir, zu denen ich nicht die geringste Lust habe. Alles, was ich will, ist, dass er der für den Fall zuständigen Person sagt, dass sie mich empfangen soll.«

»Trotzdem heißt das«, erwidert Helena nachsichtig seufzend, »dass ich zuerst mit Ferro sprechen und ihm so freundlich wie möglich erklären muss, worum es geht. Und dann muss natürlich auch noch der zuständige Arzt gefunden werden. Das kann eine ziemliche Weile dauern, zwei, drei Stunden bestimmt. Es sei denn, du bildest dir ein, dass ich Ferro jetzt gleich, um diese Uhrzeit, aus dem Bett hole.« Schweigen. »Hallo?«

Am anderen Ende der Leitung muss Pablo lächeln.

»Das mag ich am liebsten an dir«, sagt er dann, »dass du immer so schnell begreifst, worum ich dich bitte.« Erneutes Schweigen. »Ich mach mir jetzt einen Kaffee. Und du gibst bitte Bescheid, sobald du alles geklärt hast.«

»Aber ...« Helena weiß, dass jeder Widerstand zwecklos ist.

»Beeil dich, bitte, umso schneller kannst du weiterschlafen.«

Pablo legt auf. Er weiß, dass Helena sich in diesem Augenblick fragt, warum sie immer noch für ihn arbeitet. Er weiß aber auch, dass sie, noch bevor sie sich die Frage beantwortet hat, Doktor Ferros Nummer wählt.

6

Neun Uhr am Morgen. Ein frischer, sonniger Tag. Beim Anblick der Klinik, die so, wie sich ihre Fassade präsentiert, genauso gut irgendwo in Paris stehen könnte, muss er an die
glorreiche Zeit denken, als Buenos Aires mit allen Mitteln
versuchte, sich den Anstrich einer europäischen Metropole
zu geben. Teilweise ist das der Stadt sogar gelungen. In manchen Vierteln könnte man jedenfalls glauben, sich an einem
der dynamischsten Orte der Welt zu befinden. Der Reich-
tum und die Eleganz, die man zu sehen bekommt, wenn man
etwa die Avenida Federico Lacroze in Richtung Avenida del
Libertador entlanggeht, sind durchaus beeindruckend. Dies
ist wirklich eine ganz besondere Gegend. Und hier befindet
sich auch die Ferro-Klinik.

Ihr Gründer und Eigentümer, Doktor Rubén Ferro, ist
heute ein älterer Mann. Seinen guten Ruf erwarb er sich aber
schon in jungen Jahren. Ferro begriff als einer der Ersten, dass
Geisteskrankheiten nicht nur ein großes Unglück sind, sondern für manche auch ein Riesengeschäft. Der Schlüssel zu
Ferros Erfolg waren die rapide fortschreitende Entwicklung
der Psychopharmaka und die Scham, die die meisten Familien empfinden, wenn einer der Ihren den Verstand verliert.

Um nichts weniger heuchlerisch als ein geschickter Auto-
verkäufer, der so tut, als würde er einem einen Freundschafts-
dienst erweisen, während es ihm in Wirklichkeit nur darum
geht, einem sein teuerstes Modell anzudrehen, redete Ferro
den Familien seiner »armen Irren«, wie er sich ausdrückte,

ein, dass ihre Lieben nirgendwo besser aufgehoben – um nicht zu sagen versteckt – wären als in seiner Klinik. Dass er seinen Kunden auf diese Weise ein ruhiges Gewissen verschaffte, ließ er sich gut bezahlen. Aber so funktioniert das eben.

Mit der Zeit änderte sich Ferros Einstellung jedoch. Vielleicht hatte er eines Tages einfach genug Geld angehäuft, vielleicht war er mit dem Alter reifer geworden, vielleicht lag es aber auch an dem fortwährenden und unmittelbaren Kontakt mit dem menschlichen Schmerz, irgendwann hatte er jedenfalls eine völlig andere Auffassung von seinem Beruf als noch zu Beginn seiner Karriere. Inzwischen tut er alles dafür, seinen Patienten, so gut es geht, die Rückkehr in ein gesundes Leben zu ermöglichen. Zu diesem Zweck achtet er sorgsam auf die Auswahl seiner Mitarbeiter, denen er außerdem alle denkbaren Fortbildungen zukommen lässt. Aus diesem Grund hat er auch mehr als einmal versucht, Pablo für ein Seminar an sein Haus zu holen, aber der hat das stets abgelehnt, obwohl er seinerseits mittlerweile große Hochachtung für Doktor Ferro empfindet.

Gerade einmal eine halbe Stunde nach ihrem Telefonat hat Helena Pablo zurückgerufen, um ihm mitzuteilen, dass ein gewisser Doktor Rasseri ihn – auf ausdrückliche Anordnung Ferros – gleich heute Morgen in der Klinik erwarte. Ferro selbst könne zu seinem Bedauern nicht an dem Treffen teilnehmen, habe sie, Helena, aber gebeten, ein Abendessen mit Pablo zu vereinbaren, damit die beiden sich endlich einmal in Ruhe austauschen könnten. »Alles hat seinen Preis«, hat Pablo sich daraufhin gesagt.

Und jetzt nähert er sich also der Klinik. Er steigt die fünf Marmorstufen zum Haupteingang empor und betritt das Gebäude. Die Empfangshalle ist schlicht, aber geschmackvoll gestaltet. Mehrere Barcelona-Sessel stehen – nur scheinbar zufällig – im Raum verteilt. Alles ist in warme Beleuchtung getaucht, zu der auch das durch einen feinen Gazevorhang vor einem großen Gartenfenster eindringende Tageslicht seinen Teil beiträgt.

Pablo sieht sich um und entdeckt einen Empfangstresen. Hinter einem kleinen Schild mit der Aufschrift »Information« steht eine junge Frau und lächelt ihn freundlich an. Trotzdem wirkt sie ein wenig nervös.

»Guten Tag, ich habe eine Verabredung mit Doktor Rasseri.«

»Ja, natürlich. Einen Augenblick, bitte.« Die junge Frau drückt auf einen Knopf. »Doktor Rasseri, Herr Rouviot ist da… Selbstverständlich… Nicht nötig, ich begleite ihn zu Ihrem Zimmer.«

Pablo lächelt sie an und hat den Eindruck, dass sie ein wenig errötet.

»Entschuldigen Sie, ich bin ein Fan von Ihnen, ich habe alle Ihre Bücher gelesen. Sie sind wirklich großartig, Ihre Herangehensweise ist sehr originell, und ich glaube, Ihre Ideen haben viele von uns stark beeinflusst, auch wenn manche behaupten, sie hätten nie etwas von Ihnen gelesen.«

Pablo bedankt sich höflich. Solche Äußerungen bekommt er immer wieder zu hören im privaten Gespräch. Öffentlich geben die meisten Leute nicht ohne Weiteres zu, dass sie seine Texte kennen, und dass sich jemand vor den anderen zu seinen Theorien bekennt, kommt noch seltener vor.

Er folgt der jungen Frau durch einen hell erleuchteten Gang zu einem Büro. Die Frau klopft an und wartet, bis von drinnen die Aufforderung kommt einzutreten.

Der geräumige Büroraum ist mit Parkett ausgelegt und weiß gestrichen. Er hat ein großes Fenster, das auf die Straße geht.

Es riecht angenehm nach Kaffee. Das Einzige, was den behaglichen Gesamteindruck stört, sind die unvermeidlichen gerahmten Diplome an einer der Wände, die Zeugnis von all den Abschlüssen und Auszeichnungen Doktor Rasseris ablegen.

Hinter einem Schreibtisch aus Eichenholz sitzt ein etwa sechzigjähriger Mann und lächelt ihn an. Er steht auf und hält ihm die Hand entgegen.

»Freut mich, Sie kennenzulernen, Herr Rouviot. Setzen Sie sich, bitte.«

»Vielen Dank.«

»Möchten Sie etwas trinken?«

»Einen Kaffee, bitte, stark und schwarz.«

Rasseri nickt und wendet sich an die junge Frau.

»Luciana, wenn Sie so freundlich sind …«

»Aber natürlich, Herr Doktor«, sagt sie und geht hinaus.

Pablo würde sich am liebsten nach ihr umdrehen, aber er hält sich im letzten Augenblick zurück. Rasseri entgeht es trotzdem nicht, und er lächelt amüsiert.

»Sie ist wirklich sehr hübsch, finden Sie nicht?« Pablo nickt. »Und sie bewundert Sie sehr. Als ich ihr gesagt habe, mit wem ich heute verabredet bin, ist sie ganz aufgeregt geworden. Sie hat gerade angefangen, Psychologie zu studieren, und sie scheint von Ihren Theorien sehr angetan zu sein.«

»Anders als Sie, nehme ich an.«

Rasseri lächelt.

»Dass Psychologen und Psychiater nicht in allem einer Meinung sind, dürfte nichts Neues für Sie sein. Aber ich muss gestehen, dass ein Großteil der Leute, die hier arbeiten, auf ausdrücklichen Wunsch Doktor Ferros Ihre Bücher gelesen haben, sogar ich.«

»So viel habe ich ja bislang gar nicht veröffentlicht, und so bedeutend sind die Sachen auch wieder nicht.«

»Kann sein. Aber für manche Ihrer Kollegen reicht das, um sich aufzuregen.«

»Was Sie wiederum zu amüsieren scheint.«

»Über die Psychologen kann ich mich nun einmal nicht oft genug wundern – dass eine Wissenschaft, wenn man die Psychologie so bezeichnen darf, sich in so viele Untergebiete aufspalten kann … Gestaltpsychologie, Systemische Psychologie, Gruppentherapie, Psychodrama – und dann natürlich noch die Psychoanalyse, sozusagen die Paradedisziplin, die den Rest immer so ein bisschen von oben herab betrachtet, uns Psychiater eingeschlossen.«

»Doktor Rasseri, ich dachte eigentlich, die Zeiten sind vorbei. Ich glaube, heutzutage sollten wir imstande sein, uns zu respektieren und zusammenzuarbeiten. Es stimmt allerdings«, fügt er hinzu und sieht Rasseri direkt in die Augen, »manche haben den alten Streit noch nicht überwunden.«

Er merkt, dass Rasseri von seinen Worten nicht gerade begeistert ist. Bestimmt hat Doktor Ferro ihn gezwungen, an diesem Tag in aller Herrgottsfrühe aufzustehen, um einen Psychologen zu empfangen, der schon zig Einladungen ausgeschlagen hat und wahrscheinlich ein ziemlich eingebildeter und selbstsüchtiger Typ ist. Auch er fühlt sich in dieser Situation nicht besonders wohl, aber er ist schließlich nicht zum Vergnügen hierhergekommen – was er braucht, sind Informationen. Außerdem war er noch nie bekannt dafür, besonders diplomatisch zu sein, und auch heute macht er in dieser Hinsicht keine Ausnahme.

»Doktor Rasseri, ich kann mir vorstellen, dass Sie den Tag liebend gern für andere Dinge nutzen würden, und ich verspreche Ihnen, dass ich nicht vorhabe, Sie mehr als unbedingt nötig zu belästigen. Ich bin Ihnen aufrichtig dankbar, dass Sie mir Ihre Zeit zur Verfügung stellen, mir ist klar, dass Sie auch so schon mehr als genug zu tun haben.«

Rasseri sieht ihn an.

»Sie sind jünger, als ich gedacht hatte.«

»Ich fasse das als Kompliment auf.«

»Tun Sie das. Ich weiß, wie schwierig es ist, sich einen Platz innerhalb eines bestimmten Umfelds zu schaffen. Aber erlauben Sie mir zu sagen, dass Sie sich täuschen, was meine Einschätzung Ihrer Person angeht: Als Doktor Ferro mich gebeten hat, Sie heute zu empfangen, habe ich mich gefreut, weil ich Sie immer schon einmal persönlich kennenlernen wollte.«

Wie recht Lacan doch hat, sagt sich Pablo, wenn er von der befriedenden Wirkung des Wortes spricht …

»Vielen Dank«, sagt er dann zu Doktor Rasseri, »und erlauben Sie mir, eins hinzuzufügen: Sie werden schon festgestellt haben, dass ich nicht zu den Leuten gehöre, die anderen um jeden Preis gefallen wollen.« Rasseri nickt. »Aber glauben Sie mir, ich habe großen Respekt vor der Arbeit, die Sie und Ihre Kollegen hier leisten. Die meisten Leute haben eine ziemlich romantische Vorstellung davon, was es heißt, verrückt zu sein. Ihrer Meinung nach gehört es bei Genies zum Beispiel einfach mit dazu, dass sie ein bisschen wirr im Kopf sind, und das finden sie großartig. Das liest man auch immer wieder in der Zeitung, was ich persönlich überhaupt nicht gut finde. Wir wissen schließlich, wie qualvoll psychische Erkrankungen sein können. Die großen geisteskranken Künstler waren und sind nicht wegen, sondern trotz ihres Wahnsinns große Künstler. Mir ist auf jeden Fall vollkommen klar, welche Leistung Sie und Doktor Ferro hier Tag für Tag vollbringen. Wirklich, ich gehöre nicht zu Ihren Gegnern, ich bin bloß jemand, der versucht, auf einem anderen Weg Antworten auf diese schmerzhaften Probleme zu finden. Die meisten meiner Patienten befinden sich natürlich längst nicht in einem dermaßen kritischen Zustand wie Ihre, aber auch sie leiden, und wie, das schwöre ich Ihnen.«

Pablo merkt, dass Doktor Rasseri ihn nicht mehr ganz so streng ansieht wie bisher. Ja, bei seinen Worten scheint er fast zu lächeln.

»Ich weiß nicht, ob ich Ihnen glauben soll – vielleicht machen Sie sich auch nur über mich lustig.«

»Das würde ich niemals tun, ganz bestimmt nicht. Ihre Zeit ist viel zu kostbar – und für meine gilt das auch –, um sie mit Zynismus zu vergeuden, finden Sie nicht?«

Rasseri nickt.

»Herr Rouviot …«

»Sagen Sie einfach Pablo.«

»Danke, Pablo.« Kurze Pause. »Und, was kann ich also für Sie tun?«

»Soweit ich weiß, sind Sie zuständig für die Behandlung von Javier Vanussi, richtig?«

»Ja.«

Es klopft an der Tür.

»Herein.«

»Darf ich?«, sagt Luciana entschuldigend und stellt eine Tasse Kaffee vor Pablo auf den Tisch. Er bedankt sich und sieht sie aufmerksam an. Sie ist wirklich sehr hübsch, auch wenn sie etwas angespannt wirkt. Bevor sie wieder aus dem Zimmer geht, wirft sie Pablo durch die Gläser ihrer randlosen Brille einen etwas schüchternen Blick zu. Als sie die Tür hinter sich geschlossen hat, ist es einen Moment still im Raum.

»Keine alltägliche Erscheinung …«, kommentiert Rasseri, der Pablos Gedanken erraten hat. »Ich habe eine ziemliche Weile gebraucht, bis ich mich daran gewöhnt habe, aber ich muss gestehen, ich bin auch heute noch immer wieder reichlich verwirrt von so viel Schönheit.«

»Kann ich mir vorstellen«, sagt Pablo, »aber lassen Sie uns jetzt bitte ein bisschen über Javier Vanussi sprechen.«

Rasseri seufzt und zieht einen Aktenordner aus einer Schublade. Offensichtlich hatte er ihn schon bereitgelegt.

»Ich schwöre Ihnen: Über Luciana zu sprechen ist wesentlich angenehmer.«

»Daran habe ich keinen Zweifel«, antwortet Pablo lächelnd.

»Darf ich Ihnen in jedem Fall zunächst eine Frage stellen?«

»Aber natürlich.«

»Wie kommt jemand wie Sie darauf, sich ausgerechnet mit diesem Fall zu beschäftigen?«

Pablo greift nach der Kaffeetasse. Ihm ist klar, dass Rasseris Frage auch als diskrete Warnung zu verstehen ist.

»Tja, das frage ich mich selbst. Javiers Schwester Paula hat mich um eine Einschätzung gebeten. Auch im Hinblick darauf, dass ich anschließend vielleicht ein Gutachten über ihn für den zuständigen Richter schreibe. Und darüber denke ich im Augenblick nach, bevor ich ihr eine endgültige Antwort gebe.«

Bei seinen Worten verzieht Rasseris Gesicht sich zu einem breiten Lächeln.

»Paula Vanussi, noch so eine wunderschöne junge Dame. Sie hatte schon als Mädchen ihren eigenen Kopf, abgesehen davon, dass sie wirklich äußerst attraktiv ist.« Schweigen. »Wenn ich Ihnen einen Rat geben darf: Seien Sie vorsichtig mit den Frauen, Pablo. Sie scheinen eine große Schwäche für die weibliche Schönheit zu haben. Und das könnte Ihnen eines Tages ziemliche Schwierigkeiten bereiten.«

Pablo nickt.

»Ihr Rat kommt zu spät, Doktor Rasseri. Schade, dass wir uns nicht ein paar Jahre früher begegnet sind ...«

Beide lachen, und die Stimmung hat sich entspannt.

»Aber Sie wollten mir etwas über Javier erzählen, oder?«

Rasseri sieht Pablo an. »Nicht nur erzählen.« Er steht auf, in einer Hand den Ordner. »Kommen Sie bitte mit, ich stelle Ihnen Javier persönlich vor, oder das, was von seiner Persönlichkeit übrig ist.«

7

Beim Betreten des Zimmers hat Pablo den Eindruck, sich auf einmal statt in einer psychiatrischen Klinik im NASA-Hauptquartier zu befinden. Eine Video- und eine Soundkonsole, vier Plasmabildschirme und ein großer Computer, alles unter aufmerksamer Beobachtung eines Technikers in einem weißen Kittel. Durch eine riesige Glaswand öffnet sich der Blick auf den Nachbarraum. Dieser macht einen freundlichen, mit sensibler Hand gestalteten Eindruck und verfügt über ein Fenster, durch das helles Tageslicht hereinfällt. Auf dem Bildschirm des eingeschalteten Fernsehers sieht man Homer Simpson, der in einer Bar an der Theke steht und Bier trinkt. Auf dem Nachttisch liegt eine Fernbedienung. Man könnte meinen, ein Zimmer in einem Fünfsternehotel vor sich zu haben, sähe man nicht gleichzeitig, dass der Hotelgast mit Gurten an sein Bett gefesselt ist und mit einem Arm an einem Tropf hängt, durch den er offensichtlich mit einem ganzen Cocktail aus Psychopharmaka versorgt wird, die dafür sorgen, dass er teilnahmslos vor sich hin dämmert.

Rasseri begrüßt den Mann in dem Kittel und stellt Pablo vor.

»Gibt's irgendetwas Neues?«

»Nein, Doktor Rasseri. In den letzten Stunden war alles ruhig. Ab und zu hat er versucht, die Arme zu bewegen, aber das war wohl eher ein Reflex. Die Gurte scheinen ihn jedenfalls schnell auf andere Gedanken gebracht zu haben.«

Rasseri sieht Pablo an.

»Wie ein Einwegspiegel funktioniert, werden Sie ja wohl wissen«, sagt er.

Pablo nickt. Während des Psychologiestudiums ließen die Professoren ihn und seine Kommilitonen manchmal mithilfe eines solchen Spiegels zu unsichtbaren Zeugen von Therapiesitzungen werden, oder aber sie mussten sich selbst, auf der anderen Seite des Spiegels, der Beobachtung aussetzen.

»Ich muss zugeben, ich bin überrascht«, sagt er mit Blick auf die sie umgebenden Apparate. »Dass man hier in Buenos Aires auf solch einem technologischen Niveau arbeitet, hätte ich nicht gedacht.«

»Schätzen Sie das nicht zu hoch ein – wir dürften landesweit die einzige Klinik sein, der so viel Technik zur Verfügung steht«, erwidert Doktor Rasseri und tritt an die Glaswand. »Einwegspiegel sind allerdings keine besonders moderne Erfindung.«

Das ist Pablo bekannt. Einwegspiegel für die therapeutische Arbeit einzusetzen war eine so einfache wie geniale Idee des amerikanischen Psychologen und Kinderarztes Arnold Gesell.

Gesell benutzte sie anfangs, um das Verhalten von Kindern beobachten zu können, ohne dass diese sich gestört fühlten. Später setzte er sie auch bei der Arbeit mit erwachsenen Patienten ein, jetzt allerdings nicht nur zu Beobachtungs-, sondern auch zu Überwachungszwecken.

Die Polizei machte sich diese Erfindung ebenfalls zunutze, wie sie auch von Geheimdienstleuten oder aber von Menschen mit voyeuristischen Neigungen immer wieder einmal angewandt wird.

»Aber alles, was Sie hier sonst noch sehen«, fährt Rasseri fort, »ist tatsächlich auf dem neuesten Stand. Doktor Ferro nimmt seine Aufgabe wirklich sehr ernst, manchmal fast ein bisschen zu ernst, würde ich sagen. Jedenfalls müssen wir deshalb manche Patienten rund um die Uhr beaufsichtigen, und dabei wird alles aufgenommen und gespeichert.«

Pablo nähert sich einem der Plasmabildschirme. Javier Vanussi ist darauf in Nahaufnahme zu sehen. Er ist sehr mager, und man merkt ihm deutlich an, dass er unter der Wirkung starker Medikamente steht. Pablo betrachtet ihn eine Zeit lang schweigend.

»Man könnte meinen, er ist noch ein Kind.«

»So ist es. Aber er ist schon vierundzwanzig. Allerdings kann man durchaus sagen, dass er nie erwachsen werden wird.«

»Wie lautet denn die Diagnose?«, möchte Pablo wissen.

Rasseri seufzt.

»Gute Frage … Wenn Sie kein Fachmann wären, würde ich Ihnen jetzt einfach in aller Kürze die Symptome beschreiben und ein paar Fachausdrücke dazu servieren, und Sie wären zufrieden. Aber ganz so ist es eben nicht, anders gesagt: Ich muss gestehen, ich weiß es selbst nicht genau.«

Pablo nickt. Rasseri gibt dem Mann in dem Kittel durch ein Zeichen zu verstehen, dass er hinausgehen soll. Als sie allein sind, spricht er weiter, seine Stimme klingt jetzt allerdings anders. Sie wirkt persönlicher, und es ist auch ein gewisser Schmerz herauszuhören.

»Ich kenne Javier seit mehr als zehn Jahren. Er hatte natürlich auch als Kind schon Probleme, ernsthafte Probleme, sonst hätte sein Vater ihn ja nicht hierherbringen lassen. Aber er war trotzdem ein Kind, und bei einem Kind gibt es immer noch Hoffnung.«

»Hat der Vater ihn bringen lassen, wie Sie sich gerade ausgedrückt haben, oder hat er ihn persönlich gebracht?«

Kurzes Schweigen.

»Für Psychoanalytiker scheint es wirklich nichts Wichtigeres zu geben als die Verwendung der Worte…« Er seufzt und spricht erst nach einer erneuten Pause weiter. »Pablo, Roberto Vanussi war kein gewöhnlicher Mensch. In all den Jahren habe ich ihn bloß zweimal zu Gesicht bekommen. Das eine Mal war in Doktor Ferros Büro, er unterhielt sich dort mit ihm über die Frage, ob wir seinen Sohn aufnehmen könnten. Ansonsten telefonierte er gelegentlich mit Doktor Ferro. Und die Honorare bezahlte er stets pünktlich. Mehr tat er jedoch nicht für seinen Sohn, soweit ich weiß.«

»Aber ich nehme an, dass Javier nicht allein hierhergekommen ist.«

»Nein, solange er bloß regelmäßig zur Behandlung erschien, begleitete ihn normalerweise Francisca.«

»Francisca?«

»Ja, die Haushälterin der Vanussis. Obwohl sie zu der Zeit auch die Mutter ersetzte, denn die wirkliche Mutter war kurz davor gestorben. Manchmal kam er auch mit Paula, der Vater aber ließ sich nie blicken. Sie wissen, dass in Fällen wie dem von Javier der Vater oder die Mutter oftmals praktisch nicht vorhanden sind.«

»Was war denn mit Javiers Mutter?«

Doktor Rasseri denkt einen Moment nach, und seine Augen bekommen einen ganz eigenen Glanz.

»Victoria Peña war eine äußerst ungewöhnliche Frau. Sie war wunderschön und betete ihre Kinder an. Zu ihrem Unglück war sie jedoch viel zu verliebt in ihren Mann, und das hatte großen Einfluss auf die Art, wie sie mit ihrer Mutterrolle umging.«

Pablo nickt stumm, ohne recht zu verstehen.

»Doktor Rasseri, wäre es möglich, dass ich für einen Augenblick in Javiers Zimmer gehe? Natürlich zusammen mit Ihnen.«

Rasseri sieht ihn an. Pablo spürt förmlich, wie es in ihm arbeitet – wahrscheinlich fragt er sich, warum Pablo diesen Wunsch geäußert hat, vor allem aber, was dessen Erfüllung für seinen Patienten bedeuten könnte. Schließlich sagt er:

»Einverstanden, kommen Sie mit. Sehr viel mehr als auf den Bildschirmen werden Sie dort allerdings kaum zu sehen bekommen.«

Als sie auf den Gang hinaustreten, steht dort der Mann in dem weißen Kittel und wartet. Rasseri bittet ihn, wieder hineinzugehen und weiterzumachen. Pablo kommt es auf einmal deutlich kühler vor. Ein leichter Schauer läuft ihm über den Rücken. Sie gehen zu der benachbarten Tür, an der ein Namensschild befestigt ist: Javier Vanussi. Darunter steht: Zutritt nur mit Genehmigung. Rasseri öffnet die Tür und lässt Pablo den Vortritt.

Pablo hat ein seltsames Gefühl. Er hat schon öfter Patienten in der Psychiatrie besucht, und doch ist es diesmal anders. In der Ferro-Klinik war er noch nie, vor allem aber ist Javier Vanussi nicht sein Patient. Er spürt, dass sein Herz schneller schlägt und dass ihn eine leise Nervosität befällt. Langsam tritt er ans Kopfende des Bettes. Was er dort zu sehen bekommt, ist erschreckend: Javier Vanussi blickt ihm direkt in die Augen, aber sein Blick ist vollkommen leer, Pablo hat den beängstigenden Eindruck, von einem Toten betrachtet zu werden.

8

Er braucht die Decke nicht anzuheben, um zu wissen, dass Javier nackt darunterliegt. Warum das so ist, wird er nie verstehen – für ihn ist ein Patient zuallererst eine Person mit ihrer eigenen Würde. Schon immer fand er es empörend, dass man die Wehrlosigkeit von Kranken ausnutzt, um sie zu manipulieren, und sie schamlos den Blicken Fremder aussetzt.

Er beugt sich über Javier und betrachtet sein Gesicht. Rasseri steht respektvoll schweigend auf der anderen Seite des Bettes. Pablo legt dem jungen Mann die Hand auf die Stirn. Sie ist kalt und zugleich verschwitzt.

»Doktor Rasseri, ich nehme an, dass er sich im Augenblick in diesem Zustand befindet, liegt an den Medikamenten, die man ihm gegeben hat, richtig?«

»Richtig.«

»Und wer hat das veranlasst?«

»Ich.«

Dies ist ein heikler Moment. Pablo ist klar, dass Rasseri sich bemüht, unter den gegebenen Umständen so freundlich wie möglich zu sein, und er ist ihm sehr dankbar dafür. Er will keinesfalls mit ihm streiten. Jeder Mensch ist äußerst empfindlich, wenn Kollegen seine Arbeit oder seine Entscheidungen infrage stellen. Trotzdem ist Pablo darauf angewiesen, möglichst viele Informationen aus ihm herauszubekommen, und er muss sehr behutsam vorgehen.

»Nehmen Sie es mir bitte nicht übel, Doktor Rasseri, aber Sie wissen ja, wir Psychologen haben von derartigen medikamentösen Therapien kaum eine Ahnung.« Er lächelt. »In dieser Hinsicht ist unser Wissen wirklich ziemlich begrenzt. Könnten Sie mir also erklären, warum Sie in diesem Fall so vorgehen?«

Rasseris Gesichtszüge verhärten sich.

»Herr Rouviot ...«

»Pablo.«

»Ja, natürlich.« Rasseri wirkt wieder etwas entspannter. »Also, Pablo, wissen Sie, was mit Borderline-Persönlichkeitsstörung gemeint ist?«

Pablo versucht, das während seines Psychologiestudiums wie auch später in verschiedenen Fortbildungen angesammelte psychiatrische Fachwissen wieder wachzurufen, sehr viel mehr als vage Erinnerungen steigen aber vorläufig nicht in ihm auf.

»Nicht genau. Sie wissen ja, unsere Terminologie unterscheidet sich ziemlich von der, die man in der Psychiatrie verwendet.« Rasseri nickt. »Trotzdem habe ich mich immer sehr dafür interessiert. Wie gesagt, meiner Meinung nach sollten Psychologen und Psychiater zum Wohl der Patienten zusammenarbeiten, denn um die Patienten geht es schließlich vor allem. Und eins der größten Hindernisse bei dieser Zusammenarbeit scheint mir der unterschiedliche Sprachgebrauch zu sein. Dadurch ist es uns fast unmöglich, Zustimmung oder Kritik zu formulieren. Und auch voneinander zu lernen ist auf diese Weise sehr schwierig.« Pause. »Ich weiß jedenfalls, dass das von Ihnen genannte Krankheitsbild damit zu tun hat, wie ein Patient sich selbst sieht und wie sich seine Beziehungen zu den anderen gestalten. Ich glaube mich außerdem zu erinnern, dass es dabei zu aggressivem Verhalten, auch sich selbst gegenüber, kommen kann. Wahrnehmungsstörungen und Halluzinationen gehören ebenfalls dazu. Bitte korrigieren Sie mich, falls ich etwas Falsches gesagt haben sollte. Davon abgesehen wäre ich froh, wenn Sie mir erklären könnten, welche dieser Symptome bei Javier auftreten.« Er sieht Rasseri ernst an. »Davor möchte ich aber betonen, dass ich keinen Zweifel daran habe, dass Ihr ärztliches Vorgehen in diesem Fall wohlbegründet ist. Mir geht es wirklich nur darum, Genaueres darüber zu erfahren, keinesfalls will ich Ihre Entscheidungen in irgendeiner Weise infrage stellen.«

Rasseri antwortet nach kurzem Zögern:

»Javier war schon immer eine sehr instabile Persönlichkeit und hatte große Schwierigkeiten, Beziehungen zu anderen Menschen aufzubauen. Gleichzeitig hatte er panische Angst davor, dass man ihn allein lassen könnte. Sein Verhältnis zu Mitmenschen ist also sehr intensiv und dabei starken Schwankungen unterworfen. Wie Sie sich werden vorstellen können, ist es ziemlich schwierig, mit jemandem zurechtzukommen, der ständig zwischen Hass und Bewunderung hin- und herpendelt. Dass solch ein Mensch außerdem immer wieder manische und schwer depressive Phasen durchlebt, macht es für die anderen erst recht kompliziert.«

Pablo hört aufmerksam zu und versucht, die Worte Rasseris – der sich offensichtlich und durchaus erfolgreich bemüht, sich möglichst klar auszudrücken – in seine eigene, psychoanalytische Terminologie zu übersetzen.

Allmählich bekommt er so eine Vorstellung davon, welche Probleme offenbar bei Javier vorliegen. Manche seiner Psychologenkollegen, wenn auch nicht die Psychoanalytiker, würden in Javiers Fall wohl von einer »narzisstischen Persönlichkeitsstörung« beziehungsweise einer »Als-ob-Persönlichkeit« sprechen. Bei Menschen mit dieser Diagnose bezieht sich der ständige Wechsel zwischen Hass und Liebe jedoch nicht nur auf die anderen, sondern richtet sich ebenfalls gegen sich selbst, sodass sie sich im einen Augenblick für vollkommen halten und im nächsten von ihrer völligen Unfähigkeit überzeugt sind.

»Javier reagiert auch häufig mit Zornausbrüchen«, fährt Rasseri fort, »abgesehen davon, dass er oft unter großer innerer Unruhe leidet. Beim geringsten Anlass ergreift ihn eine Nervosität, die schnell in Angstzustände oder Aggressivität umschlagen kann. Manchmal versucht er sich durch zwanghaftes Masturbieren davon zu befreien, oder aber es kommt zu heftigen Wutanfällen oder gegen sich selbst gerichteten Gewaltattacken.«

Er verstummt, und Pablo hat den Eindruck, dass sich die Art, wie Rasseri Javier ansieht, auf einmal verändert. Er nähert sich Javier und streicht ihm zu Pablos Überraschung liebevoll übers Haar. Es kommt selten vor, dass ein behandelnder Arzt sich so verhält, erst recht vor den Augen Dritter, schließlich ist es wichtig, sich während einer professionellen Behandlung nicht von Emotionen leiten zu lassen, da dies aufseiten des Behandlers selbst zu Verunsicherung führen kann, und ein verunsicherter Behandler wird schnell unfähig, seinem Patienten zu helfen.

Rasseri ist offensichtlich bewegt, und angesichts dessen schweigt Pablo rücksichtsvoll. Schweigen ist ohnehin ein Teil seiner oftmals angewandten Strategie, sich in den Schmerz der anderen einzufühlen, auf diese Weise versucht Pablo, ihnen zu helfen, ihre Emotionen zuzulassen. Nach einer Weile gewinnt er den Eindruck, dass er tatsächlich die Situation kontrolliert. Er spürt den Kummer, der Rasseri bedrückt, er kann ihn geradezu mit Händen greifen. Und einmal mehr erlebt er die Faszination, die der Schmerz der anderen auf ihn ausübt, und ergreift daraufhin die Initiative:

»Sie haben Javier sehr gern, oder?« Fast hätte Pablo statt

Javier »den Patienten« gesagt. Aber, daran gewöhnt, auch in Grenzsituationen einen klaren Kopf zu bewahren, hat er sich im letzten Augenblick bewusst gemacht, dass er dadurch den Psychiater in Rasseri ansprechen würde. Doch Pablo möchte, dass der Arzt in diesem Augenblick dem Menschen Rasseri Platz macht und zulässt, dass dieser seinen Gefühlen Ausdruck verleiht.

»Ja.« Kurzes Schweigen. »Ihnen erscheint das vielleicht seltsam, aber auch wir Ärzte haben schließlich ein Herz.«

»Und eine eigene Geschichte, nehme ich an.« Rasseri blickt ihn ernst an. »Doktor Rasseri, ich habe auch Patienten, mit denen ich schon seit Jahren zusammenarbeite, genau wie Sie und Javier. Und ich weiß, dass sich dabei im Lauf der Zeit die verschiedensten Gefühle entwickeln, auch wenn wir es nicht zugeben wollen. Zuneigung, Antipathie, Überdruss … ja manchmal sogar Liebe. Wie Sie ganz richtig gesagt haben: Auch wir haben ein Herz. Und glauben Sie bloß nicht, dass ich das schlecht finde, im Gegenteil, das macht genau den Unterschied zwischen einem bloßen Spezialisten und einem Arzt aus, der anderen wirklich helfen kann. Solange wir uns deshalb nicht zu unprofessionellen Entscheidungen hinreißen lassen, haben wir alles Recht der Welt, Menschen zu sein und menschliche Gefühle zu zeigen.« Rasseri nickt. »Also, keine Sorge. Andererseits glaube ich nicht, dass Javier in seinem Zustand von Ihrer Zuneigung etwas mitbekommt.«

Rasseri sieht ihm fest in die Augen.

»Meinen Sie? Da bin ich mir nicht so sicher. Dass die Gehirnfunktionen während eines künstlichen Komas ausgeschaltet sind und der Patient folglich nichts davon wahrnehmen kann, was um ihn herum passiert, ist mir bekannt. Trotzdem habe ich immer wieder das Gefühl gehabt, dass die innere Flamme, durch die wir mehr sind als bloße biologische Organismen, auf irgendeine Weise weiterbrennt. Deshalb habe ich viele Patienten, die in diesen Zustand versetzt worden waren, anschließend gefragt, ob sie irgendwelche Erinnerungen daran hatten.« Er lächelt.

»Und, was haben sie gesagt?«

»Dass sie sich an nichts erinnern können … Deshalb frage ich mich ja selbst, warum ich diesen Gedanken trotzdem nicht aufgebe. Vielleicht *wünsche* ich mir ja auch nur, dass es da noch irgendetwas anderes gibt.«

Pablo wendet nachdenklich den Blick ab. Wäre Rasseri sein Patient, würde er ihm seine Angst und seinen Kummer vorläufig nicht nehmen und ihm dafür die Frage stellen, woher dieser Wunsch wohl kommt, ob er sich vielleicht nicht nur auf Javiers gegenwärtigen Zustand bezieht, sondern zugleich auf das größte Geheimnis, dem alle Menschen sich stellen müssen: auf den Tod. Aber Rasseri ist nicht sein Patient, und Pablo ist aus einem anderen Grund hier. Darum versucht er jetzt nur, ihn durch eine kurze Bemerkung wieder aufzumuntern.

»Wer weiß, Doktor Rasseri, auch wenn das Unbewusste auf keiner Röntgenaufnahme zu sehen ist, existiert es schließlich, und das bedeutet, dass wir sehr wohl Dinge wahrnehmen und spüren können, auch wenn wir uns später nicht daran erinnern.« Kurze Pause. »Aber lassen Sie uns weiter über den Fall sprechen, der uns beschäftigt.« Jetzt muss er Rasseri unbedingt dazu bringen, sich nicht mehr durch seine Gefühle für Javier beeinflussen zu lassen. Javier muss für ihn jetzt wieder zu einem bloßen Patienten werden, einem seiner Fälle. »Warum haben Sie beschlossen, ihn mit Medikamenten in diesen Zustand zu versetzen?«

Rasseri sieht ihn an, und Pablo merkt, dass er dabei ist, sich von seiner Gefühlsregung zu lösen.

»Nachdem wir einige Zeit mit Javier gearbeitet hatten, ging es ihm besser. Er wirkte ruhig, kam alle vierzehn Tage zur Kontrolluntersuchung, und sein Zustand war stabil. Als dann aber plötzlich die Leiche seines Vaters gefunden wurde, brach das alles zusammen. Zunächst haben wir versucht, ihn mit leichteren Mitteln wieder ins Gleichgewicht zu bringen, aber das hat nicht funktioniert. Eines Morgens rief dann Paula an und teilte mir mit, ihr Bruder habe einen Selbstmordversuch unternommen.«

»Wie lief das ab?«

»Sie war nach Hause gekommen und in sein Zimmer gegangen, und als sie ihn dort nicht antraf, hat sie im ganzen Haus nach ihm gesucht. Sie fand ihn schließlich in der Küche, er lag dort in einer großen Blutlache auf dem Boden. Er hatte sich mit einem Messer die Adern aufgeschnitten.«

»Und war da noch etwas?«

»Ja, er war völlig nackt und voller Striemen.«

»Voller Striemen?«

»Genau. Bis er vom Blutverlust ohnmächtig wurde, hatte er sich mit dem Gürtel seines Vaters ausgepeitscht.«

9

»Hallo.«

»Hallo, Rubio, da bist du ja endlich.«

»Ist etwas?«

Helena bemüht sich nicht, ihren Ärger zu verbergen.

»Nein, abgesehen davon, dass du nicht nur nicht in der Praxis erschienen bist – du hast dir nicht mal die Mühe gemacht, Bescheid zu geben.«

»Du wusstest doch, dass ich einen Termin in der Ferro-Klinik habe, du hast ihn selbst für mich ausgemacht.«

»Ja, aber du hättest mir trotzdem sagen können, wie lange es dauert. Um Viertel nach zehn kam eine Frau zu ihrem Termin, und sie ist ziemlich sauer wieder abgezogen. Und hier vor mir steht Andrea, die ist für heute um elf angemeldet. Sag jetzt bloß nicht, du kommst frühestens in einer Stunde.«

»Nein, nein.« Pablo denkt einen Augenblick nach. »Gibst du sie mir mal, bitte?«

Helena tut, was er sagt, und erklärt Andrea mit dem freundlichsten Lächeln, das sie in diesem Moment zustande bringt, dass Herr Rouviot mit ihr sprechen möchte. Andrea greift verwundert nach dem Hörer und sagt Hallo. Helena, die sie beobachtet, stellt fest, dass Andreas Gesichtszüge sich schon nach wenigen Sekunden entspannen. Schließlich lächelt sie sogar.

»Keine Sorge, Pablo. Selbstverständlich verstehe ich das ... Alles in Ordnung, ja, natürlich ... Bis dann, ich warte auf Ihren Anruf. Ciao.« Sie gibt Helena den Hörer zurück. »Herr Rouviot möchte noch einmal mit Ihnen sprechen.« Sie greift nach ihrer Handtasche. »Ich finde allein raus, kein Problem«, sagt sie und deutet auf das Telefon. »Lassen Sie ihn nicht warten.«

Helena wartet, bis sich die Praxistür hinter ihr geschlossen hat, dann sagt sie in den Hörer:

»Kannst du mir mal was erklären?«

»Was denn?«

»Wieso behandeln deine Patienten mich wie den letzten Dreck, wenn ich ihnen sagen muss, dass ein Termin mit dir leider ausfällt, und warum sind sie entzückt, wenn du ihnen das Gleiche mitteilst?«

Pablo lacht.

»Vielleicht stelle ich mich einfach geschickter an.«

»Das wird's sein.« Schweigen. »Und noch eins: Darf ich fragen, wann du heute kommst?«

»Also …, wahrscheinlich komme ich heute gar nicht.«

»Wie bitte? Bist du verrückt geworden? In deinem Kalender stehen für heute noch zehn Termine.«

»Ich weiß. Die musst du leider alle absagen und den Leuten Ersatztermine anbieten. Aber das schaffst du bestimmt so locker und freundlich wie immer, stimmt's?«

»Was bleibt mir anderes übrig, du bist hier der Chef.«

Pablos Stimme wird auf einmal sanft.

»Helena, du weißt, dass ich niemals einen Termin absage, wenn nicht etwas wirklich Wichtiges dazwischenkommt.« Kurze Pause. »Bitte, tu mir den Gefallen. Später erklär ich dir alles.«

»Ach, Rubio, du kriegst mich wirklich jedes Mal rum. Ich frag mich, wieso ich nicht schon längst mit dir ins Bett gestiegen bin. Offenbar bin ich dir nicht hübsch genug«, sagt sie scherzend, ohne zu ahnen, wie sehr ihr Freund Pablo sich vor vielen Jahren genau das gewünscht hatte.

»Bring mich bloß nicht auf falsche Gedanken. Ich brauche dir wohl nicht zu sagen, wie gut du aussiehst.«

»Danke.«

»Allerdings rufe ich eigentlich gar nicht wegen der Termine von heute an.«

»Sondern?«

Im Hintergrund hört Helena auf einmal Geräusche.

»Wo bist du eigentlich?«

»In einem Café, ich bin verabredet.«

»Mit wem?«

»Ich hab doch gesagt, später erklär ich dir alles.«

»Na gut, ich sehe schon, im Augenblick willst du nicht darüber sprechen. Aber dann sag mir wenigstens, warum du überhaupt anrufst.«

Nach kurzem Zögern antwortet Pablo:

»Ich muss Fernando etwas fragen.«

Schweigen.

»Fernando? Meinen Mann?«

»Ja.«

Helena weiß nicht, was sie sagen soll, Pablos Worte haben sie überrascht.

»Ich wollte ihn um etwas bitten.«

»Also, Pablo …«

»Keine Sorge, ich will ihn nur etwas fragen, das ist alles, versprochen.«

Nach kurzem Überlegen sagt Helena:

»Rubio, du weißt, dass ich dir das Leben verdanke.«

»Stimmt doch gar nicht.«

»Doch.« Pause. »Als ich dich damals nach dem Vortrag angesprochen habe, war ich am Ende, ich hatte keinen Job, war mit meiner Tochter allein und stand kurz vor einer Riesendepression. Du hast mir geholfen, nochmal ganz von vorne anzufangen.« Schweigen. »Bitte, Pablo … Mach das alles jetzt nicht kaputt, in Ordnung? Ich weiß nicht, ob ich das überstehen würde.«

»Keine Sorge, Helena. Ich würde niemals etwas machen, was dir schadet.« Du hast ja keine Ahnung, wie gern ich dich habe, fährt er in Gedanken fort.

»Also gut, ich schick dir eine SMS mit seiner Handynummer, und um die Patienten kümmere ich mich, keine Sorge.«

»Vielen Dank, meine Liebe, Ciao.«

»Warte, eins noch.«

Pablo lächelt.

»Immer mit der Ruhe, ich hab doch gesagt, dass ich deinem Mann keine Probleme verursachen werde.«

»Nein, es geht nicht um Fernando, es geht um dich.« Schweigen. »Pass auf dich auf, Rubio. Ich kenne dich, mute dir bloß nicht zu viel zu, so ein harter Typ bist du nicht, aber für mich bist du sehr wichtig. Bitte …«

Pablo sagt kein Wort. Er ist sehr bewegt. Er weiß, wie sehr Helena ihn mag, eben deshalb haben ihn ihre Worte so berührt. Trotzdem hat er sich schnell wieder gefasst, das ist einer seiner klassischen Verteidigungsmechanismen. Vielleicht ist das eigentlich gar nicht gut, aber er weiß nicht, wie er sonst reagieren soll.

»Danke. Und keine Sorge, wirklich, ich pass schon auf mich auf.«

»Das hoffe ich.«

Pablo beendet das Gespräch und trinkt einen Schluck Kaffee. Da erscheint die Person, mit der er verabredet ist, am Eingang des Cafés. Für einen kurzen Moment schließt er die Augen und sagt sich, dass er vielleicht doch auf Helenas Ratschläge hören sollte.

10

Er hört ihr Keuchen wie aus weiter Ferne. Durch die halb ge-
öffneten Lider betrachtet er sie. Im Halbdunkel des Zimmers
ist Luciana noch schöner. Sie sitzt nackt auf ihm und bewegt
sich sanft auf und ab. Pablo hält sie sachte an den Hüften. Sie
stöhnt. Dann beugt sie sich vor und flüstert ihm einen Befehl
ins Ohr:

»Sieh mich an.«

Er gehorcht. Aus der Nähe wirken ihre grauen Augen noch
grauer. Ihr langes blondes Haar streift seinen Körper. Pablo
legt ihr eine Hand ins Genick. Sie stöhnt wieder auf und bewegt sich schneller.

Als er sie kurz davor mit dem Mund zwischen den Beinen
liebkoste, hat er ihr das Haar aus der Stirn gestrichen, um ihr
Gesicht besser sehen zu können, und dann schien auf einmal die Zeit stillzustehen. Danach hat er sie umgedreht und
ist sanft in sie eingedrungen, ohne jede Hast hat er sich ge-
nussvoll darangemacht, sie zu entdecken, dabei hat er zu ihr
gesprochen, sie gestreichelt, sich seinen Empfindungen überlassen.

Jetzt sitzt sie auf ihm und hat offensichtlich nicht vor, noch
einmal anzuhalten.

»Sieh mich bitte die ganze Zeit an.«

Sie weiß, wie schön sie ist. Und sie weiß auch, wie sehr sie
ihn erregt. Das sagt ihr die unbewusste Intelligenz, über die
manche Frauen verfügen.

Lucianas Bewegungen werden immer heftiger, und Pablo

spürt, dass ein Schrei in ihm aufsteigt. Normalerweise hat er sich auch in solchen Augenblicken unter Kontrolle, aber diesmal möchte er das nicht, oder er kann nicht, was auf dasselbe hinausläuft.

Auch er legt jetzt mehr Kraft in seine Bewegungen, und schon bald haben beide sich auf ganz natürliche Weise einander angepasst. Pablos Herz klopft immer schneller. Da zieht er Luciana an sich und küsst sie. Er spürt, wie ihre Zunge mit unschuldiger Meisterschaft seinen Mundraum erkundet, er genießt diesen Kuss und ihren Geruch, ihr Stöhnen, ihre Schönheit, und weiß auf einmal, dass er in diesem Augenblick nirgendwo anders sein möchte als in ihr.

Beide keuchen immer heftiger, und irgendwann beschließt Pablo loszulassen. Lucianas Schrei kommt zuerst, er erregt ihn noch mehr, und Pablo gibt endlich vollständig die Kontrolle auf. Er schließt die Augen, presst sie an sich, spürt, wie sie sich aufbäumt, und ein längst vergessen geglaubtes Gefühl steigt in ihm auf und macht einem Schrei Platz, seinem Schrei.

Luciana beißt ihn sanft, und bald darauf halten sie sich schweigend in den Armen. Pablo spürt Tränen im Gesicht. Luciana weint. Oder aber die Tränen stammen von ihm.

11

Er sitzt auf dem Bett und sieht zu, wie Luciana sich vor dem Spiegel zurechtmacht. Sie bürstet ihr Haar, das ihr bis an die Hüfte reicht. Er kann den Blick kaum von ihr abwenden. Es fällt ihm schwer, wieder in die Wirklichkeit zurückzukehren. Alles kam so unerwartet und wie durch ein Wunder. Luciana tritt näher an den Spiegel und korrigiert eine letzte Kleinigkeit. Dann setzt sie die Brille auf und geht zu ihm. Sie kniet sich vor ihn hin und legt ihren Kopf auf seinen Schoß. Er spielt mit ihrem Haar, und ein paar Minuten lang sagt keiner ein Wort.

»Dass ich so was nicht jeden Tag mache, brauche ich dir wohl nicht zu sagen, oder?«, flüstert Luciana schließlich.

Pablo zuckt die Achseln.

»Für mich ist bloß wichtig, dass du es mit mir gemacht hast.«

Sie lächelt.

»Darf ich mich vorstellen? Mein Name ist Luciana Vitali. Ich bin achtundzwanzig Jahre alt, studiere Psychologie und wohne allein in Buenos Aires. Meine Eltern leben in Junín. Ich bin vor drei Jahren hierher gezogen, um zu studieren, und ebenso lange arbeite ich jetzt schon in der Ferro-Klinik.«

»Du hast Glück gehabt, da einen Job zu bekommen, ist nicht einfach.«

»Ein Freund von meinem Vater hat den Kontakt hergestellt. Die Arbeit gefällt mir. Sie hat mit meinem künftigen Beruf zu tun, und ich werde sehr gut behandelt. Eigentlich

bin ich als Sekretärin des Klinikleiters angestellt.« Pablo
sieht sie erstaunt an, sie lächelt. »Aber am liebsten arbeite
ich am Empfang, da habe ich Kontakt zu den Patienten und
ihren Familien. Das ist für mich eine große Bereicherung.«
Pablo sagt sich, dass auch Luciana offensichtlich zu den Leuten gehört, für die es kein faszinierenderes Thema gibt als
die Angst, die die Menschen bedrückt. »Ich werde sehr gut
bezahlt, und die Nachmittage habe ich frei zum Studieren.«
Sie sieht ihn verträumt an. »Oder für andere Sachen, so wie
heute.« Er streichelt sie zärtlich. »Darf ich dich etwas fragen?«

»Bitte.«

»Ich musste mehrmals im Auftrag von Doktor Ferro in
deiner Praxis anrufen, um zu fragen, ob du bereit wärst, einen Vortrag oder ein Seminar in der Klinik zu halten, und
die Antwort deiner Sekretärin lautete immer: Nein. Ich muss
zugeben, das war ganz schön frustrierend für mich.« Sie sieht
Pablo ernst an. »Ich wollte dich unbedingt kennenlernen, ich
bewundere dich, wirklich.«

»Danke. Aber was wolltest du fragen?«

»Du hast alle Anfragen der Klinik abgelehnt, dabei war das
angebotene Honorar, unter uns gesagt, keineswegs schlecht.
Und dann tauchst du auf einmal wie aus heiterem Himmel
von selbst bei uns auf – warum?«

Pablo überlegt einen Augenblick, bevor er antwortet. Luciana weiß offensichtlich nicht, was der Anlass für seine Verabredung mit Doktor Rasseri war.

»Sagt dir der Name Javier Vanussi etwas?«

»Natürlich, das ist einer unserer VIP-Patienten. Ich bin
ihm öfters im Zimmer von Doktor Rasseri begegnet, er war
immer sehr freundlich zu mir. In der Klinik wird natürlich
alles mit großer Diskretion behandelt. Schließlich sind wir

eine psychiatrische Einrichtung, und du weißt mindestens so gut wie ich, dass das Thema Geisteskrankheit vielen Leuten Angst macht oder ihnen peinlich ist. Durch die Zeitungen habe ich aber trotzdem mitbekommen, was er gemacht hat.«

Sie verstummt.

»Was ist?«

»Nichts. Ich muss jedes Mal wieder staunen, wenn ich daran denke, was im Hirn eines Menschen alles schieflaufen kann. Ich hätte jedenfalls nie gedacht, dass Javier zu so etwas imstande wäre. Trotz seiner Probleme machte er einen netten, sympathischen Eindruck. Wie jemand, der keiner Fliege etwas zuleide tun kann.«

Pablo merkt, dass ihre Augen einen leichten Glanz annehmen und ihre Stimme auf einmal ernster klingt:

»Aber was hast du mit dieser Vanussi-Geschichte zu tun?«

»Vorläufig nichts. Man hat mir jedoch ein Angebot gemacht, und ich weiß nicht, ob ich es annehmen soll.« Luciana sieht ihn fragend an. »Ich soll als Gutachter bezeugen, dass Javier dieses Verbrechen nicht zur Last gelegt werden kann.« Luciana lächelt. »Was ist?«

»Für einen erfahrenen Spezialisten wie dich ist dieser Fall doch viel zu einfach.«

»Warum sagst du das?«

»Dieses Gutachten könnte sogar ich übernehmen. Dafür genügt ein Blick in Javiers Krankenakte, da steht alles Nötige drin.«

Pablo sieht sie erstaunt an.

»Woher weißt du das? Hast du etwa Zugang zu den Patientenakten der Klinik?«

»Ja. Doktor Ferro nimmt seine Arbeit sehr genau, er hat alle Fälle ständig im Blick. Und ich bin, wie gesagt, seine

Sekretärin, und eine meiner Aufgaben besteht darin, regelmäßig die Krankenakten zu digitalisieren.«

»Aber das ist doch streng vertrauliches Material. Wird das denn nicht verschlüsselt archiviert?«

»Selbstverständlich, aber ich verfüge über den Schlüssel. Ferro und Rasseri haben ihn mir nach einem ausführlichen Gespräch anvertraut.« Pablo sieht sie gebannt an.

»Was ist? Woran denkst du?«

»Dass Rasseri mir Javiers Krankenakte nicht zeigen wollte, und als ich gefragt habe, welche Medikamente er zum mutmaßlichen Zeitpunkt der Ermordung seines Vaters bekommen hat, ist er ausgewichen.«

»Ist das denn wichtig?«

»Und wie! Dass Javier in seinem jetzigen Zustand niemandem gefährlich werden kann, ist offensichtlich. Das sagt aber noch nichts über seinen Zustand, als sich das Verbrechen ereignete, und genau darauf käme es an.«

Lastende Stille macht sich breit. Luciana starrt Pablo an und sagt schließlich:

»Du willst doch nicht etwa, dass ich dir diese Informationen hinter Ferros Rücken beschaffe? Bitte sag nein! Ich weiß nicht, was du über mich denkst, *ich* bin jedenfalls wegen *dir* hier. Dazu kommt, dass du aus persönlichen Gründen wichtig für mich bist, vielleicht erkläre ich dir das mal genauer, vorausgesetzt, wir sehen uns wieder. Wie auch immer, ich weiß auf alle Fälle, warum ich mit dir ins Bett gegangen bin, ich weiß aber nicht, warum du mit mir ins Bett gegangen bist.« Kurzes Schweigen. »Ich weiß nicht, ob wir uns nochmal treffen werden, aber für mich wäre es eine große Enttäuschung, wenn ich merken würde, dass du mich nur hierher gebracht hast, um an Informationen über Javier zu gelangen.«

Sie versucht, sich nicht anmerken zu lassen, wie verunsichert sie ist. Ihre Unterlippe zittert kaum merklich, und ihr Atem geht schneller. Pablo sieht sie zärtlich an, zieht sie an den Schultern hoch und bringt sie dazu, sich neben ihm aufs Bett zu setzen.

»Da brauchst du dir keine Sorgen zu machen, Luciana. Über bestimmte Dinge aus meinem Leben möchte ich in diesem Augenblick allerdings nicht sprechen, ich muss erst mal richtig verdauen, was heute mit uns beiden passiert ist, was genau ich jetzt fühle, kann ich, glaube ich, erst später sagen. Aber damit du nicht auf falsche Gedanken kommst – ich möchte, dass du weißt, dass diese Seite von mir, die du gerade kennengelernt hast, sich schon seit sehr langer Zeit nicht mehr hat blicken lassen. Außerdem…« Luciana legt ihm einen Finger auf die Lippen.

»Pst… Sag nichts, bitte. Das hat keine Eile. Aber mach mir nichts vor. Wenn, dann tu irgendwas Überraschendes…«

Sie nimmt den Finger weg und küsst ihn. Ein sanfter Kuss, der sich in die Länge zieht und immer leidenschaftlicher wird. Pablo streichelt ihre festen Brüste, dann lässt er die Hände zu ihren Hüften hinabgleiten. Schließlich presst er Luciana fest an sich, nimmt ihren Geruch wahr, und wieder steigt dieses so besondere Gefühl in ihm auf. Nach einer Weile greift Luciana nach ihrer Brille, um sie abzusetzen, aber Pablo hält sie zurück.

»Lass sie auf.« Luciana sieht ihn lächelnd an. »Musst du jetzt nicht in die Universität?«

»Doch«, sagt sie und beißt ihn zärtlich in den Hals, »aber hast du als Student etwa nie den Unterricht ausfallen lassen?«

»Doch«, flüstert er und küsst Luciana, und erneut verschwindet die Welt um sie herum.

12

Fünf Uhr nachmittags. Das Taxi kommt nur mühsam im Chaos auf der Avenida Santa Fe voran. Irgendwann versperrt eine Gruppe Demonstranten die Durchfahrt, und sie müssen mehrere Minuten warten, bis es weitergeht. Pablo, im Mund noch den Geschmack von Luciana, holt sein Handy hervor und wählt eine Nummer.

»Hallo, Fernando, hier ist Pablo.«

»Hallo, wie geht's? Helena hat mir schon gesagt, dass du anrufen würdest ...«

»Ich wollte dir bloß ein paar Fragen stellen und dich um einen Gefallen bitten.«

»Einverstanden. Worum geht es denn?«

»Nein, nicht am Telefon. Ich bin ganz in der Nähe von deinem Büro. Wenn du zehn Minuten Zeit hast, würde ich kurz vorbeisehen.«

Schweigen.

»Pablo, ich weiß, wie knapp deine Zeit ist, aber bei mir ist das nicht anders, heute geht es jedenfalls leider gar nicht. Ich habe mehrere Termine, die ich unmöglich ausfallen lassen kann.«

Schweigen.

»Ja, klar ...«

»Wie wär's mit morgen? Da könnte ich mich kurz freimachen, und wir treffen uns irgendwo.«

»Nein, nicht nötig, kein Problem. Trotzdem vielen Dank. Bis die Tage, Ciao.«

Pablo beendet das Gespräch, hält das Handy aber weiterhin bereit – wenn er sich nicht täuscht, wird es höchstens fünf Minuten dauern, bis der nächste Anruf bei ihm eingeht. Er lehnt sich zurück und atmet tief durch. Obwohl die Straßen hier meistens verstopft sind, gefällt ihm diese Gegend von Buenos Aires. Er mag das Schauspiel der vielen Passanten, die die Bürgersteige entlangflanieren und die Schaufenster betrachten, gerne lässt er sich in einem der gemütlichen Cafés nieder, um in Ruhe zu lesen, oder er genießt den Anblick der eleganten Hausfassaden. Dazu verbreitet der botanische Garten, an dem er in diesem Augenblick vorbeifährt, eine friedliche Atmosphäre, die dem Rest der Stadt normalerweise fehlt.

Kaum hat er sich eine Weile seinen angenehmen Empfindungen überlassen, klingelt das Handy. Er sieht auf die Uhr: drei Minuten. Entspannt lächelnd nimmt er den Anruf entgegen.

»Hallo?«

»Hallo, Pablo, ich bin's, Fernando.«

»Hallo, Fernando, na, so was …«

»Weißt du was? Wenn du tatsächlich nicht mehr als zehn oder fünfzehn Minuten brauchst, dann komm doch einfach direkt zu mir ins Büro, und wir unterhalten uns.«

»Macht es dir wirklich nichts aus?«

»Nein, nein. Also, wann kannst du hier sein?«

Pablo sieht zum Fenster hinaus: Er ist nur noch wenige Querstraßen entfernt.

»In einer Viertelstunde bin ich da.«

»Einverstanden, ich erwarte dich.«

Pablo sagt dem Taxifahrer, er soll anhalten, und bezahlt. Er weiß, dass er das letzte Stück schneller in der U-Bahn zurücklegen kann. Rasch steigt er die Treppe hinunter, und da kommt auch schon ein Zug. Es sind bloß zwei Stationen, das schafft er mühelos. Er schickt eine SMS an Helena.

»*Danke.*«

Gleich danach kommt die Antwort.

»*Rubio, du bist echt gemein. Aber ich mag dich trotzdem.*«

Pablo fährt für sein Leben gern mit der U-Bahn, vielleicht weil es ihn an seine Studentenzeit erinnert oder an noch frühere Jahre. Als Teenager musste er eines Tages mit seiner Familie umziehen und verlor dadurch den Kontakt zu seinen damaligen Freunden. In dem neuen Viertel fand er nie mehr richtig Anschluss. Dafür entdeckte er irgendwann einen neuen Zeitvertreib für langweilige Sonntage.

Es war ganz einfach. Er steckte ein Buch ein und bestieg den Vorortzug, der ihn von dem Außenbezirk Florida, in dem sie jetzt wohnten, nach Retiro brachte. Dort konnte er direkt in die U-Bahn umsteigen und sich weiterhin, so wie schon während der Fahrt mit dem Zug, gemütlich schaukeln lassen und dabei lesen. Manchmal verließ er die U-Bahn an irgendeiner Station und lief eine Weile durch die sonntäglich leeren Straßen, meistens blieb er jedoch die ganze Zeit in der U-Bahn sitzen und genoss seine Lektüre. Bis er irgendwann zurück nach Retiro und von dort mit dem Vorortzug wieder nach Hause fuhr. Auch wenn sich das nicht besonders spannend anhört – die Bücher waren es auf jeden Fall. Und manche der damals gelesenen Werke sollten ihn bis heute begleiten, zum Beispiel *Die Elenden* von Victor Hugo, Oscar Wildes *Das Bildnis des Dorian Gray* oder *Das Aleph* von Jorge Luis Borges. Dazu kam die Entdeckung eines Autors, der ihn entscheidend prägen sollte: Sigmund Freud.

Freuds Autobiografie war ihm zufällig in die Hände geraten, doch die Ideen der Psychoanalyse sollten ihn von da an nie mehr loslassen.

Als die U-Bahn an der Station Agüero anhält, reißt er sich aus seinen Erinnerungen und steigt aus. Er braucht nur wenige Meter zu gehen, und schon betritt er das Gebäude. In der Eingangshalle sieht er sich suchend um, bis er das Hinweisschild entdeckt: Fernando Arana, 14. Stock.

Zusammen mit ihm steigen ein älterer Mann und eine junge Frau in den Aufzug. Der Mann wirkt bedrückt, seine Gesichtszüge sind angespannt, und er räuspert sich ständig. Die Finger spielen die ganze Zeit mit dem Griff seines kleinen Koffers, ein Schweißtropfen läuft ihm am Hals hinunter. Pablo kommt sogleich zu dem Schluss, dass der Mann nicht hier arbeitet, sondern zu einem Termin unterwegs ist, bei dem er um etwas bitten möchte, was man ihm, seiner Einschätzung nach, wohl kaum gewähren wird.

Die Frau dagegen sieht entspannt die eingegangenen Nachrichten auf ihrem Handy durch. Sie hat ihre Handtasche auf dem Aufzugboden abgestellt, das heißt, sie fühlt sich hier sicher, an einem vertrauten Ort. Offenbar hat sie in diesem Gebäude ihr Büro, wahrscheinlich in einer Anwaltskanzlei.

Pablo sagt sich, dass sein ständiges Registrieren von allem, was um ihn herum passiert, nur ein Trick ist, um sich von sich selbst abzulenken. Aber er kommt nicht dagegen an. Er überlegt, ob das auch so war, als er noch mit Alejandra zusammenlebte. Aber seitdem ist zu viel Zeit vergangen, und er hat zu sehr gelitten und zu oft seine Tränen unterdrückt – die Erinnerungen sind darüber verblasst.

Der Aufzug hält im siebten Stock, und der Mann wendet sich hastig dem Ausgang zu. Bevor er in den Gang hinaustritt, wirft er einen verstohlenen Blick in den Spiegel und streicht sich nervös das Haar glatt. Die Türen schließen sich wieder. Jetzt ist Pablo mit der Frau allein. Schon nach wenigen Sekunden ist die Stimmung im Inneren der Kabine angespannt.

Pablo weiß, dass eine simple Floskel genügen würde, um die unangenehme Situation – zwei Unbekannte, die auf engem Raum nebeneinanderstehen und sich anschweigen – zu entschärfen. Aber heute ist ihm das egal. Er beschränkt sich darauf, die Frau aus dem Augenwinkel zu mustern.

Sie dürfte um die vierzig sein, und sähe er in diesem Augenblick nicht immer noch deutlich Luciana vor sich, würde er sich sagen, dass sie ziemlich hübsch ist.

Sie steigt im zwölften Stock aus und wirft ihm einen kurzen Blick zu, bevor sie die Aufzugkabine verlässt. Die Türen schließen sich erneut, und jetzt ist Pablo endlich allein. Er atmet tief durch. Einmal, zweimal, dreimal. Er versucht, sich zu sammeln und die Erinnerung an Alejandra und Luciana aus seinen Gedanken zu vertreiben. Er muss mit Fernando über etwas sehr Wichtiges sprechen, und da kann er sich keinerlei Ablenkung erlauben.

13

Fernando ist ein netter, intelligenter Mann, und er ist Pablo gewogen, vor allem aus Dankbarkeit. Er weiß, dass Pablo Helena seinerzeit aus einer sehr schwierigen Lage geholfen hat, indem er ihr nicht nur einen Job in seiner Praxis verschaffte, sondern ihr auch zu einer neuen Wohnung verhalf und anfangs sogar das Schulgeld für ihre Tochter Juliana übernahm. Außerdem hat Fernando Helena, die Frau, die er liebt, schließlich über Pablo kennengelernt. Er weiß ebenfalls, dass die beiden eine ganz besondere Freundschaft verbindet, fühlt sich jedoch auf seine Weise als Teil dieser Gemeinschaft.

»Setz dich, bitte.«

»Danke. Ich weiß, du hast heute einen furchtbaren Tag.«

»Keine Sorge, noch furchtbarer wäre der Abend gewesen, der mich erwartet hätte, wenn ich vorhin Nein gesagt hätte…« Beide lächeln. »Also, machen wir's kurz. Worum geht es?«

»Okay, dann komme ich gleich zur Sache: Was kannst du mir über einen gewissen Roberto Vanussi erzählen?«

Daran, dass Fernandos Blick ihm, wenn auch nur für einen kurzen Moment, ausweicht, merkt Pablo, dass die Erwähnung dieses Namens ihn nicht gleichgültig lässt. Und Fernando zögert tatsächlich eine Weile, bevor er zu sprechen beginnt.

»Was hast du denn mit dem zu tun?«

»Vorläufig nichts«, sagt Pablo und schweigt.

»Am besten, es bleibt auch so…«

»Warum sagst du das?«

»Sieh mal, dieser Vanussi war ein sehr einflussreicher Typ, bis er vor ein paar Wochen tot aufgefunden wurde. Ich bin ihm vielleicht vier- oder fünfmal begegnet, aber immer nur auf irgendwelchen Empfängen oder Geschäftstreffen, nie allein. Er gehörte zu der Art von Leuten, mit denen ich ausgesprochen ungern zusammen bin.«

»Warum?«

»Ganz einfach: Er war ein total mieser Typ. Ein Mensch ohne irgendwelche Grundsätze oder anders gesagt: mit widerlichen Grundsätzen.«

»Ein echter Mafioso, meinst du?«

»Genau.« Fernando trinkt einen Schluck Wasser. Das Thema gefällt ihm offenkundig nicht. Er ist sichtbar angespannt. »Vanussi hatte Beziehungen zu sehr mächtigen Leuten. Abgeordnete, Senatoren, Polizisten, und natürlich zu anderen Unternehmern. Nach außen hin betrieb er Immobiliengeschäfte, aber das war nur eine Fassade, oder wenigstens teilweise.«

»Wie meinst du das?«

»Er war auch in der Immobilienbranche tätig, aber sein Geld hat er mit anderen Sachen gemacht.«

»Ach so? Und womit dann?«

Fernando sieht ihn schweigend an. Er runzelt die Stirn, und seine Gesichtszüge verhärten sich. Offensichtlich überlegt er, was er sagen soll.

»Darüber wurde alles Mögliche geredet.«

»Kannst du mir sagen, was?«

»Also, sicher weiß ich es nicht, aber ...« Wieder verstummt er.

»Sieh mal, Fernando, wir sind Freunde, du und deine Frau und ich, und das hier ist ein Gespräch unter Freunden, alles, was dabei gesagt wird, bleibt selbstverständlich unter uns.«

»Sei dir da mal nicht so sicher. Frag mich nicht wie, aber diese Sachen kommen immer auf die eine oder andere Weise raus.«

Pablo spürt, wie angespannt und nervös Fernando ist, und das gefällt ihm gar nicht, abgesehen davon, dass es ihn seinem Ziel nicht näherbringt.

»Entspann dich, bitte, wir sind hier nicht vor Gericht, und ich erwarte auch nicht, dass du irgendwelche Beweise vorlegst. Ich möchte bloß wissen, worauf ich mich einlasse, falls ich ein Angebot annehme, das man mir gemacht hat. Also, immer mit der Ruhe, du kannst mir wirklich vertrauen.«

Fernando seufzt.

»Saubere Geschäfte hat er auf jeden Fall nicht betrieben, dieser Vanussi, das steht schon mal fest. Anscheinend hat er irgendwelche ... dunklen Geschichten gemanagt.«

»Kannst du das genauer erklären? Hatte es mit Prostitution zu tun, Drogen, Glücksspiel?«

»Mit alldem.« Fernando sieht ihn ernst an. »Und du kannst dir sicher vorstellen, dass man so was auf Dauer nicht ohne gute Beziehungen zu einflussreichen Leuten machen kann. In diesem Fall muss es sich allerdings um *sehr* einflussreiche Leute gehandelt haben, schließlich ging es nicht um irgendein schmuddeliges Vorstadtbordell, sondern um ein Etablissement, wo Leute verkehren, die nichts mit irgendwelchen LKW-Fahrern gemein haben, die billigen Whisky saufen und so weiter. Anders gesagt ...«

»Was?«

»Ich sag's dir nochmal: Beweise habe ich nicht, ich weiß bloß, was man sich so erzählt.«

»Ja, das hast du schon gesagt.«

Fernando seufzt erneut und senkt den Blick. Pablo stellt fest, dass er unwillkürlich die Faust ballt. Ihm ist klar, dass

Fernando unschlüssig ist, ob er weitersprechen soll, ja, offensichtlich hat er sogar Angst davor.

»Du weißt, Pablo, es gibt Typen, die haben es vor allem auf junge Dinger abgesehen«, sagt er schließlich, »also richtig junge Dinger.«

»Soll das heißen, Vanussi hatte mit Kinderprostitution zu tun?«

Fernando streicht sich über die Stirn und wischt sich einen Schweißtropfen ab. Er ist sichtlich nervös. Er gießt sich erneut Wasser ein und leert das Glas auf einen Zug.

»Rubio ...«

Soweit Pablo sich erinnern kann, hat Fernando ihn noch nie mit diesem Spitznamen angesprochen, offensichtlich versucht er sich abzusichern, indem er auf diese Weise eine besondere Vertrautheit und Nähe herstellt.

»Was?«

»Ist dir klar, dass es hier um eine wirklich sehr unangenehme Sache geht?«

»Völlig klar.«

»Wie solche perversen Geschichten ablaufen, brauche ich dir wohl nicht zu erklären.«

Der Satz soll witzig klingen, aber es misslingt.

»Nein, natürlich nicht. Und die Leute, also die Kunden und diejenigen, die die Sache decken ...«

»Pablo«, fällt Fernando ihm ins Wort, »verlang jetzt nicht irgendwelche Namen von mir.«

»Kennst du denn welche?«

Ihre Blicke treffen sich, aber Fernando sieht gleich darauf wieder zur Seite.

»Schon gut. Sag mir wenigstens, ob hohe Tiere darunter sind.«

Schweigen.

»Sehr hohe, Pablo, höher, als du dir vorstellen kannst.«

Pablo nickt. Fernando sagt ihm die Wahrheit, ebenso offensichtlich ist jedoch, dass er nicht weiter über diese Sache sprechen möchte. Und Pablo möchte ihm auf keinen Fall zu nahe treten. Er begreift, dass es Zeit ist, zu gehen.

»Nur eins noch.«

Fernando seufzt.

»Was denn?«

»Ich wollte dich um einen Gefallen bitten.«

»Na, sag schon …«

Pablo formuliert einen einzigen kurzen Satz, aber an Fernandos Gesicht kann er ablesen, wie sehr dieser auf einmal bereut, ihn an diesem Morgen empfangen zu haben. Pablo fragt sich, ob er womöglich zu weit gegangen ist, während Fernando sich offensichtlich nichts mehr wünscht, als ihn so schnell wie möglich los zu werden.

Nervös blättert er in seinem Adressbuch, bis er das Gesuchte findet. Er nimmt einen Zettel und schreibt etwas darauf. Dann faltet er ihn zusammen und gibt ihn Pablo. Der stellt keine weiteren Fragen mehr. Er bedankt sich und lässt einen aufgewühlten und besorgten Fernando zurück.

Während er auf den Aufzug wartet, wird das Gefühl immer stärker, dass er dabei ist, sich auf eine Geschichte einzulassen, die ein paar Nummern zu groß für ihn ist. Als er schließlich auf dem Bürgersteig vor dem Haus steht, wirft er einen Blick auf den Zettel, den Fernando ihm gegeben hat. Gleich neben dem Eingang ist ein Mülleimer, er könnte das Papier einfach hineinwerfen und die ganze Sache vergessen. Doch stattdessen steckt er den Zettel in die Tasche, holt sein Handy heraus und wählt eine Nummer.

14

Der groß gewachsene Mann an der Ecke sieht auf die Uhr und zündet sich eine Zigarette an. Das beunruhigende Gefühl, das ihn seit dem Anruf befallen hat, lässt ihn nicht mehr los. Beim Klang der Stimme seines Freundes wusste er sofort, dass etwas nicht in Ordnung ist. Da erblickt er ihn auf einmal in der Ferne, und was er sieht, trägt nicht zu seiner Beruhigung bei. Er kennt ihn genau, und die Art, wie er auf ihn zukommt, verheißt nichts Gutes. Sie begrüßen sich ernst.

»Wo steht dein Auto?«

»Gleich um die Ecke.«

»Gehen wir.«

»Einverstanden. Dürfte ich aber trotzdem wissen, warum du mich herbestellt hast?«

»Weil wir nach General Rodríguez fahren müssen.«

José fasst ihn am Arm.

»Moment mal, kannst du mir bitte erklären, was das soll?«

»Jetzt nicht, das mach ich unterwegs.«

»Nein, Pablo, stopp. Ich bin kein kleiner Junge mehr und entscheide selbst, was ich tue und was nicht. Wenn du mir nicht zumindest ein bisschen was verrätst, rühr ich mich nicht von der Stelle. Oder vielmehr, dann fahre ich auf direktem Weg wieder nach Hause oder gehe in Ruhe irgendwo was essen. Also, entweder du sagst mir, warum zum Teufel wir bis raus nach General Rodríguez fahren sollen, oder du kannst den Bus dorthin nehmen, und zwar allein.«

Pablo schüttelt den Kopf.

»Es hat mit Paula zu tun.«

»Was heißt ›mit Paula‹?«

»Ich habe ein bisschen über ihren Bruder und ihren Vater nachgeforscht. Die Sache ist heiß, mein Lieber!«

»Ich verstehe nicht.«

»Stell dich nicht doof, das hast du noch nie gekonnt. Du hast selbst zu mir gesagt, dass die Kleine den Verdacht hat, dass ihr Vater in krumme Geschäfte verwickelt war, und das mit einflussreichen Leuten. ›Hohe Tiere‹, wie du dich ausgedrückt hast.«

»Ja, ich habe aber auch gesagt, dass es gut sein kann, dass sie sich das bloß einbildet. Du weißt, auf was für verrückte Ideen Leute manchmal kommen, wenn sie die Probleme mit ihren Eltern nicht auf die Reihe kriegen.«

»Vergiss es. Ich weiß mittlerweile, dass der Typ mit Sachen zu tun hatte, die viel schlimmer sind als alles, was Paula sich mit ihrem ungelösten Ödipuskomplex hätte ausdenken können.«

José runzelt die Stirn.

»Im Ernst?«

»Allerdings!«

»Und was sollen wir dann in General Rodríguez?«, fragt José nach einer längeren Pause.

»Dort können wir mit dem Mann sprechen, der mit der Untersuchung des Falls beauftragt war.«

»Wie … ein Bulle?«

Pablo nickt.

José breitet ungläubig die Arme aus und schüttelt langsam den Kopf.

»Ach nee … Ich glaub, du hast sie nicht mehr alle. Du meinst also, wir marschieren einfach in das Büro von dem Typen und sagen, schön Sie zu sehen, jetzt erzählen Sie uns mal ein bisschen was über diesen Fall. Amtsgeheimnis? Uns doch egal – ich bin schließlich der Analytiker der Tochter des Verstorbenen, und mein Kollege hier ist auch Psychologe und hat sich in den Kopf gesetzt, zur Abwechslung mal ein bisschen Detektiv zu spielen. Am besten, wir nehmen eins von deinen Büchern mit, und du signierst es ihm an Ort und Stelle: ›Für meinen lieben Freund von der Polizei.‹ Pablo, der Typ befördert uns umgehend mit einem Tritt in den Hintern vor die Tür!«

»Nein, da täuschst du dich.«

»Und warum bist du dir da so sicher?«

»Weil der Typ uns bereits erwartet.«

José sieht ihn verdutzt an.

»Wie hast du das denn hinbekommen?«

»Jemand hat ihn angerufen und ihm gesagt, er soll uns empfangen.«

»Na gut«, erwidert José nach kurzer Pause, »dann empfängt er uns eben. Das heißt noch lange nicht, dass er uns auch was erzählt. Der setzt doch nicht einfach seinen Posten aufs Spiel, da müsste die Anweisung schon direkt von einem Richter kommen.«

»So ist es«, sagt Pablo lächelnd.

Schweigen.

»Soll das heißen, du hast durchgesetzt, dass der zuständige Untersuchungsrichter den Mann angewiesen hat, uns Informationen über einen Mordfall zukommen zu lassen?«

»Ja. Natürlich würde er das im Fall der Fälle bestreiten.«

»Und wie hast du das angestellt?«

»Ich habe jemanden angerufen.«

»Und woher hattest du …?«

»Lass gut sein, José. Wir müssen los. Unterwegs kannst du so viele Fragen stellen, wie du willst. Aber auch wenn mein

Kontakt noch so einflussreich ist – ich glaub nicht, dass der Bulle sich über die Anweisung besonders gefreut hat. Wir müssen auf jeden Fall pünktlich sein, länger als unbedingt nötig wartet der bestimmt nicht auf uns.«

»Okay. Ich muss aber schnell noch jemanden anrufen.« Er sieht Pablo verschwörerisch an. »Ich bin mit einer Frau verabredet, und ich will nicht, dass sie umsonst bei mir vor der Tür steht und sich blöd vorkommt. In Ordnung?«

»Natürlich.«

»Danke, sehr nett von Ihnen«, sagt José ironisch und geht ein paar Meter zur Seite. Kurz darauf kommt er zurück. »Alles erledigt, gehen wir.«

Sie machen sich auf den Weg zu Josés Auto. *Wir müssen los. Länger als unbedingt nötig wartet der bestimmt nicht auf uns.* Pablo hat im Plural gesprochen, und José fragt sich, seit wann er Teil dieser Geschichte ist, sagt aber nichts.

Als sie eingestiegen sind, lässt José den Motor an und umklammert das Lenkrad. Sein Atem geht schneller als gewöhnlich. Mehrere Sekunden sitzt er so da und rührt sich nicht. Schließlich wendet er sich Pablo zu, der auf dem Beifahrersitz Platz genommen hat, und sagt:

»Frag mich nicht warum, aber ich habe Angst.«

Pablo nickt und schluckt. Zum ersten Mal seit vielen Stunden erlaubt er sich, seiner inneren Stimme zu lauschen.

»Ich auch, José, ich auch.«

15

Zum fünften Mal innerhalb von zehn Minuten sieht José auf die Uhr. Schon seit einer Stunde sitzen er und Pablo auf einer Bank gegenüber dem Empfangstresen des Kommissariats in dem Vorort General Rodríguez. Die beiden Beamten hinter dem Tresen wechseln nur ab und zu mit lustloser Stimme ein Wort. Ansonsten tippt der eine hin und wieder etwas auf einer alten Schreibmaschine. Sobald er mit einer Seite fertig ist, zieht er das Blatt heraus und legt es auf einen kleinen Stapel. Der andere verfolgt die meiste Zeit, was sich auf dem Bildschirm eines Fernsehers in einer Ecke des Raums abspielt, lässt den Blick aber zwischendurch immer wieder verstohlen zu den beiden Wartenden wandern. Etwas an diesem Blick gefällt Pablo überhaupt nicht.

Vielleicht liegt es bloß an dem Unbehagen, das der Ort in ihm auslöst, vielleicht ist er auch einfach außerstande, beim Anblick einer Uniform nicht automatisch an Unterdrückung und staatliche Gewalt zu denken, oder aber es liegt an der bürokratisch-abweisenden Sprache, die hier verwendet wird. José rutscht neben ihm auf der Bank herum und sieht erneut auf die Uhr. Pablo wendet sich ihm zu:

»Was ist denn los?«

»Die lassen uns jetzt schon seit einer Stunde hier rumhocken, ohne sich im Geringsten um uns zu kümmern ...«

»Was hast du denn erwartet? Dass sie den roten Teppich ausrollen?« José sieht ihn wenig begeistert an. »Der Typ hat nicht die geringste Lust, uns zu empfangen, ist doch klar, aber jemand von oben hat ihn dazu verdonnert, und jetzt rächt er sich auf seine Weise und mit seinen Mitteln dafür. Verstehen kann ich das schon, Leute wie er sind daran gewöhnt, Befehle zu erteilen, statt die Befehle anderer zu befolgen. Er will einfach ein bisschen die Muskeln spielen lassen und zeigen, wer hier das Sagen hat.« »Aber was bringt ihm das? Wir sind doch nicht gekommen, um ihm irgendwelche Vorwürfe zu machen.«

»Das weiß er doch noch nicht. Er hat wahrscheinlich keine Ahnung, was wir vorhaben und welche Rolle wir bei der Geschichte spielen.«

»Kein Wunder – ich wüsste auch nicht, was ich ihm dazu sagen soll.« Pablo lächelt. »Jetzt mal ehrlich: Hast du mich hierher fahren lassen, weil du einen Chauffeur brauchst, weil ich Paulas Analytiker bin, weil du das Gefühl hast, *ich* habe dir das Ganze eingebrockt – oder gibt es noch einen anderen, mir unbekannten Grund?«

»Wegen alldem zusammen. Ich brauchte jemanden, der mich so schnell wie möglich hierher bringt.« José möchte etwas einwenden, aber Pablo lässt ihn nicht. »Ich weiß schon, du brauchst mich gar nicht so anzusehen. Natürlich könnte ich mir ein Auto zulegen. Aber du weißt, ich hasse es, am Steuer zu sitzen und in der Gegend herumzufahren, also habe ich dich gefragt, schließlich bist du mein Freund. Außerdem, wie du ganz richtig gesagt hast, hast du mir diese Geschichte eingebrockt und kannst zum Ausgleich ruhig etwas für mich tun.«

»Das war keine Absicht.«

»Keine Widerrede, Herr Doktor, übernehmen Sie lieber die Verantwortung für das, was Sie getan haben.« Beide müssen lächeln. »Abgesehen davon ist die Tatsache, dass du Paulas Psychoanalytiker bist, äußerst wichtig für die Frage, ob ich mich tatsächlich dazu breitschlagen lasse, bei dieser verfluchten Geschichte die Gutachterrolle zu übernehmen – schließlich weißt du eine Menge Sachen über sie, die niemand sonst mir sagen könnte.«

»Also, was das angeht…«

»Nerv jetzt nicht von wegen Berufsgeheimnis. Du weißt, dass es da in manchen Fällen einen gewissen Spielraum gibt, und das hier ist so ein Fall, würde ich sagen.«

»Ich denk mal drüber nach.«

»Außerdem setze ich große Hoffnungen in deinen Verstand. Und den werden wir bei dem bevorstehenden Gespräch gut brauchen können, glaube ich.«

»Wie jetzt?«, sagt José scherzend. »Der berühmte Doktor Rouviot traut seinen eigenen analytischen Fähigkeiten nicht? Na, so was. Dann bist du also doch nicht der beste Zuhörer der Welt…«

Pablo sieht ihn ernst an.

»Weißt du, warum ein Verhör normalerweise von zwei Leuten durchgeführt wird?«

José denkt nach.

»Weil zwei Köpfe mehr wahrnehmen als einer, nehme ich an.«

»Hm, das ist noch nicht die ganze Wahrheit.«

»Na ja, es braucht auch immer einen, der den guten Polizisten spielt, und einen, der auf böse macht, stimmt's?«

»Ja, schon besser. Aber das ist trotzdem noch nicht alles.« José sieht Pablo fragend an. »Der, der verhört wird, muss sich vor allem auf den konzentrieren, der die Fragen stellt. Und er wird Gestik, Mimik und einen bestimmten Tonfall einsetzen, um einen möglichst unverdächtigen Eindruck zu machen. Sein anderes Gegenüber kann ihn folglich gerade, was diese Dinge angeht, viel besser beobachten. Und das ist natürlich sehr wichtig, wenn man das Gespräch anschließend bewertet und versucht, zu einem Gesamtbild zu gelangen. Und genau das erhoffe ich mir von dir. Sieh zu, dass dir nichts von diesen Dingen entgeht.«

Kurzes Schweigen.

»Das heißt, ich spiel hier zumindest nicht bloß den Chauffeur.«

Einige Minuten später klingelt eins der Telefone auf dem Tresen. Der Beamte an der Schreibmaschine steht auf und nimmt den Hörer ab. Der andere scheint derweil von der Übertragung eines Zweitligaspiels völlig in Beschlag genommen.

»Jawohl … Selbstverständlich … Unverzüglich …«

Anschließend wendet er sich zum ersten Mal an die beiden Wartenden.

»Hier lang, bitte. Polizeihauptmeister Bermúdez hat jetzt Zeit für Sie.«

»Vielen Dank«, sagt Pablo betont höflich. Der Polizist führt sie durch einen dunklen, feuchten Gang zur Tür eines Büros. Er klopft und wartet. Eine kräftige Stimme antwortet. Pablo holt tief Luft und versucht, sich zu entspannen. Er weiß, dass er die sich bei diesem Gespräch bietende Möglichkeit nutzen muss, er wird nicht viele solcher Gelegenheiten haben.

Der Beamte öffnet die Tür, geht vor und fordert sie dann auf, ihm zu folgen. Von der anderen Seite des Schreibtischs trifft sie ein kühl-abweisender und strenger Blick. Pablo sagt sich, dass ihnen keine einfache Unterhaltung bevorsteht. Und er täuscht sich nicht.

16

Bermúdez ist Mitte fünfzig und macht einen ruhigen, selbstsicheren Eindruck, obwohl ihm auch eine gewisse Anspannung anzumerken ist – die Art von Anspannung, wie sie oftmals entschlossenem Handeln vorausgeht. Manche Leute
sprechen in diesem Fall von Stress. Pablo hat viel über diesen
Ausdruck nachgedacht.

Normalerweise verbindet man mit dem Wort »Stress« etwas Negatives, Pablo ist sich jedoch sicher, dass das nicht in
allen Fällen so sein muss. Denn die körperliche und seelische
Anspannung, an die man bei dem Begriff »Stress« denkt,
kann auch die notwendige Voraussetzung für ein schnelles
und erfolgreiches Reagieren in schwierigen Situationen sein.
Für gewöhnlich überleben gerade die Menschen kriegerische
Auseinandersetzungen, Attentate oder schwere Unfälle, denen es gelingt, sich in kürzester Zeit in einen »gestressten«
Zustand zu versetzen. Ihr Herz schlägt dann schneller, die
Muskelspannung wird größer, und die Wahrnehmungsfähig-
keit nimmt zu, und all das zusammen macht es ihnen möglich, zu handeln, als ob die Zeit langsamer ablaufen würde,
als es tatsächlich beziehungsweise für die anderen Beteiligten der Fall ist. Selbstverständlich lässt sich dieser Zustand,
schon wegen des enormen Energieverbrauchs, der damit ein-
hergeht, nur zu einem hohen Preis längere Zeit aufrechter-
halten. Anders gesagt: Übertreibt man es damit, wird Stress
schnell zu einer Krankheit. Sich zum richtigen Zeitpunkt in
den nötigen Stresszustand zu versetzen kann lebensrettend

sein, dauerhaft unter Stress zu stehen jedoch macht das Leben unerträglich.

Pablo betrachtet Bermúdez und stellt fest, dass er offensichtlich unter Stress steht, mit anderen Worten: Er ist hellwach und gut vorbereitet auf alles, was sich womöglich in den kommenden Minuten ereignen wird. Worüber Pablo sich nicht wundert – ihm geht es genauso.

Bermúdez' auffallend helle Augen passen nicht so recht zu seiner übrigen Erscheinung. Diese zeichnet sich durch eine nicht besonders einladende Miene und einen irgendwie altmodisch wirkenden Schnurrbart aus; und dass er einige Kilo zu viel auf dem Leib hat, macht die Sache nicht besser. Bis auf die Augen also eine wenig anziehende Persönlichkeit. Eine Uniform hat er nicht an, stattdessen ein helles Hemd und eine graue Hose, womit er eindeutig einen entspannten und prinzipiell offenen Eindruck vermitteln möchte. Das dazugehörige schwarze Jackett und eine rote Krawatte hängen seitlich an einem Kleiderständer.

Pablo streckt ihm zur Begrüßung die Hand entgegen.

»Freut mich, Herr Polizeihauptmeister. Wenn ich mich vorstellen darf: Ich bin Doktor Pablo Rouviot.«

José folgt seinem Beispiel und stellt sich ebenfalls höflich vor.

Bermúdez gibt beiden die Hand, allerdings ohne aufzustehen. Anschließend fordert er sie auf, Platz zu nehmen.

»Zuallererst möchte ich mich dafür bedanken, dass Sie uns heute empfangen. Ich kann mir vorstellen, wie beschäftigt Sie sind, und dass es zu dieser späten Uhrzeit reizvollere Dinge gibt als das Thema, um das es hier geht, ist mir auch klar.«

»Ganz egal, wie viel Uhr es ist – dieses Thema macht niemals und niemandem Spaß.« Bermúdez sieht ihn ernst an.

»Doktor Rouviot, welche Erfahrungen haben Sie bislang mit dem Tod gemacht?«

Pablo muss sich eingestehen, dass Bermúdez sogleich einen Treffer gelandet hat, und das gefällt ihm nicht.

»Also, ich habe eine Zeit lang im Krankenhaus gearbeitet, auf einer Intensivstation für Kinder. Dort habe ich die kleinen Patienten begleitet, mindestens so sehr musste ich mich aber um ihre Familienangehörigen kümmern. In der Zeit habe ich viele Kinder sterben sehen. Eine besonders angenehme Erfahrung war das nicht.«

»Kann ich mir vorstellen«, erwidert Bermúdez ungerührt, »aber mit dem Aspekt des Todes, den ich meine, hat das nicht viel zu tun.« Pablo sieht ihn fragend an. »Es gibt solche und solche Arten, dem Tod zu begegnen. Dort, wo Sie gearbeitet haben, sterben die Patienten im Kreis ihrer Familie und begleitet von Ärzten und Pflegern. Ich dagegen habe es mit einer völlig anderen Art zu tun, diese Welt zu verlassen. Meine Toten sterben allein, in panischer Angst, und das Letzte, was sie zu sehen bekommen, ist nicht das Gesicht ihrer Angehörigen oder eines Arztes, sondern das ihres Mörders. Das ist es, was sich ihnen hier einprägt.« Bei den letzten Worten tippt Bermúdez sich mit dem Zeigefinger an die Stirn. »Ob es danach ein anderes Leben gibt, weiß ich nicht, aber falls ja, treffen meine Toten bestimmt mit einem völlig anderen Gesichtsausdruck dort ein als Ihre, Doktor Rouviot. Möchten Sie mal ein paar von diesen Gesichtern sehen?«

Rasch zieht Bermúdez einen Ordner aus einer Schublade, entnimmt ihm mehrere Fotos und breitet sie vor seinen Besuchern auf dem Tisch aus.

»Bitte schön.«

Betroffen beugen Pablo und José sich vor. Lauter Fotos von Leichen. Manche sind nackt – wahrscheinlich Aufnahmen aus der Gerichtsmedizin –, andere wurden offensichtlich unmittelbar am Fundort abgelichtet. Einem Mann mit zertrümmertem Kiefer fehlt ein Auge. Manche haben schmerz- oder angstverzerrte Gesichter. Bei vielen hat bereits die Verwesung eingesetzt. Pablo sagt sich bei ihrem Anblick, dass er sich genau so die Gesichter der Bewohner der Hölle vorstellt. Bermúdez deutet auf eins der Fotos.

»Sehen Sie mal hier.« Das Bild zeigt einen verstümmelten, blutigen Fleischklumpen, dessen menschlicher Ursprung kaum noch zu erkennen ist. »Das war mal eine junge Frau. Irgendein verdammtes Arschloch hat sie vergewaltigt und anschließend mit einem Knüppel erbarmungslos zu Brei geschlagen.« Seine hellen Augen werfen Pablo einen triumphierenden Blick zu. »Ich weiß nicht, wie es beim Tod Ihrer Kleinen zugegangen ist, Herr Doktor, aber ich kann Ihnen sagen, der Tod kann Formen annehmen, die Sie sich in Ihren schlimmsten Albträumen nicht ausmalen würden. Sind Sie wirklich sicher, dass Sie mehr darüber erfahren möchten? Denn glauben Sie mir, wer diese Abgründe einmal kennengelernt hat, vergisst sie nicht mehr. Und das Leben ist danach nicht mehr wie zuvor.«

Was bist du nur für ein Arschloch, Bermúdez, sagt sich Pablo. Bermúdez hat nicht nur den ersten Treffer gelandet, er hat danach auch munter weiter zugeschlagen, und Pablo ist kurz davor, in die Knie zu gehen. Irgendwie muss er sich von der lehrerhaften Einschüchterung durch den Polizisten befreien. Er holt Luft, greift nach dem Foto und hält es sich näher an die Augen, so abstoßend es auch ist. Er betrachtet es aufmerksam, als wollte er es einer genauen Analyse unterziehen.

»Ihren Worten und der Art, wie Sie sie ausgesprochen haben, entnehme ich, dass Sie den Mörder noch nicht haben finden können, und Ihr angespannter Gesichtsausdruck sagt mir, dass Sie ebendeshalb mit sich selbst unzufrieden sind. Der Gedanke quält Sie, dass der Mann, der das gemacht hat, weiterhin frei herumläuft und vielleicht schon in aller Ruhe sein nächstes Opfer auswählt, während Sie hier in Ihrem Büro sitzen und noch immer ergebnislos über dem Foto grübeln.« Kurze Pause. »Wenn Sie gestatten, erlaube ich mir zu sagen, dass Sie meiner Meinung nach in der falschen Richtung ermitteln.« Er sieht Bermúdez direkt in die Augen. »Ich glaube, Sie sollten in diesem Fall hinter dem Täter keinen Mann vermuten«, fährt Pablo fort und hält ihm das Foto entgegen.

Bermúdez sieht ihn verblüfft an. Er scheint sich vorzukommen wie ein Boxer, der seinem bereits so gut wie erledigten Gegner gerade den entscheidenden Schlag verpassen will und dabei für einen kurzen Augenblick leichtfertig die Deckung vernachlässigt, woraufhin dieser ihn mit dem Mut der Verzweiflung attackiert und ihm einen Volltreffer mitten ins Gesicht verpasst, der den scheinbar sicheren Sieger auf die Matte schickt.

»Aber was sagen Sie da? Ich habe Ihnen doch erklärt, dass die Frau vergewaltigt wurde. Es gibt Spuren einer Penetration, abgesehen von Spermaresten, die gefunden wurden. Die können ja wohl kaum von einer Frau stammen, meinen Sie nicht?«

»Nein, natürlich nicht. Aber soweit ich erkennen kann, liegen hier zwei Verbrechen vor, nicht bloß eins. Zum einen, wie Sie ganz richtig sagen, eine Vergewaltigung, an der sich logischerweise mindestens ein Mann beteiligt hat. Aber dazu kommt die anschließende Ermordung des Opfers. Und der erbitterte Hass, mit dem dabei offensichtlich vorgegangen wurde, verweist auf eine sehr persönliche und völlig unkontrollierte Reaktion, die, zumindest aus psychologischer Sicht, eher an einen weiblichen Täter denken lässt.« Pablo bringt das Foto noch näher an Bermúdez' Gesicht. »Schauen Sie sich dieses Gesicht, oder was davon übrig ist, einmal ganz genau an. Die Augen... Sehen Sie das Grauen und das Entsetzen darin?« Er macht eine Pause. »Daran kann man erkennen, dass nicht nachträglich auf das Opfer eingeschlagen wurde, um seine Identifizierung zu erschweren. Nein. Jemand hat auf die Frau eingeprügelt, als sie noch am Leben war. Der Betreffende wollte, dass sie bis zum letzten Moment leidet.« Wieder macht Pablo eine Pause. »Auch ein Mann war an diesem Verbrechen beteiligt, klar, ich glaube aber, zuerst sollten Sie nach einer Frau suchen. Nach einer Frau mit einer äußerst instabilen und widersprüchlichen Persönlichkeit.« Pablo sieht erneut das Foto an, jetzt schon mit geradezu professioneller Routine. »Da ist nicht jemand planmäßig vorgegangen, das war ein hemmungsloser und völlig unkontrollierter Gewaltausbruch. Lassen Sie sich dadurch aber nicht auf eine falsche Fährte bringen, suchen Sie nicht nach einer Frau mit einem starken, dominanten Charakter. Im Gegenteil, vielleicht haben wir es mit einer schüchternen, zurückhaltenden, ja normalerweise vollkommen friedfertigen Person zu tun, mit einem Menschen, der einem auf den ersten Blick fast leidtun könnte, zumindest solange man nicht weiß, wozu er imstande ist...«

Pablo legt das Foto genau vor Bermúdez auf den Tisch. Der Polizist schaut ihn an, ohne ein Wort zu sagen. Eine angespannte düstere Stimmung hat sich breitgemacht. Pablo sieht jetzt zu José hinüber, der ihn ebenso ungläubig staunend anstarrt wie Bermúdez. Pablo versucht, José durch seinen Blick daran zu erinnern, dass dieser die Aufgabe hat, sorgfältig darauf zu achten, was sich ansonsten im Raum abspielt.

Erst nach einer ziemlichen Weile spricht er weiter.

»Ich will Ihnen aber keinesfalls mehr Zeit stehlen als unbedingt nötig, Herr Polizeihauptmeister. Mich interessiert einzig und allein Ihre Meinung zu dem Mord an Roberto Vanussi.«

Bermúdez lehnt sich im Stuhl zurück und sieht Pablo mehrere Sekunden lang direkt in die Augen. Keiner von beiden blinzelt, und zum ersten Mal hat Pablo den Eindruck, dass sein Gegenüber ihn mit Respekt betrachtet.

»Was genau möchten Sie wissen?«

»Das überlasse ich ganz Ihnen, Sie werden selbst wissen, was Sie erzählen wollen.«

»Vor ein paar Wochen wurde Vanussis Leiche gefunden. Jemand hatte sie in einen Sack gesteckt und in einen kleinen See gleich neben einer Landstraße geworfen. Ein Junge, der sich dort herumtrieb, stieß darauf. Es hatte längere Zeit nicht geregnet, und da war der Tümpel ausgetrocknet, sodass der Sack an der Oberfläche auftauchte. Um einen Profi kann es sich bei dem Mörder nicht gehandelt haben, er hat nicht einmal versucht, die Identität des Opfers zu verschleiern. Und wahrscheinlich war es auch sein erster Mord, er hat sich jedenfalls dermaßen stümperhaft angestellt, dass es nachträglich fast wie ein Wunder scheint, dass die Leiche nicht schon früher entdeckt wurde. Möchten Sie die Fotos sehen?«

»Nein, vielen Dank, mir reicht, was Sie erzählen.«

»Die Autopsie hat ergeben, dass das Opfer an den Folgen von Verletzungen gestorben ist, die man ihm mit einer scharfen Waffe zugefügt hat, einem Küchenmesser, genauer gesagt. Die Leiche wies am ganzen Körper Schnittwunden auf, die offensichtlich von jemandem stammen, der keinerlei Erfahrung hat.« Pablo sieht ihn fragend an. »Damit meine ich, dass ein Profi sein Opfer nicht an so vielen verschiedenen Stellen verletzen würde. Wer sich mit der Sache auskennt, weiß, wo er das Messer ansetzen muss, er würde sich niemals so lange aufhalten. Ihm ist klar, dass die Zeit gegen ihn läuft, weshalb er versucht, die Sache so schnell wie möglich zu erledigen. Nur eine einzige von Vanussis Verletzungen war tödlich, von allen anderen hätte er sich nach ein paar Tagen Bettruhe und Antibiotikabehandlung wieder erholen können, und die Verletzung, die schließlich zum Tod führte, war eindeutig ein Zufallsprodukt, auch da war die Waffe nicht planmäßig eingesetzt worden. In jedem Fall wurde er ungefähr eineinhalb Monate vor dem Auffinden ermordet, und so lange war es auch her, dass er zum letzten Mal lebend gesehen worden war. Ja, ich glaube sogar, man könnte das Todesdatum noch viel genauer eingrenzen.«

»Wie denn?«

»Sehen Sie, Roberto Vanussi hatte sich ein Flugticket nach Frankreich besorgt, und am Tag vor der geplanten Abreise ging er ganz normal seinen Geschäften nach – anschließend jedoch wurde er nicht mehr gesehen. Alle haben natürlich angenommen, er sei abgeflogen, weshalb niemand auf die Idee kam, ihn als vermisst zu melden. Er hat das entsprechende Flugzeug aber nie bestiegen, das heißt, er kann eigentlich nur an dem Tag ermordet worden sein, an dem er hätte verreisen wollen.«

»Und wieso ist man darauf gekommen, dass sein Sohn der Mörder sein soll?«

»Wie gesagt, die Tatspuren wurden kaum verwischt. Die Leiche wurde nur in geringer Entfernung von Vanussis Landhaus aufgefunden. Es ist nicht zu übersehen, wie eilig der Mörder es hatte, sich des Opfers zu entledigen. Vieles, vor allem die Schleifspuren, weist außerdem darauf hin, dass der Täter allein gehandelt hat. Auf dem Grundstück wurden zudem Blutspuren entdeckt, entlang einer Strecke, die vom

Haus bis zu einer nahe gelegenen Baumgruppe führt – das bereits verletzte Opfer hat offenbar noch einen Fluchtversuch unternommen, der allerdings letztlich vergeblich blieb. Und im Kofferraum eines Autos der Familie Vanussi wurden ebenfalls Spuren von Roberto Vanussis Blut entdeckt.«

»Wie hat man all das feststellen können, obwohl die Tat schon so lange zurücklag?«, fragt José.

Bermúdez lächelt.

»Ich bitte Sie, wir von der Polizei sind schließlich nicht auf den Kopf gefallen. Nicht nur Psychologen sind imstande, mehr als das Offensichtliche zu erkennen.«

Pablo nickt zustimmend.

»Nach allem, was Sie gesagt haben, scheint mir klar, dass Vanussi bei sich zu Hause ermordet worden ist. Aber warum soll ausgerechnet sein Sohn der Täter sein?«

»Die Tatwaffe wurde ebenfalls auf dem Grundstück gefunden, selbstverständlich mit Fingerabdrücken von Javier Vanussi und Blutspuren seines Vaters.«

»Und was ist so besonders daran, dass ein Gegenstand aus dem Haushalt der Vanussis Fingerabdrücke von Javier Vanussi aufweist?«

Bermúdez lächelt triumphierend und sieht Pablo fast mitleidig an.

»Doktor Rouviot, eine entscheidende Tatsache scheint Ihnen nicht bekannt zu sein.«

»Wie meinen Sie das?«

»Bei seinem Selbstmordversuch nach dem Auffinden der Leiche seines Vaters hinterließ Javier einen Abschiedsbrief, in dem er die Tat gestand.«

Pablo hat das Gefühl, endgültig k.o. zu gehen. Wieso hat ihm das vorher niemand gesagt? Er kann kaum glauben, dass er so dumm gewesen ist, ohne diese Information zu dem

Treffen mit Bermúdez zu erscheinen. Und trotzdem bringt ihn ein seltsames Leuchten in den so auffällig hellen Augen des Polizisten dazu, diesem noch eine letzte Frage zu stellen:

»Herr Polizeihauptmeister, Sie haben in Ihrem Leben schon Hunderte von Gewaltopfern zu sehen bekommen, und Sie haben auch immer wieder die Gesichter der Täter vor sich gehabt. Zu Recht vertrauen Sie in dieser Hinsicht also Ihrem Instinkt. Und von alldem abgesehen, hat unsere Unterhaltung, wie ich an dieser Stelle ausdrücklich betonen möchte, natürlich niemals stattgefunden.« Bermúdez nickt. »Deshalb würde ich Sie jetzt gerne etwas fragen: Sind Sie, trotz Ihrer Darlegungen, wirklich der Ansicht, dass Javier Vanussi seinen Vater ermordet hat?«

Bermúdez sieht ihn mit festem Blick an, ohne ein Wort zu sagen. Das ist auch gar nicht nötig, Pablo versteht die Antwort mühelos.

17

Es ist fast elf Uhr nachts. Schon lange hat ihn niemand mehr so spät noch angerufen. Trotzdem greift er weniger verärgert als neugierig zum Hörer.

»Hallo?«

»Doktor Rasseri? Entschuldigen Sie die Störung, ich bin's, Pablo … Pablo Rouviot.« Schweigen. »Ich hoffe, ich habe Sie nicht geweckt.«

»Nein, nein. Aber was verschafft mir so überraschend die Ehre?«

Pablo ist sich der Reichweite seiner Bitte bewusst, ihm ist klar, dass Rasseri alles Recht der Welt hat, sie abzuschlagen. Deshalb muss er behutsam vorgehen.

»Also, unser Gespräch war wirklich sehr wichtig für mich, ich bin Ihnen sehr, sehr dankbar für Ihr Entgegenkommen.«

»Freut mich, das zu hören. Aber etwas sagt mir, dass Sie nicht um diese Uhrzeit anrufen, nur um sich bei mir zu bedanken.«

»Da haben Sie recht, Doktor Rasseri, ich wollte Sie tatsächlich um einen Gefallen bitten, und ich hoffe sehr, Sie haben nicht das Gefühl, dass ich Ihr Vertrauen ausnutze.«

Stopp!, ruft Pablo sich selbst zu. Er hat mit eigenen Augen gesehen, wie liebevoll und sorgsam Rasseri sich um Javier kümmert, weshalb er jetzt beschließt, alle Ablenkungsmanöver aufzugeben und klipp und klar zu sagen, was er möchte.

»Doktor Rasseri, ich müsste unbedingt mit Javier Vanussi sprechen.«

Vom anderen Ende der Leitung kommt kein Wort, und die Zeit zieht sich für Pablo grausam in die Länge.

Schließlich sagt Rasseri: »Doktor Rouviot, Ihnen ist sicherlich bewusst, dass mein Patient derzeit außerstande ist, ein Gespräch zu führen, egal mit wem.«

»Selbstverständlich, ebendeshalb rufe ich ja an. Ich wollte Sie bitten, ihn aus diesem Zustand herauszuholen. Ich müsste mich zumindest einmal mit ihm unterhalten.«

»Ist Ihnen klar, worum Sie mich da bitten?«

»Natürlich, und ich weiß auch, wie schwer diese Entscheidung für Sie sein muss. Aber Sie sind der Einzige, der sie treffen kann.«

Rasseri schweigt, und Pablo kann förmlich hören, wie es in ihm arbeitet. Er begreift, dass er den Druck erhöhen muss.

»Doktor Rasseri, lassen Sie mich Ihnen etwas ganz im Vertrauen sagen. So wie die Dinge stehen, könnte jeder noch so unerfahrene Psychologe mühelos beweisen, dass Javier nicht in den normalen Strafvollzug eingewiesen werden kann und seine Haftzeit in einer psychiatrischen Einrichtung verbringen muss. Aber da ist trotz allem etwas, was mir keine Ruhe lässt.«

»Wie meinen Sie das?«

»Ich fürchte, der Fall ist überhaupt nicht so eindeutig, wie es aussieht. Es könnte sein, dass wir dabei sind, ein schweres Unrecht zu begehen.«

»Soll das heißen, Javier müsste Ihrer Ansicht nach sehr wohl in ein normales Gefängnis?«

»Nein, im Gegenteil, ich habe große Zweifel daran, dass er tatsächlich der Mörder seines Vaters ist. Aber ich weiß nicht, wie ich das beweisen soll, ohne mit ihm selbst gesprochen zu haben…«

»Pablo, was Sie da sagen, könnte sehr ernste Folgen haben.«

»Das ist mir klar.«

»Wenn, dann könnte man ihn auf jeden Fall nur ganz langsam aus seinem jetzigen Zustand herausholen. Sie sind kein Psychiater, ich weiß, aber dass das nicht von einem Augenblick auf den anderen geht, ist Ihnen sicherlich trotzdem klar.«

»Natürlich. Wie lange würde es denn dauern?«

»Ein bis zwei Tage.«

Pablo hatte mit mehr gerechnet. Er hat tatsächlich wenig Ahnung von der Arbeitsweise der Psychiater.

»Einverstanden. Kann ich mich also darauf verlassen?«

Schweigen.

»Ich muss erst über Ihre Bitte nachdenken. Schlafen kann ich in dieser Nacht sowieso nicht mehr und auch an nichts anderes denken, anders gesagt: Morgen früh sollte ich so weit sein, dass ich Ihnen eine Antwort geben kann.«

»Ich verstehe.«

»Meine Assistentin Luciana ruft Sie an. Ich nehme an, Sie erinnern sich an sie.«

Pablo versucht, mit möglichst neutraler Stimme zu antworten: »Ja, natürlich.«

»Also gut, dann erhalten Sie morgen meine Antwort.«

»Vielen Dank schon jetzt, dass Sie meine Bitte überhaupt in Erwägung ziehen.«

»Sagen Sie mir noch eins – ob Javier nun unschuldig ist oder nicht, er wird höchstwahrscheinlich viele Jahre interniert bleiben müssen, vielleicht sogar für immer. Was wollen Sie also mit der Sache erreichen?«

Pablo antwortet vollkommen ehrlich:

»Die Wahrheit, Doktor Rasseri, sonst nichts.«

»Egal, wem Sie damit vielleicht schaden?«

»Egal.«

»Verstehe ... Also, Luciana ruft Sie morgen an und teilt Ihnen mit, wie ich mich entschieden habe.«

»Danke. Dann warte ich auf Ihren Anruf.«

Er verabschiedet sich und legt auf. Rasseri ist wirklich ein hochanständiger Mensch, sagt er sich, ob er ihm seine Bitte nun erfüllen wird oder nicht.

Die Stimme von der anderen Seite des Tisches holt ihn in die Wirklichkeit zurück.

»Und, was wird er tun?«

»Was sein Gewissen ihm rät.«

»Und was tun wir solange?«

Pablo lehnt sich lächelnd im Stuhl zurück.

»Zu Abend essen, Wein trinken, entspannen, falls möglich ... und nachdenken.«

José nickt erleichtert und ruft den Kellner.

18

Während die beiden eine halbe Stunde später weiterhin in einem Grillrestaurant im Zentrum von Buenos Aires beim Essen sitzen, betritt ein Krankenpfleger in der Ferro-Klinik Javier Vanussis Zimmer und tauscht den eigentlich noch halb vollen Tropf gegen einen neuen aus. Auf Anordnung Rasseris fehlen in der neuen Mischung einige der bislang verabreichten Substanzen. Der Pfleger arbeitet lange genug in der Klinik, um zu wissen, dass Javier infolge dieser Veränderung schon bald aufwachen kann. Den Grund für Rasseris Anordnung begreift er nicht, und erst recht nicht, dass sie so spät am Abend und per Telefon erfolgt, aber es ist nicht seine Aufgabe, die Anweisungen der Ärzte infrage zu stellen, sondern sie auszuführen.

Nicht allzu weit entfernt wirft Paula sich unruhig im Bett hin und her und fragt sich, ob Doktor Rouviot den Auftrag annehmen wird, den sie ihm angeboten hat. Sie ist sich nicht ganz sicher, ob es richtig war, ihn in diese Geschichte zu verwickeln, aber die Vorstellung, Javier könnte tatsächlich an einem Ort landen, wo lauter Mörder, Räuber und Vergewaltiger festgehalten werden, erschien ihr einfach zu schrecklich.

In einem anderen Bett denkt unterdessen eine andere, blonde und sehr hübsche Frau über den ungewöhnlichen Tag nach, den sie durchlebt hat. In der Erinnerung kehrt sie zu den Geschehnissen des Nachmittags zurück, sie glaubt, die Bewegungen des Mannes, mit dem sie geschlafen hat, noch in sich zu spüren. Im Dunkeln tastet sie nach der Brille auf dem Nachttisch und setzt sie sich lächelnd auf. Dann schließt sie die Augen und ihre Hand wandert wie von selbst zwischen ihre Beine. Kurz darauf beginnt sie leise zu keuchen und die Hüften zu bewegen. Sie fragt sich, ob sie noch einmal mit diesem Mann zusammen sein wird, doch schon im nächsten Augenblick nimmt die Lust sie in Besitz, und sie denkt an kein Nachher mehr. Jetzt existieren in ihrer Fantasie nur noch sie selbst, ihre Leidenschaft und der Mann, den sie heute kennengelernt hat.

Mehrere Kilometer von dort sitzt Bermúdez rauchend in seinem Wohnzimmer. Seine Frau hat sich schon vor einer Weile schlafen gelegt, der Sohn kommt in dieser Nacht vielleicht gar nicht nach Hause. Von irgendwoher bittet ihn eine sechsundzwanzig Jahre alte Frau, die man vergewaltigt und ermordet hat, sie nicht zu vergessen. Ob der Psychologe recht hat? Könnte tatsächlich eine Frau hinter der Sache stecken? Bermúdez starrt auf einen Fleck an der Wand und zündet sich, ohne es zu merken, eine neue Zigarette an, obwohl er die andere noch gar nicht zu Ende geraucht hat. Er raucht zu viel, das stimmt. Aber heute Abend ist ihm das egal, sagt er sich, als er aufsteht, um sich auch ins Bett zu legen. Er hat einen schwierigen Tag hinter sich.

Fernando klappt bei sich zu Hause das Buch zu, er verzichtet darauf, noch länger zu versuchen, sich in die Lektüre zu versenken. Dafür streicht er jetzt sanft über Helenas Haar, die schlafend neben ihm liegt und nichts von dem angespannten Zustand mitbekommt, in dem ihr Mann sich befindet. Pablo hat ihn in eine Geschichte verwickelt, mit der er nichts zu tun haben möchte, und etwas sagt ihm, dass diese Tatsache nicht ohne Folgen bleiben wird. Er betrachtet seine Frau. Normalerweise erfüllt ihn bei ihrem Anblick ein Gefühl von Ruhe und Frieden, diesmal jedoch nicht – es gibt immer Ausnahmen von der Regel.

Zum selben Zeitpunkt versucht die halb verweste Leiche Roberto Vanussis in einem der Kühlfächer der Gerichtsmedizin etwas mitzuteilen. Aber das will offenbar niemand zur Kenntnis nehmen.

Und in einem nur vom schwachen Glanz des Mondes erhellten Zimmer liegt ein junges Mädchen friedlich schlafend im Bett. Ihr Gesicht wirkt völlig entspannt. In ihrem nur wenige Meter entfernten Arbeitszimmer ruht auf dem Tisch eine Geige, und auf dem Notenständer erwartet sie die Partitur von Mendelssohns Violinkonzert e-Moll.

Eine Stunde später gießen die beiden Freunde den Rest der zweiten Flasche Wein in ihre Gläser. Jetzt sind sie deutlich entspannter, und José findet, es ist an der Zeit, ein paar Fragen zu stellen.

19

»Ich wusste gar nicht, dass du so viel Ahnung von Gerichtsmedizin hast.«

»Ich auch nicht.«

»Wie meinst du das?«

»Während des Studiums habe ich die entsprechenden Seminare besucht, aber darüber hinaus habe ich mich nie besonders damit beschäftigt, das heißt also, eigentlich habe ich keine Ahnung.«

»Dafür hast du dich aber ziemlich geschickt angestellt…«

»Bermúdez hat uns nur empfangen, weil er musste, und er hatte nicht vor, uns irgendwelche Informationen zukommen zu lassen. Im Gegenteil, ihm ging es bloß darum, dass wir uns wie zwei dämliche Universitätsabsolventen vorkommen, die beim ersten Anblick von Blut die Flucht ergreifen. Sein Gerede über den Gesichtsausdruck der Toten und ihre Einsamkeit und ihre grausamen Mörder und die furchtbaren Qualen, die sie in den letzten Augenblicken ihres Lebens haben durchmachen müssen, war allerdings ziemlich wirksam, ich muss zugeben, dass es zumindest am Anfang seine Wirkung nicht verfehlt hat.«

»Stimmt. Und dass er uns bewusst einschüchtern wollte, ist mehr als offensichtlich. Aber woher wusste er, dass wir keine Gerichtsmediziner sind?«

»Jemand muss es ihm gesagt haben.«

»Aber wer?«

Pablo denkt einen Augenblick nach.

»Gute Frage. José, wir sind Analytiker, deshalb wissen wir, dass es nicht darum geht, möglichst schnell Antworten zu finden, sondern immer neue Fragen zu stellen. Auf deine letzte Frage zum Beispiel gibt es mehrere mögliche Antworten, aber wir sollten uns besser Zeit damit lassen und erst mal weiter in Ruhe nachdenken.«

»Einverstanden. Findest du, diesem Bermúdez kann man trauen?«

»Ich finde ihn vor allem sehr effizient, er scheint durchaus jemand zu sein, der etwas von seiner Arbeit versteht.«

»Ich glaube, dass er viel mehr weiß, als er behauptet hat.«

»Das ist klar, allerdings bin ich mir nicht sicher, ob er tatsächlich mehr weiß oder nicht selbst Zweifel an der Geschichte hat. Warum er darüber aber nicht spricht, weiß ich auch nicht.«

»Für mich gibt es hier nur drei Erklärungen: Entweder er steckt selbst mit in der Sache drin, oder jemand hat ihm befohlen, sich rauszuhalten, oder aber er hat Angst vor den Folgen, die es für ihn haben könnte, wenn er über die Geschichte spricht.«

»Und was scheint dir am wahrscheinlichsten?«

José zuckt die Achseln und fragt seinerseits:

»Woher wusstest du, dass der Fall mit dem Mädchen noch nicht aufgeklärt ist?«

»Das habe ich nicht gewusst, ich habe es mir bloß gedacht.«

José sieht ihn mit leicht zugekniffenen Augen an.

»Könntest du dich bitte ein bisschen klarer ausdrücken, verdammt?«

Pablo nickt lächelnd.

»Du warst heute doch zusammen mit mir in diesem Büro. Erzähl mal, was dir dort aufgefallen ist.«

»Nichts, womit ich nicht gerechnet hätte. Ein dunkler Raum, schlechte Luft, Geruch nach Zigaretten. Links ein Regal voller Aktenordner und Papierstapel, auf dem Boden ziemlich viel Dreck, feuchte Wände, von denen die Farbe abblättert. Mehr fällt mir jetzt nicht ein.«

»Und der Kleiderständer?«

»Was soll daran besonders sein? Ein unordentlich aufgehängtes Jackett und eine rote Krawatte, deren Spitze den Boden berührte.«

Pablo nickt. »Und der Schreibtisch?«

José trinkt einen Schluck Wein, bevor er antwortet.

»Der passte sich perfekt der Umgebung an.«

»Was so viel heißt wie …«

»Das totale Chaos. Ein randvoller Aschenbecher, eine halb ausgetrunkene Kaffeetasse, alle möglichen über den Tisch verteilten Stifte, ein blauer Umschlag aus Kunstleder, wahrscheinlich mit Unterlagen, und mehrere gebrauchte und zusammengeknüllte Papiertaschentücher.« Er macht eine kurze Pause. »Wenn ich es mir jetzt überlege, eine Riesensauerei.«

»Genau.« José sieht Pablo fragend an. »Nur eine Sache war ihm offensichtlich wichtig: der Ordner mit den Fotos, die er uns gezeigt hat. Der war weder fleckig noch zerknickt. Er hat ihn aus einer der Schreibtischschubladen geholt. Und obwohl er die Bilder scheinbar willkürlich auf dem Tisch verteilt hat, hat er dabei eine bestimmte Ordnung beziehungsweise Reihenfolge beibehalten. Und in genau der Reihenfolge hat er sie später auch wieder in den Ordner gesteckt, das ist mir aufgefallen.« José nickt bestätigend. »Und weißt du, warum ich ausgerechnet das Foto von der vergewaltigten jungen Frau ausgewählt habe?«

»Wahrscheinlich, weil es das schlimmste von allen ist.«

»Nein. Ich glaube, Bermúdez hat im Lauf seines Berufslebens viele mindestens so schlimme Dinge zu sehen bekommen, wenn nicht noch schlimmere, anders gesagt, er hätte uns noch viel schrecklichere Bilder zeigen können.«

»Und das bedeutet …?«

»Dass er geglaubt hat, dass er uns damit endgültig fertigmacht, darum hat er uns dieses Bild als Letztes gezeigt. Ich dagegen glaube, dass er genau deshalb der Ansicht war, dass dieses Foto uns am stärksten beeindrucken würde, weil ebendieses Bild *ihn selbst* zurzeit am stärksten beeindruckt.«

»Ein reiner Projektionsmechanismus also.«

»So ist es. Aus irgendeinem Grund war er nicht in der Lage, seinen Kummer vor uns geheim zu halten. Ich war mir auf einmal sicher, dass er, wenn er allein in seinem Büro sitzt, immer wieder diesen Ordner hervorholt und darin nach Antworten sucht, die er aber nicht finden kann. Und daraus ergaben sich für mich drei Dinge. Erstens: Bermúdez ist ein guter Polizist, der seine Arbeit ernst nimmt. Zweitens: An seinem Kummer zeigt sich, dass er in seinem Selbstwertgefühl getroffen ist. Und drittens: Wegen alldem kann es sich bei den Fällen aus diesem Ordner nur um ungelöste Fälle handeln. Es fehlte bloß das entsprechende Schild auf dem Deckel: ›Nicht aufgeklärte Fälle‹ oder ›Bermúdez' Versagen‹.«

José denkt über Pablos Worte nach.

»Ich muss zugeben, eine brillante Schlussfolgerung. Und wenn du trotzdem danebengelegen hättest?«

»Dann hätten wir ziemlich alt ausgesehen. Bermúdez hätte sich in seiner Überzeugung bestätigt gefühlt, dass wir zwei Idioten sind, und sich vielleicht noch ein Weilchen seinen Spaß mit uns gemacht. Aber das Risiko war es wert. Unsere Ausgangsposition war von vornherein ziemlich schlecht, viel schlechter hätte es, glaube ich, sowieso kaum für uns werden können.«

»Und warum hast du das mit dem Gesicht der Frau gesagt?«

Jetzt trinkt Pablo zuerst einen Schluck Wein, bevor er weiterspricht.

»Da habe ich einfach versucht, mich in Bermúdez hineinzuversetzen. Was empfindet er, wenn er dieses Foto ansieht? Was sagen ihm diese Augen, der letzte erkennbare Rest in diesem völlig entstellten menschlichen Gesicht? Ich bin mir sicher, dass sein schlechtes Gewissen, weil er den Fall noch nicht hat lösen können, ihn immer wieder zwingt, diese Augen anzusehen, und dass sie ihm jedes Mal von der durchlittenen Angst und dem Schrecken erzählen. Und selbst wenn die Frau womöglich gar keine Angst und keinen Schrecken mehr hat fühlen können – Bermúdez durchlebt ihn immer wieder neu, davon bin ich überzeugt.«

»Und das andere – dass vielleicht eine Frau an der Tat beteiligt war?«

Pablo lächelt.

»Früher habe ich öfter eine Fernsehserie über Gerichtsmediziner gesehen. Nach jeder besonders grausamen Tat wurde dort die Vermutung geäußert, dass eine verbitterte Frau mit zu den Tätern gehören könnte.« José sieht ihn verdutzt an. »Von wegen, im Fernsehen lernt man nichts ...«, fügt Pablo lachend hinzu.

»Und wenn du die Ermittlungen dadurch auf eine ganz falsche Spur lenkst?«

»Keine Sorge, Bermúdez ist, wie schon gesagt, jemand, der etwas von seiner Arbeit versteht. Der lässt sich so leicht kein X für ein U vormachen. Was ich da gesagt habe, war eine bloße Vermutung, nicht mehr und nicht weniger. In jedem Fall erweitert sie bloß das Spektrum, innerhalb dessen man auf die Suche gehen kann.«

José nickt. »Eine Frage noch: Warum wolltest du das Foto von Vanussi nicht sehen?«

»Aus zwei Gründen. Zum einen bringt der Anblick einer Leiche, die drei Wochen lang in einem See gelegen hat und entsprechend verwest sein muss, mich kein Stück weiter.«

»Und zum anderen?«

»Zum anderen hatte ich Angst, dass ich mich würde übergeben müssen.«

Jetzt lachen sie beide, auch um endlich die Anspannung loszuwerden. Sie sind solche Erfahrungen nicht gewöhnt, und obwohl sie sich dagegen wehren, hinterlassen sie Spuren in ihrer Seele. Plötzlich macht José wieder ein ernstes Gesicht.

»Pablo, ich muss dir zum zweiten Mal innerhalb von wenigen Stunden die gleiche Frage stellen: Jetzt, wo du über mehr Informationen verfügst, kannst du dir da immer noch vorstellen, dass Javier Vanussi der Mörder seines Vaters ist?«

Auch Pablos Züge verhärten sich, und er spürt, wie es ihm kalt über den Rücken läuft, bevor er kurz und knapp antwortet:

»Nein.«

20

Sechs Uhr morgens. Im Halbdunkel des Zimmers versuchen die Augen vergeblich, sich zu öffnen. Im halb betäubten Hirn vermischen sich Traum und Erinnerung.

Die Leiche muss weg, so schnell wie möglich. Vielleicht einfach in einen Sack damit, und dann, mit der Hilfe von Hipólito, dem Hausmeister, in den Kofferraum des Autos. Aber das wäre zu riskant. Der Ärmste ist zwar wirklich ziemlich beschränkt, eigentlich halb verrückt, aber so dumm, einen Sack mit einer Leiche für einen vollen Müllsack zu halten, ist er auch wieder nicht. Nein. Es muss allein gehen. Niemand darf etwas mitbekommen.

Was andererseits kein allzu großes Problem darstellt, schließlich ist außer Hipólito und seiner Frau um diese Uhrzeit niemand mehr im Haus. Und Hipólitos Frau schläft bestimmt längst, sie geht immer spätestens um zehn ins Bett, und was Hipólito selbst angeht... Der merkt sowieso nichts, schließlich ist er so versoffen, dass er manchmal kaum noch weiß, wie er heißt.

Zweiter Teil
Die Entscheidung

1

Nur Kinder haben Angst in der Nacht, sagt man normalerweise, aber das stimmt nicht. Auch wenn man als Erwachsener gelernt hat, dieses Gefühl mit dem Verstand zu bekämpfen, gelingt es deshalb noch lange nicht, die Gespenster, die einen zeitlebens verfolgen, endgültig zu verscheuchen. Nur die Art, sich ihnen entgegenzustellen, hat sich geändert, das ist wahr.

Die Kinder behelfen sich mittels des sogenannten Projektionsmechanismus, der es ihnen ermöglicht, das, was sie als Bedrohung empfinden, aus ihrem Inneren zu vertreiben und in der Außenwelt anzusiedeln. Deshalb befinden sich ihre Ungeheuer stets irgendwo außerhalb von ihnen, im Kleiderschrank, unterm Bett oder auf der anderen Seite der angelehnten Zimmertür, durch deren Spalt sie spähen. Im Dunkeln erfüllt die Welt sich für die Kinder mit tausend Augen und Pranken, die nach ihnen greifen, es reicht aber, sich die Decke über den Kopf zu ziehen oder in Windeseile mit wild pochendem Herzen ins Zimmer der Eltern hinüberzurennen, um die Gefahr zum Verschwinden zu bringen.

Für Erwachsene ist es nicht so einfach, den Qualen zu entrinnen, die ihre Gedanken hervorrufen. Wenn sie auf einmal vor Angst laut losschreien, kommt niemand angelaufen, um sie zu beruhigen, und mit bloßem Lichteinschalten ist es auch nicht getan. Deshalb gerät die Grenze zwischen Wahnsinn und Verstand in manchen Nächten bedenklich ins Wanken. Genau so eine Nacht hat Pablo hinter sich.

Bilder von zerfetzten Körpern, gefesselten Patienten und verführerischen Frauen haben ihn nicht schlafen lassen. Weshalb er schon um sieben Uhr morgens fertig geduscht und angezogen mit einer Tasse Kaffee in der Hand am Fenster seines Wohnzimmers steht und auf den großen Park des Stadtteils Palermo hinaussieht.

Anschließend wirft er einen Blick in seinen Terminkalender, auch wenn er ihn längst auswendig kennt. Er weiß genau, dass ihm ein langer Behandlungstag bevorsteht, ebenso klar ist ihm jedoch, dass er in Gedanken die ganze Zeit bei der Geschichte der Familie Vanussi sein wird. Weshalb es ihm auch das Beste scheint, für einen weiteren Tag alle angesetzten Termine abzusagen.

Dass Helena ihm dafür den Hals umdrehen wird, ist ebenfalls klar, trotzdem ist seine Entscheidung nur folgerichtig, denn ein Psychologe, der zu sehr durch ein bestimmtes Problem, eine drängende Frage oder aber durch seine Begeisterung egal worüber besetzt ist, drängt sich bei der Behandlung zu sehr in den Vordergrund, was automatisch dazu führt, dass der Analytiker in ihm von dem Ort vertrieben wird, den er eigentlich einnehmen müsste, um seinen Patienten angemessen zuhören zu können. Oft passiert Pablo so etwas nicht, normalerweise hat er seine Stimmungen im Griff und kann sie, solange er arbeiten muss, gewissermaßen in den Wartezustand versetzen. Heute wäre er dazu aber nicht imstande, das spürt er genau. Man kann nicht immer alles können – diesmal trifft diese einfache Wahrheit auf ihn zu. Weshalb er zum Telefon greift und eine Nummer wählt, die er ebenfalls schon lange auswendig weiß.

Es klingelt einmal, zweimal, dreimal. Dann meldet sich die altbekannte, geliebte Stimme:

»Hallo?«

»Hallo, Helena.«

»Rubio! Was ist los?«

»Ich habe heute so einen richtigen Männertag«, sagt er scherzend.

Helena lacht.

»Frag mich nicht, wieso, aber genau das habe ich erwartet. Deshalb habe ich auch, selbst auf die Gefahr hin, dass du es mir übel nimmst, schon gestern alle heutigen Termine für dich abgesagt. Ich wollte dich später anrufen, um dir Bescheid zu geben. Ich hab gedacht, du würdest heute mal ein bisschen länger schlafen.«

»Helena ...«

»Ich weiß schon, du fragst jetzt, mit welchem Recht ich mir das rausgenommen habe. Wenn du es wissen willst: Du hattest gestern einen superharten Tag, und ich hatte den Eindruck, dass du eine kleine Pause brauchst. Ich hoffe, du bist mir nicht böse. Aber eigentlich ist es auch nicht viel anders, wie wenn du manchmal plötzlich verreisen musst. Deine Patienten kennen das jedenfalls von dir, oder etwa nicht?«

»Meinst du damit, dass ich mich nicht genug um sie kümmere?«

»Nein, ich weiß, wie wichtig sie dir sind. Aber jetzt sag mal: War es falsch, was ich gemacht habe?«

»Nein, im Gegenteil, endlich hast du mal das Richtige gemacht.«

»Oh, bist du gemein ...«, erwidert Helena amüsiert.

»Weißt du was«, sagt Pablo nach kurzem Zögern, »ich glaube, am besten sagen wir gleich noch für den Rest der Woche alle Termine ab. Und danach sehen wir weiter.«

»Oha! Ist irgendwas Schlimmes passiert?«

Pablo hat das Gefühl, dass er »Ja« antworten müsste, und trotzdem kommt ihm das irgendwie unpassend vor.

»Nein, aber ich bin mir fast sicher, dass das Thema Javier Vanussi mich eine Zeit lang ziemlich in Beschlag nehmen wird.«

Schweigen.

»Rubio ... Warum lässt du nicht die Finger von der Geschichte? Irgendwas daran gefällt mir nicht.«

»Mir auch nicht. Aber einfach aussteigen geht nicht, eben deshalb.«

Helena kennt ihn gut. Sie weiß, dass es keinen Sinn hat, zu versuchen, ihn von einem Fall abzubringen, der sein Interesse erregt hat. Aber normalerweise handelt es sich dabei um klinische Fälle, nicht um Fälle für die Polizei. Helena bewundert ihn sehr wegen seiner Fähigkeiten und Kenntnisse, und sie weiß, dass er wirklich eine Menge von psychischen Erkrankungen versteht. Aber hier geht es um etwas anderes. Längst tut es ihr leid, ja sie macht sich Vorwürfe, dass sie Paula Vanussi den Termin bei ihm verschafft hat. Vielleicht versucht sie deshalb, ihm jetzt zuzureden, die Sache sein zu lassen und sein normales Leben wieder aufzunehmen.

»Bist du wirklich sicher?«

Sie vernimmt ein kaum wahrnehmbares Seufzen vom anderen Ende der Leitung.

»Was heißt schon sicher?«

»Na gut. Und was soll ich den Patienten sagen?«

»Nichts. Du sagst einfach die Termine ab. Ich erkläre später selbst jedem so viel dazu, wie jeweils nötig.«

»Wie du willst. Sonst noch was?«

Pablo zögert.

»Ja ... Wie geht's Fernando?«

»Gut, soweit ich weiß. Aber warum fragst du, muss ich mir Sorgen machen?«

»Nein, bloß so. War nur eine Frage, sonst nichts.«

Helena hat das Gefühl, dass da sehr wohl noch etwas ist und dass ihr Freund Pablo nicht die ganze Wahrheit sagt, aber sie verzichtet darauf, ihn danach zu fragen, vielleicht weil sie keine Lust hat, sich noch mehr auf eine Geschichte einzulassen, die ihr schon jetzt einen so gefährlichen Eindruck macht. Helena ist eine sehr sensible Frau, die sich auf ihre Ahnungen verlässt. Und diesmal täuscht sie sich nicht.

2

Auf der Rückbank des Taxis sitzend sieht er, wie die Häuser der Stadt neben der Autobahn an ihm vorbeiziehen. Das gleichmäßige Tempo und das leise Brummen des Motors schläfern ihn ein, und irgendwann gleitet er, müde wie er ist von dem anstrengenden Tag davor und der halb durchwachten Nacht, endgültig in einen Traum hinüber.

In diesem Traum betritt er einen alten Bahnhof, um den der kalte, grausame Wind Patagoniens heult.

Er setzt sich auf eine Bank, holt tief Luft und schließt die Augen. Ein schmerzhaftes Gefühl der Einsamkeit erfüllt ihn. Die lange Reise bis hierher hat er nur unternommen, um sie aufzusuchen, sie wollte aber nicht mit ihm zurückkehren. Wie in dichtem Nebel sieht er wieder vor sich, wie er sie zum Abschied umarmt, küsst, und dann nimmt er unbestreitbar auch Alejandras Geruch auf seiner Haut wahr.

Dieser Geruch gehört zu den Dingen, die er am stärksten vermisst. Er weiß noch genau, wie oft er sich, wenn er nachts nicht schlafen konnte, an sie gedrückt hat, aber nicht nur, um ihr nahe zu sein und ihre Wärme zu spüren, sondern vor allem, um ihren Geruch wahrzunehmen.

Auch wenn er ihr das nie richtig hat erklären können – ihr Geruch beruhigte ihn, vermittelte ihm ein Gefühl von Sicherheit, den Eindruck, sich in guten Händen zu befinden. In solchen Momenten gelang es ihm schon nach wenigen Minuten, sich zu entspannen und bald darauf ruhig einzuschlafen. Manchmal allerdings erregte ihn der Geruch erst recht.

Das Pfeifen des Zugs reißt ihn aus seinen Gedanken. Seine Abreise steht unmittelbar bevor. Als der Zug vor ihm hält, steigt er hastig ein, obwohl klar ist, dass er sich Zeit lassen könnte, der Zug wird mehrere Minuten hier warten. Aber er will es hinter sich bringen, so schnell wie möglich. Vielleicht hat er auch Angst, er könne seinen Entschluss rückgängig machen. Auf dem Trittbrett sieht er sich noch einmal um.

Nichts, niemand.

Alejandra hat Wort gehalten und ist nicht gekommen, um sich von ihm zu verabschieden, vielleicht weil sie wusste, dass sie ihn dann zurückhalten würde.

Er durchquert den Gang, betritt ein Abteil, deponiert seine Sachen im Gepäcknetz, lässt sich auf einem Platz nieder, lehnt sich zurück, versucht, sich zu entspannen. Warum raucht er nicht? Das würde ihm jetzt zweifellos helfen, aber dieses Laster hat er sich nie angewöhnt. Seit sein Vater an Lungenkrebs gestorben ist, hasst er nicht nur Zigaretten, sondern auch alle Zigarettenraucher.

Der Zug setzt sich mit einem Ruck in Bewegung. Erschrocken richtet er sich auf und sieht zum Fenster hinaus, auf der Suche nach den großen, tiefen Augen Alejandras, doch er kann nur ein Durcheinander von Händen erkennen, die irgendwelchen Unbekannten zum Abschied winken.

Auf einmal glaubt er, Alejandra inmitten der Leute zu entdecken und will schon zur Tür stürzen und aus dem Zug springen. Aber ganz sicher ist er sich nicht, und während er noch zögert, nimmt der Zug Fahrt auf, wird immer schneller und lässt den Bahnhof in der Dunkelheit der Nacht zurück. Irgendwann ist er nur noch als winziger Lichtpunkt zu erkennen, der schließlich ganz erlischt.

Pablo lässt sich in den Sitz sinken und spürt das wilde Schlagen seines Herzens. Er schließt die Augen und versucht erneut, sich zu entspannen – bis eine Stimme ihn aus dem Dämmer reißt.

»Wir sind da ... Hallo? ... Wir sind da, wachen Sie auf.«

Pablo öffnet die Augen, und das helle Sonnenlicht blendet ihn. Erst nach einer Weile begreift er, wo er ist.

»Tut mir leid, dass ich Sie wecken musste, aber wir sind da.«

Jetzt ist er wieder in der Wirklichkeit angekommen. Er bedankt sich beim Fahrer, sagt, er solle bitte hier warten, steigt aus und bleibt einen Augenblick neben dem Taxi stehen und betrachtet das Haus in der Ferne. Ein großes Anwesen. Ein hölzernes Gatter dient als Zugangstor. Dahinter führt eine kleine Allee bis zum Haus. Er drückt auf eine Klingel, um sich anzukündigen.

»Kommen Sie bitte rein«, sagt eine sanfte Stimme.

An einem Summen erkennt er, dass er das Gatter öffnen kann. Er folgt der Aufforderung und betritt einen von Bäumen gebildeten grünen Tunnel. Das Gezwitscher der Vögel und der Blumenduft sind wohltuend, für einen Augenblick scheint die Welt in Ordnung. Aber nur für einen Augenblick. Dann wird ihm klar, dass sich durch ebendiesen Tunnel der aus vielen Wunden blutende Roberto Vanussi geschleppt hat, bis er tot umgefallen ist.

Die Wirklichkeit hat ihn wieder, doch das Gefühl von Einsamkeit und Trauer ist nicht zusammen mit seinem Traum verschwunden.

3

Paula setzt sich ihm gegenüber und sieht ihn fragend an. Sie trägt ein weit geschnittenes Hemd, Jeans und Turnschuhe und könnte so einen entspannten und lockeren Eindruck machen, ihrem Gesicht ist jedoch anzusehen, dass sie nervös ist, was sie auch gar nicht zu überspielen versucht. Eine Hausangestellte kommt ins Zimmer und stellt ein Tablett auf dem Tisch ab.

»Danke, Francisca. Falls noch irgendwas sein sollte, gebe ich Bescheid.«

Die Frau nickt und geht wieder hinaus. Pablo fällt auf, dass die beiden liebevoll und vertraut miteinander umgehen.

Er sieht sich im Zimmer um. Sein Blick bleibt an verschiedenen Dingen hängen, so gibt es hier etwa einen offenen Kamin, ein beeindruckendes großes Gemälde von einem ihm unbekannten Maler, ein Klavier und eine große Glaswand, die die Aussicht auf die schöne Umgebung freigibt.

»Ich muss zugeben, ich bin wirklich sehr froh und erleichtert, dass Sie gekommen sind.«

»Das kann ich mir vorstellen.«

Sie lächelt.

»Trotzdem ist es seltsam, dass Sie jetzt tatsächlich hier bei uns sind.« Sie sieht ihm direkt in die Augen. »Ich habe immer gehofft, mich irgendwann einmal in Ruhe mit Ihnen unterhalten zu können. Ich war bei vielen Ihrer Vorträge, aber dort habe ich nie den Mut gehabt, Sie anzusprechen. Sie wissen schon – wenn man sich jemanden zum Vorbild nimmt, ist es schwierig, mit dem Betreffenden unbefangen in Kontakt zu treten. Außerdem wollte ich nicht, dass Sie mich für eine naive kleine Studentin halten, die Sie um jeden Preis kennenlernen will.«

Sie lächelt.

»Was ist daran lustig?«

»Wenn ich jetzt darüber nachdenke, war es vielleicht doch so.« Sie sieht Pablo erneut an. Der lässt sich keine Regung anmerken. »Aber besser, wir sprechen über das Thema, das Sie eigentlich hergeführt hat. Ich nehme an, Sie sind gekommen, weil Sie immer noch nicht wissen, was Sie mir sagen sollen, stimmt's?«

»Woher wissen Sie das?«

»Um einfach nur Ja oder Nein zu sagen, hätte ein Anruf genügt. Ich denke also, Sie wollen erst einmal noch das eine oder andere wissen, bevor Sie sich entscheiden.«

Jetzt sieht Pablo ihr direkt in die Augen.

»Da haben Sie recht, das ist wirklich gut beobachtet, herzlichen Glückwunsch!«

»Danke, wenn Sie das sagen, fasse ich es als Kompliment auf.« Sie gießt sich eine Tasse Tee ein und trinkt einen Schluck. »Bevor Sie die erste Frage stellen, würde ich Sie aber gerne um etwas bitten, geht das?«

»Natürlich ... Obwohl, wenn ich es mir genauer überlege, macht Ihre Bitte mir fast ein bisschen Angst. Ich kenne Sie zwar kaum, aber Sie gehören ganz offensichtlich nicht zu den Frauen, die man einfach zufriedenstellen kann.«

Sie lacht.

»Da täuschen Sie sich. Dass ich einen Spezialisten brauche, der mich bei einem Mordprozess unterstützt, kommt auch bei mir nicht alle Tage vor.«

»Freut mich für Sie ... Na gut, worum wollten Sie mich bitten?«

»Wenn es Ihnen nichts ausmacht, fände ich es schön, wenn wir uns duzen könnten. Ich bin nicht Ihre Patientin, und wie auch immer Sie sich letztlich entscheiden – ich glaube jedenfalls nicht, dass wir künstlich eine Distanz wie bei einer Psychoanalyse herstellen müssen. Wenn Sie den Fall also übernehmen wollen, wäre die Kommunikation zwischen uns viel einfacher, wenn wir uns duzen. Und wenn nicht … Ich nehme an, dass Sie nicht immer und überall so formell sind. Wenn wir uns unter anderen Umständen kennengelernt hätten, würden Sie sich mir gegenüber anders verhalten, oder täusche ich mich? Vergessen Sie nicht, ich habe Sie schon in allen möglichen Umgebungen erlebt, und dabei habe ich feststellen können, dass Sie tatsächlich nicht immer so korrekt und förmlich auftreten.«

Nach diesen Worten nimmt Paula die Beine hoch, stützt die Absätze auf dem Sitz ihres Sessels ab und legt die Arme entspannt um die Knie. Sie lächelt ihn an, und spätestens jetzt wird Pablo bewusst, wie gut sie aussieht. Das durchs Fenster fallende Sonnenlicht verleiht ihren Augen eine ungewöhnliche Tiefe, und im Kontrast zu den schwarzen Haaren wirkt ihre Haut auffallend hell. Pablo ist sich im Klaren darüber, dass er sie unter anderen Umständen geradezu verstörend attraktiv finden würde, in diesem Augenblick beschränkt sich die Wirkung ihres Anblicks jedoch auf ein einfaches ästhetisches Wohlempfinden.

»Gut, einverstanden. Paula, eins muss ich dir auf jeden Fall sagen.«

»Und zwar …«

»Gestern Abend habe ich mit Doktor Rasseri gesprochen und gefragt, ob es vorstellbar wäre, Javier aus seinem derzeitigen Zustand herauszuholen, damit ich mich mit ihm unterhalten kann.«

»Ich weiß.« Pablo sieht sie überrascht an. »Pablo, Doktor Rasseri ist nicht nur ein großer Arzt und ein Mann mit unerschütterlichen moralischen Grundsätzen, nach all den Jahren ist er auch eine unverzichtbare Stütze unserer Familie. Ich würde fast sagen, er ist unser Freund. Deshalb hat er mich gestern Abend auch angerufen und mir von deiner Bitte erzählt. Er hat gesagt, er wolle darüber nachdenken, zunächst müsse er aber wissen, ob ich etwas dagegen habe.« Sie sieht Pablo an. »Wundert dich das?«

»Ja.«

»Warum? Du musst bedenken, dass er in dieser Sache nichts allein entscheiden kann. Obwohl ich nur wenig älter als Javier bin, hat man mir vorläufig die Vormundschaft über ihn übertragen, deshalb habe ich das Recht und die Pflicht, über alles, was ihn betrifft, unterrichtet zu werden. Anders gesagt, auch wenn Doktor Rasseri einverstanden wäre, dürftest du dich nicht mit Javier unterhalten, wenn ich nicht ebenfalls zustimme.«

Trotz der schwierigen Umstände macht sie einen sicheren und selbstbewussten Eindruck. Sie wirkt ruhig, allerdings auch ein wenig traurig und müde.

»Und, was hast du zu Doktor Rasseri gesagt?«

»Dass ich nichts dagegen habe, aber nur, wenn ich zuerst allein mit Javier sprechen kann.«

»Und warum das?«

»Weil mein Bruder sich schon seit Wochen in einem Zustand befindet, in dem er nichts davon mitbekommt, was um ihn herum passiert. Und er befindet sich in diesem Zustand, weil seine letzte willentliche Handlung ein Selbstmordversuch war. Deshalb halte ich es nicht für angebracht, dass sein erster Kontakt mit der Wirklichkeit nach so langer Zeit darin besteht, dass er sich mit jemandem, den er noch nie gesehen hat, ausgerechnet über die Vorfälle unterhalten soll, die zu seiner letzten großen Krise geführt haben. Mir scheint es wichtig, dass ihn jemand bei seiner Rückkehr in die Wirklichkeit an die Hand nimmt, den er liebt und dem er vertraut. Bitte nimm es mir nicht übel – ich weiß, du bist ein großer Psychologe, andernfalls hätte ich dich ja nicht um Hilfe gebeten, aber trotzdem glaube ich, dass Javier erst mal ein bisschen Liebe und Zuwendung verdient hat, bevor er sich mit dir unterhält.«

Pablo sieht sie erstaunt an. Für ihr Alter übernimmt sie wirklich bewundernswert klar und entschieden die Aufgabe, die ihr zugefallen ist. Er weiß aber auch, dass es öfter vorkommt, dass der Schmerz Menschen vorzeitig reifen lässt.

»Ich verstehe dich nicht nur – ich bin vollkommen deiner Meinung!«

»Danke.«

»Wenn wir in dieser Hinsicht einer Meinung sind, dürfte es also kein Problem sein, dass ich mich anschließend mit deinem Bruder unterhalte.«

»Ich weiß nicht. Wie gesagt, ohne meine Zustimmung wäre es für dich auf keinen Fall möglich.«

»Aber diese Zustimmung hast du gerade erteilt.«

»Ja. Es fehlt aber noch Doktor Rasseris Meinung – ich würde niemals etwas tun, was seiner Ansicht nach schlecht für Javier ist. Selbst wenn du in dem Fall nicht bereit wärst, mir zu helfen.«

Pablo sagt nichts. Er nimmt die Kaffeekanne vom Tablett und gießt sich eine Tasse ein. Paula hält ihm die Zuckerdose hin, aber er lehnt dankend ab. Schon seit Jahren trinkt er den Kaffee schwarz.

»Aber keine Sorge«, fährt Paula fort, »ich glaube nicht, dass er lange braucht, um sich zu entscheiden.«

»Ich weiß. Das hat er jedenfalls gestern Abend auch zu mir gesagt.« Pablo trinkt einen Schluck Kaffee. »Aber in jedem Fall hast du recht: Ich bin hier, weil ich verschiedene Sachen wissen muss.«

»Dann leg los.«

Gerade als Pablo die erste Frage stellen will, unterbricht ihn etwas. Etwas, was ihm seltsam vertraut vorkommt. Er braucht nicht lange, um zu erkennen, worum es sich handelt: Die Geige, die er hört, spielt das Violinkonzert a-Moll von Bach. Er weiß noch, wie sehr Alejandra dieses Stück liebte, lange Zeit begleitete es ihr gemeinsames Schweigen, ihre Abendessen und ihre intimsten Augenblicke.

»Was ist?«

Pablo gibt ihr mit einer Handbewegung zu verstehen, dass sie nicht weitersprechen soll. Er muss jetzt einfach der Musik zuhören. Als das Stück nach ein paar Minuten zu Ende ist, schweigen beide noch eine Weile, bis Paula schließlich sagt:

»Schön, was?«

»Unglaublich. Entschuldige, ich hatte nicht erwartet, unter diesen Umständen so etwas geboten zu bekommen, und da konnte ich einfach nicht anders …«

Paula sieht den feuchten Glanz in seinen Augen und lächelt zärtlich.

»Das hat dich bewegt …«

»Ja.«

»Dann komm.« Sie steht auf und hält ihm die Hand hin. Er sieht sie überrascht an, ergreift dann aber folgsam ihre Hand.

»Wohin gehen wir?«

»Ich möchte dir jemanden vorstellen.«

Sie betreten den Gang, und Paula klopft behutsam an einer nahe gelegenen Tür. Dann macht sie vorsichtig auf, streckt den Kopf vor und fragt leise:

»Kann ich reinkommen?«

Die Antwort hört Pablo nicht, aber er kann sie erahnen, denn gleich darauf sieht Paula ihn lächelnd an.

Dann macht sie die Tür ganz auf und geht hinein.

Er folgt ihr wortlos.

4

Es handelt sich um ein Studierzimmer. Darin ein eleganter, L-förmiger Schreibtisch aus hellem Holz, auf dem sorgfältig angeordnet Hefte, Stifte, ein Radiergummi, ein Stapel aus vier oder fünf Büchern – offenbar haben sie alle mit Musik zu tun und sollen der Reihe nach, von oben nach unten, durchgearbeitet werden – und Notenpapier liegen. Auf dem kürzeren Teil steht ein eingeschalteter Computer.

Durch ein großes Fenster hat man einen weiten Blick in den Garten, und an der dem Fenster gegenüberliegenden Wand steht ein auf ebenso durchdachte wie harmonische Weise überbordendes Bücherregal. Pablo mustert es verstohlen und stellt fest, dass es die unterschiedlichsten Arten von Literatur enthält. Das Einzige, was den angenehmen Gesamteindruck stört, ist der dicke Teppich auf dem Boden, aber der ist wahrscheinlich akustischen Notwendigkeiten geschuldet, sagt sich Pablo. Insgesamt jedenfalls ein sehr schönes Zimmer, und trotzdem ein vor allem dem Lernen und Arbeiten vorbehaltener Raum.

Vor einem Notenständer sitzt ein junges Mädchen, das ihn überrascht und freundlich zugleich ansieht. Zwischen der linken Schulter und dem Kinn hält sie eine Geige.

»Camila, ich möchte dir meinen Freund Pablo vorstellen.«

Das Mädchen betrachtet Pablo eine Weile, legt dann die Geige auf den Schreibtisch und steht auf, um ihn zu begrüßen. Ihre Augen sind ebenso grün und tief wie die Paulas, und auch sie ist auf geradezu verstörende Weise schön. Sie ist unbestreitbar noch ein Kind, und trotzdem hat Pablo bei ihrem Anblick das Gefühl, einer erwachsenen Frau gegenüberzustehen.

»Pablo, darf ich vorstellen: Camila. Camila: Das ist Pablo.«

»Hallo.«

Pablo lächelt. Auch die Stimme der Kleinen klingt ausgesprochen musikalisch.

»Hallo. Ich habe dich gerade spielen hören. Was soll ich sagen? Einfach wunderbar!«

»Danke«, sagt Camila freundlich, und man merkt, dass sie solches Lob gewohnt ist.

Pablo sieht sie immer noch staunend an. Sie kann nicht viel älter als zwölf sein, weshalb es ihm schwerfällt, das soeben Gehörte mit ihr in Zusammenhang zu bringen.

»Pablo war sehr beeindruckt.«

»*Bewegt*, um es genauer zu sagen.«

Camila nickt.

»Ja, das Stück ist wirklich bewegend. Ich spiele es jeden Morgen, bevor ich anfange zu lernen. Einen feineren Zugang zur Musik gibt es wohl kaum. Danach fällt es mir leichter, mich mit dem manchmal ziemlich trockenen Übungsstoff auseinanderzusetzen.«

Pablo traut seinen Ohren nicht – wie kann ein so junges Mädchen sich so gewählt ausdrücken?

»Darf ich fragen, wie alt du bist?«

Camila lacht schelmisch, und dabei wird dann doch spürbar, dass sie eigentlich noch ein Kind ist.

»Na klar, über mein Alter brauche ich mir schließlich noch keine Sorgen zu machen. Ich bin dreizehn.«

Paula tritt zu ihr und streicht ihr zärtlich übers Haar.

»Aber sie ist die reifste von uns dreien. Die Einzige, die

ihre Sache wirklich gut gemacht hat, und außerdem der Stolz der Familie.«

»Hör auf, du weißt, dass ich es nicht mag, wenn du so sprichst.«

»Es stimmt aber.«

Pablo stellt fest, dass Paula zum ersten Mal entspannt lächelt. Offensichtlich ist sie stolz auf ihre Schwester und hat eine sehr enge Beziehung zu ihr.

»Ich dachte, ihr seid nur zwei Geschwister.«

»Wir hatten einfach noch nicht genug Zeit, um uns über unser Leben auszutauschen, stimmt's?«

»Ja, das stimmt.«

Es wird still im Raum, bis Camila gleichzeitig bittend und befehlend sagt:

»Ich muss jetzt weiter üben.«

»Ja, natürlich, Entschuldigung.« Paula lächelt und geht zur Tür. Pablo folgt ihr, ohne den Blick von der kleinen Geigerin abzuwenden.

»Hat mich gefreut, dich kennenzulernen.«

»Danke, mich auch«, sagt Camila und setzt sich wieder auf den Stuhl vor dem Notenständer.

Paula und Pablo kehren ins Wohnzimmer zurück. Hinter ihnen spielt die Geige jetzt eine Folge von Tonleitern.

»Wirklich erstaunlich.« Paula nickt. »Ist dir bewusst, was für ein Talent deine Schwester besitzt?«

»Natürlich. Das ist uns allen klar, ihr selbst auch. Sie ist nicht einfach irgendein Mädchen, das gerne musiziert und deshalb Geigenunterricht nimmt. Sie ist eine richtige Vollblutmusikerin. Seit sie fünf ist, übt sie jeden Tag sechs bis acht Stunden – irgendwann will sie zu den Besten gehören. Ehrlich gesagt glaube ich nicht, dass es hier in Argentinien jemanden in ihrem Alter gibt, der mit ihr mithalten kann.

Aber sie weiß auch, dass das allein noch nichts heißt, deshalb arbeitet sie unaufhörlich an sich selbst und übt ständig.«

»Und wie wird sie mit dem Tod eures Vaters fertig?«

Paula denkt einen Augenblick nach, seufzt und erklärt dann: »Viel gesagt dazu hat sie nicht.«

»Wie genau weiß sie, was bei seinem Tod passiert ist?«

»Sie weiß alles. Du hast ja selbst gesehen, dass sie nicht einfach irgendein kleines Mädchen ist. Sie ist viel intelligenter und reifer als die meisten ihrer Altersgenossinnen. Ihr hätte man sowieso nichts vormachen können. Außerdem war ihr Vater nun mal ihr Vater, und wie du selbst in einem deiner Bücher schreibst, ›so schmerzhaft die Wahrheit auch sein mag, jeder Mensch hat das Recht, sie zu kennen‹.«

Pablo nickt.

»Und dass Javier anscheinend der Mörder ist, wie hat sie das aufgenommen?«

Paula sieht ihn überrascht an.

»Wieso ›anscheinend‹?«

Schweigen.

»Ja, darüber wollte ich auch mit dir sprechen.« Pause. »Paula, du weißt, dass dein Vater mit ziemlich zwielichtigen und gefährlichen Leuten zu tun hatte.«

»Ja, das weiß ich, natürlich.«

»Ich bin kein Fachmann auf diesem Gebiet, aber je länger ich mich mit der Sache beschäftige, desto mehr bezweifle ich, dass Javier den Mord an deinem Vater begangen hat.«

Paula sieht ihn ungläubig an und versucht, seine Worte zu verarbeiten.

»Bist du dir darüber im Klaren, was du da sagst?«

»Ja, das bin ich, aber wir dürfen diesen Gedanken nicht ausschließen. Soweit ich es im Moment überblicke, gibt es eine ziemlich lange Liste von Leuten, die sich sehr über den

Tod deines Vaters gefreut haben dürften.« Paula nickt. Pablo macht eine kurze Pause, bevor er weiterspricht. »Darf ich dich etwas fragen? Gehörst du auch zu diesen Leuten?«

Paula sieht ihn lange schweigend an.

»Pablo, mein Vater war kein gewöhnlicher Vater. Er war fast nie zu Hause, wir haben ihn kaum je zu sehen bekommen. Wir, seine Kinder, spielten für ihn keine wichtige Rolle, an fröhliche Momente an seiner Seite kann ich mich nicht erinnern. Wir sind nie zusammen in die Ferien gefahren, er war nie mit uns in der Stadt unterwegs, nie hat er mit uns gespielt. Ich glaube, er hat mich nicht geliebt, und ich habe ihn, ehrlich gesagt, auch nicht besonders lieb gehabt. Ich muss zugeben, dass ich keinerlei Schmerz empfunden habe, als ich von seinem Tod erfuhr. Vielleicht klingt das schrecklich, aber so war es. Es tut mir auch jetzt nicht weh, ich vermisse ihn nicht.« Sie senkt den Blick. »Ja, ich glaube sogar, dass es besser für uns ist, dass er nicht mehr lebt.« Sie atmet tief durch. »Du siehst, meine Beziehung zu ihm war ziemlich schlecht, auch wenn ich, glaube ich, nicht sagen würde, dass ich mich über seinen Tod freue. Ist deine Frage damit beantwortet?«

»Ich denke, ja.«

Paula lächelt.

»Gehöre ich damit auch zu den Tatverdächtigen?«

»Ganz ausschließen würde ich es jedenfalls vorläufig nicht.« Sie schüttelt den Kopf, offensichtlich ist sie verärgert. »Was ist?«

»Vielleicht hätte ich mich doch nicht an dich wenden sollen.«

»Kann sein. Du hast dich aber an mich gewandt. Und wo ich schon einmal da bin, würde ich dir gerne noch ein paar Fragen stellen.«

»Gut. Aber wenn du nichts dagegen hast, würde ich lieber

draußen im Park darüber sprechen. Ich brauche ein bisschen frische Luft.«

»Wie du möchtest.«

Paula steht auf, Pablo folgt ihr. Während er hinter ihr hergeht, muss er sie unweigerlich ansehen. Sie ist wirklich eine sehr sinnliche und attraktive Frau. Sie verlassen das Haus und betreten den Park.

Drinnen beschäftigt Camila sich weiter mit ihren Übungen. Flink und präzise bewegen sich die Finger über das Griffbrett. Mit der Rechten führt sie sicher den Bogen, und mit der Aufmerksamkeit ist sie ganz und gar bei ihrer Musik.

5

Zwei Stunden später verabschiedet Pablo sich von Paula im Wohnzimmer. Sie hat Dinge zu erledigen, und Pablo verfügt jetzt zumindest über einen Teil der Informationen, die er braucht, um sich endgültig zu entscheiden. Als er aus dem Haus tritt, sieht er die Allee vor sich und bleibt stehen. Er versucht, sich vorzustellen, wie es gewesen sein muss, als der tödlich verwundete Roberto Vanussi dort entlangtaumelte. Bei dem Gedanken läuft es ihm kalt über den Rücken. Wie weit mag er gekommen sein? Wo genau ist er zu Boden gestürzt? Und in welchem der Beete fand man das Messer, mit dem er ermordet wurde?

Ein seltsames Gefühl – alles hier kommt ihm reichlich merkwürdig vor. Denn wenn er nicht wüsste, was an diesem Ort geschehen ist, könnte er glauben, sich im Paradies zu befinden. Die vielen Bäume, das Haus, die wunderschöne Paula, Camila und ihre Musik – all das ist in jeder Hinsicht vollkommen. Aber Pablo weiß, dass es nichts Vollkommenes gibt. Während er noch darüber nachdenkt, unterbricht ihn eine Stimme.

»Schön hier, nicht wahr?«, sagt sie, als könnte sie seine Gedanken lesen.

Erschrocken wendet Pablo sich um. Von einem Schaukelstuhl aus, der unter dem Vordach steht, sieht ihn ein Paar grüner Augen an. Lächelnd geht Pablo darauf zu.

»Ja, sehr schön, wirklich.«

Auch wenn Camila ihn freundlich anblickt, ist ihr die innere

Anspannung anzumerken. Sie lässt Pablo nicht einen Moment aus den Augen. Er zeigt auf einen Stuhl ihr gegenüber.

»Darf ich?«

Er glaubt, in ihrem Blick ein leises Zögern zu bemerken.

»Ja, natürlich.«

Er bedankt sich lächelnd. Camila richtet sich im Schaukelstuhl auf, schlägt die Beine übereinander und legt die Hände um die Knie.

»Bist du fertig mit Üben?«

»Nein, damit ist man nie fertig. Ich ruhe mich bloß ein Weilchen aus, bevor ich weitermache.« Sie unterbricht sich für einen Moment. »Ich weiß, wer du bist.«

»Ach ja?«

»Ja. Du bist kein Freund von Paula … Du bist Psychologe.«

Pablo lächelt.

»Stimmt, aber auch Psychologen haben Freunde.«

»Ja, natürlich. Aber du bist kein Freund meiner Schwester. Allerdings bist du auch nicht ihr Psychologe.«

Pablo nickt.

»Hat Paula dir gesagt, wer ich bin?«

»Nein, aber ich habe dein Foto in mehreren Büchern gesehen, die sie liest. Und ich habe in diesen Büchern ein bisschen herumgeblättert.«

Pablo lächelt.

»Wirklich? Das empfinde ich als Kompliment. Normalerweise habe ich keine Leser in deinem Alter. Meine Bücher handeln vor allem von irgendwelchen Theorien.«

»Ja, ein bisschen langweilig sind sie schon, das habe ich schnell gemerkt.« Sie kichert. »Ich habe kein Wort verstanden.«

Jetzt muss auch Pablo lachen.

»Das freut mich.«

»Warum?«

Er verspürt das Bedürfnis, ihr gegenüber ehrlich zu sein.

»Ich hatte mir schon Sorgen gemacht. Dass du ein wenig frühreif bist, weißt du selbst, aber wenn du sogar meine Theorie über die Bedeutung der Mutterrolle bei schizophrenen Krankheitsbildern verstanden hättest, wäre das wirklich ein bisschen zu viel des Guten gewesen …« Camila überlegt einen Moment. Ihr Blick wandert in Richtung des Gatters. »Was denkst du?«

»Dass ich also nicht schizophren sein kann.«

»Und warum nicht?«

»Wenn das mit der Mutter zu tun hat, kann mir nichts passieren, meine Mutter ist gestorben, als ich vier Jahre alt war. Da hatte sie nicht genug Zeit, um mich verrückt zu machen.«

Schön wär's – in vier Jahren kann jede Menge Schaden angerichtet werden, denkt sich Pablo, sagt das aber nicht zu Camila. In jedem Fall kommt ihm die Situation bekannt vor. Und schon im nächsten Augenblick wird ihm klar, warum. Es ist die Angst – Camila hat vor irgendetwas Angst. Pablo kann es spüren, auch wenn Camila es sich äußerlich nicht anmerken lässt. In ihrem Inneren hat sich ein Tor aufgetan, und Pablo fragt sich, wie er reagieren soll. Gleich darauf weiß er es:

»Vermisst du sie?«, fragt er.

Camila nickt.

»Jeden Tag.« Sie sieht ihn ernst an. »Kann ich dir ein Geheimnis verraten?«

Er weiß, dass ein Analytiker niemals zulassen darf, dass sich in seinem Gegenüber Dinge in Bewegung setzen, wenn er selbst nicht bereit ist, auf diese Dinge einzugehen und etwas daraus zu machen. Er darf auf keinen Fall so tun, als würde er dem anderen aufmerksam zuhören, und sich dann, kaum dass dieser ihm seine peinigenden und schmerzhaften Geheimnisse offenbart hat, seelenruhig davonmachen. Darum zögert er. Doch dann stellt er fest, dass Camilas grüne Augen auf einmal all ihre Intelligenz und Schärfe verloren haben. Jetzt hat er bloß noch zwei verzweifelte Kinderaugen vor sich, die ihn Hilfe suchend ansehen. Und da weiß er, dass er sich ihrer Bitte nicht verweigern kann.

»Ja, natürlich.«

Camila nestelt nervös an den Schnürsenkeln ihrer Turnschuhe herum.

»In meinem Geigenkasten bewahre ich ein Foto von meiner Mama auf. Nicht mal meine Schwester weiß das.«

»Keine Sorge, ich werde es niemandem verraten.«

Pablo verstummt. Unwillkürlich ist er ganz in die Rolle des Analytikers geschlüpft und lässt Camila Zeit, sich ihren Gefühlen und Erinnerungen hinzugeben.

»Komisch.«

»Was ist komisch?«

»Dass ich ihre Stimme noch genau in mir hören kann, dabei ist sie schon seit neun Jahren tot. Als wäre seitdem keine Zeit vergangen.«

Sie schließt die Augen. Offensichtlich gehen ihr alle möglichen Bilder im Kopf herum. Auf einmal rollen ein paar Tränen über ihre Wangen.

»Ich habe noch sehr genaue Erinnerungen an sie. Sie war so schön und so liebevoll. Außerdem war sie sehr begabt. Sie hat gemalt, wusstest du das?«

»Nein.«

»Ja, sie war eine sehr gute Malerin. Und sie hat die Musik geliebt, leidenschaftlich, das habe ich von ihr. Manchmal spüre ich heute noch, wie sie bewegt meine Hand drückte, wenn wir zusammen ein schönes Konzert hörten.«

»Hat sie dich schon mit vier in Konzerte mitgenommen?«

»Ja, sogar noch davor. Das war unsere gemeinsame Welt. Heute bin ich in dieser Welt allein.« Sie bricht ab, spricht jedoch nach einer Weile weiter. »Natürlich vermisse ich sie ... aber nicht nur das ... Ich *brauche* sie.«

Für einen Menschen wie Camila ist es bestimmt nicht einfach, Schwäche zu zeigen. Pablo ist sich über ihre Rolle innerhalb der Familie inzwischen im Klaren: Camila ist »anders als die anderen«, sie ist »die große Begabung«, die, die es bis ganz nach oben schaffen kann, und außerdem ist sie, wie ihre Schwester gesagt hat, »die Einzige, die ihre Sache wirklich gut gemacht hat«. Alles zusammen eine zu große Belastung für jemanden, der, so vielseitig begabt er auch sein mag, trotzdem fast noch ein Kind ist.

»Weißt du was? Manchmal ist es gut, seine Ängste zuzulassen.«

»Ja, das mache ich auch. Aber nur, wenn es niemand mitbekommt.«

»Warum?«

»Weil mich seit Mamas Tod niemand mehr in den Arm nimmt, wenn ich weine.«

Dieses Gefühl kennt Pablo genau. Er muss sofort an die Beziehung zu seinem Vater denken. Aber das darf er sich in diesem Augenblick nicht erlauben. Es geht jetzt nicht um seinen Schmerz.

»Und Paula?«

»Paula ...« Camila überlegt. »Sie war achtzehn, als Mama starb. Heute ist mir klar, wie jung sie damals war. Trotzdem war sie für mich immer wie eine Erwachsene. Und, ja ... Bei ihr habe ich oft Schutz gesucht und mich auch geborgen gefühlt. Aber zu der Zeit war ich noch ein Kind. Jetzt bin ich erwachsen.« Pablo lächelt. »Na ja ... fast, meine ich. Und heute ist mir klar, dass das doch alles ein bisschen viel für Paula war. Mit mir gab es keine Probleme, aber für Javier galt das nicht, deshalb musste sie sich auch vor allem um ihn kümmern.«

»Ist das als Vorwurf gemeint?«

»Nein. Mir scheint das gerecht so, schließlich war er krank. Ich kam alleine zurecht.«

Pablo sieht sie an.

»Camila, damals warst du vier. Was heißt da, du kamst allein zurecht?«

Sie schüttelt den Kopf.

»Ich weiß nicht … Mir kam es jedenfalls immer so vor.«

Beide schweigen. Pablo wird bewusst, dass Camila sich inzwischen auf dem Schaukelstuhl zurückgelehnt hat und weniger angespannt wirkt. Mit den hinter dem Kopf verschränkten Armen ruft sie ihm ein nur zu bekanntes Bild in Erinnerung – man könnte meinen, sie läge auf der Couch in seiner Praxis.

Vorsicht …, sagt er sich, und trotzdem kann er jetzt nicht einfach aufhören.

»Ja, aber oft bildet man sich da auch bloß etwas ein.«

»Kann sein.«

»Und Francisca?«

»Francisca war für meine Geschwister ein bisschen wie eine Mutter, und ich habe sie auch sehr lieb, aber so eine Beziehung wie Paula und Javier konnte ich nie zu ihr aufbauen.«

Pablo gibt sich einen Ruck und fragt:

»Und dein Vater?«

Ihr Ausdruck verhärtet sich. Pablo kann fast spüren, wie sie in Abwehrstellung geht. Schon im nächsten Augenblick versteckt sie sich wieder hinter der Maske des Wunderkinds und des frühreifen, hyperintelligenten Mädchens. Sie richtet sich auf und sieht ihn an.

»Nimm es mir bitte nicht übel, aber im Augenblick habe ich keine Lust, über ihn zu sprechen.«

»Keine Sorge.«

Schweigen.

»Mir wird langsam kalt, ich gehe jetzt besser wieder rein. Außerdem ist die Pause zu Ende, ich muss weiterüben.«

»Gut. Es war schön, sich mit dir zu unterhalten.«

»Danke, ich fand es auch schön.«

Er tritt zu ihr und küsst sie zum Abschied auf die Wange. Dann macht er kehrt und geht in Richtung Gatter. Er spürt Camilas Blick im Nacken, hat aber nicht vor, sich noch einmal umzudrehen, es sei denn ...

»Pablo ...«, ruft sie.

Er bleibt stehen und dreht sich um.

»Ja?«

»Offenbar hast du Musik sehr gern. Wenn du möchtest, spiele ich dir irgendwann das Konzert vor, das ich gerade übe.«

Pablo versteht – normalerweise gibt niemand gleich im ersten Gespräch alles preis. Camila bittet ihn auf ihre Art, wiederzukommen, sie nicht im Stich zu lassen. Für ihn ist es trotzdem wichtig, dass sie noch einen Schritt weiter aus sich herausgeht.

»Möchtest du, dass ich wiederkomme?«

Sie senkt den Kopf. Als sie wieder aufblickt, zeigen sich ihm erneut zwei verängstigte Kinderaugen. Sie ist nicht imstande, zu sprechen, aber sie nickt.

»Dann mache ich das gerne.« Sie lächelt ihn dankbar an. »Ich muss aber davor Paula fragen, ob sie es erlaubt.«

»Warum? Das verstehe ich nicht.«

»Umso besser. Aber keine Sorge, ich spreche mit ihr darüber.«

Sie zuckt die Achseln.

»Wie du meinst.«

Als er durch das Gatter getreten ist, bleibt er aufgewühlt stehen. Dann geht er weiter bis zum Taxi, und steigt ein. Das Auto setzt sich in Bewegung, und er sieht durch das Rückfenster, wie das Haus immer kleiner wird.

Camila geht unterdessen mit einem Lächeln im Gesicht in ihr Zimmer.

Und Paula greift verwirrt nach dem Telefonhörer und wählt eine Nummer.

6

Rasseri betritt den Raum. Dass er sich Sorgen macht, ist nicht zu übersehen. Seit Pablos Anruf hat er an nichts anderes mehr denken können, und obwohl er schon kurz danach beschloss, seiner Bitte zu entsprechen und Javier aus dem künstlichen Dämmerschlaf zu holen, hat er in der Nacht kein Auge mehr zugetan. Ganz sicher ist er sich nicht, dass seine Entscheidung richtig war. Wie wird Javier auf die Wiederbegegnung mit der Wirklichkeit reagieren? Natürlich hätte er ihn ohnehin nicht für alle Ewigkeit in diesem Zustand lassen können, aber so war er wenigstens geschützt im Inneren der Klinik – wie aber wird es weitergehen, wenn er aufwacht?

Auf keinen Fall darf es so weit kommen, dass das Gericht Javiers vorläufige Einweisung in ein normales Gefängnis verfügt. Das wird er auf jeden Fall verhindern. Deshalb hat Pablo ihm auch versprechen müssen, dass niemand von der Veränderung von Javiers Zustand erfährt. Das muss ein Geheimnis zwischen ihnen beiden bleiben, andernfalls wird er das Gespräch nicht zulassen.

Insgeheim hatte er gehofft, dass Paula ihre Zustimmung verweigern würde. Das hätte es ihm erspart, die endgültige Entscheidung treffen zu müssen. Doch nach kurzem Überlegen hatte sie sich zugunsten des Vorhabens ausgesprochen. Offensichtlich hat sie großes Vertrauen zu Pablo, außerdem hat sie, ob es ihm, Rasseri, nun gefällt oder nicht, die Vormundschaft über Javier. Andererseits hatte sie klar gesagt, dass er nichts tun solle, was seiner Einschätzung nach nicht gut für ihren Bruder sein könnte. Was ihn jedoch in den schlaflosen Stunden der vergangenen Nacht am meisten gequält hat, war die Frage, warum er selbst sich auf Pablos Vorschlag eingelassen hat.

Doktor Rouviot geht es um die Wahrheit. Diese verfluchten Psychoanalytiker mit ihrem ewigen Getue um die Wahrheit, sagt sich der Psychiater Rasseri. Die Wahrheit – als ob das möglich wäre, als ob es tatsächlich *die* eine Wahrheit gäbe.

Trotzdem findet er Pablo sympathisch. Jemand anders an seiner Stelle hätte die schwierige Lage dieser Millionärskinder mühelos ausnutzen können, indem er, was ja gar kein Problem darstellt, nachgewiesen hätte, dass Javier unmöglich im normalen Strafvollzug untergebracht werden kann, um sich anschließend ein hübsches Sümmchen dafür auszahlen zu lassen und sich nicht weiter um die Angelegenheit zu kümmern. Genau das hat Pablo jedoch nicht getan, und das beeindruckt Rasseri.

Er kennt Javiers Familie seit vielen Jahren und weiß, dass in all der Zeit nur sehr wenige Personen den ehrlich gemeinten Versuch unternommen haben, diesen Leuten zu helfen. Die allermeisten ließen sich durch den Widerwillen, wenn nicht die Angst, die Roberto Vanussi in ihnen hervorrief, davon abschrecken, sich Vanussis Frau Victoria oder den Kindern zu nähern.

Victoria Peña – er hat nie begriffen, warum ein Mensch wie sie sich mit jemandem wie Roberto Vanussi einlassen konnte. Victoria war eine sanfte und wunderschöne Frau. Alle guten Eigenschaften ihrer Kinder stammen von ihr, ihre Schönheit, ihre Begabungen und die Werte, die sie verinnerlicht haben. Daran gibt es für ihn keinen Zweifel. Victoria war eine sehr sensible und künstlerisch hochbegabte Frau, und sie legte eine große Entschlossenheit an den Tag, wenn es um die

Erziehung ihrer Kinder ging und darum, sie gegen die düstere Umgebung ihres Mannes abzuschirmen. Solange sie die Kraft dazu besaß. Er erinnert sich noch genau an diese Zeit. Ihr Blick verlor allmählich seinen Glanz, und ihre Schönheit verblasste – wenn auch nie endgültig –, während die Auswirkungen der Krebserkrankung, die sie in wenigen Monaten dahinraffen sollte, immer deutlicher sichtbar wurden.

Er hatte sie nicht nur die ganze Zeit ärztlich betreut, sondern war darüber auch zu ihrem Freund oder zumindest zu jemandem geworden, dem sie ganz und gar vertraute. Deshalb bat sie ihn auch bei ihrer letzten Begegnung, ihre Kinder nicht im Stich zu lassen. Sie wusste, dass ihr nicht mehr viel Zeit blieb, und fürchtete sich bei dem Gedanken, Paula, Javier und Camila, die damals noch ein kleines Kind war, könnten schon bald vollständig ihrem Vater ausgeliefert sein.

Er fühlte sich jedenfalls durch Victorias Bitte gebunden und kümmerte sich seitdem um ihre Kinder, soweit es ihm möglich war. Einfach war das nicht. Nicht weil Roberto Vanussi sich dem widersetzt hätte – der bekam so oder so fast nichts davon mit, wie es seinen Kindern ging. Doch die Kinder selbst flüchteten sich, jedes auf seine Art, in ihre eigene Welt. Die beiden Mädchen in die von der Mutter geerbte Begeisterung für die Kunst und für das Studium, und Javier … Javier hatte weniger Glück, er erfand sich stattdessen eine zweite Wirklichkeit, in der er in regelmäßigen Abständen untertauchte – eine Wirklichkeit aus Fieberträumen und Halluzinationen.

Und dafür bezahlte er einen hohen Preis. Für manche Menschen stellt der Wahnsinn aber offensichtlich die einzig mögliche Zuflucht dar.

Mit solchen Gedanken beschäftigt, nähert Doktor Rasseri sich dem Pfleger, der die Nacht über für Javier zuständig war.

»Und, wie hat er die letzten Stunden zugebracht?«

»So weit gut, Herr Doktor. Zeitweilig schien er ein wenig zu Bewusstsein zu kommen. Aber immer nur für einen kurzen Moment. Er ist dann jedes Mal gleich wieder eingeschlafen.« Rasseri nickt. »Aber darf ich fragen, warum Sie beschlossen haben, die Medikation zu ändern?«

»Nein, das dürfen Sie nicht.«

»Entschuldigen Sie, ich wollte keinesfalls aufdringlich sein.«

»Keine Sorge. Aber lassen Sie mich jetzt bitte mit ihm allein.«

»Wie Sie wünschen, Herr Doktor.«

Sich innerlich selbst für seine Neugier verfluchend, verlässt der Pfleger den Raum. Rasseri schiebt einen Stuhl an Javiers Bett und lässt sich darauf nieder. Ihm wird bewusst, wie aufgewühlt er ist. Trotzdem versucht er, sich seinem Patienten auf möglichst professionelle Weise zu nähern.

Schon bald wird Javier sich wieder der Wirklichkeit stellen müssen, so viel ist klar. Und das wird nicht besonders angenehm sein, weshalb er ihm dabei zur Seite stehen möchte. Schließlich hat er selbst diese Veränderung herbeigeführt.

Am liebsten würde er schützend die Arme um Javier legen, aber alles, was in diesem Raum geschieht, wird von Kameras aufgezeichnet, und Doktor Rasseri hat nicht das geringste Interesse daran, dass seine persönlichen Gefühle für alle Welt sichtbar werden.

Er nimmt sich die Akte mit den stündlich festgehaltenen Eintragungen der diversen Apparate im Raum vor – es kann wirklich nicht mehr lange dauern, bis Javier endgültig die Augen aufschlägt. Doktor Rasseri spürt, wie erneut die angstvolle Frage in ihm aufsteigt, ob seine Entscheidung tatsächlich richtig war.

Sicher ist er sich immer noch nicht. Aber er hat schon seit Langem gelernt, die Tatsache hinzunehmen, dass man sich keiner Sache jemals völlig sicher sein kann.

Nach einem erneuten Blick auf den schlafend Daliegenden nimmt er dessen Hand – und ein Schauer läuft ihm über den Rücken: Kein Zweifel, Javiers Finger haben sich um die seinen gelegt. Er betrachtet die noch geschlossenen Augen – an der Bewegung unter den Lidern erkennt er, dass die Wirkung der Medikamente stark nachgelassen hat. Javier wird schon bald aufwachen.

»Was habe ich bloß getan?«, fragt Rasseri sich bekümmert.

Wie zur Antwort drückt Javier seine Hand noch ein wenig fester.

»Herzlich willkommen, Javier«, flüstert Rasseri kaum hörbar, »herzlich willkommen in dieser beschissenen Welt.«

7

Der Anwalt Alberto Míguez sitzt mit dem Telefonhörer in der Hand an seinem Schreibtisch und wartet, dass sich am anderen Ende der gewünschte Gesprächspartner meldet. Zuvor hat die Stimme einer Sekretärin ihn gebeten, sich einen Augenblick zu gedulden, aber er hat das Gefühl, dieser Augenblick zieht sich ewig in die Länge. Er ist nervös, ihm ist selbst nicht ganz klar, was eigentlich vor sich geht, er weiß jedoch, dass er unverzüglich Bescheid geben muss.

Trotz seiner Nervosität und der Tatsache, dass in seinem Kopf die Gedanken wild durcheinanderwirbeln, nimmt er die Geräusche wahr, die durch die Leitung an sein Ohr dringen: Gelächter, das Klappern von Kaffeelöffeln, ein ratternder Drucker, lautes Gemurmel. Endlich hört er, dass sich eine Tür schließt, kurz danach eine ernste Stimme:

»Doktor Míguez, ich muss sagen, Ihr Anruf überrascht mich nicht nur, ich halte es auch für keine besonders kluge Idee, dass Sie hier einfach so reinplatzen. Ich hoffe, Sie haben gute Gründe dafür.«

»Es gibt ein Problem.«

»Drücken Sie sich bitte genauer aus.«

»Gerade hat Paula Vanussi bei mir angerufen.«

»Und was wollte sie?«

Míguez überlegt sich genau, was er sagt. Er weiß, dass nichts davon bei seinem Gesprächspartner auf Begeisterung stoßen wird, im Gegenteil, er macht sich Sorgen, wie dieser reagieren wird.

»Sie hat gesagt, sie will sich mit mir treffen, weil sie möchte, dass wir im Fall ihres Bruders unsere Vorgehensweise ändern.«

»Doktor Míguez, könnten Sie sich bitte etwas verständlicher ausdrücken?«

Ja, das könnte er durchaus, er weiß aber nicht, ob er das auch will. Schließlich sagt er sich, dass er am besten gleich mit der ganzen Wahrheit herausrückt.

»Also, wie Sie wissen, war es bisher unsere Verteidigungsstrategie, Javier Vanussis Schuld zuzugeben und im Gegenzug zu beweisen, dass er wegen seines Geisteszustands für die Ermordung seines Vaters nicht zur Rechenschaft gezogen werden kann. Daraufhin sollte er in einer Privatklinik untergebracht werden, und zwar für so lange, wie es der Richter festlegt. Damit wäre die Sache erledigt.«

»All das ist mir seit Langem bekannt.«

Míguez schluckt.

»Die Schwester hat mir aber soeben mitgeteilt, dass sie möchte, dass wir bei Gericht einen Verfahrensaufschub beantragen.«

»Und darf man erfahren, weshalb?«, fragt der andere Mann gereizt.

»Sie sagt, sie ist sich nicht mehr sicher, dass Javier tatsächlich der Mörder ihres Vaters ist.«

Schweigen.

Ein Schweißtropfen fällt Míguez von der Stirn. Sein Puls rast, und er fängt an zu zittern, als hätte er Schüttelfrost.

»Haben Sie nicht gesagt, der Junge hat ein schriftliches Schuldgeständnis abgelegt?«

»Doch, so ist es.«

»Und haben Sie nicht auch behauptet, alles werde ganz einfach sein, es werde keine lange Untersuchung geben, schließlich liege ja ein Geständnis vor – ›und was gibt es dann noch groß zu untersuchen?‹, wie Sie selbst sich ausgedrückt haben. War es nicht so?«

»Ja, genau so.«

»Und was ist jetzt passiert, verdammt noch mal? Wieso kommen Sie auf einmal mit solchen Geschichten?«

Míguez hat gewusst, dass es nicht einfach sein würde.

»Sagt Ihnen der Name Pablo Rouviot etwas?«

»Nein, wer ist das?«

»Ein ziemlich bekannter Psychologe.«

»Und was hat ein Psychologe mit dieser Geschichte zu tun, verflucht?«

»Paula hat ihm den Auftrag erteilt, ein Gutachten über den Geisteszustand ihres Bruders anzufertigen, in dem seine Unzurechnungsfähigkeit nachgewiesen wird.«

»Und?«

»Und jetzt ist dieser Rouviot sich auf einmal nicht sicher, dass Javier tatsächlich der Täter ist, und deshalb hat er Paula eingeredet, dass er noch mehr Zeit zum Nachforschen braucht.«

Vom anderen Ende der Leitung kommt kein Wort. Míguez sagt ebenfalls nichts und wartet stattdessen ängstlich auf die Reaktion des Mannes mit der harten Stimme. Die Sekunden vergehen, und seine Anspannung steigt. Ihm ist bewusst, mit wem er es zu tun hat, ebendeshalb hat er ja solche Angst.

»Herr Míguez, darf ich Sie etwas fragen?«

»Aber natürlich, bitte schön.«

»Sind Sie wirklich so ein Idiot, oder tun Sie bloß so?«

»Ich verstehe nicht.«

»Aha, Sie verstehen nicht. Dann muss ich mich wohl klarer ausdrücken. Sie haben mir versprochen, dass der Fall ganz einfach ist und dass niemand seine Nase in Dinge stecken wird, die ihn nichts angehen. Sie haben gesagt, Sie haben der Familie klargemacht, was die beste Vorgehensweise ist, und dass die Sache mit dem Schuldgeständnis dieses Schwachsinnigen erledigt ist. Davon abgesehen hat man Ihnen nicht nur vonseiten der Familie dieses Javier Vanussi ein hübsches Sümmchen in Aussicht gestellt, zusätzlich haben Sie auch noch von anderswoher eine ordentliche Stange Geld überwiesen bekommen … sozusagen als kleinen Dank dafür, dass Sie die Angelegenheit so schnell bereinigt haben. Wissen Sie das noch?«

»Natürlich weiß ich das noch.«

»Gut. Und warum kommen Sie mir jetzt mit so einem Scheiß? Ich weiß nicht, ob Ihnen klar ist, was das, was Sie da gerade erzählt haben, bedeutet. Wir haben uns jedenfalls äußerst großzügig erwiesen, und erwarten natürlich, dass Sie die entsprechende Gegenleistung liefern. Ich muss allerdings zugeben, dass ich nicht recht sehe, wie es jetzt weitergehen soll.«

»Wie meinen Sie das?«

»Damit meine ich, dass ich durch Ihre Schuld den Leuten, die das Geld beigesteuert haben, jetzt auf einmal mitteilen muss, dass ihre Erwartungen nicht erfüllt worden sind. Und darüber werden die selbstverständlich kein bisschen erfreut sein, das ist Ihnen wohl klar.«

Míguez zittert mittlerweile so stark, dass ihm fast der Hörer aus der Hand fällt.

»Ich schwöre Ihnen, wenn die Sache nicht in Ordnung kommt, gebe ich das gesamte Geld zurück, bis auf den letzten Peso.«

»Ich glaube, Sie verstehen immer noch nicht. Das Geld können Sie sich meinetwegen in den Arsch stecken, darum geht es nicht. Wir hatten vereinbart, dass die Untersuchung eingestellt werden würde – das hatten Sie uns fest zugesagt. Wir haben unseren Teil der Verabredung erfüllt, und ich hoffe, Sie tun das auch. Falls nicht, sehe ich mich gezwungen, eine Reihe von Entscheidungen zu treffen, die ich lieber nicht treffen würde. Ich nehme an, Sie verstehen, was ich meine.«

»Ja.«

Nach längerem Schweigen spricht der Mann am anderen Ende der Leitung in entspannterem und verständnisvollerem Tonfall weiter:

»Sehen Sie, Herr Míguez, machen wir es doch so: Dieses Gespräch bleibt vorläufig unter uns. Ich glaube, es bringt nichts, wenn jetzt schon alle möglichen Leute anfangen, sich Sorgen zu machen. Davon hätten weder Sie noch ich etwas. Und was mich betrifft, ich habe nicht das geringste Interesse daran, Ihnen Schwierigkeiten zu bereiten, das können Sie mir glauben. Vor allem aber hat niemand Interesse daran, dass irgendwer mehr als nötig in der betreffenden Angelegenheit herumschnüffelt, das könnte nämlich für alle ziemlich unangenehme Folgen haben. Darum gebe ich Ihnen den folgenden Rat: Sorgen Sie dafür, dass Paula Vanussi begreift, wie falsch sie mit ihrem Vorhaben liegt. Machen Sie ihr klar, dass sie ihren Bruder einem völlig unnötigen Risiko aussetzt – so landet er am Ende doch noch im Gefängnis. Oder Sie sagen ihr, dass es einfach schon zu spät ist, um jetzt noch irgendwelche Änderungen zu beantragen ... Keine Ahnung, davon verstehen Sie mehr als ich, das bleibt Ihnen überlassen. Ich erwarte von Ihnen bloß, dass Sie sobald wie möglich wieder anrufen und mir mitteilen, dass die Sache zur allgemeinen Zufriedenheit geregelt ist, einverstanden?«

»Gut, ich versuche es, das verspreche ich Ihnen.«

»Nein, Herr Míguez.« Der Tonfall wird wieder schärfer. »Sie haben mir nichts zu versprechen – *tun* Sie einfach, was ich gesagt habe. Und zwar bald, sonst sehe ich mich tatsächlich gezwungen, die Sache weiterzuleiten, und das wird unangenehme Folgen haben, das können Sie mir glauben. Aber keine Sorge, tun Sie einfach, was zu tun ist, und alles ist gut. Klar?«

»Ja.«

»Dann also bis bald.« Er macht eine kurze Pause. »Ach ja... Wie heißt dieser Psychologe noch mal?«

»Rouviot, Pablo Rouviot.«

»Sehr gut, vielen Dank.«

8

Sechs Uhr abends. Sein Schreibtisch ist bedeckt mit Zetteln voller chaotischer Notizen. Als wäre er mit einer Art Brainstorming beschäftigt. In diesem Augenblick starrt er auf ein Blatt mit einer langen Namensliste, darunter Leute, mit denen er an den zwei vergangenen Tagen gesprochen hat, und andere, die er überhaupt nicht kennt. Irgendwann scheint ihn eine plötzliche Erleuchtung zu treffen:

»Was mache ich hier eigentlich für einen Mist?«

Doch die Frage tritt sofort wieder in den Hintergrund, und er richtet wie unter Zwang die Aufmerksamkeit erneut auf seine Liste. Die eine Hand spielt mit einem Bleistift. Als es an der Tür klopft, fährt er erschrocken zusammen.

»Darf ich?«, fragt Helena. Sie trägt ein Tablett mit zwei Bechern Mate darauf.

»Natürlich.«

Sie setzt sich ihm gegenüber, ergreift einen der Becher und bietet ihm den anderen an. Er nimmt ihn, und für einen Augenblick scheint alles ganz wie immer.

»Oh, ja, genau das brauche ich jetzt, danke.«

»Rubio, hast du nicht das Bedürfnis, mit jemandem zu sprechen?«

»Wenn jemand dieses Bedürfnis hat, dann offenbar du.«

»Da hast du recht.«

Pablo schiebt die Zettel zusammen.

»Also gut, dann erzähl mal.«

Helena sieht ihn an.

»Ich will gar nicht lange drum herumreden, Pablo: Ich mache mir Sorgen um dich. In den letzten beiden Tagen warst du fast nicht hier, du hast alle Termine für die nächste Woche abgesagt, und du hast ein längeres Gespräch mit Fernando geführt, bei dem es offensichtlich nicht um einen Junggesellenabschied oder etwas in der Art ging – zumindest dem Gesicht nach zu schließen, mit dem Fernando an dem Abend nach Hause kam. Außerdem bist du unruhig und angespannt, das merke ich. Willst du mir nicht sagen, was los ist?«

Pablo trinkt einen Schluck Mate und denkt nach.

»Bist du sicher, dass du es wissen willst?«

»Ganz sicher.«

Da fängt Pablo an zu erzählen, was seit dem Moment geschehen ist, in dem Paula sein Sprechzimmer betreten hat. Das, was mit Luciana vorgefallen ist, lässt er natürlich aus. Nicht dass er sich mit Helena nicht auch über sein Liebesleben unterhalten könnte, aber dies scheint ihm nicht der richtige Augenblick dafür. Worüber er mit Fernando gesprochen hat, gibt er auch nicht in allen Einzelheiten wieder.

Helena hört aufmerksam zu, ohne ihn zu unterbrechen. Hin und wieder runzelt sie die Stirn, und auf ihrem Gesicht zeichnet sich die wachsende Unruhe ab, die sie ergreift. Pablo erzählt und erzählt, und so lernt Helena, begleitet von mehreren Bechern Mate, Paula, José, Doktor Rasseri, Javier, Camila und Polizeihauptmeister Bermúdez und seine Fotos kennen.

Als Pablo fertig ist, wird es eine Weile still im Raum. Helena ist ziemlich aufgelöst und Pablo ziemlich erleichtert.

»Da hast du dich ja auf eine schöne Geschichte eingelassen«, sagt Helena schließlich. Dabei deutet sie auf die Namensliste auf dem Schreibtisch. »Und das da?«

»Das sind die Namen von allen möglichen Leuten, mit denen ich mich gerne unterhalten würde.«

»Woher hast du die?«

»Die hat Paula erwähnt.«

»Und was sind das für Leute?«

»Die hatten alle mit ihrem Vater zu tun.« Er schiebt die Liste näher zu Helena. »Die Frau, mit der er zuletzt zusammen war, der Partner seines Bauunternehmens, mehrere ehemalige Geliebte, mehrere Leute, die ihm offenbar Geld schuldeten, ein Abgeordneter, mit dem er häufig zu sehen war, dann noch…«

Helena unterbricht ihn.

»Merkst du eigentlich, was für ein Wahnsinn das ist?« Pablo sieht sie an. »Du bist Psychologe. Du lebst für deine Patienten. Findest du es etwa vernünftig, dich auf so ein Abenteuer einzulassen? Hör mal zu.« Pablo senkt den Blick. »Sieh mich an. Kein Mensch zwingt dich zu dieser Geschichte. Wenn du unbedingt den Gerichtsmediziner spielen willst, bitte schön. Aber deine Expertenmeinung über den Geisteszustand eines Menschen abgeben und dich auf irgendwelche finsteren Nachforschungen begeben, das sind zwei völlig verschiedene Dinge. Rubio, du weißt selbst, wer sich auf derart schmutzige Angelegenheiten einlässt, der kommt unmöglich sauber wieder heraus. Und wenn wirklich mehr als ein durchgedrehter Sohn hinter diesem Mord steckt, ist endgültig Schluss mit lustig.«

»Wie meinst du das?«

»Jemand, der einen so mächtigen Typen wie Vanussi umgebracht hat – glaubst du, der hat vor dir mehr Respekt?«

Pablo schweigt. Helena hat vollkommen recht. In dem Durcheinander der letzten Tage hat er etwas derart Einfaches und Offensichtliches überhaupt nicht bedacht. Auf einmal verspürt er große Angst.

»Lass die Finger davon, Rubio. Beschäftige dich mit den

Dingen, von denen du etwas verstehst.« Helena sieht ihn ernst an. »Ich mache mir nicht bloß Sorgen um dich – jetzt habe ich wirklich Angst. Aber sag mir noch eins.« Pablo weiß schon, was jetzt kommt, und die Antwort auf ihre Frage hat er ebenfalls parat. »Was hat Fernando mit alldem zu tun?«

»Nichts.«

»Bist du sicher?«

»Ja.«

»Und warum wolltest du dich dann mit ihm unterhalten?«

»Weil dein Mann alle möglichen Kontakte hat, und ich brauchte jemanden, der mir einen kleinen Gefallen tut.« Helena sieht ihn fragend an. »Also gut, ich erklär's dir, aber nur, damit du dir keine unnötigen Sorgen machst. Ich musste an ein paar Informationen kommen, die mit dem Mord an Vanussi zu tun haben, und dafür musste mir jemand Zugang zu einem bestimmten Polizeibeamten verschaffen. Na ja, Fernando kannte jemanden, der das für mich einrichten konnte, und er hat diesen Menschen gebeten, mir diesen Gefallen zu tun. Das war alles.« Helena blickt nachdenklich zur Seite. »Was ist?«

»Ich frage mich, was ich alles *nicht* über Fernando weiß. Ich weiß, dass er als Geschäftsmann viele wichtige Leute kennt, aber dass seine Verbindungen so weit reichen, hätte ich nicht gedacht.«

»Helena, quäl dich nicht. Fernando ist vollkommen in Ordnung, und ich bin ihm sehr dankbar für das, was er getan hat. Aber mit den Leuten, die du meinst, hat er nichts zu tun. Natürlich begegnet man manchmal ziemlich unangenehmen Typen, wenn man sich in seinen Kreisen bewegt, das heißt jedoch nicht, dass man deshalb auch einer von denen ist. Und wenn du von manchen Dingen, die damit zu tun haben, nichts weißt, dann genau deshalb, weil Fernando nicht möchte, dass du mit dem Dreck in Berührung kommst, dem er nicht völlig ausweichen kann.«

Helena nickt und gießt sich noch einen Mate auf.

»Je länger ich darüber nachdenke, desto klarer wird mir, dass du recht hast«, fährt Pablo fort.

»Schön, das freut mich.«

»Aber es gibt ein Problem.«

»Was denn?«

»Camila.«

»Die Kleine? Was ist mit ihr?«

»Ich glaube, sie hat mich gebeten, ihr zu helfen.«

»Kein Wunder. Ihre Mutter ist gestorben, als sie noch ganz klein war, ihren Vater hat man mit lauter Messerstichen im Leib tot in einem Tümpel aufgefunden, und der Mörder ist ihr Bruder, der außerdem völlig verrückt ist. Ich bin zwar keine Psychologin, aber dass jemand, der in den ersten dreizehn Jahren seines Lebens all das hat durchmachen müssen, Hilfe braucht, ist ja wohl völlig klar. Aber was hat das mit dir zu tun?«

»Dass sie *mich* um Hilfe gebeten hat.«

»Und? Schick sie zu jemandem, den du gut kennst und dem du wirklich vertraust. Da fällt dir bestimmt mehr als einer ein.« Sie sieht ihn an. »Nein«, sagt sie dann, »ich glaub's nicht. Überlegst du etwa, ob *du* sie als Patientin annehmen sollst?«

Pablo lächelt, ohne ein Wort zu erwidern.

»Oh je, du bist noch verrückter, als ich gedacht habe. Sag selbst: Seit wann bist du ein Spezialist für Kinderpsychologie?«

»Helena, verstehst du nicht? Da ist ein armer Kerl, der wegen eines Mordes, den er wahrscheinlich gar nicht begangen hat, lebenslänglich eingesperrt werden soll, und ein kleines Mädchen, das mich verzweifelt um Hilfe bittet. Was soll ich denn machen?«

»Du sollst aufhören rumzuspinnen. Du bist weder Gerichtsmediziner noch Kinderpsychologe, verstehst du? Es gibt auch Sachen, die du nicht kannst, Rubio. Du bist nicht der liebe Gott.«

Helena steht auf und geht im Zimmer hin und her.

»Ich versteh dich wirklich nicht. Du lässt dich freiwillig auf eine total katastrophale Sache ein – hör mir zu, Rubio: Lass es sein, halt dich da einfach raus.«

Das Klingeln des Telefons unterbricht sie. Helena nimmt den Anruf entgegen. Gleich darauf verzieht sie entnervt das Gesicht.

»Einen Augenblick, ich seh mal nach, ob er da ist.« Sie legt die Hand über den Hörer. »Da ist Paula Vanussi.« Sie sieht Pablo streng und flehend zugleich an. »Lass mich sagen, dass du nicht da bist, bitte!«

Pablo sieht sie zögernd an. Dann streckt er die Hand aus, und Helena übergibt ihm kopfschüttelnd den Hörer.

»Hoffentlich täusche ich mich, aber ich habe das Gefühl, die Sache geht schief.«

Danach geht sie hinaus, ohne noch ein Wort zu sagen, und zieht die Tür hinter sich zu. Pablo wartet einen Augenblick, bevor er ins Telefon spricht.

»Hallo.«

»Hallo. Ich habe alles erledigt, worum du mich gebeten hast. Heute um acht. Wenn du möchtest, hole ich dich ab.«

Pablo sieht auf die Uhr. Ihm bleibt kaum noch Zeit. Er weiß, dass er Nein sagen und sich für immer aus dieser Geschichte verabschieden müsste. Und zwar jetzt, in diesem Augenblick.

Und er weiß auch, dass er besser auf Helenas Rat hören sollte, aber da sind mehrere Bilder, die ihm einfach nicht aus dem Kopf gehen: der Anblick des schlafenden Javier Vanussi, das Gesicht Camilas, die völlig verstümmelte Gestalt auf dem Foto von Bermúdez. Und dann hört er sich unwillkürlich sagen:

»Gut, ich warte auf dich.«

9

Verónica Chiezza kommt aus einer einfachen Familie. Als ihr Vater starb, war sie gerade einmal vierzehn Jahre alt und auf einen Schlag völlig schutzlos – ihre Mutter konnte den Verlust des Mannes nicht verwinden und flüchtete sich in eine Welt der Einsamkeit und Depression. Also musste Verónica zu diesem frühen Zeitpunkt ihr Leben selbst in die Hand nehmen, sich aber auch noch um die Mutter kümmern. Was ihr gar nicht so schlecht gelang. Sie beendete die Sekundarschule und absolvierte anschließend mehrere Zusatzausbildungen – die sie unter großen Mühen selbst finanzierte –, bis sie schließlich, wozu sicherlich ihr ausgeprägter Charme beitrug, eine Stelle bei einem großen international tätigen Unternehmen fand. Dort lernte sie Roberto Vanussi kennen.

Anfangs wollte sie nichts von ihm wissen. So attraktiv sie diesen Mann fand – es ging trotzdem etwas sehr Beunruhigendes von ihm aus. Vielleicht lag es an dem Gesicht, das ihre Vorgesetzten machten, sobald Vanussi bei ihnen in der Firma erschien, vielleicht auch an der Art, wie Vanussi zu erkennen gab, dass er, egal was er tat oder sagte, keinerlei Konsequenzen seiner Handlungen zu befürchten schien. Woran auch immer es lag, Verónica merkte jedenfalls, dass sich Angst und Anziehung bei ihr die Waage hielten.

Ihrerseits hatte sie mit ihren feinen und eleganten Gesichtszügen und den großen, braunen Augen sofort Vanussis Aufmerksamkeit erregt. Dazu kam, dass sie jung und intelligent war, so dass es nicht lange dauerte, bis Vanussi seine Absichten ihr gegenüber zu erkennen gab.

Es gelang ihr, ihn respektvoll zurückzuweisen, was keineswegs einfach war – Roberto Vanussi war es nicht gewohnt, dass sich jemand seinem Willen widersetzte. Trotzdem schien er ihre Haltung schließlich hinzunehmen und hörte auf, ihr nachzustellen. Was womöglich genau die richtige Strategie war, denn nun entspannte sich ihr Verhältnis, und Verónica ließ sich eben dadurch, dass sie nicht mehr glaubte, in Vanussis Gegenwart ständig wachsam sein zu müssen, schließlich doch verführen.

Sie weiß noch genau, wie sie damals völlig überraschend angewiesen wurde, an einer Besprechung teilzunehmen, an deren Ende Vanussi sie zum Abendessen einlud. Drei Jahre ist das jetzt her. Anschließend schliefen sie zum ersten Mal miteinander.

Jedes Mal wenn sie später darüber nachdachte, schien ihr vollkommen klar, dass ihre eigenen Vorgesetzten sie Vanussi damals gewissermaßen auslieferten. Auch heute noch sieht sie das so. Wie auch immer, trotzdem verliebte sie sich in ihn und gab sich ihm ganz hin. Allerdings achtete sie darauf, niemals eins der finanziellen Geschenke anzunehmen, die er ihr immer wieder anbot: Weder ließ sie sich von ihm eine Wohnung kaufen noch ein teures Auto, und auch ein Konto ließ sie sich von ihm nicht einrichten. Sie spürte, dass sie sich damit von ihm hätte bezahlen lassen wie eine Prostituierte, und das wollte sie auf keinen Fall zulassen. Nicht noch einmal.

In der schwierigsten Zeit ihrer Jugend – sie war damals gerade siebzehn – ließ sie sich in ihrer Verzweiflung einmal zu einem großen Fehler verleiten. Den ekelhaften Atem im Gesicht und das lastende Gewicht des auf ihr liegenden fremden Körpers spürt sie bis heute.

Diese widerwärtige Erfahrung machte ihr klar, dass sie nicht zur »Nutte« taugte, auch wenn es ihr seit dem traumatischen Erlebnis schwerfiel, sich selbst nicht als genau das zu betrachten. In jedem Fall hätte sie es nicht ertragen, bei Vanussi auch nur ansatzweise eine solche Rolle zu übernehmen.

Dass sie es genoss, mit Roberto auszugehen und gelegentlich Reisen zu unternehmen, ist unbestreitbar, aber dabei war sie doch stets seine Partnerin und Gefährtin, auch wenn er keine Gelegenheit ausließ, ihr ins Gesicht zu sagen, dass sie sich das in ihrer Dummheit bloß einbilde.

Angeblich, weil er »bloß ehrlich« ihr gegenüber sein wollte, bedrängte er sie außerdem hartnäckig mit dem Wunsch, ihr gemeinsames Bett doch einmal mit einer weiteren Frau zu teilen. Damit brachte er ihr emotionales Gleichgewicht endgültig zum Einsturz. Verónica weigerte sich immer wieder, ihn diese Fantasie ausleben zu lassen, doch Vanussi schien auf ihre Meinung wenig zu geben. Für ihn waren andere Menschen – auch Verónica stellte diesbezüglich keine Ausnahme dar – nur dazu da, seinen Willen zu erfüllen. Weshalb er eines Tages tatsächlich mit einer anderen Frau erschien. Sie war noch sehr jung, vielleicht achtzehn oder neunzehn, und gemeinsam zwangen sie Verónica schließlich zum Nachgeben.

Auch dieses Erlebnis hat sie bis heute nicht vergessen, allerdings war es, wenn sie ehrlich ist, nicht ganz so schlimm wie die Geschichte mit ihrem ersten und einzigen Kunden, als sie noch ein Teenager war. Zumindest, sagt sich Verónica, war die junge Frau nicht so eine abstoßende Person wie jener Mann damals, abgesehen davon, dass auch sie vor allem ein Opfer Roberto Vanussis war.

Danach entschloss sie sich – wozu noch eine Reihe anderer Dinge beitrugen, die sie sich selbst beim besten Willen nicht länger hätte schönreden können –, nicht mit Roberto nach Paris zu fahren, obwohl die Reise schon seit Längerem geplant war. Und das bedeutete zugleich das Ende ihrer Beziehung.

Roberto beschimpfte sie als erbärmliche Verliererin, die unfähig sei, die Chance zu nutzen, dem beschissenen Leben zu entfliehen, das sie bis dahin habe führen müssen. Sie wolle nicht seine Nutte sein? Dann eben nicht, ihm sei das scheißegal, fluchte er. Er könne sich mühelos jede Menge bessere Frauen beschaffen. Er gab ihr eine Woche Zeit, um die Entscheidung zu überdenken, und drohte, wenn sie bei ihrer Ablehnung bleibe, werde sie ihn nie wiedersehen. Woraufhin Verónica, die sich tief verletzt fühlte, ihrerseits jeden Kontakt zu ihm abbrach. Sie erfuhr erst wieder etwas über ihn, als die Zeitungen seinen Tod meldeten.

In der Zeit bis dahin hatte sie ihn sehr vermisst, denn sie liebte ihn trotz allem immer noch. Aber der Preis dafür, mit ihm zusammenzuleben, wäre zu hoch gewesen, schließlich hatte sie sich geschworen, sich nie wieder von jemandem erniedrigen zu lassen.

Als die Nachricht von seiner Ermordung sie erreichte, hatte sie gerade begonnen, sich ein wenig an das Alleinsein zu gewöhnen. Damit war es nun schlagartig vorbei. Sie kaufte sämtliche Zeitungen, in denen über den Fall berichtet wurde, und verfolgte unermüdlich die Nachrichten im Fernsehen – ihre Neugier kam ihr selbst fast ein wenig krankhaft vor.

Schon bald wurde natürlich auch sie von der Polizei vorgeladen und verhört. Als sich wenige Tage später herausstellte, dass Vanussi von seinem eigenen Sohn ermordet worden war, ließ man sie jedoch wieder in Ruhe.

Und auch sie selbst sagte sich, es reiche nun. Ab sofort wollte sie nichts mehr von der Geschichte wissen und begnügte sich damit, im Stillen ihr Dasein als Witwe zu betrauern, die von niemandem sonst als solche anerkannt wurde. Einfach war das nicht. Umso weniger, als die Anrufe und Drohungen anfingen.

Das Läuten der Gegensprechanlage reißt sie aus ihren Gedanken.

»Ja, komm rauf.«

Verónica lächelt. Endlich wird sie Robertos Tochter kennenlernen – er hatte sich stets geweigert, sie ihr vorzustellen. Manchmal macht das Leben sich eben doch über die Sturheit der Männer lustig, sagt sie sich.

Auf dem Weg zur Tür wirft sie einen Blick in den Flurspiegel und streicht sich unwillkürlich das Haar zurecht. Sie ist immer noch eine schöne junge Frau, auch wenn der Schmerz seine Spuren in ihrem Gesicht hinterlassen hat.

Pablo Rouviot und Paula Vanussi betreten den Aufzug und drücken auf den Knopf mit der Sieben. In einem der Zimmer von Verónicas Wohnung liegt ihre Mutter, die dank einer Alzheimererkrankung für immer von ihren Depressionen erlöst worden ist. Davon, dass sie einmal mehr das Bett einnässt, bekommt sie ebenso wenig etwas mit wie von den dramatischen Ereignissen im Leben ihrer Tochter.

10

Pablo nimmt in einem Sessel in Verónicas Wohnzimmer Platz und sieht sich um. Es fällt ihm schwer, sich nicht anmerken zu lassen, dass er sich in seiner gegenwärtigen Rolle nicht besonders wohlfühlt. Verónica scheint es kaum besser zu gehen, anders als er versucht sie jedoch nicht einmal, dies zu überspielen. Paula scheint die Situation als Einzige von ihnen im Griff zu haben.

»Du bist noch hübscher als auf den Fotos«, sagt Verónica zur Eröffnung.

»Ich wusste gar nicht, dass du Fotos von mir gesehen hast.«

»Na ja, einmal habe ich zu Roberto gesagt, dass ich dich und deine Geschwister gerne kennenlernen würde.« Verónica unternimmt einen vergeblichen Versuch, ihren Worten ein Lächeln folgen zu lassen. »Daraufhin hat er mir ein paar Fotos mitgebracht. Ich habe immer gewusst, dass es euch gibt, aber dein Anruf war trotzdem eine große Überraschung für mich. Ich hätte nie geglaubt, dass er euch von mir erzählt hat. Und deshalb habe ich auch nicht angenommen, dass du weißt, dass es mich gibt.«

»Das wusste ich auch nicht.«

»Denke ich mir, aber wie hast du dann davon erfahren?«

»Als die Leiche meines Vaters gefunden wurde, hat die Polizei versucht, herauszufinden, was er in der letzten Zeit vor seinem Tod gemacht hat. Sie haben seine persönlichen Dinge durchgesehen und sind dabei unter anderem auf deine Handynummer gestoßen. Offenbar hat er innerhalb kurzer

Zeit mehrfach versucht, dich anzurufen. Ich schließe daraus, dass du sehr wichtig für ihn gewesen sein musst und er deshalb so hartnäckig war, dass du aber nicht mit ihm sprechen wolltest.« Verónica nickt. »Darf ich fragen, warum?«

Verónica läuft ein Schauer über den Rücken. Wie sehr Paula sie doch an Roberto erinnert! Etwas in ihren Augen und ihrem strengen Ausdruck und ihrer distanzlosen und selbstgewissen Art kommt ihr auf unangenehme Weise bekannt vor, weshalb sie unwillkürlich in Verteidigungsstellung geht.

»Darüber habe ich schon mit der Polizei gesprochen. Ich nehme an, der Beamte, der Zugang zu meinen Unterlagen hat und von dem du meine Telefonnummer bekommen hast, wird dir auch meine Aussage vorlegen können.«

Verónicas veränderter Tonfall entgeht Paula nicht, und sie lächelt.

»Verónica, ich bin nicht hier, um dir Vorwürfe zu machen. Ich weiß selbst, was für ein Schwein mein Vater war. Offensichtlich hat er nicht nur mein Leben und das meiner Geschwister ruiniert. Ich nehme an, du weißt, wie die Sache weitergegangen ist und dass der Hauptverdächtige inzwischen mein Bruder Javier ist.«

»Soweit ich mitbekommen habe, ist er nicht nur der Hauptverdächtige, sondern der einzige Verdächtige.«

»Genau darum geht es.« Paula sieht Pablo an, um ihn zu ermuntern, das Wort zu ergreifen, aber der bleibt stumm. Deshalb spricht sie selbst nach einigen Sekunden weiter. »Wir haben große Zweifel daran, dass er tatsächlich der Schuldige ist, und ebendeshalb wollten wir mit dir sprechen. Vielleicht kannst du uns Dinge sagen, die uns weiterhelfen.«

»Ich dachte, Javier hat selbst gestanden, dass er der Mörder ist«, sagt Verónica überrascht.

»Stimmt. Aber mein Bruder ist kein normaler Mensch. Vielleicht entspricht sein Geständnis der Wahrheit, es kann aber auch sein, dass er die Dinge durcheinanderbringt. Dann wäre sein Geständnis in Wirklichkeit bloß die Formulierung eines geheimen Wunsches.«

Verónica sieht sie verblüfft an.

»Soll das heißen, dass es irgendwann sein großer Traum war, euren Vater umzubringen?«

Paula lächelt. »Ist es dir etwa nie so gegangen?«

Schweigen.

»Mein Vater war wirklich ein Schwein, alles, was er angefasst hat, war danach ruiniert. Manchmal war es wirklich fast unmöglich, ihm nicht das Allerschlimmste an den Hals zu wünschen. Aber auch wenn er krank und abartig war – gleichzeitig war er sehr intelligent. Er wusste genau, wann es nötig war, eine Pause einzulegen, um die anderen nicht endgültig zu vertreiben oder dazu zu bringen, Dinge zu tun, die unangenehm für ihn hätten werden können. Er war ein richtiger Psychopath. Immer schon, so lange er lebte, hat er mit uns gemacht, was er wollte. Bis er jemandem über den Weg gelaufen ist, bei dem er es zu weit getrieben hat. Und diese Person hat sich dann offenbar gesagt, es reicht. Bis jetzt haben wir geglaubt, der Betreffende sei mein Bruder gewesen, aber inzwischen sind wir uns da nicht mehr so sicher, und deshalb sind wir hier, wie gesagt.«

»Glaubst du, *ich* könnte diese Person gewesen sein?«

»Ich weiß nicht. Möglich ist es, aber für mich sieht es nicht so aus.« Sie blickt Verónica fest an. »Du wirkst zu schwach, um so etwas zu tun. Du erinnerst mich eher an all die Leute, an denen mein Vater sich auslebte, bis es ihm irgendwann zu langweilig wurde. Wahrscheinlich hattest du selbst eines Tages genug davon und hast beschlossen, jeden Kontakt zu ihm abzubrechen, aber dass du ihn umgebracht hast, kann ich mir nicht vorstellen. Jemanden umzubringen ist nicht so einfach. Dafür braucht es ein Maß an Entschlossenheit und Kälte, das du, glaube ich, nicht aufbringen würdest. Ehrlich gesagt habe ich, wenn ich dich so sehe, eher das Gefühl, du bist der typische Fall einer Frau, die sich in den Falschen verliebt hat, und sonst nichts.« Sie bemerkt den Schimmer in Verónicas Augen. »Ich hoffe, du nimmst mir meine Ausdrucksweise nicht übel.«

»Keine Sorge, die rücksichtslose Offenheit der Vanussis bin ich gewohnt.« Ein längeres Schweigen tritt ein, bis Verónica irgendwann mit Blick auf Pablo fragt: »Ist er dein Freund?«

»Nein.« Paula lächelt. »Pablo ist ein guter Bekannter. Er ist Psychologe, und er soll ein Gutachten über meinen Bruder anfertigen, falls es zur Anklage kommt.«

Pablo nickt, warum, weiß er selbst nicht genau. Weder ist er ein guter Bekannter von Paula, noch hat er ihren Auftrag bisher angenommen, aber so wie die Dinge stehen, zieht er es vor, das Schauspiel mitzumachen.

Er muss zugeben, dass die Analyse Verónicas, die Paula fast aus dem Stegreif erstellt hat, zeigt, dass sie über einen scharfen Verstand und eine hervorragende Auffassungsgabe verfügt. Dass Verónica nicht wirkt, als sei sie imstande, einen Menschen zu töten, scheint auch ihm eindeutig. Ebenso deutlich ist für ihn allerdings, dass sie bislang kein leichtes Leben gehabt hat. So wie sie sich gewissermaßen selbst umarmt, während sie ihnen gegenübersitzt, gibt sie klar zu erkennen, dass sie sich allein und schutzlos fühlt. Sie ist eine schöne und noch junge Frau, aber dass sie Schreckliches durchgemacht hat, ist nicht zu übersehen.

Innerlich fasst er noch einmal zusammen, was er bis jetzt von ihr weiß oder an ihr hat feststellen können: das schwierige Leben, das sie bis jetzt hat führen müssen, der Eindruck von großer Unschuld, ihre Jugend, ihr ängstliches, auf Abwehr bedachtes Verhalten, die Gefühle, die sie offenkundig aufwühlen – Paula hat recht, Verónica ist der ideale Kandidat, um Opfer eines Psychopathen wie Roberto Vanussi zu werden.

Da wird ihm auf einmal bewusst, dass er noch kein einziges Foto von Roberto Vanussi zu sehen bekommen hat. Und trotzdem empfindet er einen fast unbezähmbaren Hass, wenn er sich ihn vorzustellen versucht. Ein Gefühl, das sich durch jede Einzelheit, die er über ihn erfährt, nur noch verstärkt. So ging es ihm schon immer mit Menschen, die die besonderen Fähigkeiten, die ihre abartige Veranlagung mit sich bringt, ausnutzen, um anderen wehzutun und sie zu missbrauchen. Am stärksten empört ihn jedoch, dass sie keinerlei Schuldgefühl zu kennen scheinen. Was es ihnen erlaubt, entspannt und ohne irgendwelche Gewissensbisse durchs Leben zu gehen und seelenruhig das Leben der Menschen zu zerstören, die das Pech haben, mit ihnen in Berührung zu kommen.

Während die beiden Frauen ihr Gespräch fortsetzen, kann er nicht umhin, wahrzunehmen, wie müde Verónicas Stimme und wie traurig ihr Blick wirkt und wie zurückhaltend sie Paula gegenüber auftritt. Sie hätte auf jeden Fall ein besseres Leben verdient. Aber so ist es eben immer wieder: Jede Entscheidung, die wir treffen, hat ihre ganz eigenen Folgen. Und dass jemand wie Verónica sich in einem bestimmten Moment entschieden hat, ihr Leben mit einem Menschen wie Roberto Vanussi zu teilen, hat unauslöschliche Spuren hinterlassen.

Selbst das schaffen Arschlöcher wie dieser Vanussi: Sie machen die anderen nicht nur fertig, sondern prägen sich ihnen für immer und ewig ein.

Auch nach zwei Stunden haben sie von Verónica kaum

etwas erfahren können, was sie wirklich weiterbringt. Gerade einmal ein paar Namen, die sie gehört hat, wenn Roberto Vanussi in ihrer Anwesenheit telefonierte. Viel hat er ihr offensichtlich nicht über sein Leben erzählt, und wenn sie ausgingen, dann fast immer nur zu zweit. Vanussi wollte ganz eindeutig nicht, dass sie wusste, womit er sich beschäftigte. Aber nicht, um sie zu schützen, sagt sich Pablo, sondern weil er darauf angewiesen war, dass seine Machenschaften im Dunkeln blieben, ohne dass jemand sein Tun hätte infrage stellen oder gar Rechenschaft von ihm hätte verlangen können.

Pablo sagt sich, dass es hier offensichtlich nichts mehr zu erfahren gibt. Also steht er auf und gibt damit zu erkennen, dass die Sache für ihn vorläufig beendet ist. Beim Abschied sieht er Verónica liebevoll an und streicht ihr unwillkürlich über die Wange. Ein dankbares Lächeln huscht ihr übers Gesicht. Zweifellos hat sie soeben zum ersten Mal mit jemandem über all diese Dinge sprechen können. Doch während Paula sie unnachgiebig ausgefragt und sich Notizen gemacht hat, hat er versucht, ihr das Gefühl zu vermitteln, dass es ihm mindestens so wichtig ist, wie es *ihr* bei alldem gegangen ist.

Sie verlassen das Gebäude, in dem Verónica wohnt, und gehen zu Paulas Auto. Kurz bevor Paula einsteigt, sieht sie Pablo in die Augen und fragt:

»Sollen wir zusammen zu Abend essen?«

Er überlegt nur kurz. Unter anderen Umständen hätte er die Einladung angenommen. Paula ist wirklich wunderschön, und es gibt noch eine Menge, worüber sie reden müssen. Trotzdem möchte er an diesem Abend lieber noch ein Stück alleine spazieren gehen.

»Danke, aber heute nicht.«

»Na gut, kann ich dich irgendwo absetzen?«

Er schüttelt den Kopf und küsst sie zum Abschied auf die Wange. Anschließend steigt sie ein, und er wartet, bis sie den Motor gestartet hat. Auf einmal klopft er an ihre Fensterscheibe. Sie lässt das Fenster hinunter und sieht ihn fragend an.

»Zwei Dinge noch. Zum einen wollte ich dich fragen, ob du etwas dagegen hast, wenn ich mich ein bisschen mit Camila unterhalte.«

»Darf ich wissen, warum?«

»Ich glaube, sie braucht das.«

Schweigen.

»Hat sie dich darum gebeten?«

Pablo nickt.

»Gut, ich denke darüber nach. Und die andere Sache?«

Pablo beugt sich hinab, bis er auf Augenhöhe mit ihr ist. »Wo warst du an dem Tag, an dem dein Vater ermordet wurde?«

Die Frage überrascht sie, sie sieht Pablo aber trotzdem unverwandt in die Augen.

»Das kann ich dir nicht sagen.«

Sie schauen sich noch mehrere Sekunden lang an. Dann lässt Paula das Fenster wieder hochfahren und legt den ersten Gang ein. Pablo sieht zu, wie das Auto sich entfernt. Inzwischen ist es in Buenos Aires Nacht geworden, und Pablo spürt auf einmal eine furchtbare Beklemmung in der Brust.

11

Das Taxi setzt ihn vor seinem Haus ab. Er ist müde, und alles, was er möchte, ist duschen und dann vom Balkon aus den Blick auf die Bäume genießen.

Manche Menschen entspannt nichts so sehr wie stundenlang aufs Meer hinauszuschauen, für Pablo dagegen übernehmen die Bäume des Parks diese so beruhigende und beschützende Funktion. Vielleicht, weil er sich dadurch in seine Kindheit auf dem Land zurückversetzt fühlt, wo es still war und überall Bäume standen. Außerdem war dort sein Vater bei ihm.

Die Anfangsverse von Fernando Pessoas Gedicht »Geburtstag« erklingen in seinem Inneren:

»Zu der Zeit, als mein Geburtstag gefeiert wurde, war ich glücklich, und noch niemand war tot.«

In den letzten Tagen sind alle möglichen Toten in seinem Leben aufgetaucht, bekannte und fremde. Wirkliche, wie Roberto Vanussi, oder Menschen, die bloß für ihn wie tot sind, Alejandra zum Beispiel. Er ist müde. Als er vor dem Hauseingang steht und gerade den Schlüssel hervorziehen will, steigt ein Mann aus einem in der Nähe parkenden Auto und nähert sich ihm.

»Entschuldigung.«

»Ja bitte?«

»Haben Sie Feuer?«

Pablo versucht, freundlich zu lächeln.

»Tut mir leid, ich rauche nicht.«

»Da haben Sie recht. Man sollte wirklich auf seine Gesundheit achten, stimmt's?« Pablo nickt, noch immer bemüht lächelnd. »Das Leben ist viel zu kostbar«, fährt der Fremde fort, »man sollte es keinesfalls für irgendwelche Dummheiten aufs Spiel setzen, finden Sie nicht?«

Der Mann spielt mit der unangezündeten Zigarette zwischen den Fingern herum. Sein Tonfall ist gemessen und höflich, aber Pablo ist zu sehr daran gewöhnt, anderen Menschen aufmerksam zuzuhören, als dass ihm die unterschwellige Drohung, die diese Stimme verströmt, entgehen könnte. Er atmet tief ein und versucht, die Lage abzuschätzen – vorläufig wird man ihm nichts tun.

Wenn man vorhätte, ihn zu entführen, würde man sich nicht lange mit einleitenden Worten aufhalten, und wenn man vorhätte, ihn zu töten, hätte man sich eine weniger belebte Stelle ausgesucht. Es sei denn, seine Verfolger könnten sich sicher sein, dass sie keinerlei Folgen ihres Tuns zu befürchten haben, was bei manchen Leuten durchaus der Fall ist, wie er seit einigen Stunden weiß.

Ob das, was er jetzt macht, angemessen und vernünftig ist, weiß er nicht, jedenfalls sucht er nicht hastig Zuflucht im Haus, sondern steckt den Schlüssel wieder ein und wendet sich ganz dem Unbekannten zu.

Er sieht ihn ruhig und konzentriert an. Ein elegant gekleideter, nicht besonders großer Mann mit ruhigen, wohlerzogenen Bewegungen. Die Beifahrertür des in der Nähe parkenden Autos steht offen, weshalb Pablo sehen kann, dass am Steuer ein zweiter Mann sitzt. Er ist dick und hat eine Glatze und beugt sich jetzt vor, um ihn mit einem leichten Kopfnicken zu begrüßen.

»Sie sind wirklich ein Glückspilz, Herr Doktor. Sie führen ein angenehmes, bequemes Leben. Verstehen Sie mich nicht falsch: Ich gönne Ihnen dieses Leben. Ich weiß, Sie haben hart dafür gearbeitet, Ihnen hat niemand etwas geschenkt. Sie kommen aus einer einfachen Familie, aber Sie haben es geschafft. Sehen Sie selbst, in was für einer Gegend Sie wohnen.« Er lässt den Blick hinüber zum Park schweifen. »Wissen Sie was? Das ist nicht bloß eine der schönsten Ecken von Buenos Aires, so schön ist es fast nirgendwo auf der Welt! Es muss herrlich sein, jeden Morgen mit diesem Ausblick aufzuwachen. Noch schöner ist es, wenn man bei Ihnen auf dem Balkon steht, muss ich sagen, ich habe es selbst ausprobiert und wäre am liebsten den ganzen Tag dort geblieben.«

Pablo fährt zusammen – sie waren also in seiner Wohnung.

»Sie sind wirklich ein Mensch mit Geschmack«, fährt der Unbekannte fort, »das kann man nicht bestreiten. Vor allem das Bild mit dem Foto von dieser Welle. Fantastisch! Falls wir uns noch einmal über den Weg laufen, was hoffentlich nicht nötig sein wird, frage ich Sie, von wem die Aufnahme ist. Ich würde auch gerne einen Abzug davon haben.«

Pablo versucht, ruhig zu bleiben. Wenn man solchen Leuten gegenüber auch nur ein klein wenig Angst zeigt, hat das für die einen geradezu erotischen Reiz, das ist Pablo bewusst, und den Gefallen möchte er ihnen nicht tun. Aber er ist solche Situationen einfach nicht gewöhnt, weshalb es ihm nicht gelingt, sich sein Erschrecken nicht anmerken zu lassen.

»Was wollen Sie?«

Der andere lächelt. »Ich bitte Sie, Herr Doktor, fragen Sie nicht so was. Wenn ich eine so offensichtliche Frage beantworte, ist das eine Beleidigung Ihrer Intelligenz. Sie wissen ganz genau, worum es geht.«

»Hören Sie …«

»Nein«, sagt der Unbekannte, ohne lauter zu werden, »besser Sie hören mir jetzt mal zu: Leben Sie einfach so weiter wie bisher und mischen Sie sich nicht in Dinge, die Sie nichts angehen. Sie werden keine Erkenntnisse gewinnen, glauben Sie mir. Abgesehen davon, dass die Welt seit dem Tod von Roberto Vanussi wesentlich besser geworden ist – auch das können Sie mir glauben. Also, hören Sie auf mich und lassen Sie die Sache auf sich beruhen. Das ist alles. Sein Sohn hat ihn umgebracht. Und wissen Sie was? Wenn er mein Vater gewesen wäre, hätte ich ihn auch umgebracht. Wenn Sie der Meinung sind, alle Väter sind so wie Ihrer, dann täuschen Sie sich. Ihr Vater war ein bescheidener Arbeiter, der sich dafür aufgeopfert hat, dass sein Sohn die Chance bekam, irgendwann ein besseres Leben zu führen.« Woher kennt der Mann all diese Einzelheiten aus Pablos Vergangenheit? »Es wäre schade, wenn all seine Anstrengungen umsonst gewesen wären. Genießen Sie Ihr Leben, das sind Sie ihm schuldig! Und sich selbst sind Sie es auch schuldig.«

»Kann ich Sie etwas fragen?«

»Nein, das können Sie nicht. Ich wollte Ihnen bloß mitteilen, dass wir nichts gegen Sie haben, bis jetzt jedenfalls nicht. Aber wenn Sie diese Geschichte weiterverfolgen, könnte sich das radikal ändern. Also noch mal: Hören Sie auf mich. Heute habe ich in einem Ihrer Bücher geblättert. Sie sind ein interessanter Typ, wirklich, von Ihnen kann man was lernen. Aber lassen Sie sich eins gesagt sein: Denken Sie immer daran, dass der Preis stimmen muss.« Er legt ihm eine Hand auf die Schulter. »Ich weiß, Paula Vanussi ist eine wunderschöne junge Frau, aber Sie sollten sich trotzdem nicht mit ihr einlassen, das könnte nicht gut für Sie ausgehen. Die andere hat viel besser zu Ihnen gepasst... Wie heißt sie noch mal? Ach ja, Mariani, Alejandra Mariani. An Ihrer Stelle würde ich zu ihr fahren und sie mir zurückholen. So viel sind tausend Kilometer schließlich auch nicht, oder?«

Als der Mann Alejandra erwähnt, ist Pablo vor Schreck wie gelähmt. Und tut ihm schließlich doch den Gefallen, sich seine Angst anmerken zu lassen, indem er, bleich im Gesicht, fleht:

»Bitte, hören Sie...«

»Keine Sorge. Ich weiß, Sie haben einen schweren Tag hinter sich. Sich stundenlang all diese schrecklichen Geschichten von Vanussis Frauen anzuhören ist kein Vergnügen, für heute ist das mehr als genug. Also, nehmen Sie erst mal in aller Ruhe ein Bad, und dann schreiben Sie irgendwas Interessantes. Oder Sie rufen eine Freundin an und haben ein bisschen Spaß.« Er zwinkert Pablo zu und steigt ins Auto. Als er auf dem Beifahrersitz Platz genommen hat, lässt er noch einmal die Scheibe hinunter und sagt: »Und bleiben Sie Nichtraucher! Das Leben ist viel zu kostbar, um nicht auf seine Gesundheit zu achten.«

Das Auto setzt sich langsam in Bewegung, so als wollten die beiden Insassen unterstreichen, dass sie es weder eilig noch irgendetwas zu befürchten haben. Pablo steht mehrere Minuten lang da, ohne sich vom Fleck rühren zu können. Schließlich hat er sich endlich wieder so weit im Griff, dass er den Schlüssel hervorziehen und die Tür aufschließen kann. Eine ihm entgegenkommende Nachbarin nimmt er nicht wahr. Immer noch wie betäubt fährt er mit dem Aufzug in den achtzehnten Stock und betritt vorsichtig seine Wohnung. Die Eingangstür lässt er offen und schreitet langsam von Zimmer zu Zimmer. Nirgends ist auch nur die geringste

Veränderung zu entdecken, die Männer haben keinerlei Spuren hinterlassen, eine perfekte Arbeit. Er macht die Wohnungstür zu und will schon abschließen, doch dann lässt er es sein – wozu auch?

12

Der Überraschungsgast hatte recht: Das Bad hat Pablo gutgetan. Während er sich abtrocknet, versucht er seine Gedanken zu ordnen. Er ist immer noch aufgewühlt von der unangenehmen Begegnung. Aber was hat er sich eigentlich gedacht? Hat er geglaubt, jemand wie er könne sich unbehelligt auf eine derartige Geschichte einlassen? Vielleicht hat er einfach nur zu viele Kriminalromane gelesen. Im echten Leben läuft es jedenfalls anders. Hier spürt er die Angst wirklich, sie steigt aus der Magengrube empor bis in seine Mundhöhle, die völlig austrocknet, während der Puls rast und er sich schutzlos ausgeliefert fühlt.

Am schlimmsten ist die Erinnerung daran, dass der Unbekannte auch von Alejandra gesprochen hat. Pablo hat Angst, ihr könne etwas zugestoßen sein, und würde sie am liebsten sofort anrufen. Doch sein Verstand sagt ihm, dass das nicht nötig ist: Wenn sie ihr etwas angetan hätten, hätten sie es ihm gesagt, oder sie hätten ihm ein »Erinnerungsstück« von ihr mitgebracht. Er muss an den Pferdekopf zwischen den Bettlaken denken, eine der Szenen aus dem *Paten*, die ihn am stärksten beeindruckt haben. Aber das hier ist kein Film. Es ist die pure Wirklichkeit, und das darf er keinesfalls vergessen, so bekannt ihm das Ganze auch vorkommen mag – was wiederum nicht allzu erstaunlich ist, bekanntlich »ahmt die Wirklichkeit die Kunst nach«.

Als er fast fertig angezogen ist, klingelt es an der Wohnungstür. Er fährt erschrocken zusammen, entspannt sich jedoch gleich wieder. Ihm fällt ein, wen er erwartet. Er atmet tief durch und geht, noch ohne Strümpfe, zur Tür. Beim Anblick der Person, die vor ihm im Gang steht, fällt ihm ein Stein vom Herzen.

»Was ist denn los?«, fragt der andere. »Deine Stimme am Telefon klang nicht gerade beruhigend. Ich bin so schnell gekommen, wie ich konnte. Unterwegs habe ich aber trotzdem noch rasch was besorgt.« Er präsentiert eine Flasche Wein. »Ich glaube, das können wir brauchen.«

Pablo nickt.

»Komm rein und mach schon mal die Flasche auf. Ich bin gleich fertig mit Anziehen.«

José geht in die Küche. Da er schon so oft hier war, würde er sich selbst im Dunkeln zurechtfinden. Der Korkenzieher ist jedenfalls in der untersten rechten Büfettschublade. Anschließend nimmt er zwei Gläser oben links aus dem Regal. Er öffnet den Kühlschrank und entdeckt dort ein Stück Gruyèrekäse und ein paar Oliven. Er stellt alles auf das Tablett, das wie immer an der Mikrowelle lehnt, und geht ins Wohnzimmer. Er stellt das Tablett auf dem kleinen Couchtisch ab, schenkt Wein ein und tritt ans Fenster. Auf einmal hört er hinter sich Pablos Stimme.

»Gefällt dir der Blick aus meiner Wohnung auch so gut?«

»Ja, sicher. Aber warum sagst du ›auch‹? Wem gefällt er denn außer mir noch?«

Pablo muss lächeln. Er genießt es, sich mit seinem Psychoanalytikerfreund zu unterhalten. Dieser achtet mindestens so genau auf die Worte, die jemand wählt, wie er selbst. José reicht ihm ein Glas und prostet ihm zu. Pablo erwidert die Geste und nimmt einen großen Schluck. Der Syrah geht ihm angenehm warm die Kehle hinunter und entfaltet wie gewohnt seine wohltuende Wirkung.

Eine Stunde später hat Pablo José alles erzählt, was an diesem Tag vorgefallen ist.

»Mannomann«, sagt José und schüttelt den Kopf. »Lass bloß die Finger von der Sache, und zwar sofort. Du kannst doch nicht für irgendwas, was dich nichts angeht, dein Leben aufs Spiel setzen.«

»Es geht mich aber etwas an.«

»Inwiefern?«

»Camila …«

José schnaubt.

»Hör auf mit dem Scheiß, Pablo. Die Kleine hat Probleme und braucht Hilfe, völlig klar, aber deshalb brauchst du dich nicht automatisch angesprochen zu fühlen, das kann auch jemand anders übernehmen.«

»Das hat Helena auch gesagt.«

José merkt, dass Pablo unschlüssig ist, und tritt näher an ihn heran. »Wach auf, verdammt! Gerade eben hast du mir erzählt, dass dich zwei Killertypen unten vor dem Haus abgefangen haben, und trotzdem fragst du dich, was du tun sollst? Ich glaub's nicht. Bist du jetzt völlig übergeschnappt? Ein bisschen verrückt warst du ja immer schon, aber so schlimm war es noch nie. Mit diesen Typen ist nicht zu spaßen! Wenn die der Meinung sind, sie müssen dich aus dem Weg räumen, tun sie das, ohne mit der Wimper zu zucken.« Er gießt sich erneut Wein ein, trinkt einen Schluck und sieht Pablo ernst an. »Ich glaube, es ist an der Zeit, dass ich mich mit Paula unterhalte.«

»Wie meinst du das?«

»So wie ich es sage. Sie hat mich angelogen. Sie hat behauptet, sie braucht deine Telefonnummer, weil sie dir als Spezialist eine Frage stellen will. Wenn sie dich daraufhin als Gutachter angeheuert hätte, wäre es ja noch halbwegs okay gewesen, auch wenn es über das hinausgeht, was wir verabredet hatten. Aber so wie die Dinge jetzt stehen, sehe ich mich gezwungen, ihr zu sagen, sie soll dich aus der Sache raushalten.«

Pablo lacht. Auf einmal fühlt er sich seltsam entspannt.

»Worüber lachst du, verdammt?«

»Über dich. Wie nennst du so was noch mal bei dir an der Uni? Ach ja«, sagt er: »*Gegenübertragung.* Gemeint sind damit die Gefühle und Überlegungen, die ein Patient bei seinem Analytiker auslösen kann. Wie hieß es doch so schön in einem Text, den ich vor einiger Zeit gelesen habe: ›Keinesfalls dürfen wir als Analytiker der Wirkung der Gegenübertragung zum Opfer fallen. Wenn wir uns von den Gefühlen leiten lassen, die ein Patient in uns hervorruft, kann dies zu Fehlern bei der Analyse führen. Dieser Versuchung jederzeit widerstehen zu können ist ein unverzichtbarer Bestandteil des analytischen Instrumentariums. Andernfalls kann es nicht nur in handwerklicher, sondern auch in ethischer Hinsicht zu Missgriffen kommen‹«, zitiert Pablo mit ironischem Unterton aus einem Text Josés, der zu einem Handbuch der Psychopathologie gehört, das dieser für seine Seminare an der Universität verwendet.

»Sehr witzig … Ich bin allerdings in diesem Augenblick nicht dein Analytiker, sondern dein Freund. Und wenn ich entscheiden soll, ob ich lieber einen Patienten verliere oder zulasse, dass du umgebracht wirst, habe ich keinen allzu großen Spielraum, würde ich sagen.«

Lastende Stille tritt ein.

»José, ich habe Angst.«

»Ja, natürlich …«

»Warte … Ich habe Angst, stimmt. Aber gleichzeitig habe ich das Gefühl, wenn ich jetzt einfach aus dieser Geschichte aussteige, wird bei mir nichts mehr so sein wie bisher.«

»Ich versteh dich nicht.«

Sie sehen sich an.

»Die Liebe zur Wahrheit, weißt du noch? Das ist das Einzige, worauf es ankommt. Wir haben keine besonderen Fähigkeiten, und wir können auch keine Wunder mit unseren Händen vollbringen. Aber was wir einem guten Anwalt oder einem geschickten Handwerker oder meinetwegen auch einem Popsänger voraushaben, ist die Tatsache, dass wir Dinge hören, die die anderen nicht hören können, und dass wir nicht vor der Wahrheit zurückweichen. Als ich vorhin in der Wanne lag, habe ich mir bloß noch gewünscht, diese Geschichte so schnell wie möglich hinter mir zu lassen. Je mehr ich mich entspannt habe, desto mehr habe ich mir gesagt: ›Los, ruf Paula an und erklär ihr, dass du nicht weitermachst.‹ Aber nachdem ich aus der Wanne gestiegen war, bin ich, ohne mich richtig abzutrocknen, eine Weile in der Wohnung hin- und hergelaufen, und irgendwann stand ich dann vor dem Bild mit der Welle da drüben, das auch meinem unbekannten Besucher so gut gefallen hat. Weißt du, warum ich es mir aufgehängt habe?«

»Nein.«

»Weil diese riesige Welle den meisten Leuten Angst macht. Für mich verkörpert sie die Kraft der Sehnsucht nach der Wahrheit, die in jedem von uns steckt und unermüdlich gegen alle Widerstände ankämpft. Bei ihrem Anblick nehmen die allermeisten Reißaus. Bis auf die paar Leute, die den Mut haben, sich ihr entgegenzustellen, egal, was passiert. Leute wie du und ich, José…« Er sieht seinem Freund direkt in die Augen. »Weißt du noch, was Hegel dazu gesagt hat? Dass man einen Menschen nicht als Menschen betrachten kann, wenn er nicht bereit ist, für ein Ideal sein biologisches Leben einzusetzen. Freiheit, Wissen, Wahrheit – was auch immer, jedenfalls Dinge, die er nicht zum bloßen Überleben braucht und die ihn trotzdem erst zum Menschen machen.« Er hält inne und trinkt einen Schluck Wein. »Ich weiß, ich müsste aus dieser Geschichte aussteigen, aber ich fürchte, danach wäre ich nie wieder ich selbst. Abgesehen davon, dass ich auch noch den letzten Rest Selbstachtung verlieren würde.«

José hat ihm aufmerksam zugehört. Nichts von dem, was Pablo gerade gesagt hat, hat er nicht auch schon so oder so ähnlich bei einer ihrer früheren Unterhaltungen im Café oder hier, in seiner Wohnung, geäußert. Aber bis jetzt waren das immer bloß rein theoretische Überlegungen, Gedankenspiele. Das hat sich nun schlagartig geändert.

Er begreift, dass sein Freund bei seiner Meinung bleiben wird. Und da bekommt er Angst und macht sich Vorwürfe, weil er Paula seine Telefonnummer gegeben hat, aber dafür ist es zu spät. Er ist nicht imstande, ihn aufzuhalten, und er weiß nicht, ob er Pablo bei seinem verrückten Vorhaben zur Seite stehen kann und will.

Da klingelt das Telefon, und er zuckt zusammen. Pablo greift nach dem Hörer.

»Ja?«

»Pablo?«

»Ja.«

»Guten Abend, hier ist Doktor Rasseri.«

Pablo seufzt erleichtert auf.

»Guten Abend. Ich hatte nicht damit gerechnet, dass Sie anrufen, ich habe gedacht, das übernimmt Ihre Sekretärin.«

»Normalerweise ja, aber in diesem Fall wollte ich mich lieber selbst melden. Ich wollte Ihnen nämlich mitteilen, dass Javier inzwischen wach ist. Wenn Sie möchten, können Sie ihn morgen besuchen.« Pablo zögert. Helenas und Josés warnende Worte steigen in ihm auf. Rasseri scheint seine Unentschlossenheit zu bemerken, schließlich ist auch er daran gewöhnt, anderen Menschen aufmerksam zuzuhören. »Das heißt, wenn Sie Ihre Meinung geändert haben, brauchen Sie mir das nur zu sagen. Ehrlich gesagt, wäre ich, glaube ich, sogar froh darüber.«

»Wann ginge es denn?«

Rasseri seufzt.

»Um elf.«

»Gut, dann bis um elf.«

»Wie Sie meinen. Ich erwarte Sie.«

Pablo legt auf und sieht José triumphierend und ängstlich zugleich an.

Unaufhaltsam verstreicht die Zeit, und damit rückt auch der Augenblick immer näher, in dem die Wahrheit, also das, worauf Pablo auf keinen Fall verzichten möchte, ans Tageslicht kommt. Er ahnt, dass diese Wahrheit womöglich nicht besonders schön sein wird. Aber, wie man so sagt: Auch das gehört zum Leben. Auf einmal kann er sich nicht mehr zurückhalten und schlingt die Arme um seinen Freund. Am liebsten würde er weinen, aber es geht nicht. Woher kommt dieses plötzliche Bedürfnis, zu weinen? Welche Ängste drücken sich darin aus? Auch José weiß es nicht, aber er spürt, dass Pablo diese Umarmung jetzt braucht.

Pablo möchte weinen, aber er kann nicht – er hat sich noch nie bei anderen Menschen ausweinen können außer bei seinem Vater, und trotzdem klammert er sich in diesem Augenblick verzweifelt an seinen Freund.

Fast eine ganze Stunde später schläft Pablo erschöpft ein. José lässt ihn auf seinen Sessel gleiten. Dann zieht er seine Jacke an. Bevor er geht, wirft er noch einen Blick auf seinen Freund. Er braucht ihn nicht zu wecken, damit er ihm die Wohnungstür aufmacht, er hat selbst einen Schlüssel und kann kommen und gehen, wann immer er will.

13

Könnte man die Leiche nicht einfach vor der Tür des Hausmeisters ablegen? Soll der sich doch darum kümmern. Aber nein, das wäre keine gute Idee. So geht es nicht. Es ist besser, wenn der Tote nicht auf dem Grundstück aufgefunden wird.

Also einpacken. Verdammt schwer, dieser Leichnam. Wie kann es nur sein, dass er so viel wiegt? Schweiß strömt hervor, die Hand, die übers Gesicht fährt, um ihn abzuwischen, hinterlässt unbemerkt eine rote Spur. Auf einmal gleitet der tote Körper zu Boden, und der Kopf schlägt mit dumpfem Geräusch auf. Das muss wehgetan haben – nein, diesem Schwein wird nie mehr etwas wehtun. Vor allem aber – und das ist viel wichtiger – wird dieses Schwein nie mehr jemand anderem wehtun.

Trotzdem ist da dieser Drang, mit aller Kraft auf ihn einzutreten, um den Hass zu entladen, aber das geht jetzt nicht, erst muss getan werden, was zu tun ist.

Dritter Teil
Die Suche

1

Manchmal sorgt die Angst dafür, dass bestimmte Wege für uns unbetretbar werden, ja selbst einfachste Handlungen scheinen dann unausführbar.

Pablo steht vor der Ferro-Klinik und starrt auf die fünf Stufen, die ihn von der Eingangstür trennen. Warum zögert er? Er ist nicht bis hierher gekommen, um jetzt auf einmal stehenzubleiben. Dass er Angst hat, ist jedoch unbestreitbar. Ihm fällt wieder ein, wie er einmal in seiner Kindheit, als er mit seinem Vater auf dem Land lebte, noch spät am Nachmittag rausgegangen war. Beflügelt von dem abenteuerlichen Gefühl, auf eigene Faust loszuziehen, war er irgendwann mitten auf dem freien Feld von der Dunkelheit überrascht worden.

Großstadtbewohner wissen nicht, wie dunkel es in der Nacht werden kann, erst recht bei Neumond so wie damals. In der Stadt dringt immer, und sei es aus einiger Entfernung, von irgendwoher ein Lichtschein zu uns. Auf dem Land gibt es das nicht, das wurde Pablo in dieser Nacht klar.

Das Herz des Neunjährigen pochte verzweifelt, als er vergeblich versuchte, in der ihn umgebenden undurchdringlichen Finsternis einen, und sei es noch so winzigen, Anhaltspunkt auszumachen.

Einfach auf gut Glück weiterzugehen wagte er nicht, er fürchtete, sich dadurch nur noch mehr von der Sicherheit des väterlichen Hauses zu entfernen. Welche Gefahren in der Nacht lauerten, wusste er – er kannte all die Geschichten von Irrlichtern und nächtlichen Wesen, Wegelagerern und Raubtieren, die nach Sonnenuntergang auf Jagd gehen, sodass jetzt die schauerlichsten Bilder vor seinem inneren Auge aufstiegen.

In seiner Angst fiel ihm nichts anderes ein, als auf ein Gatter zu klettern, um vorläufig dort abzuwarten. Er durfte bloß nicht den Mut verlieren, auch die längste Nacht geht schließlich irgendwann vorüber. Ruhig bleiben, eigentlich konnte ihm gar nichts passieren, das sagte er sich immer wieder.

Nach ein paar Minuten bemerkte er auf einmal einen Lichtpunkt, der sich in der Ferne hin- und herbewegte. So winzig er war, nun wusste er doch, in welche Richtung er gehen musste. Er sprang von dem Gatter und machte sich auf den Weg. Sein Ziel war, seiner Einschätzung nach, etwa einen Kilometer entfernt, ihm war allerdings klar, dass man in dieser Hinsicht auf dem Land einige Überraschungen erleben konnte.

Behutsam bewegte er sich vorwärts, bis er irgendwann tatsächlich zum Ausgangspunkt der Lichterscheinung gelangte. Dort stand sein Vater und schwenkte eine Laterne, um ihm den Weg zu weisen.

Als er bei ihm ankam, versuchte er sich nicht anmerken zu lassen, welche Angst er durchgemacht hatte. Niemand steht gern vor den anderen als Feigling da. Sein Vater lächelte ihn an.

»Komm, gehen wir nach Hause«, sagte er bloß.

Das war alles. Diese Erfahrung hat Pablo jedoch nie vergessen. Später hat er sich immer wieder einmal ähnlich allein und verlassen gefühlt, so auch in diesem Augenblick vor der Klinik. Er weiß allerdings, dass jetzt niemand mehr eine Laterne für ihn schwenken wird, der Einzige, auf den er heute zählen kann, ist er selbst.

Er sieht sich um. An der Ecke parkt ein alter schwarzer

Peugeot 504, und darin sitzt ein Mann. Aber Pablo gibt nichts darauf, auf keinen Fall will er wegen der Ereignisse am Vorabend irgendwelche paranoiden Verfolgungsängste entwickeln.

Ohne weiter zu überlegen, geht er die Stufen hinauf und öffnet die Tür. Drinnen am Empfangstresen steht Luciana. Bei seinem Anblick lächelt sie – nur ganz leicht, gerade so, dass er weiß, dass sie sich freut, ihn zu sehen. Er ist ihr sehr dankbar dafür, genau das hat er jetzt gebraucht. Mehrere Personen stehen wartend an der Rezeption, Frauen und Männer. Offensichtlich wollen sie einen Patienten besuchen. Eine der Frauen hat ganz verweinte Augen. Ihr passiert es wahrscheinlich zum ersten Mal, dass ein Angehöriger an einem solchen Ort untergebracht ist. Die anderen unterhalten sich angeregt. Keiner von ihnen weint – sie haben sich offensichtlich mit der Situation abgefunden.

Mit entschlossenen Schritten – zumindest hofft Pablo, dass er diesen Eindruck macht – geht er auf Luciana zu.

»Hallo.«

»Guten Morgen, Doktor Rouviot.«

»Könnten Sie Doktor Rasseri Bescheid geben, dass ich da bin?«

»Doktor Rasseri kann Sie gerade nicht empfangen, aber er hat Anweisung erteilt, dass ich mich um die Sache kümmern soll.« Sie sieht Pablo direkt in die Augen. »Wenn Sie mir bitte folgen würden.«

Luciana geht voraus, und unter anderen Umständen hätte Pablo den Anblick ihrer Bewegungen genossen, jetzt aber ist er dazu nicht imstande.

»Alles wird hier mit Kameras überwacht«, sagt Luciana, während sie weiter vor ihm hergeht, »deshalb drehe ich mich jetzt auch nicht zu dir um oder bleibe stehen. Aber Mikrofone gibt es zum Glück nicht, wir können also in aller Ruhe miteinander sprechen. Ich hab die ganze Zeit an dich gedacht.«

Pablo versucht sich nicht anmerken zu lassen, wie aufgewühlt er ist. Das Gefühl, gefilmt zu werden, gefällt ihm nicht, er kommt sich vor wie eine Figur aus einem Roman von George Orwell.

»Mir ist es ähnlich gegangen. Allerdings war die Zeit mit dir die einzig gute Erfahrung in den letzten Tagen. Der Rest war eine einzige Katastrophe.«

Luciana gibt zu verstehen, dass sie seine letzten Worte wahrgenommen hat: »Du wirkst auch völlig anders als bei unserer letzten Begegnung.«

»Stimmt. Diese Geschichte nimmt mich vollkommen in Beschlag.«

»Ich weiß nicht, wie ich das verstehen soll«, erwidert Luciana, ohne anzuhalten. »Ich nehme an, es gibt da einiges, wovon ich nichts mitbekommen habe.«

»Das ist auch besser so, glaub mir.«

Kurz darauf bleiben sie vor einer Tür stehen, die Pablo bekannt vorkommt. An der Tür hängt ein Schild mit dem Namen Javier Vanussi. Luciana klopft und macht vorsichtig auf.

»Warte bitte, ich bin gleich wieder da.«

Pablo nickt, und Luciana verschwindet in dem Zimmer.

Gleich wird Pablo sich zum ersten Mal mit Javier Vanussi unterhalten können. Vielleicht wird es auch das letzte Mal sein, schließlich weiß er nicht, wie oft Doktor Rasseri ihm die Genehmigung dazu erteilen wird. Pablo ist nervös, aber er muss versuchen, klar zu denken. Was darf er auf keinen Fall weglassen? Was muss er um jeden Preis herausbekommen?

Er ist es nicht gewohnt, in dieser Weise vorzugehen. Als Psychoanalytiker lenkt er ein Gespräch nie in eine zuvor festgelegte Richtung. Im Gegenteil, er bemüht sich, sich von allen vorgefassten Meinungen und persönlichen Absichten freizumachen, während er sich anhört, was der Patient ihm zu sagen hat. Worüber dieser spricht, ist egal, Hauptsache, er spricht. Gelenkte Befragungen gehören nicht zu Pablos Stärken.

Er versucht, sich schon jetzt zu entscheiden. Er hat nur zwei Wahlmöglichkeiten: Entweder er geht die Sache wie gewohnt völlig offen an und nimmt in Kauf, dass er in der kurzen Zeit, die ihm bloß zur Verfügung steht, wahrscheinlich kaum etwas herausfinden wird. Oder aber er versucht, von sich aus stärker ins Geschehen einzugreifen, auch wenn er mit dieser Methode nicht so vertraut ist. Auf diese Weise erhält er möglicherweise eine größere Menge an Informationen.

Noch bevor die Tür wieder aufgeht, ist die Sache für ihn klar: Er ist Analytiker. Und nur als solcher kann er etwas leisten. Er wird seine vielleicht einzige Chance nicht damit vergeuden, dass er sich auf eine Vorgehensweise einlässt, die ihm nicht entspricht.

Endlich ist es so weit. Als sich die Türe öffnet, versucht Pablo sein entschlossenstes Lächeln zu zeigen, doch zu seiner Überraschung hat er auf einmal das ebenfalls wunderschöne, aber trotz allem längst nicht so beruhigende Gesicht Paula Vanussis vor sich. Sie merkt, dass er damit nicht gerechnet hat.

»Ich hab dir doch gesagt, dass ich zuerst mit meinem Bruder sprechen würde, bevor du dich mit ihm unterhältst.«

»Und, wie geht es ihm?«

Paula breitet die Arme aus.

»Komm rein und sieh es dir selbst an.«

Schweigen. Luciana blickt die beiden ratlos an, sie ist jedoch klug genug, um zu begreifen, was sie in diesem Augenblick zu tun hat. Deshalb entschuldigt sie sich und geht. Paula und Pablo bleiben allein in dem Raum zurück, dem Vorzimmer von Javiers Zimmer. Ganz allein ist man hier allerdings nie, sagt sich Pablo mit Blick auf eine an der Wand angebrachte Kamera.

»Was hast du deinem Bruder über mich erzählt?«

»Die offizielle Version.«

»Das heißt?«

»Dass du Psychologe bist und ihm helfen sollst. Außerdem hat vorhin noch Doktor Rasseri vorbeigesehen und Javier gesagt, dass er es wichtig findet, dass Javier sich mit dir unterhält. Und Javier hat großes Vertrauen zu ihm.«

Pablo nickt. Paula fährt fort:

»Und, worauf wartest du? Du hast es so gewollt. Bitte schön, da hast du ihn, ganz für dich allein.«

Ob diese Worte als Angebot oder Herausforderung gemeint sind, ist für Pablo nicht klar. Er sieht Paula ernst an und versucht herauszufinden, was sich gerade in ihrem Kopf abspielt. Vergeblich, sie bleibt ein Rätsel für ihn.

Pablo glaubt nicht an Gott. Aber in Situationen wie diesen spricht er sich normalerweise mit den Worten Mut zu, die Jesus beim letzten Abendmahl zu Judas sagte: »Was du tun willst, das tu bald!« Deshalb betritt er jetzt Javiers Zimmer und schließt die Tür hinter sich. Gleich darauf begegnet er Javiers Blick, von dem sofort eine beruhigende Wirkung auf ihn ausgeht. Wie kann das sein?, fragt er sich. Und dann begreift er.

Er hat nicht mehr die leblosen Augen vom letzten Mal vor sich. Jetzt erblickt er zwei verstörte Augen voller Schmerz, Angst und Verwirrung. Die Augen eines leidenden Patienten. Und das ist für Pablo etwas ganz Vertrautes – damit kann er umgehen.

Außerdem erblickt er keinen Mörder. Und ebenso wenig jemanden, der ihn herausfordern möchte. Er sieht bloß einen Menschen, der leidet, sagt Pablo sich und fühlt sich geradezu entspannt. Lächelnd tritt er auf Javier zu und streckt ihm zur Begrüßung die Hand entgegen. Javier ergreift sie, und Pablo spürt, wie zerbrechlich die Hand des anderen ist. Schlagartig sind seine Zweifel verflogen, und er spürt die altvertraute Kraft, die ihn beim Kampf gegen die Angst und bei der Suche nach der Wahrheit antreibt. Er ist wieder er selbst und setzt sich neben Javier auf einen Stuhl. Und alles andere ist auf einmal wie ausgelöscht.

2

Javier Vanussis Blick ist sanft und verrät eine große Unschuld. Eine Unschuld, die mehr mit seiner Krankheit als mit bloßer Reinheit zu tun hat. Er ist schlank, bleich, und alles, was er hat durchmachen müssen, ist ihm deutlich anzusehen. Trotzdem ist er ein attraktiver junger Mann. Allerdings macht es den Eindruck, als ob das Leben sich nach und nach aus ihm zurückziehen wolle, so müde sieht er aus. Pablo muss daran denken, wie liebevoll Rasseri ihn gestreichelt hat, als sie gemeinsam hier waren, und wie sehr ihn, Pablo, das überraschte. Jetzt begreift er. Auch er fühlt sich versucht, den jungen Mann, der der Welt so hilflos ausgeliefert scheint, in die Arme zu schließen.

»Hallo, ich bin Pablo.«

»Ich weiß, Miguel Ángel hat mir von dir erzählt.«

»Miguel Ángel?«

»Ja, Doktor Rasseri.«

»Ach ja, Entschuldigung. Manchmal vergisst man bei der ständigen Arbeit, dass die Menschen auch Vornamen haben, nicht nur einen Titel.«

Javier lächelt.

»Macht nichts. Paula hat mir auch von dir erzählt.«

»Ah ja. Und was hat sie gesagt?«

»Dass du mir helfen willst, aber wie, habe ich nicht richtig verstanden.«

Pablo hat keinesfalls vor, Javier zu belügen, er weiß aber weder, inwieweit dieser sich über seine Situation im Klaren ist, noch, ob er gefühlsmäßig in der Lage ist, darüber zu sprechen. Er versucht, es herauszufinden.

»Weißt du, warum du hier bist?«

Javier verzieht verächtlich das Gesicht.

»Ich war schon so oft hier, dass ich mir kaum noch was anderes vorstellen kann. Außerdem bekomme ich immer dasselbe Zimmer.« Er lächelt. »Wahrscheinlich, damit ich mich wohlfühle.«

Von wegen, sagt sich Pablo, das hier ist bestimmt bloß das einzige Zimmer mit Spiegelwand …

»Aber weißt du, warum du diesmal hier bist?«

»Ja. Weil ich meinen Vater umgebracht habe.«

Javier sagt das völlig überzeugt, er scheint nicht im Geringsten an seinen Worten zu zweifeln. Kummer scheinen sie ihm allerdings schon zu bereiten.

»Möchtest du darüber sprechen?«

Javier nickt.

»Zuerst möchte ich dir aber etwas sagen.« Er klingt sehr aufgewühlt. »Ich habe meinen Vater geliebt.«

Pablo ist überrascht, damit hat er nicht gerechnet. Zum ersten Mal spricht jemand in seiner Anwesenheit liebevoll von Roberto Vanussi.

Einverstanden, Javier, sagt sich Pablo, dann fangen wir also nicht mit dem Tod deines Vaters an, sondern mit deiner Liebe zu ihm. Man findet sowieso nur an der Stelle Zugang zu einem Patienten, die dieser einem selbst öffnet, das weiß Pablo nur zu genau.

»Gut, dann erzähl doch mal.«

»Ich weiß, mein Vater war ein seltsamer Mensch …, aber das bin ich ja auch.«

»Warum sagst du das?«

»Weil es so ist. Ich weiß, dass ich krank bin. Mein Kopf

funktioniert nicht so, wie er sollte, und manchmal habe ich mich nicht im Griff, und dann tue ich Dinge, an die ich mich nachher nicht erinnern kann.« Er verstummt. »Aber daran bin ich gewöhnt.«

»Ja?«

»Ja. Das heißt nicht, dass mir das nichts ausmacht. Ich wäre selbst lieber ein normaler Mensch, aber das geht jetzt schon so lange so, dass ich mir gar nicht mehr vorstellen kann, was es heißt, so zu sein wie die anderen.«

»Und was tut dir dabei am meisten weh?«

»Alles Mögliche, aber vor allem mein Körper.«

Klar, denkt Pablo, genau wie Freud gesagt hat: ›Das Ich ist vor allem ein körperliches.‹

»Das Gefühl, dass mein Körper mir nicht gehorcht«, fährt Javier fort. »Oder dass ich manchmal in den Spiegel sehe und mich selbst nicht wiedererkenne. Oder dass ich mich erschöpft fühle, völlig ausgelaugt, so wie jetzt. Das tut wirklich wahnsinnig weh, glaub mir.«

Pablo hört aufmerksam zu. Javier sagt nicht, dass ihn diese Dinge stören oder bedrücken, er sagt ausdrücklich, dass sie *wehtun*, und so ist es für ihn offensichtlich auch, er empfindet es nicht als seelischen, sondern als körperlichen Schmerz – Javiers Körper verursacht ihm Schmerzen.

»Es hat mir auch schon immer wehgetan, dass mein Vater mich, weil ich so bin, nicht hat annehmen und lieben können.«

Er rechtfertigt das Verhalten seines Vaters. Er sagt nicht, dass dieser ihn nicht geliebt hat, sondern dass er ihn nicht hat lieben *können*, weil er, Javier, so ist, wie er ist. Damit übernimmt er die Verantwortung für die Lieblosigkeit des Vaters. Javiers Kummer wird immer stärker, und Pablo würde am liebsten dazu beitragen, dass dieses Gefühl eine Zeit lang anhält, ja, noch zunimmt, um zu sehen, was sich dadurch offenbart. Aber Javier ist sehr schwach, er ist gerade erst aus einem künstlichen Koma erwacht und würde eine solche Anspannung in diesem Zustand bestimmt nicht lange aushalten. Also verzichtet Pablo darauf, auf diesem Weg weiterzumachen. Zwei wichtige Dinge hat Javier in jedem Fall bereits gesagt: dass er seinen Vater geliebt hat und dass er immer das Gefühl hatte, dass diese Liebe nicht erwidert wird.

Eine traumatische Erfahrung, das versteht sich von selbst. Und seine Mutter, fragt sich Pablo, wie mag es ihm mit ihr ergangen sein?

»Kannst du dich an deine Mutter erinnern?«

»Ja.«

»Und woran erinnerst du dich da?«

Javier sieht ihn erstaunt an. Er überlegt eine Weile und sagt dann: »Mama war wunderschön. Sie sah genau wie meine Schwester Paula aus. Sie hatte den gleichen Körper, die gleiche Stimme. Auf einem Foto würdest du die beiden kaum unterscheiden können. Sie war so sanft, aber auch so hilflos. Sie hat die Kunst geliebt, und sie war sehr begabt fürs Malen. Als sie starb, war ich fünfzehn. Es war seltsam, mitzuerleben, wie sie nach und nach verschwand. Ihr Körper wurde immer kleiner und kleiner, bis sie irgendwann nicht mehr da war.«

Er sagt das, als ob sie nicht gestorben wäre, sondern sich zuletzt einfach in Luft aufgelöst hätte.

»Hast du ihre Leiche gesehen?«

»Nein.«

»Warum nicht?«

»Paula wollte das nicht.«

»Und du auch nicht?«

Javier sieht ihn überrascht an.

»Ich weiß nicht, ich habe nur getan, was Paula gesagt hat.

Seit Mamas Tod hat sie ihren Platz eingenommen. Sie hat immer alles entschieden.«

»Und dein Vater hatte nichts dazu zu sagen?«

»Papa war verreist. Er kam erst ein paar Wochen nach Mamas Tod und hat dann nie darüber gesprochen.«

Es klopft. Die Tür geht auf, und eine Pflegerin bringt ein Tablett, Gemüsesuppe und einen Teller mit Hühnerfrikassee und püriertem Kürbis. Als Nachtisch ein Orangensorbet. Pablo sieht auf die Uhr, es ist zwölf, Zeit fürs Mittagessen.

»Soll ich rausgehen, dann kannst du in Ruhe essen?«

»Nein, blieb hier. Ich unterhalte mich gern mit dir. Außerdem habe ich keinen Hunger.«

Ich unterhalte mich gern mit dir. Die Übertragung scheint zu funktionieren, zumindest bis jetzt, Pablo kann also weitermachen. Beide schweigen, bis die Frau das Zimmer verlassen hat. Als sie wieder allein sind, setzen sie das Gespräch fort. Obwohl ›allein‹ in diesem Fall nur eine Redensart ist – in Javiers Zimmer ist man niemals allein, Pablo darf das nicht vergessen. Alles, was sie sagen, wird aufgezeichnet und kann im Nebenzimmer mitverfolgt werden. Bei diesem Gedanken wirft Pablo einen Blick auf die Spiegelwand und fragt sich, wer sich in diesem Augenblick wohl auf der anderen Seite befindet. Doktor Rasseri, der Mann in dem weißen Kittel, ein anderer Arzt? Er kann es nicht sagen.

Diese Vorstellung stört ihn, aber so sind hier nun mal die Regeln, er darf sich dadurch nicht ablenken lassen. Javiers Stimme holt ihn aus seinen Gedanken.

»Darf ich dich etwas fragen?«

»Natürlich.«

»Wie willst du mir helfen?«

Pablo überlegt.

»Das kommt darauf an.«

»Worauf?«

»Auf das, was tatsächlich passiert ist.« Pablo hat plötzlich das Gefühl, unter Strom zu stehen – er kennt solche Augenblicke: Der Zeitpunkt für die entscheidende Frage ist gekommen. »Javier, bist du sicher, dass du deinen Vater getötet hast?«

Javier senkt den Kopf und verstummt. Seine Miene verdüstert sich, und sein ganzer Körper spannt sich an. Als er Pablo wieder ansieht, hat sich etwas in seinem Blick verändert. Er ist härter geworden, trifft Pablo aus größerer Entfernung.

»Du glaubst mir nicht. Du glaubst, ich denk mir das bloß aus, oder dass ich verrückt bin. Ich weiß genau, was ich sage und was ich getan habe. Ich habe meinen Vater getötet, ob du es glaubst oder nicht.«

Pablo nickt.

»Ich glaube dir. Ich würde gerne wissen, warum du das getan hast.«

Javier holt tief Luft. Sein Blick ist unverändert hart, aber ihm treten Tränen in die Augen.

»Weil ich nur so die Schreie zum Verstummen bringen konnte.«

»Was für Schreie?«

Javier scheint die Frage nicht gehört zu haben.

»Es ist nicht leicht, jemanden zu töten, den man liebt.« Er sieht Pablo an. »Hast du schon mal jemanden getötet?«

Pablo hält seinem Blick stand und antwortet so gleichmütig wie möglich: »Nein.«

Javier nickt.

»Es ist ein komisches Gefühl. Auf einmal scheint dir völlig klar, dass nichts im Leben irgendeinen Sinn hat, und deshalb ist auch nichts, was du tust, wirklich von Bedeutung. Glaubst du, dass das Leben einen Sinn hat?«

»Ehrlich gesagt, ich weiß es nicht. Ich würde es gerne glauben. Oder ich würde zumindest gerne glauben, dass man etwas für ein Leben tun kann, das für niemanden sonst irgendeine Bedeutung hat.«

Schweigen.

»Wusstest du, dass ich schon einmal versucht habe, mich umzubringen?«

»Ja.«

»Genauer gesagt, zweimal.« Er überlegt. »Ich glaube, ich habe es nicht geschafft, weil es auf meinen Tod letztlich nicht ankam.«

»Und auf wessen Tod kam es an? Auf den deines Vaters?«

Javier nickt.

»Ja. Er war derjenige, der die Macht hatte. Wenn etwas auf der Welt passiert ist, dann wegen ihm. Mein Tod hätte nichts verändert, seiner schon.«

Pablo versucht, Javier zuzuhören, ohne seine Worte sofort zu interpretieren. Wichtig ist, dass er ihn zum Sprechen bringt, damit das Unbewusste hinter seinen Worten offenbar wird.

»Erinnerst du dich noch an den Tag, an dem du deinen Vater getötet hast?«

So ist es richtig – hätte er es mit einem typischen Neurotiker zu tun, hätte er nach dem Tag gefragt, an dem dieser seinen Vater getötet zu haben *glaube*, bei Javier jedoch liegen die Dinge anders, und deshalb will und darf Pablo seine Worte keinesfalls in Zweifel ziehen.

»Ja.«

Pablo steht auf und tritt ans Fenster. Ohne lange darüber nachzudenken, entzieht er sich damit Javiers Blick, um ihm stattdessen umso aufmerksamer zuhören zu können. Unbewusst hat er auf diese Weise Javiers Krankenzimmer in das

Behandlungszimmer seiner Praxis verwandelt. Dass er sich weiterhin in der Ferro-Klinik befindet und auf Schritt und Tritt gefilmt und überwacht wird – von wem auch immer –, hat er vorläufig verdrängt. Er muss einfach das Gefühl haben, dass er nach seiner eigenen Methode vorgeht. Sich selbst und vor allem Javier zuliebe.

»Ich höre dir zu.«

Javier lässt sich Zeit, bevor er antwortet. Vielleicht fällt es ihm einfach bloß schwer, sich zu erinnern, vielleicht kostet es ihn aber auch Überwindung, sich dieser für sein Leben so bedeutungsvollen Tat zuzuwenden. Was immer der Grund sein mag, Pablo respektiert es und wartet schweigend ab, ohne sich umzudrehen und Javier erneut anzusehen. Nach mehreren Minuten fängt dieser schließlich an zu erzählen.

»An dem Tag war ich nervös und unruhig. Ich hatte mit angehört, wie Paula zu Camila gesagt hat, dass Papa wieder da ist, und da habe ich Angst bekommen. Angst, dass alles wieder von vorne losgehen würde. Gerne hätte ich geglaubt, dass es diesmal anders sein würde, aber ich wusste, dass das unmöglich war. Ich bin in mein Zimmer gegangen und hab mich ins Bett gelegt und versucht, zu schlafen, aber es hat nicht geklappt. Irgendwann habe ich dann gehört, wie die Haustür aufgegangen ist. Ich brauchte gar nicht nachzusehen, ob er es ist. Ich wäre so gern endlich ein bisschen zur Ruhe gekommen, aber das hat auch in dem Moment nicht geklappt. Ich habe gehört, wie er im Haus umhergegangen ist, Sachen bewegt hat, den Kühlschrank aufgemacht hat. In meinem Kopf habe ich schon vorausgesehen, was früher oder später passieren würde. Und so war es dann auch. Lange hat es nicht gedauert. Gerade einmal ein paar Minuten, dann ist es so gekommen wie immer, unausweichlich. Aus dem Zimmer meines Vaters habe ich die Geräusche gehört. Die furchtbaren Geräusche. Genau wie immer, aber ich wollte das nicht mehr hören. Ich konnte aber nichts dagegen tun. Ich habe ganz laut Musik angemacht, aber ich habe gewusst, dass das nichts nützt, denn aus den Kopfhörern kamen auch die Geräusche aus Papas Zimmer. Ich habe die Stimme von meinem Papa gehört, ich habe gehört, wie er Befehle erteilt hat und wie er rumgeschrien hat. Er hat sich mit jemandem gestritten. Mit einer Frau. Es war immer eine Frau. Er hat sie beschimpft und geschlagen. Sie hat geweint, ich habe gehört, wie sie geschluchzt und gestöhnt hat. Er hat sie im Zimmer umhergejagt und an den Haaren gezogen, und sie hat immer lauter geschrien. Und die Schreie haben mir furchtbar wehgetan.« Javier fängt an zu schwitzen, und sein Puls beschleunigt sich. »Ich wollte, dass er sie in Ruhe lässt, damit sie endlich zu schreien aufhört. Aber von wegen, er hat sie die ganze Zeit weiter geschlagen und angebrüllt. Und sie hat geschrien und geschrien. Ich habe mir das Kissen über den Kopf gezogen, aber das hat nichts genützt. Das hat nie was genützt. Ich konnte meinen Vater nicht dazu bringen, dass er aufhört, ihr wehzutun, aber vor allem habe ich es nicht geschafft, dass die Schreie aufhören, diese furchtbaren Schreie, die mir hier« – er schlägt sich an den Kopf – »wehgetan haben. Bis ich begriffen hab, warum die Schreie mir so wehtun.« Er verstummt für eine Weile. »Es war die Stimme meiner Mutter. Ihr hat mein Vater nachts immer so wehgetan.« Pablo spürt, dass sein Herz wie wild zu schlagen beginnt. »Und auf einmal hat sie wieder geschrien.«

Javier bricht erneut ab und scheint sich ein wenig zu beruhigen.

»Diesmal ist fast mein Herz stillgestanden, aber andererseits habe ich plötzlich gewusst, was ich tun muss. Ich habe einen heftigen Schlag gehört und dann das Geräusch von einem Körper, der auf den Boden fällt. Mein Vater hat weiter auf sie eingeschimpft, und da habe ich begriffen, dass das immer so weitergeht, wenn ich nichts dagegen mache, und dass er sie zuletzt immer wieder umbringt.«

Pablo unterbricht ihn nicht. Auch wenn Javiers Erzählung immer hitziger und wirrer wird, ist sie doch von überwältigender Eindringlichkeit.

»Da bin ich in die Küche gegangen und hab ein Messer aus der Schublade genommen und bin in sein Zimmer rüber. Ich habe gesehen, dass Mama nackt auf dem Bett liegt und weint. Und als Papa mich gesehen hat, hat er angefangen zu lachen. Er hat mich nie für voll genommen. Aber diesmal war es anders. Ich wusste, dass ich ihn umbringen muss, weil die Schreie von meiner Mama in meinem Kopf sonst niemals aufhören würden. Papa hat seinen Gürtel ausgezogen und angefangen, mich damit zu schlagen. Ich habe nicht das Geringste gespürt, ich hatte keine Angst, und ich war nicht wütend, und es hat auch nicht wehgetan. Ich habe mich hingekauert und ihn so lange auf mich einschlagen lassen, bis er offenbar genug hatte oder nicht mehr konnte. Dann hat er sich aufs Bett gelegt.«

Erst nach einer langen Pause spricht er weiter:

»Irgendwann habe ich mich umgesehen und festgestellt, dass mein Vater und ich allein im Zimmer waren. Mama war nicht mehr da. Ich habe ein paar Minuten gewartet, bis er eingeschlafen ist, und dann bin ich mit dem Messer in der Hand zum Bett gegangen. Ich hatte es die ganze Zeit nicht losgelassen... Und dann habe ich ihn umgebracht. Es war ganz einfach. Ich hatte schon zweimal vergeblich versucht, mich selbst umzubringen, aber mit ihm war es ganz einfach. Während das Blut aus ihm herausgelaufen ist, ist er immer tiefer eingeschlafen. Und ich habe fasziniert zugesehen, ich konnte gar nicht anders. Bis ich irgendwann etwas Wunderbares bemerkt habe.« Er lächelt. »Um mich herum war alles still, es gab keine Schreie mehr, und ich war mir sicher, dass sie mich auch nie wieder quälen würden. Da habe ich ein Blatt von seinem Tisch genommen und zwei Sätze daraufgeschrieben: ›Es ist vorbei. Ich habe ihn umgebracht.‹ Dann habe ich mich neben ihn gelegt und ihn umarmt, bis ich irgendwann, ohne es zu merken, eingeschlafen bin.«

Pablo verharrt reglos und wartet geduldig, ob Javier noch mehr erzählen will. Nachdem mehrere Minuten vergangen sind, ist klar, dass Javier vorläufig nicht weitersprechen wird. Da tritt Pablo an sein Bett und stellt fest, dass Javier eingeschlafen ist. Auch das gehört zum Erscheinungsbild der Übertragung: Der Patient erinnert seine Erzählung nicht, sondern durchlebt sie erneut. Weshalb Javier, als er sich seine Tat gerade eben wieder vergegenwärtigt hat und daraufhin eingeschlafen ist, sein Kissen in die Arme geschlossen hat, als handelte es sich um seinen Vater. Auf seinem Gesicht zeigt sich ein Ausdruck tiefen Friedens. Warum, weiß er selbst nicht, jedenfalls beugt Pablo sich jetzt genau wie zuvor Doktor Rasseri über den Schlafenden und streichelt ihn sanft. Obwohl viele seiner Kollegen sich bei der bloßen Vorstellung an den Kopf greifen würden, ist Pablo überzeugt, dass das Abendland nicht davon untergehen wird, wenn er sich als Analytiker diese Geste der Zuneigung gestattet.

Er sieht Javier lange an und stellt fest, dass er vollkommen entspannt ist, und da wird ihm klar, dass Javier es geschafft hat: Die Schreie, die ihn so lange gequält haben, sind für immer verstummt.

3

Als Pablo aus Javiers Zimmer kommt, erwartet ihn im Gang bereits Doktor Rasseri. Er lehnt an der Wand und hat die Hände in die Taschen des offen stehenden Kittels geschoben.

Das gehört zu einem ungeschriebenen Kodex, den Pablo in der Zeit, als er selbst noch im Krankenhaus arbeitete, kennengelernt hat: Die Ärzte tragen ihre Kittel stets offen. Die Grundschullehrer dagegen knöpfen sich die Kittel zu. Und diese Gewohnheit setzt sich, so wie es aussieht, von Generation zu Generation fort, ohne dass die Beteiligten jemals nach dem Grund dafür fragen würden.

Als Pablo die Tür hinter sich geschlossen hat, tritt Doktor Rasseri mit ernstem Gesicht auf ihn zu.

»Würden Sie bitte mit in mein Zimmer kommen?«

Pablo nickt und folgt ihm schweigend. Drinnen lässt er sich unaufgefordert auf einem Stuhl nieder, Rasseri nimmt ebenfalls Platz.

»Kaffee?«

»Ja, gern.«

Einen Kaffee kann er jetzt wirklich brauchen. Rasseri greift zum Telefon und drückt eine Taste.

»Luciana, könnten Sie uns bitte zwei Kaffee bringen? Vielen Dank.« Er legt auf und sieht Pablo fragend an. »Und, was sagen Sie?«

»Wenn ich ehrlich sein soll – es war ein sehr intensives Erlebnis.«

»Ich weiß.«

»Haben Sie das Gespräch mitverfolgt?«

»Ja.«

Ein unbehagliches Gefühl befällt Pablo.

»Nur Sie, oder sonst noch jemand?«

»Niemand sonst. Als Sie ins Zimmer gekommen sind, habe ich allen übrigen gesagt, sie sollen rausgehen. Ich hätte es unpassend gefunden, wenn andere Menschen einfach so zu Zeugen von Javiers Geheimnissen geworden wären. Paula, ich und Javier selbst hatten diesem Treffen zugestimmt, aber niemand sonst hatte das Recht, daran teilzunehmen.«

»Paula war ja gar nicht da.«

»Sie wollte nicht. Das hat sie selbst so entschieden. In jedem Fall muss ich gestehen, dass ich es schade finde, dass nur Sie, Javier und ich von diesem Gespräch etwas mitbekommen haben.«

»Ich verstehe Sie nicht.«

Rasseri sieht ihn voller Bewunderung an.

»Sie sind wirklich ein großer Könner, Pablo. Sie hatten bis dahin noch nie mit Javier gesprochen, und Sie hatten ihn auch nur ein einziges Mal gesehen, und da schlief er. Ja, bis vor einer Woche wussten Sie nicht einmal, dass es Javier Vanussi gibt. Dafür wussten Sie, dass Sie vielleicht bloß ein einziges Mal die Gelegenheit haben würden, sich mit Javier zu unterhalten, und trotzdem haben Sie bei dem Gespräch nichts überstürzt, im Gegenteil, Sie sind in aller Ruhe und sehr geschickt zur Sache gegangen, und Sie haben es dann ja sogar geschafft, Javiers Gefühle so stark anzusprechen, dass er etwas erzählt hat, was er noch nie jemandem erzählt hatte, nicht einmal mir.«

Pablo lächelt.

»Ich hoffe, Sie sind jetzt nicht neidisch.«

Auch Rasseri lächelt.

»Nur ein bisschen. Aber wie gesagt, für unsere Leute hier, unsere Angestellten, wäre es sehr gut gewesen, mitzuerleben, wie Sie bei so einem Gespräch vorgehen.«

»Na ja, ich nehme an, das ist alles gefilmt worden, also können Sie es Ihren Leuten jetzt doch zeigen.«

Rasseri sieht ihn verschwörerisch an, holt eine CD aus der Brusttasche seines Kittels und legt sie vor Pablo auf den Tisch.

»Ich habe die Aufnahme von der Festplatte gelöscht. Ich habe nur diese Kopie hier für mich behalten.«

Pablo sieht ihn erstaunt an.

»Warum?«

Doktor Rasseri zuckt die Achseln.

»Aufzeichnen, wie sich ein Patient im Schlaf bewegt, seine Gehirnströme messen, ihn immer im Blick haben, damit man, falls nötig, sofort eingreifen kann, ist das eine. Etwas ganz anderes ist es, wenn man in seine intimsten Geheimnisse vordringt, über die nur er verfügen darf, er und derjenige, den er dazu berechtigt.« Rasseri seufzt. »Javier ist in psychischer Hinsicht ein äußerst schwacher und anfälliger Mensch, trotzdem würde ich nie zulassen, dass er nicht als vollwertige Person behandelt wird.«

Pablo empfindet plötzlich echte Hochachtung für den Mann ihm gegenüber. Nur so kann man einem Patienten wirklich helfen. Indem man ihn konsequent respektiert. Viele Ärzte haben Angst, so weit zu gehen, aber Rasseri ist sehr erfahren, er weiß, was möglich ist und was nicht.

Ein Klopfen an der Tür unterbricht seine Überlegungen.

»Herein.«

Luciana erscheint mit dem Kaffee. Pablo beobachtet sie verstohlen. Sie ist fast noch hübscher als beim letzten Mal, aber im Augenblick ist er trotzdem zu sehr mit dem beschäftigt, was er gerade erlebt hat, um sich darüber Gedanken zu machen. Er bedankt sich lächelnd bei ihr. Sie lächelt zurück und schließt für einen kurzen Moment die Lider. Pablo versteht, was sie damit sagen will. Als sie wieder hinausgeht, trinkt er einen Schluck Kaffee, der sofort seine wohltuende Wirkung entfaltet.

»Sie brauchen meine Frage natürlich nicht zu beantworten, Pablo, aber ich wüsste gern, wie Sie die Sache nach dem Gespräch mit Pablo beurteilen.«

»Doktor Rasseri, unter anderen Umständen würde ich Ihrem Wunsch nicht nachkommen – normalerweise spreche ich mit niemandem so früh über meine Eindrücke, das ist alles noch viel zu frisch. Aber diesmal will ich eine Ausnahme machen, ich glaube, das bin ich Ihnen schuldig.«

»Danke.«

»Zunächst einmal muss ich Ihnen sagen, dass ich mit Ihrer Ausgangsdiagnose nicht übereinstimme.«

Rasseri sieht ihn aufrichtig interessiert an.

»Ah ja, erklären Sie mir das, bitte.«

»Sie hatten bei unserem ersten Aufenthalt in Javiers Zimmer von einer Borderline-Persönlichkeitsstörung gesprochen. Nachdem ich mich nun mit Javier unterhalten habe, glaube ich nicht, dass das zutrifft. Wie gesagt, dies ist bloß ein erster Eindruck nach einer Begegnung, die gerade einmal ein paar Minuten gedauert hat, es kann also gut sein, dass ich mich täusche. Bitte denken Sie nicht, dass ich Ihre Kompetenz infrage stellen will.«

»Sie brauchen sich nicht zu entschuldigen, Sie haben genug Autorität, um völlig frei Ihre Meinung zu äußern. Ich werde Ihnen aufmerksam zuhören.«

»Danke. Also, Menschen mit Persönlichkeitsstörungen sind in manchen Fähigkeiten stark eingeschränkt, vor allem was das abstrakte Denken angeht. Es fällt ihnen schwer, sich präzise auszudrücken, sie finden kaum je die richtigen Worte, und wenn, dann nur mit großer Mühe und letztlich wenig befriedigendem Ergebnis. Bei Javier ist das nicht der Fall, keineswegs. Im Gegenteil, sein Sprachgebrauch ist sehr exakt, ja geradezu raffiniert, würde ich sagen, es gelingt ihm erstaunlich mühelos, sich verständlich zu machen. Anders gesagt: Seine höheren Fähigkeiten weisen keinerlei Störung auf.«

Rasseri nickt. »Trotzdem geht seine Schilderung nicht ganz auf, irgendwas stimmt da nicht. Als wäre er sich nicht richtig im Klaren darüber, wann und wo die Sache sich zugetragen hat … Aber das ist vielleicht bloß ein Eindruck.«

»Darf ich fragen, wie Sie darauf kommen?«

»Gerne, aber eine Antwort auf Ihre Frage habe ich nicht. Ich höre das irgendwie aus Javiers Worten heraus, wie genau, kann ich leider nicht sagen, uns Psychoanalytikern stehen nun einmal keine Elektroden oder Tomografien zur Verfügung, auf die wir uns bei unseren Schlussfolgerungen stützen können. Wir müssen uns einfach auf das verlassen, was wir hören.«

»Der uralte Streit …«

»Genau. Entweder wir bedienen uns bei der Behandlung vor allem der Augen wie Sie, die Ärzte und Psychiater, oder der Worte wie unsereins. Aber ich bitte Sie, mich meine Darstellung zu Ende bringen zu lassen.«

»Selbstverständlich.«

»Vielen Dank.« Bevor Pablo weiterspricht, trinkt er den letzten Schluck Kaffee aus seiner Tasse. »Dass Javiers Verhältnis zu seiner Umgebung gestört ist, ist offensichtlich, es unterliegt starken Schwankungen. Manchmal scheint er genau zu wissen, in welcher Situation er sich befindet, und dann tut sich wieder ein tiefer Spalt auf, der allerdings nicht die gesamte Realität betrifft, sondern nur einen Teil davon. Und zwar alles, was mit Javiers Eltern zu tun hat. So ist seine Mutter für ihn gleichzeitig tot und lebendig, und sie quält ihn, sein Unbewusstes, indem sie ihn auffordert, etwas zu tun, um sie zum Verstummen zu bringen, genauer gesagt, ihre Schreie. Seinem Vater gegenüber empfindet Javier dagegen beides, Hass und Liebe. Der Hass ist so groß, dass er ihn durchaus dazu gebracht haben könnte, seinen Vater zu töten, während er sich von der Liebe zu ihm bis jetzt nicht völlig hat freimachen können.«

»Und wie würden Sie seinen Zustand dann definieren?«

Pablo sieht ihn an, und seine Stimme wirkt sicherer, als ihm lieb ist.

»Ich glaube, es ist eine schizoaffektive Psychose, eine Mischform.«

»Könnten Sie das ein bisschen genauer erläutern?«

»Ja. Die Beziehung Javiers zu seinem Körper zeigt, dass dessen Konstruktion nicht in befriedigender Weise verlaufen ist.« Er sieht Doktor Rasseri an. »Wie Sie wissen, ist für uns Psychoanalytiker beim Menschen alles das Ergebnis von Konstruktionen, die Persönlichkeit, die Sexualität, ja sogar der eigene Körper. Zwischen dem biologischen und dem subjektiven Körper gibt es einen großen Unterschied. Um im Sinne der Psychoanalyse einen Körper zu besitzen, genügt es nicht, über einen biologischen Organismus zu verfügen. Eltern wissen das intuitiv, deshalb machen sie mit ihren Kindern auch immer Spiele, die ihnen helfen sollen, ihren Körper zu konstruieren.« Rasseri sieht ihn lächelnd an. Pablo lächelt ebenfalls. »Oder haben Sie so was nie gespielt: ›Was haben wir denn da für ein schönes Händchen …?‹ Und das kennen Sie sicher auch, dass man ein kleines Kind fragt: ›Wo ist denn der Mund?‹ Und dann gibt es nichts Schöneres, als wenn der kleine Junge oder das kleine Mädchen den Finger an die Lippen legt, um zu zeigen, dass er oder sie verstanden hat, dass das sein Mund ist.« Rasseri nickt. »Und wie lange ein Kind braucht, bis es zum ersten Mal ›ich‹ sagt, wissen Sie ja selbst. In den ersten Lebensjahren spricht es von sich bekanntlich in der dritten Person, als ginge es um jemand anderen. Jede Kindergärtnerin wird Ihnen das bestätigen. Und warum ist das so? Weil das Kind noch gar nicht so etwas wie eine Einheit ausgebildet hat.«

Rasseri lacht.

»Warum lachen Sie?«

»Sie haben uns so oft einen Korb gegeben, wenn wir Sie eingeladen haben, um bei uns einen Vortrag zu halten. Sie hätten viel Geld dafür bekommen, wenn Sie uns das erklärt hätten, was Sie mir jetzt vollkommen gratis erzählen.«

Pablo lächelt.

»Nichts im Leben ist umsonst, Doktor Rasseri. Alles hat seinen Preis. Ich begleiche zum Beispiel gerade bloß meine Schuld bei Ihnen.«

»Ich verstehe. Aber sprechen Sie weiter, bitte.«

»Also gut, wegen der diversen Störungen, die Javier im Verhältnis zu seinem Körper an den Tag legt – er sagt ja immer wieder, dass sein Körper ihm ›wehtut‹, dass er ihm Schmerzen bereitet, dass er sich manchmal nicht im Spiegel erkennt –, wegen alldem also würde ich zu behaupten wagen, dass seine mentale Struktur schizoide Anzeichen aufweist.«

Rasseri unterbricht ihn mit ernster Miene:

»Sie meinen, Javier ist schizophren.«

»Nein.«

»Aber nach dem, was Sie gerade gesagt haben …«

»Ich weiß. Es gibt da jedoch eine wichtige Besonderheit: Javier deliriert zeitweilig, dies aber genau bestimmt und klar und eindeutig strukturiert. Und das passt, wie Sie wissen, nicht zum gängigen Bild der Schizophrenie. Im Gegenteil, die normale Schizophrenie kann ganz ohne delirierende Zustände auftreten. In Javiers Einbildung misshandelt und tötet sein Vater Nacht für Nacht seine Mutter, und diese stößt dabei in seinem Kopf Schreie aus, die ihn furchtbar quälen. Dazu kommt, dass es etwas gibt, was Javier als die mögliche Lösung seines Problems ansieht: die Tötung seines Vaters, allerdings nicht aus persönlichen Gründen, ja eigentlich nicht einmal, um ausgerechnet ihn aus der Welt zu schaffen. Javier sieht darin vielmehr die einzige Möglichkeit, die Schreie seiner Mutter zum Verstummen zu bringen. Anders gesagt: Indem er seinen Vater tötet, tötet er eigentlich seine Mutter. Ihm selbst erscheint das vollkommen logisch. Also ...«

»Also sollte man von Paranoia sprechen.«

»Genau. Deshalb habe ich vorhin von einer Mischform der Psychose gesprochen. Aber mehr kann ich nach einer einzigen Unterhaltung mit Javier wirklich nicht sagen. Ich fürchte sogar, ich habe mich viel zu weit vorgewagt.«

»Ich bin Ihnen jedenfalls sehr dankbar. Damit haben Sie mir wichtige Elemente für die künftige Behandlung an die Hand gegeben. Ich frage mich allerdings, warum keiner unserer Psychologen zu einem ähnlichen Schluss gekommen ist.«

»Vielleicht haben sie nie Javiers Geschichte zu hören bekommen. Sie haben selbst gesagt, dass er vorhin zum ersten Mal über die Ermordung seines Vaters gesprochen hat. Wenn er das schon früher getan hätte, vielleicht ...«

»Kann sein. Wenn Sie erlauben, würde ich Ihnen jetzt gern noch eine Frage stellen.«

»Bitte schön.«

»Sind Sie auch nach Javiers ausführlicher Schilderung der Ansicht, dass er seinen Vater womöglich gar nicht umgebracht hat?«

Pablo überlegt einen Augenblick, bevor er antwortet.

»Ich weiß es noch nicht.«

»Sie haben doch gesehen, was für eine Menge an Geräten in Javiers Zimmer zur Verfügung stehen. Damit zeichnen wir jede Regung seiner Muskeln, alle Änderungen seines Herzschlags, jeden noch so geringen Anstieg der Schweißabsonderung und seine gesamte Hirntätigkeit auf.«

»Was wollen Sie damit sagen?«

»Dass Javiers Zimmer wie ein riesiger sogenannter Lügendetektor ausgestattet ist. Es geht uns nicht darum, unsere Patienten irgendwelcher Lügen zu überführen, aber rein technisch gesehen sind wir ohne Weiteres dazu imstande.«

»Das heißt?«

»Dass Javier, wenn wir den Apparaten Glauben schenken dürfen, während seiner Erzählung kein einziges Mal gelogen hat.«

Pablo sieht ihm direkt in die Augen.

»Davon bin ich überzeugt.«

»Dann verstehe ich aber nicht …«

»Doktor Rasseri, ich bezweifle nicht im Geringsten, dass Javier mir die Wahrheit erzählt hat. Ich weiß allerdings nicht, ob das die tatsächliche Wahrheit ist, oder ob diese Wahrheit nur in seinem Kopf existiert.«

»Das heißt, wir sind so klug wie zuvor.«

»Nein. Sie haben jetzt, für die weitere Behandlung, eine zweite Einschätzung von Javiers Zustand, und ich weiß, dass ich die Wahrheit dieser Geschichte nicht herausfinden werde, indem ich mich erneut mit Javier unterhalte.«

»Und was haben Sie dann vor?«

»Ich werde mir jeden Satz meiner Unterhaltung mit ihm noch einmal ganz genau vornehmen. Und darüber nachdenken. Irgendjemand hat Roberto Vanussi ermordet, das ist klar. Wenn es nicht Javier war, dann jemand anders, und was die Wahrheit angeht, die gibt es auf jeden Fall, auch wenn wir sie nicht kennen. Was ich jedoch weiß, ist, dass man Geschichten wie diese irgendwann gesteht.« Rasseri sieht ihn fragend an. »Mörder verspüren fast immer das unbewusste Bedürfnis, ihr Schuldgefühl loszuwerden, und dadurch verraten sie sich oft genug. Manchmal ganz unfreiwillig, manchmal durch eine Andeutung, aber auch wenn sie ihre Tat mit keinem Wort direkt ansprechen, vermitteln sie trotzdem Informationen darüber. In diesem Fall muss man allerdings bereit sein, zu hören.«

»Und, sind Sie bereit dazu?«

Pablo sieht Rasseri an, und der stellt fest, dass Müdigkeit und eine gewisse Resignation in seinem Blick liegen.

»Die Frage ist nicht, ob ich bereit bin oder nicht. Ich komme einfach nicht drum herum.«

Er steht auf und dankt Rasseri für die Unterstützung. Dann macht er sich auf den Weg zum Ausgang. Luciana sitzt nicht am Empfangstresen.

Besser so …, sagt er sich.

Als er den Bürgersteig vor dem Klinikgelände betritt, parkt am Straßenrand immer noch der schwarze Peugeot. Pablo geht, ohne sich umzudrehen, bis zur nächsten Ecke und beschließt, lieber mit der U-Bahn zu fahren, da kann man ihn nicht so einfach verfolgen. Als er um die Ecke biegt, schaltet er sein Handy an. Auf dem Display erscheint eine Nachricht.

4

An der U-Bahn-Station Palermo steigt er aus, geht nach oben und nimmt ein Taxi. Sein Ziel liegt ganz in der Nähe, in dem Viertel Las Cañitas.

Das Taxi fährt die Avenida Luis María Campos entlang, überquert die Avenida Dorrego und biegt etwas später nach rechts ab. Hier kennt Pablo sich nicht mehr aus. In jedem Fall ist es noch ruhig, kein Vergleich zu dem wilden Treiben, das nach acht Uhr abends einsetzt, wenn die Leute aus den umliegenden Büros die Bars in der Calle Báez ansteuern. Schließlich hält der Fahrer an.

»Wir sind da, Calle Arce, Ecke Calle Arguibel.«

Pablo zahlt und steigt aus. Er sieht noch einmal auf den Zettel mit der Adresse und macht sich auf den Weg dorthin. Als er klingelt, geht die Hausflurbeleuchtung an, und eine Kamera richtet sich auf ihn.

»Komm rauf«, sagt eine bekannte Stimme durch die Gegensprechanlage.

Er betritt das Gebäude und nimmt den Aufzug. Als er im angegebenen Stockwerk ausgestiegen ist, sieht er sich suchend im Gang um. Da geht links von ihm eine Tür auf, und Paula erscheint. Sie trägt einen blauen Bademantel aus Seide und hat feuchte Haare. Sie merkt ihm die Verunsicherung an und lächelt amüsiert.

»Komm rein, ich tu dir nichts.«

Pablo küsst sie zur Begrüßung auf die Wange und folgt ihr in die Wohnung, die ziemlich groß zu sein scheint. Die

Wände sind weiß gestrichen und die Möbel geschmackvoll zusammengestellt. Leise Musik und ein angenehmer Zitronenduft erfüllen den Raum.

»Entschuldige die Aufmachung, ich wusste nicht, wann genau du kommst. Ich war gerade in der Dusche«, sagt Paula, führt ihn ins Wohnzimmer und lässt sich auf einem Sessel nieder. »Möchtest du etwas trinken?«

»Später. Zieh dich ruhig erst mal fertig an.«

Paula sieht ihn an, und er spürt, dass sie ihn keineswegs zufällig so empfangen hat und offensichtlich viel lieber auch noch auf den Bademantel verzichten würde. Aber er ist aus einem anderen Grund hierhergekommen. Außerdem sagt ihm sein Gefühl deutlich, dass es nicht gut wäre, wenn er sich mit ihr auf etwas einließe. Paula steht schließlich auf und versucht vergeblich, ihren Unmut zu überspielen.

»Wie du möchtest. Da ist die Küche, wenn du willst, kannst du schon mal Kaffee machen. Ich nehme an, du möchtest jetzt nichts anderes.«

Pablo wirft einen Blick auf die Uhr.

»Vier Uhr nachmittags, das ist doch genau die richtige Zeit für einen Kaffee, oder nicht?«

Paula verschwindet in dem angrenzenden Zimmer. Die Tür lässt sie angelehnt. In einem großen Wandspiegel kann Pablo mitverfolgen, wie sie den blauen Bademantel abstreift und völlig nackt dasteht. Es gelingt ihm nicht, die Augen abzuwenden. Sie hat große, weiche Brüste, ihre Haut ist bis auf die Stellen, die offensichtlich von einem Bikini bedeckt waren, braungebrannt – das helle Dreieck um die Scham zieht seinen Blick an, der von dort über ihre langen kräftigen Beine wandert, dann zu ihren geschwungenen Hüften zurückkehrt, die ihm ausnehmend gut gefallen … Paula schüttelt den Kopf, und das feuchte Haar fällt ihr über die Schultern.

Schluss jetzt, sagt sich Pablo und geht in die Küche. Er setzt Wasser auf und sucht Tassen, Unterteller, Kaffee, Zucker und Löffel zusammen. Das hilft ihm, auf andere Gedanken zu kommen. Er kann in diesem Augenblick weder Paula noch sich selbst verstehen.

»Möchtest du den Kaffee lieber stark oder schwach?«, ruft er, als wäre es die normalste Sache der Welt.

»Das ist mir egal«, kommt es zurück.

Er macht zwei Tassen starken Kaffee, stellt sie auf ein Tablett und kehrt damit ins Wohnzimmer zurück. Als er es auf dem Couchtisch abgesetzt hat, fällt sein Blick auf ein über dem Sofa hängendes Bild.

Es zeigt eine Szene irgendwo auf dem Land, genauer gesagt eine Art Berghütte. Ihr oberer Teil, und wahrscheinlich auch der Kamin, ist in Nebel gehüllt. Links neben der Hütte erhebt sich eine große Kiefer. Rechts tritt eine Gestalt – ein Jäger – aus dem Nebel hervor, ein erlegtes Tier, offenbar einen Hasen, in der Hand. Das tote Tier hat die Augen weit geöffnet. Etwas an der Gestalt des Jägers zieht Pablos Aufmerksamkeit auf sich, was genau, kann er allerdings nicht sagen. Das Bild enthält die unterschiedlichsten Brauntöne und macht insgesamt einen schönen, harmonischen Eindruck.

Die Art der Pinselführung erinnert ihn an das Gemälde in Paulas und Camilas Haus auf dem Land. Er tritt näher heran, um zu sehen, ob es signiert ist, und entdeckt in der einen unteren Ecke die zwei Buchstaben V und P.

Da fallen ihm Camilas Worte wieder ein: »Mama hat gemalt. Und sie war sehr begabt.« Auch Javier hat davon gesprochen. Höchstwahrscheinlich stammen beide Bilder also von ihrer Mutter. V.P.: Victoria Peña.

Paulas Stimme reißt ihn aus seinen Gedanken:

»Gefällt es dir?«

Ohne dass er es gemerkt hat, ist sie ins Wohnzimmer zurückgekehrt. Er dreht sich um und sieht sie an. Jetzt trägt sie eine blau-weiß karierte Bluse, Jeans und weiße Turnschuhe. Das Haar hat sie zu einem Pferdeschwanz zusammengebunden.

»Ja, sehr. Und irgendwas daran erinnert mich an das Bild in eurem Haus auf dem Land.«

»Gut beobachtet! Es stammt von derselben Hand. Ich habe noch zwei, willst du sie sehen?«

»Gerne.«

»Dann komm.«

Paula führt ihn durch den Flur in ein weiteres salonartiges Zimmer. Gleich beim Reinkommen fällt Pablos Blick auf das Gemälde. Es ist groß und nimmt eine beherrschende Stellung ein.

Farben fehlen in diesem Fall völlig – es ist in Schwarz-Weiß gemalt. Umso effektvoller bedient es sich des Wechselspiels von Licht und Schatten. Auch wenn das Bild auf den ersten Blick eine bloße Ansammlung geometrischer Formen zu sein scheint – vor allem Dreiecke und Kreise –, lassen sich darunter doch deutlich mehrere menschliche Gestalten erkennen. Genau genommen drei, und die befinden sich alle im Vordergrund der Komposition. Bei der einen handelt es sich um eine Frau, die den Kopf in eine Hand stützt. Ihre Augen sind zwei simple Kreise. Rechts neben ihr schwebt ein dunkles Herz. Sie sieht einen Mann mit zwei winzigen Punkten als Augen an, dessen Mund durch ein auf der Spitze stehendes Dreieck angedeutet ist, was ihm ein trauriges Aussehen verleiht. Auf Höhe seiner Hüfte erscheint ein weiteres, großes Herz. Die dritte Gestalt ist eindeutiger und kräftiger umrissen und scheint die beiden anderen zu betrachten. Um diese Gruppe herum verdichten sich die Schatten teilweise zu völliger Schwärze, in der sich kaum noch irgendwelche Einzelheiten unterscheiden lassen. An anderen Stellen wird die Schraffierung dagegen so durchlässig und luftig, dass sie manchmal kaum noch wahrnehmbar ist.

Pablo steht eine Weile in die Betrachtung des Bildes versunken da. Irgendwann fragt Paula ironisch:

»Und, was sagt dir das?«

»Es erinnert mich an irgendetwas …«

»Und zwar?«

Pablo tritt einen Schritt zurück, nimmt noch einmal das ganze Bild in Augenschein und sagt schließlich nach einem Nicken: »Vor zwei Jahren war ich einmal in Madrid. Es war ein grauer Tag, und ich hatte nichts Besonderes zu tun. Ich habe in einem Café an der Gran Vía gefrühstückt und bin dann bis zum Prado geschlendert und von dort weiter bis zum Museo Reina Sofía. Da bin ich schließlich reingegangen, obwohl ich eigentlich gar keine besondere Lust hatte – ich muss zugeben, mit Malerei kann ich normalerweise nicht allzu viel anfangen. Aber wie auch immer, auf Reisen fühlt man sich ja des Öfteren verpflichtet, Dinge zu tun, die man zu Hause nie tun würde. Ich bin also die Treppe hinaufgestiegen, und oben, in einem großen Raum, habe ich es dann gesehen. Da hing es, stolz und beeindruckend: *Guernica*.« Er sieht Paula an. »Hast du es schon mal gesehen?«

»Natürlich. Außerdem hatte meine Mutter eine Kopie davon in ihrem Atelier hängen. Es war ihr Lieblingsbild.«

»Kennst du die Geschichte?«

»Nicht so genau.«

»Es war eins der schrecklichsten Ereignisse im spanischen Bürgerkrieg. Es hatte mit der Unterstützung zu tun, die Hitler Franco zukommen ließ.«

Paula hört ihm aufmerksam zu.

»Im April 1937 bombardierte eine Gruppe deutscher Kriegsflugzeuge der sogenannten Legion Condor das baskische Guernica. Anschließend war die Stadt zu fünfundsiebzig Prozent zerstört und etwa eineinhalbtausend Menschen waren getötet worden, vor allem Kinder, Frauen und Alte. Drei Tage später machte Pablo Picasso sich daran, Zeugnis von diesem grauenvollen Verbrechen abzulegen. Es ist ein Bild ohne Farben, seine ganze Dramatik bezieht es aus dem Wechselspiel von Weiß, Schwarz und Grau.«

Da lächelt Pablo auf einmal, und Paula sieht ihn erstaunt an.

»Warum lächelst du?«

»Mir ist gerade eine Anekdote eingefallen. Als Paris von den Deutschen besetzt war, besuchte einmal ein deutscher Soldat Picassos Atelier, wo eine Kopie des Gemäldes hing. ›Sie haben das also gemacht‹, soll er bewundernd gesagt haben. ›Nein, Sie!‹, war Picassos Antwort.

»Auf jeden Fall ist es ein unglaublich faszinierendes Bild«, sagt Paula.

»Vor allem, weil es zeigt, wie die Kunst die Angst und das Grauen verwandeln kann.«

Paulas Gesicht verdüstert sich.

»Bei diesem Bild hier musste ich jedenfalls an Picassos *Guernica* denken. Ich finde es nämlich auch sehr bewegend, und ich habe den Eindruck, dass es in ganz ähnlicher Weise einen großen Schmerz zeigt und gleichzeitig verbirgt.«

Schweigen.

»Aber du hast gesagt, du hast noch so eins.«

»Ja, aber dafür musst du eine große Herausforderung annehmen, und das wird dir, glaube ich, nicht so leicht fallen. Ich weiß nicht, ob du dazu bereit bist …«

»Ich verstehe dich nicht.«

Paula sieht ihm direkt in die Augen.

»Ja, das Bild hängt nämlich in meinem Zimmer, und wenn du es sehen willst, musst du dort hineingehen.«

Pablo streicht ihr lächelnd übers Haar. Sie lässt den Kopf in seine Hand sinken.

»Das schaffe ich, keine Sorge.«

»Na gut, probieren wir es aus.«

5

Paulas Zimmer gleicht seiner Besitzerin: Es ist schön und geschmackvoll. Vor einer verspiegelten Wand steht ein riesiges Bett. Es nimmt einen großen Teil des Raums in Anspruch. Darauf liegen, in harmonisch zufälliger Anordnung, mehrere leuchtend bunte Kissen. Auf dem Nachttisch steht eine Lampe mit einem Schirm aus verschiedenfarbigen Glasplättchen, die beim Einschalten ein wunderbares Licht verbreitet. Pablo stellt sich davor und betrachtet sie genau. Sie übt eine seltsame Anziehungskraft auf ihn aus.

»Die hab ich aus Marokko mitgebracht«, erklärt Paula.

Am Fenster stehen ein Schreibtisch und eine große Lampe aus schwarzem Eisen. Sie verleihen diesem Teil des Zimmers eine konzentrierte Arbeitsatmosphäre. ›Bestimmt verbringt Paula hier viel Zeit‹, sagt sich Pablo.

Einen Fernseher gibt es in dem Zimmer nicht, dafür aber eine Musikanlage und ein elegantes Regal. Links oben entdeckt Pablo darin eine kleine Sammlung seiner Bücher. Und in einer Ecke des Zimmers steht das Bild, auf dem Boden. Paula schaltet einen sanften Strahler ein, der es geschickt ausleuchtet.

Zunächst hat Pablo den Eindruck, eine einfarbig rote Fläche vor sich zu haben, doch bei genauerem Hinsehen stellt er fest, dass sich sehr wohl Einzelheiten darauf ausmachen lassen. Nach und nach nehmen mehrere Figuren Gestalt an.

Dann wird Pablo klar, dass es sich bei der großen roten Fläche, die den anfänglich monochromen Eindruck hervorgerufen hat, um eine bald hell- und bald dunkelrot leuchtende Mauer im Hintergrund handelt. Über der Bildmitte, aber leicht links versetzt, erhebt sich zwischen vertikalen Linien ein silbriger Kreis. Auf dem Boden sitzt eine Frau, die mit dem Rücken an der Mauer lehnt. Die eng aneinandergelegten Beine hat sie ausgestreckt. Ihre Hände liegen auf den Oberschenkeln. Zu ihrer Rechten scheint jemand gleich hinter der Mauer hervorzukommen, allerdings ist nur ein Bein, ein Teil des Rumpfes und ein Arm von ihm zu sehen. Der Rest wird von der Mauer verdeckt. Und das ist alles. Trotz dieser sehr begrenzten Anzahl von Elementen entfaltet das Bild eine starke Wirkung, abgesehen davon, dass es äußerst gekonnt ausgeführt ist.

Pablo betrachtet es lange. Schließlich dreht er sich zu Paula um. Sie sitzt auf dem Bett und sieht ihn an.

»Und?«

»Einfach großartig!«

»Freut mich, dass dir die Bilder gefallen.«

Lange Zeit schweigen beide, als hätte keiner etwas hinzuzufügen. Bis Paula irgendwann sagt:

»Ich schulde dir eine Antwort.«

Pablo sieht sie überrascht an.

»Als wir uns gestern Abend verabschiedet haben, hast du mich gefragt, wo ich an dem Tag war, als mein Vater ermordet wurde. Und ich habe gesagt, dass ich dir das nicht sagen kann.«

»Und?«

Sie sieht Pablo in die Augen.

»Du traust mir nicht, stimmt's?«

»Warum glaubst du das?«

»Weil deine Frage eine Fangfrage war.«

Pablo sieht sie überrascht an. Paula ist offensichtlich noch viel intelligenter, als er gedacht hat.

»Warum sagst du das?«

»Hätte ich deine Frage beantwortet, hätte ich damit zugegeben, dass ich weiß, wann genau mein Vater ermordet worden ist. Und das könnte ich natürlich nur wissen, wenn ich daran beteiligt war. Meines Wissens war er jedoch auf Reisen in Europa, weshalb ich ihn auch nicht als vermisst gemeldet habe. Und ebendeshalb habe ich von seinem Tod erst erfahren, als die Leiche in dem See entdeckt wurde.«

Pablo erwidert nichts darauf, und Paula fährt fort:

»Aber nachdem ich nichts mit seiner Ermordung zu tun habe, kann ich dir die Frage, was ich an dem Tag gemacht habe, an dem er umgebracht wurde, nicht beantworten – ich weiß schlicht und ergreifend nicht, an welchem Tag genau er ermordet worden ist.«

Pablo nickt, und Paula verzieht ärgerlich das Gesicht. »Was soll das heißen?«, fragt Pablo.

»Das soll heißen, dass mir klar ist, dass es für dich ziemlich schwer sein muss, dich gemeinsam mit mir auf diese Sache einzulassen – schließlich vertraust du mir nicht wirklich. Aber, na gut, eine andere Wahl hast du wohl nicht.«

Diese Äußerung ist in Wirklichkeit eine Frage. Und er will Paula nichts vormachen.

»So ist es, ich habe keine andere Wahl. In dieser Geschichte ist alles möglich. Ebenso gut wie von seinem Sohn könnte Roberto Vanussi auch von seiner Tochter ermordet worden sein, warum nicht? Ich kann jedenfalls nichts und niemanden ausschließen. Theoretisch kommt ihr alle für mich als Schuldige infrage, und das gefällt mir überhaupt nicht. Ich komme mir schon selbst halb paranoid vor, erst recht nach dem, was gestern passiert ist.«

Paula sieht ihn verwundert an.

»Was ist denn gestern passiert?«

»Zwei Typen haben mir aufgelauert.«

Paulas Überraschung wirkt echt.

»Haben sie dich angegriffen?«

»Nein, das hatten sie wohl erstmal nicht vor, sie wollten mir bloß Angst machen. Das ist ihnen allerdings gelungen. Sie haben mir höflich zu verstehen gegeben, dass mein Leben in Gefahr ist, wenn ich meine Nase weiterhin in diese Angelegenheit stecke. Und seitdem geht mir eine Frage nicht mehr aus dem Kopf.«

»Und zwar?«

»Wer weiß alles, dass ich dem Tod deines Vaters nachgehe? Denn irgendwer muss ja wen auch immer darüber informiert haben.«

»Hast du jemand Besonderen im Verdacht?«

»Ich sag doch: alle und niemanden. Ich bin immer wieder sämtliche Personen durchgegangen, die infrage kommen, aber dadurch wird mir alles bloß noch unverständlicher. Rasseri, du, jemand aus der Ferro-Klinik, Bermúdez…«

»Bermúdez?«

»Ja, ein Polizeihauptmeister, der…«

»Ich weiß genau, von wem du sprichst. Er hat die Ermittlungen geleitet, ich habe mich mehrmals mit ihm unterhalten. Aber was hast du mit ihm zu tun?«

»Das spielt keine Rolle.«

»Doch, es spielt sehr wohl eine Rolle.«

»Warum sagst du das?«

»Weil derjenige, der dir den Kontakt zu Bermúdez verschafft hat, ebenfalls weiß, womit du dich beschäftigst. Und damit kann auch er derjenige sein, der die beiden Männer informiert hat, die dir aufgelauert haben, glaubst du nicht?«

Pablo erbleicht. Auf die Idee war er überhaupt nicht gekommen. Soll er etwa auch Fernando, Helena oder José mit auf die Verdächtigenliste setzen? Bei der bloßen Vorstellung läuft es ihm kalt über den Rücken.

Er versucht, den Gedanken gleich wieder zu verdrängen, aber er muss zugeben, dass Paula recht hat. Deshalb setzt er sich jetzt schweigend neben sie aufs Bett. Sie spürt, wie bewegt er ist, und umarmt ihn. Ihre Gesichter sind jetzt ganz nah beieinander, sie könnten sich mühelos küssen. Paula scheint sich das zu wünschen, aber Pablo löst sich sanft von ihr.

»Der Kaffee wird kalt, und ich brauche jetzt wirklich einen.«

»Wie du meinst«, sagt Paula. Böse ist sie ihm offensichtlich nicht.

»Danke.«

Paula geht hinaus, und Pablo bleibt allein im Zimmer zurück. Erneut betrachtet er das Gemälde und fühlt wieder die starke Wirkung, die von den intensiven Rottönen ausgeht. Sie scheinen irgendetwas in ihm wachzurufen, was genau, kann er jedoch nicht sagen. Schließlich verlässt auch er den Raum und kehrt ins Wohnzimmer zurück. Dort setzt er sich in einen Sessel, und kurz darauf erscheint Paula mit frischem Kaffee.

»Pablo, in der SMS hatte ich geschrieben, dass ich mit dir sprechen muss.«

»Über meine Begegnung mit Javier, nehme ich an.«

»Nein. Es geht um Camila.«

»Was ist mit ihr?«

»Sie hat nach dir gefragt.«

»Was genau hat sie denn gesagt?«

»Sie wollte wissen, wann du wieder zu uns kommst. Offensichtlich möchte sie mit dir sprechen. Du hattest recht. Ich glaube, ihr wird es gelingen, einen meiner großen Träume zu verwirklichen.« Pablo sieht sie fragend an. »Sie wird eine Patientin von dir werden.«

Pablo lächelt.

»Ich weiß nicht, Kinder sind eigentlich nicht meine Spezialität.«

»Camila ist kein Kind. Sie ist eigentlich schon ein richtiger Teenager, und ich habe gelesen, dass du damit sehr wohl Erfahrung hast. Außerdem, was ihren Intelligenzquotienten angeht, wirst du wohl kaum je mit jemandem zu tun gehabt haben, der einen höheren besessen hätte als Camila.«

Schweigen. Pablo versucht, die Verwirrung, die die vorausgegangenen Minuten in ihm ausgelöst haben, hinter sich zu lassen, um mit Paula über dieses Thema sprechen zu können. Paula fährt unterdessen ungerührt fort:

»Du hast mich gefragt, ob ich einverstanden bin, dass du dich mit ihr unterhältst, und jetzt hat sie selbst sich danach erkundigt, wann du wiederkommst, anders gesagt, wann sie sich wieder mit dir unterhalten kann. Das ist natürlich mehr als deutlich, deshalb überlasse ich die Entscheidung hiermit dir. Was möchtest du tun? Was soll ich Camila sagen? Wirst du sie besuchen oder nicht?«

Pablo antwortet, ohne zu zögern:

»Morgen. Am Mittag, ist das gut?«

»Sehr gut, da macht sie immer ihre erste längere Pause beim Üben.«

Pablo steht auf.

»Also gut, dann bis morgen.«

»Über eins müssen wir noch sprechen«, sagt Paula. »Dein Honorar. Ich nehme an, dass es ziemlich hoch ist, aber Geld hat mein Vater uns als Einziges mehr als reichlich hinterlassen, das ist also nicht das Problem.«

»Gut. Zuerst möchte ich mich aber ein paarmal einfach so

mit Camila unterhalten. Und dann sehen wir weiter, einverstanden?«

Paula lächelt.

»Natürlich. Deine berühmten Vorgespräche, ohne die nimmst du bekanntlich keine Patienten an.«

»So ist es.«

»Nur eins noch.« Ihr Ausdruck verändert sich. »Sei vorsichtig mit Camila, bitte. Sie ist sehr intelligent, aber auch sehr sensibel, selbst wenn man ihr das nicht sofort anmerkt.«

Während Pablo im Aufzug nach unten fährt, denkt er über Paulas Worte nach. Als er aus dem Haus tritt, wird ihm bewusst, dass sie ihn überhaupt nicht nach dem Gespräch mit Javier gefragt hat. Wahrscheinlich braucht sie das nicht, er nimmt an, dass Doktor Rasseri ihr darüber berichtet, ja, ihr vielleicht auch die Videoaufzeichnung gezeigt hat. Sicher wissen kann er das nicht, aber im Augenblick ist er ohnehin nicht in der Lage, auch noch hierüber nachzudenken.

6

Luciana betrachtet den Umschlag vor ihr auf dem Schreibtisch. Am liebsten würde sie ihn öffnen, aber Doktor Rasseri hat sich sehr deutlich ausgedrückt, und sie weiß, dass sie seine Anweisungen niemals missachten würde.

»Der Umschlag ist für Doktor Rouviot, aber schicken Sie ihn nicht mit der Post, übergeben Sie ihn lieber persönlich.«

Wie wichtig der Inhalt für Doktor Rasseri ist, ist klar. Ebenso klar ist Luciana, dass er mit Javier Vanussi zu tun hat.

Sie greift nach dem Hörer und wählt die Nummer, die Rasseri ihr gegeben hat, ohne zu wissen, dass sie sie längst auf ihrem Mobiltelefon gespeichert hatte. Nach dreimaligem Läuten meldet sich Pablo.

»Hallo?«

»Doktor Rouviot?«

»Ja.«

»Guten Abend, hier ist Luciana Vitali, die Assistentin von Doktor Rasseri.«

Pablo lächelt.

»Na so was ... So formell? Ist das nötig?«

»Ja, also, ich rufe im Auftrag von Doktor Rasseri an. Er hat gesagt, ich soll Ihnen einen Umschlag persönlich übergeben. Ich weiß nicht, ob Sie hier in der Klinik vorbeikommen möchten, oder ob ich ihn irgendwo vorbeibringen soll.«

»Luciana, du machst einen Witz, oder?«

»Nein, der Umschlag liegt hier vor mir auf dem Tisch.«

»Das meine ich nicht. Ich meine die Art, wie du mit mir sprichst.«

Kurzes Schweigen.

»Also, Pablo, sieh mal, wenn ich dich von mir aus anrufe, können wir auf diesen ganzen formellen Kram gerne verzichten, natürlich, aber im Augenblick spreche ich als Doktor Rasseris Assistentin mit dir. Und ich habe keine Ahnung, was genau da los ist, und es geht mich ja auch nichts an. Ich weiß bloß, dass das Ganze offenbar ziemlich verwickelt ist, und da will ich die Sache nicht noch zusätzlich kompliziert machen.«

Das Ganze ist offenbar ziemlich verwickelt. Worauf bezieht sich Luciana? Auf die Geschichte mit Vanussi oder auf ihre eigenen Gefühle?, fragt sich Pablo verwirrt.

»Außerdem wollte ich dir sagen, dass Javiers Schwester Paula, während du bei ihm warst, eine Nachricht für dich hinterlassen hat. Und nachdem ich dich beim Weggehen nicht gesehen habe, konnte ich dir das nicht mitteilen. Aber ich nehme an, sie hat sowieso deine Handynummer, darum habe ich mir wegen ihrer Nachricht auch keine besonderen Sorgen gemacht.«

Aber ich nehme an, sie hat sowieso deine Handynummer. Soll heißen: So wie ich hat auch sie sicher längst deine Handynummer.

Jetzt begreift Pablo: Luciana ist verärgert oder zumindest eifersüchtig.

»Gut, darüber sprechen wir später. Aber was ist denn in dem Umschlag von Doktor Rasseri?«

»Das weiß ich nicht, ich mache normalerweise keine Briefe auf, die nicht für mich sind.«

Da beschließt Pablo, sich auf den von Luciana vorgeschlagenen Verhaltenskodex einzulassen, er hat verstanden. Aber ihre Eifersucht – oder ihr Ärger – ist ihm jetzt egal, im

Augenblick geht es vor allem darum, so schnell wie möglich in den Besitz des Umschlags zu kommen.

»Wäre es zu viel verlangt, wenn du den Umschlag zu mir nach Hause bringst?«

»Nein, im Gegenteil, Doktor Rasseri hat gesagt, ich soll ihn dir übergeben, wann und wo du möchtest.«

»Dann am liebsten jetzt gleich.«

»Na gut, wenn du mir die Adresse gibst, breche ich in zehn Minuten von hier auf.«

Luciana notiert sich die Anschrift und legt auf. Nach einem Blick auf den Stadtplan ist ihr klar, dass es nicht allzu weit ist, in einer halben Stunde kann sie bei Pablo sein. Sie fragt Rasseri, ob sie gehen darf, und packt ihre Sachen zusammen. Bevor sie sich auf den Weg macht, betritt sie die Toilette, um ihr Aussehen zu überprüfen. Sie ist mit dem Anblick zufrieden. Diesen Teil der Prüfung hat sie bestanden.

Bis jetzt hat sie Berufliches und Persönliches immer sorgfältig voneinander getrennt, aber diesmal kann sie das nicht beibehalten – Pablo gefällt ihr viel zu sehr.

Sie macht sich auf den Weg zum Klinikparkplatz, wo sie ihr Auto besteigt, ein Geschenk ihrer Eltern, als sie beschloss, nach Buenos Aires zu ziehen. »Der ideale Wagen für eine Frau, die allein lebt«, haben sie damals gesagt. »Klein, einfach zu fahren, zuverlässig, und vor allem hast du damit nie Probleme beim Parken.«

Sie fährt los und nimmt zunächst die Avenida Lacroze. Später geht es weiter auf der Avenida del Libertador. Jetzt sind es bloß noch ein paar Minuten bis zu Pablos Haus.

Eigentlich wollte ich die Dinge ja immer schön getrennt halten, sagt sie sich erneut.

Manchmal ist das eben nicht so einfach.

7

»Er ist mir entwischt.«

»Was heißt, ›entwischt‹?«

»Ja, er ist in eine Einbahnstraße eingebogen, in die ich ihm von da, wo ich war, mit dem Wagen nicht folgen konnte. Ich musste erst einmal um den Block fahren, und als ich endlich so weit war, habe ich ihn nicht mehr entdeckt.«

»Haben Sie wirklich genau nachgesehen?« Er weiß, dass die Frage sinnlos ist, aber trotzdem stellt er sie, ihm fällt nichts Besseres ein.

»Natürlich. Ich nehme an, er ist in die U-Bahn runter. Was soll ich jetzt machen? Soll ich zu ihm fahren?«

Er überlegt eine Weile.

»Ja, tun Sie das. Aber vor allem tun Sie eins…«

»Was denn?«

»Passen Sie künftig besser auf und stellen Sie sich nicht so dämlich an.«

Der andere überlegt, ob er auf die letzten Worte eingehen soll. Schließlich verzichtet er darauf und sagt:

»Einverstanden, wird gemacht.«

Der Mann mit den hellen Augen legt wütend auf. Er hat das Gefühl, dass er die Sache selbst in die Hand nehmen muss. Er sieht auf die Uhr, es ist sieben. Mit etwas Glück ist Rouviot inzwischen zu Hause und hat für heute genug vom Detektivspielen. Hofft er zumindest, für alle wäre das besser so.

8

Helena stellt zwei Tassen Kaffee auf dem Schreibtisch ab. José sieht sie besorgt an.

»Wir müssen ihn dazu bringen, dass er aufhört. Er darf auf keinen Fall weiter in dieser Geschichte herumrühren.«

Helena nickt.

»Ich habe versucht, mit ihm zu sprechen, aber er wollte nicht hören. Die Sache mit diesem Vanussi scheint ihn völlig gepackt zu haben. Ich glaube, es war keine gute Idee, ihn da mit dazu zu nehmen.«

»Du hast recht, aber ich hätte nie gedacht, dass die Sache sich so entwickeln könnte. Er hätte bloß ein paar Formulare auszufüllen brauchen und dann seine Unterschrift daruntersetzen, damit der Richter ein Einsehen hat und darauf verzichtet, Javier in ein normales Gefängnis zu stecken. Sonst nichts.« Er macht eine Pause. »Aber warum musste er sich stattdessen daran machen, um jeden Preis die wahre Geschichte herauszufinden, verdammt?«

»Ich wundere mich, dass dich das überrascht. Du weißt doch, wie es ist, wenn er sich etwas in den Kopf gesetzt hat.«

»Helena.« José sieht sie ernst an. »Hinterher ist jeder schlauer. Aber du weißt selbst, dass niemand an dir vorbeikommt, wenn es um Pablo geht. Auch bei Paula war das so. Anders gesagt: Wir sitzen alle zusammen in der Kacke. Deshalb würde ich auch vorschlagen, dass wir, statt uns gegenseitig die Schuld zuzuschieben, zusehen, wie wir die Sache so schnell wie möglich in Ordnung bringen.«

»Und hast du eine Idee, wie das gehen könnte?«

»Nein. Hast du schon mit Fernando gesprochen?«

»Das halte ich nicht für nötig.«

»Ich halte es sehr wohl für nötig. Ich weiß, das ist eine Plattitüde, aber: Drei Paar Augen sehen mehr als zwei. Außerdem hat auch er seinen Teil zu der Sache beigetragen, oder etwa nicht?«

Helena sagt nichts, sie weiß jedoch, dass José recht hat. Irgendwas müssen sie sich jedenfalls einfallen lassen. Und zwar bald – bevor es zu spät ist.

9

Er öffnet die Tür, und durch die Brillengläser sehen ihn zwei bekannte graue Augen an. Er lächelt und tritt zur Seite.

»Komm rein.«

»Nicht nötig«, antwortet sein Gegenüber, macht die Handtasche auf, holt einen Umschlag hervor und hält ihn ihm entgegen.

Pablo nimmt ihn und sieht dann wieder seine Besucherin an.

»Ist gut, Frau Vitali. Vielen Dank, dass Sie sich die Mühe gemacht haben, extra hierherzukommen. Und jetzt würde ich gerne mit Luciana sprechen. Können wir sie reinlassen, oder muss ich warten, bis du das Haus wieder verlassen hast, und dich dann anrufen und bitten, dass du noch mal reinkommst, damit alles schön getrennt bleibt?«

Luciana lächelt, betritt Pablos Wohnung und zieht die Tür hinter sich zu. Sie nähert sich ihm, streicht ihm übers Haar und küsst ihn. Ein endlos langer Kuss. Beide haben diesen Augenblick herbeigesehnt. Pablo lässt den Umschlag zu Boden fallen und legt die Arme um Luciana. Ihren Körper ganz nah bei sich zu fühlen gibt ihm ein Gefühl von Lebendigkeit, das er dringend braucht.

Luciana spürt, wie Pablos Zunge ihren Mund erkundet. Mehrmals beißt er sie zärtlich. Dabei gleiten seine Hände über ihren Rücken bis hinab zu den Hüften. Sie spürt, wie ihre Erregung zunimmt.

Er hebt ihr graues Kleid an und schiebt eine Hand in ihre

Unterwäsche. Bei seiner Berührung erschauert sie. Sie überlässt sich ihm widerstandslos. Warum auch nicht? Sie hat damit keine Schwierigkeiten, sie begehrt ihn, er soll mit ihr machen, was er möchte.

Pablo öffnet den Reißverschluss ihres Kleides und streift es ihr über die Schultern. Es fällt zu Boden, auf den Umschlag. Luciana trägt keinen BH, ihre Brüste liegen frei vor seinen Augen. Ihre Erregung nimmt weiter zu. Umso besser, ihm geht es genauso. Er küsst sie, und sie schließt die Augen und hebt ein Bein an, um es ihm einfacher zu machen.

In solchen Momenten durchfährt es Pablo jedes Mal. Denn er weiß, eine Frau, die ihm hilft, sie zu entkleiden, gibt ihm damit zu verstehen, dass sie ihn tatsächlich begehrt.

Er lässt Luciana sich in einen Sessel setzen und kniet sich vor sie. Sie legt ihre Beine um seinen Kopf und fängt an, sich langsam zu bewegen. Er nimmt ihren Geruch in sich auf, und zum ersten Mal seit langer Zeit wünscht er sich nicht, dass es Alejandras Geruch wäre. Seine Hände umschließen ihre festen Brüste, und Luciana bewegt sich schneller. Er hört ihr Keuchen. Aber dann hält sie auf einmal inne. Sie drückt ihn ein kleines Stück von sich fort und sieht ihn an.

»Nein, warte.«

»Was ist?«

»Ich möchte, dass du zu mir kommst. Ich will dich in mir spüren.«

Da nimmt Pablo sie an der Hand und führt sie in sein Schlafzimmer. Wenige Sekunden später dringt er in sie ein, streichelt sie, beißt sie, drückt sie. Sie gibt sich ihm völlig hin, sie spürt, dass das nicht irgendeine Begegnung ist.

Was aus dieser Geschichte werden wird, weiß sie nicht, aber das ist ihr in diesem Augenblick egal. Wichtig ist bloß, dass sie hier ist, bei ihm, in seinem Bett, und er in ihr.

Als sie spürt, dass sie kommt, zögert sie den Orgasmus noch ein paar Sekunden hinaus – bis irgendwann nichts mehr sie aufhalten kann.

»Jetzt, komm, ganz fest«, bittet sie. Und Pablo presst sie noch enger an sich. Lange dauert es nicht, gerade einmal ein paar Sekunden – so lange wie die Ewigkeit, in der Vergangenheit, Gegenwart und Zukunft unaufhaltsam und wunderbar in eins fallen.

Lucianas Schrei gellt durch die Wohnung. Dann wird es still. Im Zimmer ist nur noch ihr Atmen zu hören, das allmählich langsamer wird, während ihre feuchten Körper noch nicht voneinander lassen wollen.

Im Flur liegt gleichgültig Lucianas Kleid, und darunter der Umschlag, der für Pablo vorläufig jede Bedeutung verloren hat.

10

Es ist ein kalter, aber sonniger Tag, genau das Wetter, das ihm gefällt. Die letzte Nacht war intensiv, und er glaubt, immer noch etwas von Lucianas Duft an seiner Haut zu spüren. Sie ist vor ihm aufgewacht, hat sich leise angezogen und mit einem Kuss verabschiedet. Als Pablo die Augen aufgemacht hat, war sie schon nicht mehr da. Eine jähe Angst hat ihn befallen, wie ein Déjà-vu. Aber diesmal ist es anders – Luciana hat ihn nicht verlassen, sie ist einfach zur Arbeit gegangen. Und er sollte sich auch endlich an die Arbeit machen, hier in seiner Praxis, wo er sich inzwischen eingefunden hat. Später muss er dann, wie verabredet, zu Camila.

Helena kommt mit dem Mate herein und sieht, dass er einen Stapel Krankenakten in der Hand hält.

»Schön, ich stelle fest, dass du nicht völlig vergessen hast, dass es auch noch andere Menschen gibt, die dich brauchen, Leute, denen gegenüber du dich zur Hilfe verpflichtet hast. Bis jetzt hast du das immer sehr ernst genommen.«

»Weißt du was? Ich hab mich schon gefragt, wie lange es wohl dauern wird, bis du an mir herumkrittelst. Aber das ist immerhin noch besser, als wenn du gar nichts sagst so wie vorhin, als ich reingekommen bin.«

»Was erwartest du denn, Rubio? Seit Paula Vanussi hier aufgetaucht ist, scheint dich nichts anderes auf der Welt mehr zu interessieren.«

Er weiß nicht, wie er Helenas Worte auffassen soll. Für alle Fälle geht er in Verteidigungsstellung.

»Paula Vanussi ist wunderschön, aber sie gefällt mir trotzdem nicht, falls du das meinst.«

»Ob sie dir gefällt oder nicht, ist nicht mein Problem.«

»Ah ja, und was genau ist dann dein Problem?«

Helena trinkt in aller Ruhe einen Schluck von ihrem Mate.

»Gestern habe ich mit Fernando über die Sache gesprochen.«

Pablo legt die Akten zur Seite und sieht Helena erwartungsvoll an.

»Ich habe ihn gefragt, was genau er über Roberto Vanussi und die Leute in seiner Umgebung weiß.«

»Und?«

»Rubio, ich verstehe wirklich nicht, wie du dich auf diese Geschichte hast einlassen können. Für Geld hat der Typ alles getan, für Geld oder Macht. Vielleicht wird dir das endlich mal klar: Dieser Vanussi war ein totales Schwein, und die Leute um ihn herum waren keinen Deut besser. Ganz egal, wer ihn umgebracht hat, wir sollten ihm dankbar dafür sein.«

»Und was hat Fernando noch erzählt?«

»Dass dein Leben keinen Peso mehr wert ist, wenn du dich mit diesen Leuten anlegst.« Sie sieht ihn ernst an. »Aber das ist noch nicht alles. Wenn du dich umbringen willst, ist das deine Sache. Aber du solltest dir klar darüber sein, dass du durch dein Verhalten uns alle in Gefahr bringst.«

Pablo sieht sie erstaunt an.

»Wie meinst du das?«

Helena nimmt einen schwarzen Umschlag, der auf dem Tablett liegt, und hält ihn Pablo hin.

»Das hier meine ich.«

»Was ist das?«

»Sieh es dir an.«

»Wie ist das hierhergekommen?«

»Jemand hat es beim Pförtner abgegeben.«

»Aber ...«

»Mach es auf.«

Pablo nimmt den Umschlag und versucht, sich nicht anmerken zu lassen, wie heftig sein Herz klopft, während er ihn öffnet. In seinem Inneren befinden sich fünf Fotos, die offenbar mit einem Teleobjektiv aufgenommen worden sind. Sie zeigen ihn selbst beim Betreten der Ferro-Klinik, Helena vor dem Eingang zur Praxis, Fernando in seinem Auto, José in einer Bar und – hier schlägt Pablos Herz noch heftiger – Alejandra, die am Ufer eines Flusses sitzt. Alle sind sie mit einem roten Kreuz markiert. Pablo ist wie gelähmt. Erneut betrachtet er den Umschlag ohne Absender, dann fällt ihm ein Zettel auf, den er bis dahin übersehen hatte. Er zieht ihn heraus und liest den Satz, der darauf steht: »Immer noch nicht genug von der Geschichte?«

Ein lastendes Schweigen macht sich breit, das Helena schließlich unterbricht:

»Und, was sagst du?«

»Dass das auf jeden Fall nicht Javier Vanussi geschickt hat, oder?«

Helena sieht ihn wütend an. Pablo weicht ihrem Blick aus. Wortlos steht Helena auf und geht aus dem Zimmer. Als Pablo allein ist, lässt er den Kopf sinken und legt ihn in die aufgestützten Hände. Da gibt es nichts zu deuten – das hier ist kein Spiel, und er muss so schnell wie möglich aussteigen.

Er steht auf, nimmt den Umschlag mit den Fotos und geht zur Tür. Als er an Helena, die wieder am Empfangstresen sitzt, vorbeigeht, beugt er sich zu ihr hinab und küsst sie auf die Wange. Er sieht die Angst in ihren Augen. Er versucht zu lächeln und streicht ihr zärtlich übers Haar.

»Verzeih mir.«

Von Helena kommt kein Wort.

Ohne noch etwas hinzuzufügen, verlässt er die Praxis.

»Schluss damit, und zwar sofort«, sagt Pablo leise zu sich selbst.

Doch dann sieht er auf die Uhr: Das Taxi steht sicher schon vor der Tür, und Camila erwartet ihn.

11

Das Üben fällt ihr an diesem Morgen schwer. Sie ist früh aufgestanden wie immer. Francisca hatte das Frühstück schon vorbereitet, aber sie hat zuerst geduscht und dann ihre gewohnte Übungskleidung angezogen: Leggings, Turnschuhe und ein weites T-Shirt. Weil es kalt war, hat sie darüber noch eine grüne Trainingsjacke gezogen. Sie trägt gerne einfache, weit geschnittene Alltagskleidung, darin fühlt sie sich entspannt.

Sie hat rasch gefrühstückt und ist dann in ihr Arbeitszimmer gegangen. Dort hat sie zunächst ihr tägliches Ritual vollzogen: Sie hat den Geigenkasten aufgeklappt, den Bogen herausgeholt und gespannt, ein wenig mit Kolophonium eingerieben und anschließend vorsichtig auf den Tisch gelegt. Danach hat sie die Geige genommen und ängstlich in die F-Löcher gespäht – sie weiß selbst nicht warum, aber seit jeher hat sie Angst, über Nacht könnte eine Kakerlake in ihr Instrument gekrabbelt sein. Sie weiß, wie lächerlich das ist, aber sie kommt nicht dagegen an. Manchmal hat sie versucht, ohne vorausgegangene Kontrolle mit dem Spielen zu beginnen, doch jedes Mal konnte sie sich aus Angst nicht richtig konzentrieren. Weshalb sie auch weiterhin nicht auf diesen Teil ihres Morgenrituals verzichtet.

Nach dieser so absurden wie unerlässlichen Aktion fängt sie an, das Instrument sorgfältig zu stimmen. Wenn sie den Eindruck hat, es ist so weit, überprüft sie die Stimmung, indem sie Doppelgriffe spielt. Wenn es auch danach für sie nichts mehr zu verbessern gibt, spielt sie zunächst einfach eins ihrer Lieblingsstücke, nur so, zum Vergnügen. Heute will sie es sich nicht unnötig schwer machen, deshalb begnügt sie sich mit Bachs *Air* auf der G-Saite, ein wunderschönes, aber für sie nicht besonders schwieriges Stück. Sie weiß noch genau, wann sie es zum ersten Mal gehört hat, damals war sie ein kleines Mädchen, und das Stück wurde während einer im Fernsehen übertragenen Messe gespielt.

Als sie fertig ist, dreht sie an ihrem Stuhl, bis er die für sie richtige Sitzhöhe hat, und beginnt mit der Arbeit an der Partitur auf dem Notenpult vor ihr, ein schwieriges Stück, mit dem sie sich schon seit mehreren Wochen beschäftigt. Aber sosehr sie sich bemüht, sie merkt, dass sie an diesem Tag nicht so konzentriert wie sonst bei der Sache ist. Und sie weiß auch, warum.

Ihre Schwester hat gesagt, dass Pablo heute Mittag kommen wird, um sich mit ihr zu unterhalten. Sie wirft einen Blick auf die Uhr an der Wand. Noch zwei Stunden, und die werden sich ganz schön in die Länge ziehen, wenn sie es nicht schafft, ihre Gedanken bis dahin auf etwas anderes zu richten. Also macht sie jetzt, was sie immer in solchen Augenblicken macht, sie atmet mit geschlossenen Augen dreimal tief ein und aus, öffnet die Augen dann wieder und konzentriert sich mit aller Kraft auf das vor ihr liegende Werk.

Und auch diesmal hilft ihr das, vielleicht hat sie ja gerade deshalb beschlossen, die Musik zu ihrem Beruf zu wählen: In dieser so geformten und wie auf sie zugeschnittenen Welt, in der Klänge und Stille einander auf harmonische Weise ablösen, fühlt sie sich geborgen und sicher.

Auch die anderen befinden sich in diesem Augenblick in ihrer jeweils eigenen Welt, ohne zu ahnen, welche Wahrheit im Verborgenen auf sie lauert. Bermúdez telefoniert, José ist, ein wenig unaufmerksam, mit einem Patienten beschäftigt, Alejandra geht eine Allee entlang, die nirgendwohin führt, Míguez sitzt fluchend in seinem Büro, und Pablo besteigt das Auto, das ihn zu Camila bringen soll.

12

Manchmal spielt ihr das Bewusstsein einen Streich und setzt einfach eine Weile aus. Anschließend kann sie sich an nichts erinnern. Als wäre die Zeit stehengeblieben. Diesmal darf sie sich so etwas aber nicht erlauben.

Sie betrachtet das Bündel zu ihren Füßen und sagt sich, dass es reicht. Sie geht zum Auto und fährt damit so nahe wie möglich zu der Stelle, wo das Kiefernwäldchen anfängt. Bis dahin hat der Scheißkerl sich geschleppt, das macht die Sache noch komplizierter. Aber was soll's, es ist das letzte Mal, dass er ihr Schwierigkeiten bereitet.

Sie sieht sich erneut um, um sicherzugehen, dass niemand in der Nähe herumschnüffelt, dann schleift sie ihn bis zum Auto und hievt ihn mühsam in den Kofferraum. Sie macht den Deckel zu und setzt sich auf den Fahrersitz.

Fertig. Jetzt braucht sie ihn bloß noch in einen der kleinen Seen in der Nähe der Landstraße zu werfen. Wenn sie ihn finden – falls sie ihn überhaupt jemals finden –, werden die Tiere alle Spuren beseitigt haben.

Sie verflucht die Tatsache, dass ausgerechnet sie das übernehmen muss, aber sie weiß auch, wie erleichtert sie sich anschließend fühlen wird. Sie hat es einfach nicht mehr ausgehalten. Roberto war immer schon ein abartiger, gewalttätiger Mann, dem die anderen völlig egal waren. Alles, was ihn im Leben interessierte, war Geld und andere fertigzumachen – dass ihm irgendwann jemand die Rechnung dafür präsentieren *würde, war mehr als klar. Trotzdem ist niemand gekommen, um ihr zu helfen, deshalb muss sie die Sache allein zu Ende bringen. Am liebsten würde sie die Welt vollständig von jeder Erinnerung an Roberto säubern, aber wie auch immer, es wird ihm niemand eine Träne nachweinen. Und das völlig zu Recht.*

Irgendwelche Schuldgefühle empfindet sie nicht, dennoch zittert sie unaufhörlich. Verstörende Bilder aus der Vergangenheit steigen in ihr auf und verwirren sie nur noch mehr.

Als Roberto gesagt hatte, er werde doch nicht verreisen, war etwas in ihr zerbrochen, und mit ihrem so mühsam aufrechterhaltenen Gleichgewicht war es endgültig vorbei. Sie hatte sich darauf eingestellt, endlich einmal für eine längere Zeit in Ruhe gelassen zu werden. Aber es war anders gekommen. Er hatte im letzten Augenblick beschlossen, die Reise zu verschieben. Hätte er das nur nicht getan. Hätte er doch das verdammte Flugzeug genommen und wäre verschwunden. Dann säße er jetzt irgendwo in Paris beim Essen mit Freunden, oder er triebe es mit einer seiner Nutten. Schade, sagt sie sich, als sie anhält. Mit Mühe, aber nicht mehr so besorgt, dass jemand sie sehen könnte, stemmt sie die Leiche aus dem Kofferraum, schleift sie bis ans Ufer des Sees und lässt sie hineinrollen.

Eine Zeit lang setzt ihr Bewusstsein aus, während sie zusieht, wie der tote Körper unter der Wasseroberfläche verschwindet.

Vierter Teil
Die Wahrheit

1

Irgendwo im Verborgenen lauert stumm die Wahrheit in abgelegenen Hirnwindungen, verstaubten Gerichtsarchiven, wirren Orakelsprüchen, wenn nicht einfach unterdrückt oder verdrängt, ein Opfer unserer Ahnungslosigkeit.

Die Wahrheit – kaum etwas ersehnen und fürchten wir gleichzeitig so sehr. Dafür, dass sie verborgen bleibt, sorgt manchmal böser Wille, oder sie ist einfach zu schmerzhaft oder liegt anscheinend unerreichbar weit zurück. Doch je stärker man versucht, sie auszulöschen, desto widerstandsfähiger wird sie. Denn sterben kann sie nicht, sie kann zum Schweigen gebracht werden, versteckt oder vergessen, doch auch dann findet sie Wege, auf sich aufmerksam zu machen.

Um vollkommen glücklich zu sein, kann es durchaus notwendig sein, das eine oder andere *nicht* zu wissen, doch nicht jeder ist zu einer solchen Verdrängungsleistung imstande. Im Gegenteil, manche Menschen sind der Stimme der Wahrheit, die sich in ihnen Gehör verschaffen will, hilflos ausgeliefert und unfähig, sie zu ignorieren, so gerne sie das täten und so schmerzhaft es für sie ist, ja selbst, wenn es, wie in Pablos Fall, scheinbar sinnlose Risiken mit sich bringt.

Den schwarzen Umschlag hält er weiterhin in der Hand. Die Fotos, die er gerade gesehen hat, gehen ihm nicht aus dem Sinn. Mit welchem Recht bringt er Menschen, die er liebt, in Gefahr? Mit welchem Recht zwingt er ihnen die Konsequenzen *seiner* Entscheidungen auf? Die einzig mögliche Antwort ist: Er kann nicht anders. Der magnetischen Anziehungskraft der Wahrheit kann jemand wie er sich nicht widersetzen.

Doch das hat selbstverständlich seinen Preis. Seit Pablo die Praxis verlassen hat, schwirrt es in seinem Kopf. Bilder, Gedanken, Zweifel, Ängste, vor allem aber Wut, rasende Wut, wechseln einander in schwindelerregendem Tempo ab. Wer auch immer hinter der Sache steckt, sagt er sich, dieses Schwein hat es verdient, dass man ihm auf die Spur kommt.

Doch dafür muss er die Wahrheit herausfinden.

Pablo und die Wahrheit, eine Verbindung, die ihn schon so viel gekostet hat. Nicht dass er nicht manchmal versucht hätte, von der Wahrheit abzuweichen – ganz ohne Fehl und Tadel ist auch Pablo nicht. Und dass er ständig hinter der Wahrheit her ist, hat nicht nur damit zu tun, dass er ein so guter Mensch wäre, oft ist es pure Besessenheit. Und trotzdem, er kann nicht dagegen an.

Immer wieder muss er daran denken, wie er einmal vor versammeltem Publikum vom Rednerpult herab verkündete, ihm als Analytiker gehe es nicht darum, dass seine Patienten sich wohlfühlen, das Einzige, was zähle, sei die Aufdeckung ihrer verborgenen Wahrheit. Kaum hatte er das gesagt, hatte sich eine Frau vom Stuhl erhoben und, bevor sie aus dem Saal stürmte, empört gerufen:

»Mir geht es sehr wohl darum, dass ich mich wohlfühle, verstehen Sie? Ich habe lang genug gelitten. Wenn das Ihre Meinung ist, brauchen Sie nicht mit mir zu rechnen – und Ihre Wahrheit können Sie sich sonst wohin stecken!«

Alles, was Pablo in seiner Verblüffung dazu einfiel, war damals:

»Ich kann Sie gut verstehen, glauben Sie mir. Ja, am liebsten würde ich manchmal selbst einfach aus meiner Haut fahren.«

Was die übrigen Zuhörer lachend für Ironie hielten, war von Pablo jedoch vollkommen ernst gemeint.

Und nun ist er also schon zum zweiten Mal auf diesem Landgut. Sein erster Besuch scheint ihm eine Ewigkeit her. Doch obwohl er weiß, dass das nicht stimmt – diesmal ist tatsächlich alles völlig anders. Diesmal denkt er nicht eine Sekunde daran, dass sich durch ebendiese Allee der tödlich verletzte Roberto Vanussi geschleppt hat. Und ebenso wenig kümmert er sich um den schönen Anblick des Hauses oder den Duft der Kiefern. Er ist viel zu sehr damit beschäftigt, an nichts zu denken.

Er ist hier, um sich mit Camila zu unterhalten, das ist das Einzige, was jetzt zählt. Wenn er ihr helfen will, muss er alle Ängste und Vorurteile hinter sich lassen. Javier Vanussi, Helena, Alejandra, Paula, José – sie alle und auch er selbst müssen vorläufig warten. Aber stimmt das überhaupt, will er das wirklich? Ist ein junges Mädchen, das er kaum kennt, wichtiger als die Tatsache, dass er das Leben von Leuten, die er liebt, aufs Spiel setzt? Und was ist mit ihm? Wie lange soll der Psychoanalytiker Pablo noch vor dem Menschen Pablo Vorrang haben?

Ihm bleibt keine Zeit, um sich diese Fragen zu beantworten, denn in dem Augenblick geht die Haustür auf und Francisca, die sich die Hände an einer blau-weiß karierten Schürze abtrocknet, begrüßt ihn lächelnd. Pablo sieht sie an. Wäre sie in eine bessergestellte Familie hineingeboren worden und hätte nicht zeitlebens derart schuften müssen, hätte er jetzt eine wunderschöne Frau vor sich. Aber wer hat behauptet, dass es im Leben gerecht zugeht?

Pablo hat den Eindruck, dass sie seine Ankunft sehnlichst

erwartet hat. Er reicht ihr zur Begrüßung die Hand, tritt über die Schwelle, und sobald er den Fuß auf das Parkett setzt, verschwinden alle Zweifel, und er weiß, dass seine Entscheidung gefallen ist.

2

Während er im Wohnzimmer wartet, betrachtet er erneut das Bild, das schon beim ersten Besuch in diesem Haus seine Aufmerksamkeit auf sich gezogen hat. Er sucht in der rechten unteren Ecke nach der Signatur. Da sind wieder die beiden Buchstaben, V. und P. Er wusste es.

Er trinkt einen Schluck von dem Kaffee, den Francisca ihm serviert hat, und nimmt das Bild noch genauer in Augenschein. Es gefällt ihm. Es hat eine ganz eigene Ausstrahlung. Und es ist auf dieselbe seltsame Weise schön wie die Bilder in Paulas Wohnung. Unverkennbar stammen sie von derselben Hand und lassen nicht nur eine starke Persönlichkeit erkennen. Da ist noch etwas anderes, was Pablo in diesem Augenblick aber nicht genauer benennen kann.

Das Bild zeigt ein Haus an einem stürmischen Tag. In einer Ecke kauert ein Hund, und der Wind beugt die Bäume, deren Äste fast den Boden berühren. Irgendetwas an dem Tier ist ungewöhnlich. Im Haus ist es dunkel, nur ganz oben schimmert hinter einem Fenster ein schwaches Licht und lässt einen menschlichen Umriss erahnen. Rechts vom Haus ist eine kleine Männergestalt zu sehen, die im Regen unterwegs ist. Ein silbriges Licht scheint in der Mitte durch den Mann hindurchzugehen, es ist, als wollte es den Oberkörper und die Beine voneinander trennen.

Als Francisca ins Zimmer zurückkehrt, steht Pablo immer noch in die Betrachtung des Bildes versunken da.

»Camila sagt, Sie können jetzt kommen.«

Pablo folgt Francisca zu dem schon bekannten Arbeitszimmer.

»Danke, das ist sehr nett von Ihnen.«

Francisca bleibt stehen und schüttelt den Kopf. »Nein, Sie sind sehr nett.« Pablo sieht sie fragend an. »Und dass Sie ... bloß herkommen, um sich mit ihr zu unterhalten, also ...« Sie sieht ihn auf einmal sehr ernst an. »Also dafür bin ich Ihnen sehr dankbar. Wissen Sie? Ich liebe diese Kinder, als wären es meine eigenen, und sie haben schon so viel leiden müssen. Herr Vanussi ...« Sie verstummt, als wäre sie sich nicht sicher, ob sie weitersprechen soll.

»Ja?«

»Nichts, ich meine bloß, Herr Vanussi war kein besonders guter Mensch, aber ich nehme an, das wissen Sie bereits. Auch Victoria hat sehr unter ihm leiden müssen. Sie war eine ganz besondere Frau, und so sanft. Ich habe nie verstehen können, wie sie ...« Erneut verstummt Francisca.

»Sich in jemanden wie Roberto Vanussi verlieben konnte«, führt Pablo den Satz zu Ende.

Francisca nickt.

»Ja, aber so ist das wohl mit der Liebe, stimmt's?«

Aus eigener Erfahrung spricht Francisca nicht. Als sie selbst heiratete, war sie noch sehr jung und wollte vor allem ihrem Dorf entkommen, wo ihr Leben keinerlei Ziel zu haben schien. Hipólito war da ein willkommener Ausweg. Das mit der Liebe werde sich mit der Zeit schon von selbst einstellen, nahm sie damals an. Doch sie täuschte sich, Hipólito war kein guter Partner. Schon bald war er durch den Alkohol nur noch ein Schatten seiner selbst. Er zog sich immer mehr in sich zurück und lebte nur noch für sich, in einer Welt, in der für Francisca kein Platz war. Bis vor ein paar Jahren war sie traurig darüber, dass sie keine Kinder bekommen hatten.

Diese hätten ihr Gesellschaft geleistet, sagte sich Francisca, und ihr vielleicht auch, warum nicht, gezeigt, was Liebe bedeutet.

Mittlerweile ist sie aber froh, dass es nicht so gekommen ist. Die Erfahrung mit der Familie, für die sie seit so vielen Jahren arbeitet, hat ihr gezeigt, dass Kinder allein noch keine Garantie für ein glückliches Leben sind.

Pablo reißt sie aus ihren Gedanken:

»Sie haben recht, Francisca, die Liebe ist wirklich eine Sache für sich…«

Den Rest des Weges bis zu Camilas Zimmer sagt keiner von beiden noch etwas. Schließlich bleiben sie vor der Tür stehen, und Francisca klopft an.

»Herein.«

Francisca öffnet die Tür, und Pablo geht hinter ihr hinein.

Er küsst Camila zur Begrüßung auf die Wange, woraufhin Francisca verkündet: »Ich gehe dann mal. Wenn Sie etwas brauchen, geben Sie bitte Bescheid. Ich bin in der Küche.«

Beim Hinausgehen lässt sie die Tür angelehnt. Pablo übernimmt es, sie ganz zu schließen. Die Situation ist ungewohnt für ihn bis auf ganz wenige Ausnahmen – wenn ein Patient aus schwerwiegenden Gründen nicht selbst zu ihm in die Praxis kommen konnte – hat er noch nie jemanden zu Hause behandelt. Aber seit Paula Vanussi mit ihren großen grünen Augen bei ihm erschienen ist, hat er schon jede Menge ungewohnter Dinge getan.

Er tritt an den Tisch und bewundert die Geige in dem aufgeklappten Kasten.

»Schön… Man könnte sie glatt für eine Stradivarius halten«, sagt er zum Scherz.

Camila lacht verschmitzt.

»Da liegst du gar nicht so falsch.«

»Wie meinst du das?«, fragt Pablo erstaunt und nimmt Camila gegenüber auf einem Stuhl Platz.

Dass die Musik ihm einen Zugang zu ihr eröffnen würde, hatte er geahnt, aber dass es so einfach werden würde, hätte er nicht gedacht.

»Das ist eine Einzelanfertigung, keine Geige aus einer großen Werkstatt mit Serienproduktion. Paula hat sie mir geschenkt, als mein Lehrer sagte, ich bräuchte ein richtiges Instrument. Ich war zehn, und ich weiß noch genau, wie wir damals zu dem Geigenbauer gegangen sind, den mein Lehrer empfohlen hatte.«

»Und da hast du dir dann ein Instrument ausgesucht?«

»Nein, er musste die Geige ja erst einmal bauen. Und das kann ganz schön lang dauern. In meinem Fall ging es zum Glück ziemlich schnell.« Sie sieht Pablo an. »Ein Jahr hat er dafür gebraucht.«

Pablo lässt sich keine Reaktion anmerken, ihm ist aber sehr wohl bewusst, was Camilas Worte bedeuten: Für ein zehnjähriges Kind ist ein Jahr eine unendlich lange Zeit. Camila scheint das aber klaglos hingenommen zu haben.

»Er hat mir eine Mappe mit Bildern gezeigt, damit ich mir ein Modell aussuche.«

»Was waren das für Bilder?«

»Da waren lauter berühmte Geigen drauf, aus allen möglichen Blickwinkeln, und auch in Einzelteilen. Aber ich musste lachen, weil du Stradivarius gesagt hast.« Pablo sieht sie verwundert an. »Eigentlich hieß der doch Stradivari. Aber damals haben natürlich viele Leute ihrem Namen eine lateinische Endung gegeben, das war wahrscheinlich Prestigesache.«

Pablo fällt es schwer, sich daran zu gewöhnen, dass diese Dreizehnjährige sich immer wieder so erwachsen ausdrückt, er darf sich dadurch aber nicht täuschen lassen – so gebildet und stilbewusst sie auch wirkt, sie ist und bleibt ein dreizehn-jähriges Mädchen.

»Also, ich meine«, fährt Camila fort, »ich hätte mir tatsächlich eine Stradivari … us nachbauen lassen können.«

Jetzt lächelt auch Pablo.

»Ach ja? Geht das?«

»Natürlich.«

»Und so eine Geige ist dann genau wie das Original?«

»Ja, haargenau. Es ist wirklich unglaublich. Das Holz ist natürlich neu, aber sie behandeln es so, dass es wie alt aussieht, sogar mit genau den gleichen Kratzern im Lack wie das Original. Ich habe mich aber trotzdem für ein anderes Modell entschieden, eine Guarneri aus dem Jahr 1742. Ich hatte beide Instrumente im Konzert gehört, und die Guarneri hat mir besser gefallen.«

»Warum?«

»Der Klang ist viel sanfter.« Mit großer Selbstverständlichkeit greift sie nach dem Bogen und spannt ihn. Dann nimmt sie die Geige aus dem Kasten und setzt sie an. »Hör mal.«

Dass dieses Wunderkind zu besonderen Dingen imstande ist, war Pablo klar, aber was er nun zu hören bekommt, kann er trotzdem kaum fassen. Vielleicht liegt es daran, dass er noch nie einem musizierenden Geiger so nahe gekommen ist, vielleicht auch an Camilas Spielweise, jedenfalls ist er sprachlos.

Sie improvisiert unbekümmert drauflos, probiert spielerisch alles Mögliche aus, und dennoch ist jeder einzelne Ton von unfassbarer Schönheit.

»Merkst du? Bei diesem Instrument sind alle vier Saiten völlig gleichmäßig. Außerdem passt es sich perfekt meinem Körper an.«

»Wie meinst du das?«

»Es ist ein wenig kleiner als gewöhnliche Geigen, nur ein bisschen, aber für meine Anatomie ist das ideal. Wenn ich ein Mann wäre, würde ich wahrscheinlich ein größeres Instrument vorziehen, bei Männern ist schließlich alles größer – die Hände, die Finger – und kräftiger. Aber für mich ist diese Geige genau richtig. Eine Stradivari ist außerdem lauter, sie hat einen volleren Klang, und ich nehme an, das war früher sehr wichtig, wenn die Musiker sich in großen Räumen mit schlechter Akustik zu Gehör bringen mussten. Aber in den Konzertsälen, die wir heute haben, kommt es darauf nicht mehr so an.«

Pablo hört ihr gebannt zu. Während Camila spricht, spielt sie unaufhörlich weiter, und sie merkt, wie gefesselt er von der Geschwindigkeit und Gewandtheit ist, mit der ihre Finger sich bewegen.

»Lass dir nichts vormachen, du bist doch Psychologe.«

»Was meinst du damit?«

»Was ich sage: Dass du dir nichts vormachen lassen sollst. Entscheidend ist nicht, was *hier* passiert.« Sie lässt die Finger der linken Hand in rasendem Tempo eine aufsteigende Tonleiter spielen. »Entscheidend ist *der* hier.« Sie bewegt den Bogen hin und her. »Das ist das Geheimnis aller großen Geiger. Deshalb muss man sich so gründlich mit dem Bogen beschäftigen, abgesehen davon, dass man ein sehr gutes Exemplar braucht. Das ist mindestens so wichtig wie eine gute Geige.« Sie sieht ihn schelmisch lächelnd an. Da ist wieder das dreizehnjährige Kind. »Weißt du, was dieser Bogen kostet?«

»Keine Ahnung.«

»Er ist auch eine Einzelanfertigung.«

»Das hilft mir nicht weiter …«

»Fünfzehntausend Dollar.«

»Was? Dieser kleine Stock mit ein paar Haaren dran?«, sagt Pablo scherzend.

Camila kichert fröhlich.

»Ich hab gewusst, dass du das nicht glauben würdest.«

»Und was kostet dann die Geige?«

»Dreißigtausend.«

»Das steht doch in gar keinem Verhältnis, oder?«

»Das glaubst du. Aber vergiss nicht: Das Entscheidende ist der Bogen. Die Finger der linken Hand müssen flink und feinfühlig sein, aber die rechte Hand muss sich die ganze Zeit perfekt bewegen, da darf nichts schiefgehen.«

Pablo nickt, und ein paar Minuten lang erfüllt bloß Musik den Raum. Schließlich hört Camila auf zu spielen, lockert die Bogensaiten – die Geige hält sie dabei eingeklemmt zwischen Kinn und Schulter –, legt den Bogen dann zur Seite, entfernt die Schulterstütze und verstaut die Geige zuletzt im Kasten.

»Mir ist klar, dass du das nicht zum ersten Mal hörst, aber ich muss wirklich sagen: Ich kann es kaum glauben, wie gut du spielst.«

Camila lächelt. Sie weiß, dass sie etwas Besonderes ist, ja, genial, und obwohl sie das nicht extra zur Schau stellt, täuscht sie auch keine falsche Bescheidenheit vor.

»Und das, was du gespielt hast, war wunderschön.«

»Das war nichts Besonderes, ich habe einfach ein bisschen in d-Moll improvisiert. Ich habe mir gedacht, dass du Moll-Tonarten magst.«

»Warum?«

»Weil die einen eher traurig stimmen.«

»Und warum glaubst du, dass mir die Traurigkeit gefällt?« Sie sieht ihn an.

»Du bist doch Analytiker, oder?«

Pablo versucht vergeblich zu lächeln. Camila hat recht. Wie leicht es ihr gefallen ist, sein Inneres zu entschlüsseln.

»Auch wenn es bloß eine Improvisation war – schön war es trotzdem.«

Camila wirft ihm einen nachsichtigen Blick zu und deutet dann auf die Partitur auf ihrem Pult.

»Das hier ist schön, und genial.«

»Was ist das denn?«

»Das Konzert in e-Moll von Mendelssohn, eines der großen Violinkonzerte. Wer das spielen will, braucht eine perfekte Technik und enorme Musikalität. Ohne das geht es nicht.«

»Und, wirst du es spielen?«

Camila zuckt die Achseln.

»Mein Lehrer möchte, dass ich es spiele.«

»Und was möchtest du?«

»Ich bin da nicht ganz seiner Meinung.«

»Warum?«

»Weil ich weiß, dass ich das technisch hinbekommen würde, aber ich glaube, ich bin einfach noch nicht reif genug für so ein anspruchsvolles Stück. Aber er kommt immer wieder damit an. Du weißt ja, wie diese Russen sind.«

»Nein. Wie sind sie denn?«

»Unglaublich hartnäckig und fleißig und extrem anspruchsvoll. Nicolai, also mein Lehrer, war Schüler von David Oistrach. Den kennst du, oder?« Pablo nickt. Camila seufzt und schüttelt wütend und ein wenig hilflos den Kopf. »Ich habe zweimal in der Woche Unterricht, und ich übe jeden Tag acht Stunden, nur an diesem Konzert. Und trotzdem wird es nicht so, wie es sein soll. Weißt du, ohne Anstrengung geht in der Musik gar nichts, aber manchmal kannst du dich noch so anstrengen, und es reicht trotz allem nicht.«

Sie macht ein ernstes Gesicht, und Pablo merkt, dass das Thema sie belastet.

»Lass dir Zeit. Wie lange arbeitest du denn schon daran?«

»Seit einem Jahr.«

Pablo kann seine Überraschung nicht verbergen.

»Ja, so ist das. Man muss ein ganzes Jahr opfern, nur für ein paar Minuten Kunst. Aber so schlimm ist das gar nicht, ich habe mich schon daran gewöhnt.« Sie sieht Pablo an. »Ich habe mich in meinem Leben an viele Sachen gewöhnen müssen, die mir nicht gefallen haben.«

Damit hat Camila viel mehr gesagt, als sie eigentlich wollte. Pablo hat das Gefühl, einen großen Schritt vorangekommen zu sein – die erste Zwiebelhaut ist ab. Diesen Augenblick darf er nicht ungenutzt verstreichen lassen. Andererseits muss er behutsam vorgehen.

Er ahnt, dass es Camila nicht leichtfallen wird, in die dunklen Bereiche ihres Lebens vorzudringen, aber eben dafür ist er hier. Seine Aufgabe ist es nicht, die genialen Leistungen dieser kleinen Künstlerin zu genießen, er soll vielmehr dazu beitragen, herauszufinden, was dieses dreizehnjährige Mädchen bedrückt, das gerade zum ersten Mal ein wenig von seinem Schmerz zu erkennen gibt. Deshalb lehnt er sich im Stuhl zurück und fragt:

»Was meinst du damit?«

Das Spiel hat begonnen, ab sofort gilt es, immer tiefer in das Geheimnis vorzudringen.

3

Míguez' Stimme klingt nicht so fest und entschieden, wie er es gerne hätte. Völlig überspielen lässt sich die eigene Angst nur schwer.

»Paula, wir können jetzt nicht einfach alles wieder rückgängig machen und von einem Tag auf den anderen die Strategie wechseln. Wenn Rouviot nicht mitmachen will, soll er es bleiben lassen. Wir finden auch jemand anderen, der seine Aufgabe übernimmt.« Er macht eine Pause, und als Paula nichts erwidert, setzt er die Attacke fort: »Komm schon, selbst der unfähigste Gutachter kann mühelos nachweisen, dass Javier unzurechnungsfähig ist, das weißt du selbst. Aber wenn wir jetzt daherkommen und auf einmal behaupten, er ist unschuldig, und die Sache geht schief, riskieren wir, dass er doch noch in einem normalen Gefängnis landet. Weißt du, wie es an so einem Ort zugeht? Willst du Javier das zumuten, nur weil dieser Typ sich mit seinen schlauen Ratschlägen wichtigmacht?« Schweigen. »Okay, ich verstehe, dass du ihn bewunderst, und wenn er seinen Namen unter den Antrag setzen würde, wäre das natürlich eine große Hilfe. Aber wirklich brauchen tun wir ihn nicht, glaub mir. Dass der Richter Javier in der Ferro-Klinik lässt, kann ich auch allein erreichen. Ich kann es sogar so hindrehen, dass man ihn, wenn die Ärzte irgendwann der Meinung sind, dass er in die normale Welt zurückkehren kann, nach und nach für immer längere Zeiten rauslässt, bis er zuletzt ganz wieder nach Hause darf, ein paar Jahre, und es ist so weit. Aber dann musst du auch tun, was ich sage. Kein auch nur halbwegs zurechnungsfähiger Anwalt würde sich auf eine Geschichte einlassen, wie du sie von mir verlangst. Also überleg's dir gut. Wenn du an deiner verrückten Idee festhalten willst, dann ohne mich.«

Dass Paula immer noch nichts sagt, bringt ihn endgültig in Rage.

»Die Sache ist doch längst durch, verdammt... Glaubst du, ich mach den Idioten, der völlig frei vor dem leeren Tor steht und danebenschießt, nur weil irgend so ein Psychologe glaubt, er muss Detektiv spielen?«

Endlich gibt Paula ihr verbissenes Schweigen auf.

»Ich kann dich auch verstehen, Alberto. Aber ich weiß nicht, was ich sagen soll. Lass mich bis morgen über die Sache nachdenken, dann geb ich dir Bescheid.«

Míguez ist die Wut jetzt deutlich anzuhören: »Was gibt es da zu überlegen?«

»So einfach ist es für mich eben nicht, das musst du auch verstehen. Ich bin extra zu Rouviot gegangen und habe ihn gebeten, dieses Gutachten zu übernehmen, und von da an hat er sich nur noch mit dem Fall meines Bruders beschäftigt. Schon aus Respekt bin ich es ihm schuldig, dass ich erst noch einmal mit ihm spreche, bevor ich mich endgültig entscheide.«

»Ganz wie du willst, dann warte ich also bis morgen. Paula, ich bin schon seit sehr vielen Jahren der Anwalt eurer Familie, und ich gehe davon aus, dass dir klar ist, dass ich nur das Beste für euch will. Für Rouviot gilt das bestimmt auch. Deshalb wird er meinen Ratschlag sicherlich zu schätzen wissen.«

Etwas an der Art, wie Míguez die letzten Worte ausgesprochen hat, gefällt Paula nicht. Aber es war bestimmt nicht böse gemeint, sagt sie sich. Außerdem ist sie selbst ziemlich durcheinander und muss erst einmal zur Ruhe kommen, nicht, dass sie noch anfängt, überall Gespenster zu sehen.

4

»In dieser Familie zu leben war nicht einfach.«

Camila äußert sich überraschend deutlich.

»Erzähl doch mal.«

Pablo braucht nicht lange zu bitten – es ist, als hätte Camila seit Langem darauf gewartet, all das loszuwerden.

»Ohne Mutter, mit einem verrückten Bruder und einem Vater, der ...« Sie sieht Pablo an. »Über ihn möchte ich lieber noch nicht sprechen. Der Schein trügt, wie man so sagt. Von außen gesehen ist das hier ›das prächtige Landhaus‹, oder ›die Villa der schönen Leute‹, wie die Nachbarn sagen. Im Inneren war es aber ganz anders.«

Verschiedene Dinge fallen Pablo auf. Zum einen die Tatsache, dass der Gedanke an ihren Vater Camila weiterhin sehr zu belasten scheint, zum anderen, dass sie Paula bei der Aufzählung der Familienmitglieder nicht genannt hat. Dazu kommt, dass sie die infernalische Zeit offenbar eingrenzt: ›Im Inneren *war* es ganz anders.‹ War es? Seit wann und bis wann?

Er glaubt, die Antwort auf diese Fragen zu kennen. Er ist überzeugt, dass diese Zeit mit einem Tod angefangen und mit einem zweiten Tod geendet hat. Aber er braucht noch die Bestätigung.

Langsam, sagt Pablo zu sich selbst, immer schön langsam.

»Wie du möchtest. Wenn du über deinen Vater lieber nicht sprechen möchtest, brauchst du das nicht zu tun. Aber warum hast du gesagt ›ohne Mutter‹? Denn es gab auch eine Zeit ›mit Mutter‹, oder nicht?«

Camila überlegt. Ihre Augen werden feucht.

»Natürlich. Aber das ist schon so lange her …«

»Irgendwelche Erinnerungen an sie wirst du trotzdem haben, nehme ich an.«

Sie sieht ihn an.

»Ich erinnere mich an alles, an jeden Augenblick, den wir zusammen verbracht haben.« Sie unterbricht sich und sucht in ihrem Geigenkoffer nach etwas. Schließlich holt sie ein Foto hervor und gibt es Pablo. »Das war meine Mama.«

Pablo betrachtet das Bild, und irgendetwas fällt ihm auf, er kann aber nicht sagen, was genau. Er versucht, sich seine Verwirrung nicht anmerken zu lassen.

»Sie war wunderschön.«

»Weißt du was? Es gibt eine Sache, die mir wahnsinnig wehtut, und es wird jeden Tag schlimmer.«

»Was denn?«, fragt Pablo und legt das Foto auf den Tisch.

»Dass so was ausgerechnet mir passiert, wo ich doch Musikerin bin … Jedenfalls kann ich mich von Tag zu Tag schlechter daran erinnern, wie ihre Stimme geklungen hat.« Sie senkt den Kopf und schiebt angespannt und bekümmert die Hände zwischen die Knie. »Das ist furchtbar.«

»Dass du ihre Stimme vergisst?«

»Ja, und dass ich nie mehr hören werde, wie jemand meinen Namen auf diese Weise ausspricht.«

»Auf welche Weise?«

»So wie eine Mutter ihn ausspricht – dass du sofort spürst, du bist ihre Tochter.« Tränen treten ihr in die Augen. »Weißt du, ich glaube, seit meine Mama meinen Namen zum letzten Mal so ausgesprochen hat, bin ich kein Kind mehr.«

Pablo versteht, was sie meint. Er kennt das: Camila hat nicht nur ihre Mutter verloren, sondern auch das Recht, wie eine Tochter, ein Kind, behandelt zu werden. Aber da ist noch mehr. Vielleicht hat sie durch Victorias Tod nicht nur das verloren. Vielleicht gibt es etwas noch Schmerzhafteres und Tieferreichendes, als mit nicht einmal fünf Jahren seine Mutter zu verlieren: seine Unschuld zu verlieren. Er möchte sie danach fragen, lässt es dann aber sein.

Langsam, Pablo, immer schön langsam.

Zum Glück spricht sie von selbst weiter, jetzt aber über eine glückliche Erinnerung. Sie widersetzt sich ihrem Kummer, kein Wunder, ihre kindliche Seele versucht, dem Schmerz etwas entgegenzuhalten.

»Meine Mutter hat die Kunst geliebt. Sie hat sehr gut gemalt und die ganze Zeit Musik gehört. Die Musik hat sie mir seit meiner Geburt nahegebracht, angeblich sogar schon davor. Als sie mit mir schwanger war, hat sie stundenlang im Schaukelstuhl gesessen und Bach gehört. Bach war ihr Lieblingsmusiker.«

Offensichtlich ist es kein Zufall, dass Camila morgens immer zuerst Bachs Violinkonzert a-Moll spielt. Auf diese Art hat sie ihre Mutter bei sich, oder sie beschwört so eine uralte, möglicherweise vorgeburtliche Erinnerung an ihre Mutter herauf. Pablo ist sich außerdem sicher, dass der Schaukelstuhl draußen unter dem Vordach, den er von ihrer ersten Begegnung kennt und in dem sie entspannt und nachdenkt, wenn sie beim Üben Pause macht, ebender Schaukelstuhl ist, in dem früher ihre Mutter gesessen hat. Camila hat also verschiedene Mittel gefunden, die Verbindung zu ihrer Mutter über deren Tod hinaus aufrechtzuerhalten.

»Sie ist oft in Konzerte gegangen, und seit ich zwei Jahre alt war, hat sie mich mitgenommen. Die Leute haben sich gewundert, wenn auf einmal ein so kleines Mädchen im Saal erschien. Viele haben sich wahrscheinlich auch geärgert, weil sie dachten, ich würde unruhig sein und stören.«

»Was aber nicht der Fall war …«

»Nein. Ich habe mich dort jedes Mal wie in einer Zauberwelt gefühlt, die nur für mich und meine Mama da ist.«

Wieder treten ihr Tränen in die Augen.

»Woran denkst du?«

»An das letzte Konzert, in dem wir zusammen waren. Das war kurz vor meinem fünften Geburtstag. Wir waren damals auf einer Reise in Europa. Meine Mama hat mich in ein Konzert von Maxim Vengerov mitgenommen. Sie war sehr aufgeregt. Sie hat gesagt, ich würde den besten Geiger der Welt hören, und ich würde dieses Konzert nie vergessen. Sie hatte recht. Es war …« Sie macht eine kreisförmige Handbewegung vor ihrer Brust. »Das kann ich nicht mit Worten sagen. Nach dem Konzert sind wir essen gegangen, aber wir haben keinen Bissen hinunterbekommen, wir waren viel zu aufgewühlt. Dort in der Konditorei habe ich zu meiner Mutter gesagt, dass ich Geigerin werden möchte. Sie hat mich umarmt und angefangen zu weinen, und ich habe versprochen, dass ich ihr eines Tages dieses Konzert vorspielen werde.«

»Weißt du noch, welches Konzert das war?«, fragt Pablo, bloß um das zu hören, was er bereits ahnt.

Camila sieht ihn an, senkt den Blick und lächelt.

»Natürlich. Das Violinkonzert in e-Moll von Mendelssohn.«

5

»Ich weiß nicht, was ich tun soll.«

»Was möchtest du denn tun?«

Paula liegt auf der Couch und seufzt.

»Ich weiß es nicht. Einerseits möchte ich, dass das Ganze endlich aufhört, denn seit die Leiche meines Vaters aufgetaucht ist, ist mir alles bloß noch zu viel. Aber nicht weil ich dachte, er reist durch Europa, und in Wirklichkeit lag er verwesend in einem Tümpel, der bloß ein paar Kilometer von unserem Haus entfernt ist.«

»Macht dir diese Vorstellung denn nichts aus?«, fragt José.

»Willst du es ehrlich wissen?«

»Natürlich.«

»Nein, sie macht mir nicht das Geringste aus.«

Das sagt sie ohne zu zögern – Paula empfindet offensichtlich keinerlei Schmerz über den Tod ihres Vaters.

»Was ist es dann?«

»Alles, was danach passiert ist. Der psychotische Schub meines Bruders, sein Selbstmordversuch, sein Geständnis. Und dass ich mich um Camila kümmern und gleichzeitig Javier einliefern lassen und nach jemandem suchen musste, der ihn verteidigt.«

»Obwohl er deinen Vater getötet hat.«

»Irgendwer musste das tun.«

Sie holt tief Luft.

»Ich weiß, das klingt schrecklich, aber mein Vater hat das alles mehr als verdient. Hältst du mich jetzt für ein Monster?«

»Was ich davon halte, spielt keine Rolle. Wie siehst du dich denn selbst?«

»Ich weiß nicht.« Sie überlegt. »Aber wie auch immer, hast du dir schon mal klargemacht, dass schlechte Menschen nur ganz selten zugeben würden, dass sie schlechte Menschen sind? Ich habe so viele Schweine erlebt, die überzeugt waren, dass das, was sie tun, gut ist – also da frage ich mich wirklich manchmal, ob ich nicht selbst auch so jemand bin. Trotzdem komme ich mir deshalb nicht schlecht vor. Wenn du mich fragst: Liebe muss man sich verdienen, einfach so bekommt man die nicht geschenkt. Und mein Vater hat sich in der Hinsicht keinerlei Mühe gegeben.«

»In deinem Fall habe ich allerdings den Eindruck, du hast deinen Vater nicht nur nicht geliebt, sondern du hast ihn fast gehasst.«

»Das Wort ›fast‹ kannst du gern weglassen.«

Das sind starke Worte, aber José beschließt, nicht einzugreifen und es Paula zu überlassen, wie sich das Gespräch entwickelt.

»Weißt du was?« Sie verstummt, offenbar fällt es ihr schwer, weiterzusprechen. »Jahrelang habe ich nachts gehört, wie Autos bei uns vorgefahren sind. Manchmal eine Riesenmenge. Und den Leuten darin war es offensichtlich völlig egal, ob das jemand mitbekommt, sie hatten sowieso nichts zu befürchten, von niemandem.«

»Warum?«

»Weil das lauter hohe Tiere waren. Richter, Abgeordnete, Leute, die du sonst im Fernsehen sehen kannst, da sprechen sie von Moral und präsentieren sich als Vorbilder für die Gesellschaft.«

»Und was ist so schlimm daran, wenn ein paar Freunde zusammenkommen?«

»Dass sie nicht allein waren.« Sie macht eine Pause. »Manchmal habe ich zum Fenster rausgesehen, natürlich ohne das Licht in meinem Zimmer anzumachen, und dann konnte ich beobachten, was draußen los war …«

»Und was war da los?«

»Diese ›Freunde‹, wie du gesagt hast, hatten Mädchen dabei.«

»Prostituierte?«

»Mädchen«, erwidert Paula mit Nachdruck. »Manche waren jünger als ich … und ich war damals zwanzig. Außerdem …«

»Außerdem was?«

»Ich habe gesehen, wie die Mädchen ausgestiegen sind, sie haben geschwankt, und die Männer haben sie begrapscht und Witze gerissen. Ich bin mir sicher, die hatten sie mit Drogen vollgepumpt.«

»Und wie ging es weiter?«

»Sie haben sie ins Gästehaus gebracht, hinter dem Haus von den Verwaltern. Dann haben sie laute Musik angemacht und die Fenster verschlossen. Ich habe mal gelesen, dass sie es während der Militärdiktatur genauso gemacht haben, wenn sie da jemanden gefoltert haben, haben sie ganz laut das Radio angestellt, damit man die Schreie von den Gefolterten nicht hören konnte.«

»Glaubst du, etwas in der Art ist auch im Gästehaus passiert?«

»Ja.«

»Wie oft ist das vorgekommen?«

»Ich weiß nicht. Oft. Jahrelang. Aber irgendwann wollte ich nichts mehr davon mitkriegen. Ich habe es gehasst. Ich konnte nicht schlafen, wenn ich gehört habe, dass da wieder diese Autos waren, und dazu das Gelächter.«

Sie verstummt.

»Woran denkst du?«

»Dass es manchmal ziemlich unangenehme Folgen hat, wenn man erwachsen wird.«

»Das verstehe ich nicht.«

»Ungefähr vor einem Jahr habe ich mir schließlich gesagt, dass ich das nicht länger zulassen kann, dass das schlimm ist und dass ich etwas tun muss. Ich habe es einfach nicht mehr ausgehalten, und da habe ich anonym Anzeige erstattet.«

»Und was ist daraufhin passiert?«

Paula seufzt.

»Nichts. Niemand ist erschienen, um der Sache nachzugehen. Aber als mein Vater am Abend nach Hause zurückgekehrt ist, hat er zu mir gesagt, ich soll mit in sein Zimmer kommen, er will mit mir sprechen. Nur mit mir allein. Von wegen sprechen … Als wir in seinem Zimmer waren, hat er kein Wort gesagt. Er hat bloß seinen Gürtel abgeschnallt und damit auf mich eingeprügelt. Das hat er nicht zum ersten Mal getan, aber so schlimm war es noch nie gewesen. Von meinen Schreien sind die Kleinen aufgewacht. Javier ist ins Zimmer gekommen und hat versucht, mich zu verteidigen, der Ärmste. Da ist mein Vater auf ihn losgegangen. Und ich musste mit ansehen, wie er auf ihn eingeschlagen hat, mit so viel Hass … Ich konnte es nicht aushalten. Es hat viel schlimmer wehgetan als davor, als er mich geschlagen hat. Da habe ich ihn angefleht, er soll aufhören, und ich habe gesagt, ich würde mich nie wieder in seine Sachen einmischen und alles tun, was er will, wenn er bloß meine Geschwister in Ruhe lässt.« Sie weint. »Und das habe ich dann auch gemacht, von dem Tag an habe ich immer so getan, als würde ich nichts mitbekommen, wenn wieder die Autos und das Gelächter zu hören waren. Dafür habe ich mir Stöpsel in die Ohren gesteckt und eine Schlaftablette genommen.«

»Und Camila? Was war in der Nacht mit Camila? Was hat sie gemacht?«

»Camila ist ein ganz besonderes Kind. Sie spricht wenig, und sie lebt nur für ihre Musik und ihre Bücher. Ich nehme an, auf ihre Art versucht auch sie, mit dem Tod unserer Mutter fertigzuwerden. Ganz ist sie aber nie darüber hinweggekommen, glaube ich. An dem Abend ist sie jedenfalls an der Türschwelle stehen geblieben. Sie hat alles gesehen, aber nichts gesagt. Ich werde nie vergessen, wie sie mich damals angeschaut hat. Ich habe versucht, meinen Vater zu besänftigen, und Javier kauerte weinend auf dem Boden. Da habe ich Camila angesehen, und sie hat mich mit den Augen durchbohrt. Das habe ich nicht ausgehalten, und so habe ich zu Boden geblickt.«

»Warum?«

»Weil ich mich geschämt habe.«

»Warum geschämt?«

»Weil ich gesehen habe, dass sie keine Angst hat. Sie hat mich nicht erschrocken angeschaut, sondern voller Mitleid. Und da habe ich verstanden, was ihr Blick mir sagen wollte.«

»Und was wollte Camilas Blick dir sagen?«

Paula kneift die Augen zu und holt tief Luft, bevor sie sagt: »Es reicht!«

6

Luciana öffnet den Schrank mit den Krankenakten von Doktor Rasseris Patienten. Ihre Beine zittern, und der Puls rast. Was macht sie da eigentlich? Ist sie verrückt geworden? Käme Rasseri in diesem Augenblick ins Zimmer, würde er sie nicht nur sofort entlassen, er könnte sie auch wegen Dokumentenmissbrauchs anzeigen. Und mit ihrer Karriere wäre es für immer vorbei.

Sie ist eine intelligente Frau und hat stets darauf geachtet, Berufliches und Persönliches auseinanderzuhalten. Aber diesmal geht es, warum auch immer, mit ihr durch. Fieberhaft sucht sie in den Akten, bis sie auf die richtige stößt. Schon an ihrem Umfang ist sie leicht zu erkennen. So dick wird eine Akte nur, wenn jemand lange und intensiv in Behandlung ist. Sie einfach mitnehmen oder einzelne Seiten herausreißen kann und will sie jedoch keinesfalls.

Sie überlegt. Die Leiche wurde vor mehreren Wochen gefunden. Zu diesem Zeitpunkt war der Ermordete nach Auskunft der Gerichtsmediziner seit sechs bis acht Monaten tot. Für alle Fälle – auch Spezialisten können sich irren – dehnt sie den Zeitraum etwas aus, das heißt, sie wird alles durchsehen, was zwischen den letzten fünf bis zehn Monaten in die Akte aufgenommen worden ist.

Etwas fällt ihr auf: Die Eintragungen aus der Zeit danach und bis zum Auffinden der Leiche sind kurz und erwähnen so gut wie keine Veränderungen. Als hätte der Kranke sich in den Wochen vor der letzten großen Krise und dem

Selbstmordversuch in einem ziemlich stabilen, ja deutlich gebesserten Zustand befunden. Aber sie ist nicht hier, um irgendwelche Schlüsse zu ziehen, vor allem jedoch hat sie im Augenblick überhaupt keine Zeit dafür. Hastig fotokopiert sie alle infrage kommenden Seiten auf Rasseris Drucker.

»Mist«, sagt sie zu sich, »muss der so laut sein?«

Auch wenn jede einzelne Kopie eine Ewigkeit zu dauern scheint, ist sie nach wenigen Minuten fertig. Anschließend stellt sie die Akte wieder an ihren Platz und verlässt das Büro.

Auf dem Weg zu ihrem Zimmer geht sie schneller, als sie eigentlich möchte. Dort angekommen, steckt sie die kopierten Blätter in einen Umschlag, verschließt diesen und schreibt darauf: »Ich bin verrückt geworden.«

Dann steckt sie ihn in ihre Handtasche und zieht den Reißverschluss zu. Fertig, das war's. Jetzt muss sie bloß die Fassung wiedergewinnen und abwarten, bis auch dieser Arbeitstag zu Ende ist und sie die Klinik verlassen kann.

Aber die tickende Zeitbombe in ihrer Handtasche hindert sie daran, sich auf irgendetwas zu konzentrieren. Sie überlegt, ob sie auf die Toilette gehen soll. Da sie eine Frau ist – wenigstens dafür ist das ein Vorteil –, wird niemand sich etwas dabei denken, wenn sie ihre Handtasche mitnimmt. Dort braucht sie den Umschlag samt Inhalt nur in kleine Fetzen zu zerreißen, in die Toilette zu werfen und auf die Spülung zu drücken. Auf Nimmerwiedersehen. Kein Mensch wird von ihrer Wahnattacke jemals erfahren. Aber das wäre natürlich Quatsch. Sie kann allerdings nicht eine Sekunde länger in ihrem Büro bleiben – sie muss diesen Umschlag so schnell wie möglich loswerden. Genau besehen ist sein Bestimmungsort gar nicht weit entfernt, die Fahrt dorthin dauert gerade einmal ein paar Minuten.

Rasseri ist vorläufig nicht erschienen, vielleicht braucht er auch noch eine Weile. Normalerweise gibt er ihr, was das betrifft, nie Bescheid. Aber auch wenn er vor ihrer Rückkehr eintrifft, kann sie ihm mühelos eine Ausrede präsentieren – eine dringende Erledigung zum Beispiel auf der Bank.

Sie zieht den Mantel an und macht sich auf den Weg in die Tiefgarage. Als sie den Wagen öffnen will, rutscht ihr der Schlüsselbund aus der Hand. Sie ist sehr nervös, und ihre Hände schwitzen. Dass sie keine geborene Spionin ist, ist offensichtlich.

Endlich kann sie einsteigen. Hastig fährt sie los. An der Ecke glaubt sie, Rasseris Auto aus der Gegenrichtung ankommen zu sehen. Sie versucht, sich zu entspannen – in ihrem jetzigen Zustand sehen alle Autos so aus wie das ihres Vorgesetzten.

7

»Paula hat immer getan, was sie konnte, und Javier war nie imstande, irgendetwas zu tun bis auf die eine Nacht ...«

Klare Worte. Vorgebracht, ohne den Blick abzuwenden. Camila spricht sie aus wie eine schmerzhafte Wahrheit, an der kein Weg vorbeiführt. Er würde ihr gerne eine Frage zu dem stellen, was sie zuletzt gesagt hat, aber noch ist es nicht so weit.

»Hast du dich da nicht ein bisschen schutzlos gefühlt?«

»Und wie, aber was hätte ich denn tun sollen? Mama war tot, Javier war manchmal ein liebevoller Begleiter, manchmal aber auch nur ein weinendes oder schreiendes Nervenbündel, das nachts im Haus umherlief. Die meiste Zeit vegetierte er jedoch bloß dahin, ohne etwas von seiner Umgebung mitzubekommen. Und Paula ... Sie hat immer versucht, sich um uns zu kümmern, und ich werde ihr wahrscheinlich mein Leben lang für all das dankbar sein, was sie für uns getan oder zumindest zu tun versucht hat.«

»Hast du das Gefühl, du bist ihr etwas schuldig?«

»Nein, das nicht mehr.«

»Und was ist mit deinem Vater?«

»Ich habe schon gesagt, dass ich über ihn nicht sprechen möchte.«

»Dann sprich über dich. Erzähl mir, wie es dir damals mit ihm ging, und auch wie es dir heute mit ihm geht.«

Camila antwortet nicht. Sie wendet sich dem Fenster zu und sieht hinaus. Sie braucht offensichtlich Zeit, die Pablo ihr selbstverständlich lässt. Unbewusst hat sie dafür gesorgt, dass es ist, als läge sie wie in Pablos Behandlungszimmer auf der Couch, denn sie kehrt ihm den Rücken zu, als sie nun mit ins Leere starrenden Augen zu sprechen beginnt.

»Ich habe nie verstanden, warum meine Mutter ihn so geliebt hat. Sie wollte, dass ich ihn auch lieb habe, aber ich konnte nicht. Sie hat mir viel über ihn erzählt, aber ich habe bald gemerkt, dass sie nicht die Wahrheit sagt. Sie hat nicht über meinen Vater gesprochen, sondern über jemanden, den sie bloß für mich erfunden hat. Sie hat erzählt, wie sie sich kennengelernt und sich ineinander verliebt haben und wie sie dann ein gemeinsames Leben begonnen haben, und in diesen Erzählungen war mein Vater ein guter, zärtlicher, verständnisvoller Mensch. Ein Mann, der sie liebte und dem seine Familie am Herzen lag... Aber das waren lauter Lügen, eins der schönen bunten Bilder, die Mama immer gemalt hat und mit denen sie bloß die düstere Wahrheit verdecken wollte.«

Pablo sitzt reglos da. Er will Camila auf keinen Fall unterbrechen. Paula hatte recht: Er hat es mit einer Erwachsenen zu tun, die Art, wie sie sich ausdrückt und die Dinge analysiert, passt nicht zu einem Kind, in keiner Weise. Und trotzdem ist sie ein Kind, das darf er nicht vergessen.

»Kennst du den italienischen Film *Das Leben ist schön*?«

»Ja.«

»So ähnlich hat meine Mutter es mit mir gemacht, sie hat versucht, mir einzureden, dass alles um uns herum bloß eine Art Märchen ist.«

»Aber den Menschenfresser aus dem Märchen hat es in eurem Fall tatsächlich gegeben, stimmt's?«

»Ja, er war ganz in unserer Nähe.«

»Der Menschenfresser war dein Vater.«

»Als sie noch gelebt hat, hat das Ungeheuer sich einigermaßen zurückgehalten. Nur nachts ist es manchmal ausgerissen. Was genau dann vorging, habe ich nicht gewusst, aber ich habe gemerkt, dass etwas nicht stimmt, denn meine Mutter hat jedes Mal ganz laut Musik angemacht und bei mir im Zimmer den Tisch gedeckt, und dann haben wir zusammen gegessen und gespielt und sind die ganze Zeit nicht rausgegangen. Und weißt du, was mir dabei immer aufgefallen ist?«

»Nein.«

»Eigentlich war das ja genau das, wovon ich die ganze Zeit geträumt habe, aber wenn es dann wieder einmal so weit war, war ich kein bisschen glücklich. Irgendwie habe ich gespürt, dass etwas nicht stimmt, die Musik von Mozart oder Beethoven, das war in solchen Nächten nichts Schönes, sondern bloß Krach, mit dem andere Geräusche überdeckt werden sollten.«

»Geräusche, die du nicht hören solltest.«

Camila nickt.

»Und deine Geschwister, waren die auch bei euch im Zimmer?«

Als einzige Antwort auf diese Frage folgt völlige Stille. Pablo merkt, dass Camilas Atmung verkrampft. Offensichtlich kämpft sie mit den Erinnerungen.

Beim erneuten Durchleben traumatischer Augenblicke kommt es oft vor, dass die Dinge auf einmal eine ganz neue Bedeutung annehmen und sogar scheinbar Offensichtliches rätselhaft wirkt. Die richtige Frage, selbst wenn sie ein wenig aufs Geratewohl formuliert worden ist, kann in solchen Momenten helfen, einen ersten Spalt in der Mauer zu öffnen, die die Verdrängung errichtet hat.

Diesmal beschließt Pablo, die Gelegenheit nicht ungenutzt verstreichen zu lassen.

»Camila, waren deine Geschwister bei euch oder nicht?«

»Ich weiß nicht.«

Pablo kennt solche Situationen, er kann förmlich spüren, was in seinem Gegenüber vor sich geht. Er kommt sich dabei jedes Mal wie ein Kapitän vor, der mit seinem Schiff auf eine riesige Welle zusteuert, eine gewaltige Wand aus Wasser, die gleich über ihn hereinbrechen wird, und er weiß, es gibt kein Zurück. Also holt er tief Luft, ergreift mit aller Kraft das Steuer und geht zum Angriff über.

»Doch, du weißt es.«

Camila fährt herum und durchbohrt ihn mit ihrem Blick.

»Soll das heißen, ich lüge?«

Sie versucht, trotz allem gelassen zu wirken.

»Nein. Es heißt nur, dass du es weißt. Auch wenn du dich nicht daran erinnern kannst – ich weiß, dass du es weißt«, sagt Pablo und hält ihrem Blick stand. »Und ich glaube, du würdest gerne mit mir darüber sprechen, oder täusche ich mich?«

Camilas Augen werden rot vor Wut, Überraschung und Angst. Tränen treten ihr in die Augen. Wieder wendet sie sich dem Fenster zu, diesmal ganz langsam. Pablo betrachtet sie aufmerksam. Eine Minute verstreicht, zwei, bis die mühsam errichtete Festung schließlich in sich zusammenbricht.

Mit einem herzzerreißenden Schrei lässt sie sich in den Stuhl fallen, legt den Kopf auf den Tisch und beginnt, verzweifelt zu schluchzen. Von Weinkrämpfen geschüttelt durchwühlt sie ihr Haar.

Da ist endlich das wehrlose und verängstigte dreizehnjährige Mädchen. Pablo würde am liebsten den Arm um sie legen, aber nicht jetzt.

Weine, Camila, sagt er sich, weine, lass alles raus.

8

Bermúdez kann seinen Ärger nicht verbergen.

»Sind Sie sicher?«

Wachtmeister Gerónimo López merkt, dass sein Chef wütender ist als bei ähnlichen Gelegenheiten. Normalerweise verliert er die Fassung nicht, weshalb López so behutsam vorgeht wie irgend möglich.

»Jawohl.«

»Verdammte Scheiße, der Typ ist ja wirklich komplett bescheuert.«

»Jawohl.«

»Und wie ist er dort hingekommen?«

»Im Taxi. Es steht vor der Tür, ich nehme an, der Fahrer wartet auf ihn.«

»Ist er schon lange drin?«

»Jawohl.«

»Jawohl, jawohl – *wie lange*, will ich wissen, verdammt!«

»Seit ungefähr drei Stunden.«

Bermúdez überlegt.

»Also, López, wir machen es so. Sie warten dort, bis der Kerl rauskommt, und dann folgen Sie ihm unauffällig. Aber stellen Sie sich bloß nicht wieder so dämlich an, klar? Unauffällig, hab ich gesagt!«

»Keine Sorge.«

»Gut. Wenn er zu sich nach Hause fährt, parken Sie dort ganz in der Nähe und rühren sich nicht vom Fleck. Und immer schön den Eingang im Auge behalten, kapiert?«

»Jawohl.«

»Na gut. Wenn er aber woandershin fährt, geben Sie mir sofort Bescheid.«

»Alles klar.«

Bermúdez beendet das Gespräch. Er weiß, dass er schnell handeln muss, bevor es zu spät ist.

»Wo hab ich denn die Nummer hin, verdammt?«, sagt er, während er die Schreibtischschublade durchwühlt. »So ein Scheiß, ich glaub's nicht.«

Als er den gesuchten Zettel endlich gefunden hat, wählt er die Nummer, die darauf steht.

»Herrgott nochmal, was für ein Schwachkopf.«

9

Seit zehn Minuten sitzt sie jetzt schon da und weint. Und die ganze Zeit über löst in ihrem Kopf unaufhörlich ein Bild jener Nächte das andere ab. Sie sieht sich und ihre Mutter, sie spielen zusammen, essen oder malen, und dazu erklingt eins der Lieblingsstücke der Mutter, Beethovens *Kreutzer-Sonate*. Doch obwohl das Ganze einen so festlichen Eindruck macht, ist die Erinnerung in Wirklichkeit alles andere als angenehm, im Gegenteil, Camila kann die Angst noch immer deutlich spüren.

Das Gesicht der Mutter ist angespannt, und alles, was sie tut, wirkt falsch, gespielt – glücklich ist sie auf jeden Fall nicht. Camila weiß, dass da draußen etwas vor sich geht, nur was es ist, kann sie nicht sagen.

»Diese Nächte waren unendlich lang«, sagt sie mit zitternder Stimme, »Mama hat versucht, mich abzulenken, so gut es ging, und ich habe so getan, als fände ich das alles wunderbar.«

»Aber das stimmte nicht.«

»Nein. Ich habe gewusst, dass irgendwas passiert, aber was genau, war mir nicht klar. Ich wusste bloß, dass es etwas Schlechtes ist. Alles im Haus war auf einmal anders als sonst, die Geräusche, die Gerüche... Mama ist dann jedes Mal plötzlich mit mir in mein Zimmer gegangen. ›Komm, wir spielen‹, hat sie gesagt. Aber von wegen spielen – ich habe mich dort wie eingeschlossen gefühlt. Als hätten wir uns in eine Art Festung zurückgezogen. Ich habe so was Ähnliches mal in einem Film gesehen, ich glaube, man nennt das...«

»Panikraum.«

»Ja, genau«, sagt Camila, »mein Zimmer war auf einmal der Panikraum. Und draußen war alles finster und bedrohlich.«

»Und drinnen war die Angst.«

Sie sieht Pablo an.

»Ja.«

»Und auf welcher Seite der Zimmertür waren deine Geschwister?«

Camila denkt einen Augenblick nach. Wieder treten ihr Tränen in die Augen, und ihre Stimme bebt.

»Ich sehe undeutlich vor mir, wie Javier irgendwo in einer Ecke herumtaumelt, er sagt kein Wort und starrt ins Leere, und in seinem Kopf scheint es genauso leer zu sein. Auch das macht mir Angst.«

»Javier so zu sehen?«

»Ja, es war, als würde ich ihn überhaupt nicht kennen, als wäre er gar nicht mein Bruder ... beziehungsweise ...«

»Was?«

»Als wäre er gar kein richtiger Mensch.«

Pablo weiß, was sie meint. Er kennt solche Augenblicke, wenn einer seiner Patienten den Bezug zur Wirklichkeit verliert. Das hat er schon oft miterlebt, und auch er als Analytiker hat mit der Angst fertigwerden müssen, die einen dann befällt. Und wenn man sich schon als Psychologe schwer damit tut, wie muss es erst für ein kleines Mädchen sein, das mit seiner verzweifelten Mutter und einem völlig abwesenden Bruder in einem Panikraum eingeschlossen ist?

Aber was hat ihre Mutter dazu gebracht, ihren Kindern so etwas zuzumuten? Pablo glaubt, die Antwort zu kennen. Doch darauf kommt es jetzt nicht an, wirklich wichtig ist, was Camila darüber zu erzählen hat.

»Und Paula?«

Camila schüttelt den Kopf. »Nein, sie war nicht bei uns. Sie war ja schon älter. Ich nehme an, sie ist lieber zu einer Freundin gegangen oder hat bei Francisca übernachtet. Francisca hat sich sehr um sie gekümmert, Paula war immer ihr Liebling.«

»Das heißt, deine Mutter und Francisca haben beide auf euch aufgepasst und sich die Arbeit aufgeteilt.«

»Ja.«

»Und auf euch aufpassen mussten sie wahrscheinlich vor allem wegen deinem Vater, oder?«

»Ja.«

»Warum?«

»Darüber habe ich nie gesprochen. Nicht mal mit mir selbst. Verstehst du, was ich meine?«

»Ja.«

Die Tür des Panikraums öffnet sich, und Camila fängt an, sich an Dinge zu erinnern, die sie wusste, selbst wenn es ihr bis jetzt unmöglich war, auch nur daran zu denken.

»Ich glaube, damals wusste ich, was draußen passierte, auch wenn ich es nicht hätte benennen können.«

»Und was passierte da? Vielleicht hast du ja jetzt, wo du älter bist, die nötigen Worte dafür.«

Camila seufzt.

»Mein Vater war ein schlechter Mensch.« Sie unterbricht sich. »Es ist schrecklich, mich so etwas sagen zu hören.«

»Du bist nicht schuld daran, dass es so war.«

Sie atmet tief durch.

»Ich weiß, dass er viele schlechte Sachen getan hat.«

»Zum Beispiel?«

Sie überlegt und nimmt alle Kraft zusammen, um weitersprechen zu können.

»Ich weiß, dass er die anderen aus der Familie geschlagen hat.«

»Wen?«

»Vor allem Paula und Javier. Aber Mama, glaube ich, auch. Obwohl mir das mehr mein Gefühl sagt als meine Erinnerung. Ich war ja noch so klein, als sie gestorben ist.«

»Und was war mit dir?«

Camila sieht auf und blickt ihn ernst und entschlossen an.

»Mich hätte er niemals angerührt.«

»Allerdings musste deine Mutter dich einsperren, wenn er gewalttätig wurde.«

»Ja.«

»Und nach dem Tod deiner Mutter?«

Sie überlegt.

»Nach dem Tod meiner Mutter habe ich ihr Atelier zu meinem Arbeitszimmer gemacht.«

Pablo sieht sie erstaunt an.

»Hat deine Mutter in diesem Zimmer hier gemalt?«

»Ja. Allerdings sind aus der Zeit sozusagen bloß noch die Wände übrig, alles andere, die Möbel, der Teppich, die Lampen, wurde erneuert, damit ich hier üben kann.«

Pablo sagt nach kurzem Zögern:

»Das heißt, du hast das hier gewissermaßen zu deinem eigenen Panikraum gemacht …«

Sie lächelt.

»Daran hatte ich noch gar nicht gedacht, aber ich glaube, du hast recht. Vielleicht bin ich deshalb auch fast die ganze Zeit hier, so viel Angst wie früher in meinem Zimmer mit Mama habe ich in diesem Raum aber nicht.«

Die Musik trägt sicherlich ihren Teil dazu bei, sagt sich Pablo. Sublimierung, wie man das in der Psychologie nennt.

»Auch wenn es, wie du sagst, offenbar nicht viel genützt

hat, hat deine Mutter auf jeden Fall versucht, dir zu helfen, so gut sie konnte.«

Camila sieht ihn an. »Glaubst du?«

Die Frage überrascht ihn. Eigentlich wollte er ihr die Gestalt einer Beschützerin vor Augen führen, aber herausgekommen ist etwas anderes. Er weiß noch nicht genau, was, doch er hat das Gefühl, die uneingeschränkte Bewunderung, die Camila ihrer Mutter bis dahin entgegengebracht hat, hat Risse bekommen. Warum, weiß Pablo ebenfalls nicht, aber es gibt nur eine Art, es herauszufinden:

»Ich weiß nicht. Sag doch mal, was du glaubst.«

Die Angst kehrt zurück. Sie unterhalten sich jetzt schon seit mehreren Stunden, und eigentlich denkt Pablo, dass es erst einmal genug ist, andererseits kann und will er nicht ausgerechnet jetzt aufhören und die Sache so stehen lassen. Nicht im Fall eines Mädchens wie Camila, die offensichtlich ganz und gar allein entscheidet, wann es zu viel für sie wird.

Vorläufig sagt sie kein Wort. Aber Pablo kann förmlich sehen, wie es in ihr brodelt.

Bis jetzt war die Erinnerung an die »gute Mutter« ihre einzige Zuflucht, und sie weigert sich, sich davon zu verabschieden. Zweifellos hat sie Angst, wie es ihr ohne diese, wenn auch eingebildete, Sicherheit gehen wird, ohne die Vorstellung, ihre Mutter habe sie gegen die Willkür des allmächtigen Vaters verteidigt.

Pablo begreift, dass sie jetzt nicht darüber sprechen kann, und probiert deshalb etwas anderes. Sich mit Camila zu unterhalten ist tatsächlich, als ob man sich mit einem Erwachsenen unterhalten würde, aber eben doch nur »als ob«. Sie ist trotzdem immer noch ein Kind. Warum nicht, also?

Er sieht sie an und fragt lächelnd:

»Wollen wir spielen?«

Jetzt ist sie diejenige, die sich wundert:

»Was?«

»Ob wir spielen wollen?«

»Ich verstehe dich nicht.«

»Das ist gar nicht so schwer. Wir haben uns jetzt so lange unterhalten, ich brauche eine kleine Pause, eine Ablenkung. Hast du Lust?«

So geht man oft bei der Arbeit mit Kindern vor. Der Analytiker übernimmt die Aufgabe, das in Worte zu fassen, was der Patient gerade fühlt, aber nicht sagen kann. Pablo ist kein Spezialist für Kinderpsychologie, aber in diesem Fall muss er alle zur Verfügung stehenden Register ziehen.

»Bist du nicht schon ein bisschen alt zum Spielen?«

»Zum Spielen ist man nie zu alt. Man darf sich bloß nicht genieren, aber mit dir zusammen schaffe ich das.«

Camila lacht.

»Gut. Was möchtest du denn spielen?«

»Das überlass ich dir.«

Er sieht sie fröhlich an und tut so, als fände er das alles sehr amüsant, innerlich spürt er aber, wie gespannt er auf Camilas Entscheidung ist.

»Sollen wir Verstecken spielen?«

Er wusste es. Da ist er wieder, dieser geheimnisvolle Mechanismus, der einen Analytiker oftmals die Antwort seines Patienten erahnen lässt.

Seltsam, wie das Wort im analytischen Prozess funktioniert. Manchmal lässt es sich weder eindeutig dem Patienten noch dem Analytiker zuordnen, sondern taucht wie von selbst auf und öffnet den von beiden geteilten Raum, den sie ab sofort gemeinsam in Besitz nehmen, um auf einmal Dinge zu sagen und zu begreifen, die auf andere Weise für immer unverständlich bleiben würden.

Die Psychologie hat unseren Alltag längst so sehr durchdrungen, dass Begriffe wie »Freud'scher Versprecher«, »Fehlleistung«, »Hysterie« oder »das Unbewusste« in den allgemeinen Sprachgebrauch eingegangen sind. Trotzdem wissen nur die Analytiker und ihre Patienten, dass das Unbewusste nicht ausschließlicher Besitz eines Einzelnen ist, sondern ein beiden gemeinsames Feld bildet, das in bestimmten Augenblicken offenbar wird. Es stellt eine »Verknüpfung« zwischen ihnen dar, wie jemand es einmal genannt hat. Und mithilfe dieser Verknüpfung hat Pablo Camilas Antwort vorhergesehen.

Die Karten liegen bereit, sie brauchen bloß noch damit zu spielen.

10

»99, 100.«

Pablo hört auf zu zählen und nimmt die Hände vom Gesicht. Die »Anschlagstelle«, die Camila ausgesucht hat, befindet sich draußen vor dem Haus, an der Wand unter dem Vordach. Er beschließt, ihr noch eine Minute Zeit zu lassen, um sich zu verstecken, und bleibt so lange schweigend stehen. Links von ihm ist Camilas Schaukelstuhl, der früher Victoria gehört hat. Jetzt dreht er sich um und hat den Park vor sich, der das Haus umgibt.

In ungefähr dreihundert Metern Entfernung, jenseits des Tors, sieht er das Taxi, das schon seit mehreren Stunden auf ihn wartet. Er macht sich auf die Suche. Er weiß, dass Camila ins Haus gegangen ist, und er sagt sich, dass sie ihn wahrscheinlich von dort aus beobachtet, aber er nutzt die Gelegenheit, um zunächst eine Weile das Gelände zu erkunden.

Das Haus, in dem Francisca wohnt, ist ungefähr dreißig Meter vom Haupthaus entfernt, es handelt sich um ein kleines, sehr gepflegt wirkendes Gebäude. Die Fenster sind offen, und durch die Moskitogitter kann man hineinsehen. Offenbar ist niemand da. Auf einmal erscheint ein großer Hund und nähert sich Pablo misstrauisch.

Etwas weiter abseits steht hinter einer Kieferngruppe noch ein Gebäude. Pablo geht darauf zu. Der Hund folgt ihm in sicherem Abstand. Als Pablo davorsteht, stellt er fest, dass es wesentlich luxuriöser ist als das Haus Franciscas. Zugleich wirkt es zwar ebenfalls sehr gepflegt, doch unbewohnt. Pablo geht zur nahe gelegenen Grillstelle, wo auch ein großer Back-ofen steht, in den er hineinsieht.

Camila lacht, als sie feststellt, dass Pablo in so großer Entfernung nach ihr sucht. Sie beobachtet, wie er einmal um den Ofen herumgeht und sich erst dann auf den Weg ins Haupt-haus macht, wo sie sich befindet.

Sie ist aufgeregt wegen des Spiels. Schon lange hat niemand mehr mit ihr gespielt. Weil sie ein »Wunderkind« ist, haben alle die Vorstellung, sie sei eigentlich schon erwachsen, aber Camila selbst ist nur zu klar, dass das nicht stimmt. Nur sie weiß, dass sie sich nachts im dunklen Zimmer verängstigt die Decke über den Kopf zieht, oder wie sehr sie sich manchmal fürchtet, wenn sie allein in der Küche des riesigen Hauses sitzt und frühstückt.

Oft befallen sie Vorstellungen von Gefahren und schrecklichen Ereignissen, die fast unkontrollierbare Ängste in ihr auslösen können. Aber jetzt spielt sie ja bloß. Nach so vielen Jahren.

Als sie sieht, dass Pablo nur noch ein kleines Stück vom Eingang entfernt ist, macht sie sich rasch auf den Weg in ihr Versteck. Sie ist vergnügt und gleichzeitig völlig gelassen – bis etwas dem Spaß ein abruptes Ende bereitet: das Geräusch der Haustür.

Es ist ihr tief vertraut mit seinem schrecklichen Knarren, das sie früher oft dazu brachte, ins Arbeitszimmer oder in ihr Bett zu flüchten.

Als sie hört, wie das Moskitogitter gegen den Türrahmen schlägt, ergreift sie Panik. Es reicht, sie will nicht mehr spielen. Aber sie bringt kein Wort heraus. Ihr Herz klopft wie wild. Sie muss sich unbedingt verstecken, das ist jetzt kein Spiel mehr. Es geht um Leben oder Tod, weshalb sie auf Zehenspitzen eins der Zimmer betritt. Als sie plötzlich die Stimme hört, bleibt sie wie gelähmt stehen.

»Camila, ich bin schon ganz in deiner Nähe … Gleich hab ich dich.«

Ein Schauer läuft ihr über den Rücken, und in ihrem Inneren löst sich etwas. Plötzlich merkt sie, dass es ihr warm die Beine hinabrinnt. Erschrocken stellt sie fest, dass ihre Blase sich entleert hat.

Verzweifelt versucht sie, sich wieder in den Griff zu bekommen, aber es ist zu spät. Mit letzter Kraft flüchtet sie in ihr Versteck, wo sie sich, genau wie früher, wünscht, dass alles nur ein böser Traum sei.

»Camila, ich bin schon ganz in deiner Nähe … Gleich hab ich dich«, ruft Pablo scherzend.

Er durchquert die Eingangshalle und steuert die Küche an.

»Wo bist du? Hier?« Pablo verrückt absichtlich laut einen Stuhl, damit sie erraten kann, wo er sich gerade befindet. »Hm, hier also nicht … Aber ich bin schon ganz nahe, gleich hab ich dich …«, sagt er, wieder betont lustig, doch ohne zu wissen, dass Camila sich im selben Augenblick verzweifelt ein Kissen aufs Gesicht presst, um ihren Schrei zu ersticken.

Die Stimme bedroht sie: *Gleich hab ich dich … Gleich hab ich dich …* Jahrelang ist sie ihr entkommen, aber diesmal, das spürt sie, wird ihr das nicht gelingen. Sie weiß, dass sie allein im Haus ist. Francisca ist irgendwo draußen unterwegs, Paula ist in ihrer Wohnung in Buenos Aires, Hipólito schläft seinen Rausch aus wie immer, und Javier … Javier war noch nie imstande, ihnen zu helfen, bis auf die eine Nacht. Doch jetzt ist die Stimme wieder da, und Camila ist allein. Verzweifelt macht sie sich ganz klein, aber sie weiß, dass das nichts nützt. Über kurz oder lang wird die Stimme sie finden.

Pablo betritt Camilas Arbeitszimmer, doch zu seiner Überraschung ist sie nicht dort, obwohl dies schon so lange ihr Zufluchtsort ist. Vielleicht hat er etwas falsch interpretiert. Er ist eben als Psychologe nicht auf die Arbeit mit Kindern spezialisiert, da kann ihm schon mal ein Fehler unterlaufen. Trotzdem war er sich ganz sicher, dass sie sich dort verstecken würde. Er hatte auch schon die Erklärung vorbereitet, die er ihr geben wollte.

Bei diesem Gedanken ärgert er sich über sich selbst. Er weiß doch, dass die Psychoanalyse so nicht funktioniert, nicht mit vorgefertigten Handlungsmodellen. Er muss sich entspannen ... die Aufmerksamkeit frei fließen lassen ... nur so geht es, seinen Verstand von sich aus, ohne bewusste Einflussnahme, darauf kommen lassen, was mit Camila los ist. Aber dafür muss er sie zunächst einmal finden.

Er hatte angenommen, dass sie es so einrichten würde, dass er sie schnell entdeckt, letztlich ist sie ja doch schon ein Teenager, und da kann ihr nicht allzu viel daran gelegen sein, ein solches Spiel übermäßig auszudehnen. Hatte er jedenfalls angenommen ...

Plötzlich bleibt er stehen, von einer blitzartigen Erkenntnis getroffen. Wie konnte er nur – er hat beim Suchen die junge Heranwachsende vor sich gesehen, deshalb hat er erwartet, sie in ihrem Arbeitszimmer anzutreffen, an ihrem jetzigen Zufluchtsort. Aber bei diesem Spiel ist Camila noch gar kein dreizehnjähriger Teenager, er muss nach der anderen Camila suchen, nach dem kleinen Mädchen aus jenen schrecklichen Nächten.

Und gleich darauf ist ihm klar – so klar, wie es nur durch

den geheimnisvollen Mechanismus der Übertragung möglich wird –, wo Camila sich versteckt hat. Er wird ernst. Wenn er richtigliegt, hat das Spiel eine unerwartete Tiefe erreicht. Im selben Augenblick hat er das Gefühl, es im Inneren dieses Hauses kaum noch auszuhalten, und gleich darauf kann er auf einmal in aller Klarheit nachempfinden, was es bedeutet, in dieser Hölle zu leben. Und wie verzweifelt Camila in diesem Moment sein muss. Er darf keine Zeit mehr verlieren. Er muss sie sofort finden und ihr helfen.

»Camila«, ruft er, »ich komme.«

Und rennt zum Panikraum ihrer Kindheit.

»Camila, ich komme«, ruft die Stimme, und in ihrem schmerzlichen Versteck begreift Camila, dass es endgültig vorbei ist.

11

Sie starrt unverwandt in Richtung Tür und sieht jetzt, wie die Klinke sich bewegt und sachte die Tür aufgeht. Von ihrem Versteck aus kann sie auch die Schuhe des Mannes sehen, der ihr Zimmer betritt. Er geht ohne Hast, offensichtlich ist er sich seiner Sache ganz sicher.

Camila hat immer gewusst, dass dieser Augenblick irgendwann kommen würde, trotzdem reagiert sie völlig hilflos. Stöhnend presst sie sich das Kissen aufs Gesicht, krümmt sich zusammen und macht sich so klein, wie es nur geht. Dann fängt sie an, haltlos zu schluchzen wie jemand, der weiß, dass ihm jeder Ausweg versperrt ist.

Es ist so weit. So lange schon ist sie auf der Flucht, hat alles gegeben und unendlich viel Angst durchlitten, und trotzdem hat die Stimme sie gefunden. Jetzt ist sie dem Grauen unmittelbar ausgeliefert.

Genau das war sein Irrtum: Er hat geglaubt, auf der Suche nach der frühreifen Dreizehnjährigen zu sein. Aber so war es nicht, das Spiel hat Camila in ihre frühe Kindheit zurückversetzt, in die Nächte, in denen alle Gefahr von ihrem Vater ausging, der mit dämonischer Macht das gesamte Haus in Besitz nahm.

Ihre Mutter hat damals versucht, auf ihre – ungeschickte – Weise entgegenzuhalten. Um Camila zu schützen, hat sie laute Musik angemacht und so getan, als wäre alles ein Riesenspaß, sie hat zusammen mit Camila ein lärmendes Picknick veranstaltet und auf diese Weise versucht, die Schreckensschreie von außerhalb des Zimmers, in dem sie eingeschlossen waren, zu überdecken. Und in genau diesem Zimmer muss er jetzt nach ihr suchen, auf einmal ist er sich völlig sicher.

Entschlossen nähert er sich der Festung, in der Camila sich einst mit ihrer Mutter verbarrikadierte. Vor der Tür bleibt er stehen, drückt die Klinke hinunter. Was er im Inneren vorfinden wird, weiß er nicht, er weiß nur, dass er auf alles vorbereitet sein muss.

Vorsichtig öffnet er die Tür und geht hinein. In der Mitte des Zimmers ist eine kleine gelbe Pfütze, ein eindeutiges Zeichen der Angst, die sich hier ausgebreitet hat. Pablo sieht sich um, kann Camila aber nicht entdecken. Doch er weiß, dass sie hier ist.

»Camila«, sagt er sanft, »keine Sorge, Camila, ich bin es, Pablo.«

Aus dem Kleiderschrank, dessen Tür halb offen steht, dringt ein unterdrücktes Stöhnen. Behutsam geht Pablo darauf zu.

»Camila, ich bin es, Pablo«, sagt er noch einmal. Es ist wichtig, dass sie weiß, mit wem sie es zu tun hat. Zweifellos ist sie völlig verwirrt. »Hab keine Angst. Ich mache jetzt die Schranktür auf.«

Aus dem leisen Wimmern wird ein gellender Schrei. Als Pablo die Tür ganz aufgemacht hat, sieht er ein zusammengekrümmtes Bündel vor sich, das auf dem Boden des Schranks liegt und sich an dessen Rückwand presst.

Am liebsten würde er sie einfach herausholen und in die Arme schließen, aber er unterdrückt seinen Impuls. So kann er ihr nicht helfen. Dafür setzt er sich jetzt ungefähr einen Meter vom Schrank entfernt auf den Boden – die Feuchtigkeit stört ihn nicht, wichtig ist in diesem Augenblick nur, dass es ihm gelingt, Camila zu helfen.

Die Tür geht auf, und die Stimme sagt leise:

»Camila, ich bin es.«

Alles in ihrem Kopf dreht sich, und sie hat das Gefühl, sie muss sich gleich übergeben, während sie darauf wartet, dass die Hände, die zu dieser Stimme gehören, nach ihr greifen und sie aus ihrem Versteck zerren, um sie zu schlagen und zu demütigen. Sie weiß, dass die Stimme dazu imstande ist, und nicht nur dazu. Doch die Sekunden verstreichen, und die Stimme spricht immer noch ruhig und sanft, ja fast zärtlich auf sie ein.

»Keine Sorge, Camila, ich bin es, Pablo.«

Pablo ... Pablo ... Der Name dringt wie aus weiter Ferne zu ihr, und die Stimme, die ihn ausspricht, ist nicht die Stimme, vor der sie auf der Flucht ist, im Gegenteil, sie wirkt beschützend und fürsorglich. Doch dorthin zu blicken, von wo diese Stimme zu ihr dringt, wagt sie noch nicht. Pablo spricht unterdessen weiter leise auf sie ein.

»Camila, sieh mich an. Alles ist gut. Ich habe dich gefunden, du bist in Sicherheit. Dir wird nichts passieren, glaub mir.«

Camila überwindet ihre Angst, nimmt das Kissen vom Gesicht und öffnet vorsichtig die Augen. Immer noch fürchtet sie, das Gesicht der Stimme zu erblicken. Ein Gesicht, dem sie immer hat entkommen, das sie nie hat sehen wollen. Endlich jedoch begreift sie, zu wem dieses so gefürchtete Gesicht gehört.

Angestrengt blickt sie in Pablos Richtung. Und dann fängt sie wieder an zu weinen, jetzt jedoch vor Erleichterung.

Aber sieht sie auch wirklich, was sie zu sehen glaubt, oder ist das doch nur wieder eine Maske der Stimme, die sie aus ihrem Versteck locken möchte? Erneut befallen sie Zweifel, aber dafür ist es jetzt zu spät.

Er sieht, wie sie gegen ihre Ängste ankämpft. Und ihm ist klar, dass es jetzt um alles oder nichts geht.

Die größte Herausforderung für ihn als Psychoanalytiker war es immer schon, solche Augenblicke mit seinen Patienten zu teilen. Entscheidend dabei ist es, genau das richtige Maß an Anteilnahme und Zurückhaltung zu finden – er muss dem anderen Halt geben, ohne ihn bei seiner Arbeit an sich selbst einzuschränken. Ihm ist bewusst, dass Camila ihn in diesem Augenblick sieht, aber nicht erkennt. Und wie immer stehen ihm bloß zwei Werkzeuge zur Verfügung: das Sprechen und das Schweigen, und beides versucht er so klug wie möglich einzusetzen. Den Impuls, sie zu beschützen, indem er zu ihr geht und sie in die Arme schließt, unterdrückt er, denn er weiß, dass das nichts nützen würde. Sie muss von allein die Initiative ergreifen und herauskommen, er wird und kann nicht immer da sein, um ihr zu helfen.

Rasch geht er in Gedanken noch einmal alles durch, was sie ihm von jenen Nächten erzählt hat. Ihm ist klar, dass es durch die Übertragung zu einer zweifachen Verwandlung gekommen ist: Zum einen ist für Camila die Vergangenheit zur Gegenwart geworden – in diesem Augenblick *erinnert* sie sich nicht an die entsprechenden Szenen aus ihrer Kindheit, sondern sie *durchlebt* sie erneut, denn, wie Pablo nur zu gut weiß, alles, was man nicht überwunden hat, wiederholt sich. Zum anderen, auch das ist ihm klar, sind für Camila zwei Personen zu einer verschmolzen: Er ist in diesem Augenblick zugleich ihr Vater und ihre Mutter. Was ihre Angst nur noch schlimmer macht, schließlich weiß sie nicht, was sie erwartet, wenn sie aus dem Schrank kommt, der Schutz, den die Mutter ihr geboten hat, oder der Sadismus ihres Vaters. Weshalb Pablo sich von dieser Rolle freimachen und wieder den einzigen Platz einnehmen muss, von dem aus er ihr helfen kann: den des Analytikers.

»Camila, du kannst rauskommen. Ich bin es, Pablo. Ich bin hier, weil du mich gebeten hast, zu kommen und dir zu helfen, und das mache ich auch, wenn du es willst. Wenn du möchtest, kann ich aber auch gehen. Das hängt jetzt ganz von dir ab. Ich werde nichts tun, was du nicht möchtest. Du kannst mir vertrauen.«

Camila schwankt innerlich, das kann Pablo deutlich spüren. Die junge Erwachsene Camila sieht ihn an und will den Versuch wagen, aber das Mädchen Camila hat immer noch Angst, und das hindert sie daran, aus dem Schrank zu kommen. Pablo überlegt, bis ihm plötzlich klar wird, was sie jetzt braucht.

Camilas Mutter hat getan, was sie konnte, das war wenig genug, und gut war es eigentlich nicht. Sie hat geglaubt, sie am besten zu schützen, indem sie ihr Lügen erzählt und eine Welt erfindet, die das Grauen verdeckt und sie von der Wirklichkeit ablenkt. Camila hat das früher schon geahnt und inzwischen ist es ihr vollkommen deutlich, weshalb sie jetzt auf ehrlichen Schutz hofft, der die Wahrheit nicht ausblendet.

Kaum hat Pablo sich das klargemacht, breitet er, immer noch auf dem Boden sitzend, die Arme aus, um Camila einen Ort für all die angestaute Angst anzubieten. Da kommt die kleine Camila, die immer ganz allein gewesen ist, aus ihrem Versteck und wirft sich ihm an die Brust. Pablo umarmt sie sanft und fest zugleich.

Und Camila schluchzt hemmungslos. Da ist es wieder, das vom Grauen gequälte Kind. Pablo hält sie einfach in den Armen und versucht nicht, sie zu beruhigen – sie hat ihren Schmerz lange genug für sich behalten. Seine Aufgabe ist es jetzt, zu schweigen und bei ihr zu sein. Sie hat alles Recht der Welt, ihr Leid zu zeigen.

Eine Stunde danach klingelt bei Paula das Telefon.

»Hallo?«

»Hallo, ich bin's, Pablo. Ich bin bei euch, auf dem Landhaus. Ich glaube, du solltest herkommen.«

»Ist etwas passiert?«, fragt Paula erschrocken.

»Ja. Für Camila war es ein sehr harter Tag, und sie braucht dich. Ich muss gehen, aber ich kann warten, bis du kommst. Ich möchte sie jetzt nicht allein lassen.«

»Du könntest Francisca sagen, dass ...«

»Nein«, unterbricht er sie. »Ich erkläre es dir, wenn du hier bist. Im Augenblick schläft sie, aber wenn sie aufwacht, braucht sie jemanden, der ihr hilft, sie muss sich waschen und umziehen. Ich werde sie nicht anrühren, aber auch Francisca soll das nicht machen. Camila braucht jetzt dich.«

Paula versteht nicht, aber sie hat schon oft Dinge tun müssen, ohne zu verstehen, warum.

»Ich mache mich gleich auf den Weg.«

»Gut, ich warte hier.«

Pablo beendet das Gespräch. Er sitzt am Bettrand, Camila liegt immer noch in seinen Armen. Sie schläft. Offenbar friedlich.

12

Seit fast einer Stunde steht er schon unter der Dusche. Er hat das gebraucht. Das gleichmäßig strömende Wasser befreit ihn von der Anspannung dieses langen Tages. Trotzdem hat er Mühe, die Erinnerung an das angstverzerrte Gesicht Camilas loszuwerden.

Er weiß, dass die Arbeit mit ihr nicht einfach sein wird bei all dem Schrecklichen, was dieses Wunderkind mit sich herumschleppt. Auch sie ist eines der vielen Opfer Roberto Vanussis.

Bei dem bloßen Gedanken an Camilas Vater durchfährt es ihn.

Er dreht das Wasser aus und trocknet sich ab. Der beschlagene Badezimmerspiegel lässt ihn nur ein verzerrtes Abbild erkennen. Als ob Spiegelbilder nicht auch so schon trügerisch genug wären … Jorge Luis Borges hat sich in einer seiner Erzählungen eine Welt ausgedacht, in der die Spiegel auf einmal anfangen, den Dienst zu verweigern, und sich daranmachen, die gewöhnliche Ordnung der Dinge umzukehren, indem sie ihre bisherigen Herren, die Wesen der wirklichen Welt, zwingen, ihren Bewegungen zu folgen. Auch wenn das alles vielleicht bloß Literatur ist – Pablo erkennt jedenfalls in diesem Augenblick sein eigenes Gesicht nicht wieder.

Woraufhin er wie ein verängstigtes Kind rasch die Badezimmertür öffnet und mit einem Handtuch den Spiegel abwischt. Erleichtert atmet er auf, als ihm danach wieder das vertraute Gesicht entgegenblickt. Er ist wirklich immer noch ziemlich durcheinander. Am besten, er nimmt ein Beruhigungsmittel und legt sich schlafen, ja, das wird er gleich tun, doch da…

Er hält den Atem an und lauscht. Bildet er sich das bloß ein, oder hat er in der Küche ein Geräusch gehört? Sein Herz fängt an, wie wild zu klopfen, als er feststellen muss, dass tatsächlich noch jemand in der Wohnung zu sein scheint.

Vorsichtig schlüpft er in seine Hose. Nackt ist er sich schon immer wehrlos und wie ausgeliefert vorgekommen. Er schleicht aus dem Bad. Als er im Flur steht, sieht er sich suchend nach etwas um, womit er sich verteidigen könnte. Irgendwelche Waffen besitzt er nicht, der bloße Gedanke ist ihm unsympathisch, aber da fällt sein Blick auf einen kleinen Eiffelturm aus Eisen, den er von einer Parisreise mitgebracht hat. Er nimmt ihn – besser als nichts. Angesichts der offen stehenden Küchentür ist klar, dass er nicht ungesehen aus der Wohnung entkommen kann. Bleibt ihm also bloß der Überraschungseffekt. Er holt tief Luft und geht, weniger entschlossen als ihm lieb wäre, auf die Küche zu.

Je näher er kommt, desto deutlicher kann er hören, was sich in der Küche abspielt. Offensichtlich sucht der Eindringling – Pablo hofft, dass er keinen Begleiter hat – etwas in der Besteckschublade. Wahrscheinlich ein Messer. Jetzt oder nie. Pablo nimmt allen Mut zusammen und stürzt mit lautem Gebrüll in die Küche. Der ungebetene Gast schreit vor Schreck ebenfalls laut auf. Die Besteckschublade fällt auf den Boden.

Pablo kann gerade noch innehalten – fast hätte er José den Eiffelturm über den Kopf gezogen.

»Sag mal, hast du sie noch alle? Ich krieg gleich einen Herzinfarkt!«

»Du? Mir hättest du gerade fast den Kopf eingeschlagen mit deinem Scheißnippes da!«

Pablo stellt den Eiffelturm auf den Küchentisch, legt die Hände auf die Knie und beugt sich vor, um Luft zu holen. Wäre er nicht so erschrocken, könnte er lachen über das, was gerade passiert ist.

»Was machst du denn hier?«

»Ich muss mit dir reden. Ich habe geklingelt, aber es hat niemand aufgemacht, und da habe ich gedacht, du bist nicht da. Dann bin ich rein, um auf dich zu warten.«

»Ich war in der Dusche, ich habe die Klingel nicht gehört. Und was wolltest du in der Küche?«

»Ich brauch ein Messer.«

Bei diesen Worten zuckt Pablo zusammen. Er weiß, dass es Unsinn ist, aber er ist immer noch sehr verwirrt.

»Darf ich fragen, wofür?«

José deutet auf den dampfenden Karton neben der Spüle.

»Pizza?«

»Ja, Pizza. Was hast du gedacht? Dass ich mit der Suppe deiner Mama ankomme?«

Pablo lächelt.

»Idiot.«

Aus dem Lächeln wird ein Lachen, das sich in haltloses Gelächter verwandelt – bis es schließlich in verängstigtes Wimmern umschlägt. Schlagartig gibt Pablo jeden Widerstand auf, und von dem selbstsicheren Psychoanalytiker, der alles im Griff hat, ist nichts mehr übrig. José legt die Arme um ihn, und Pablo lässt den Tränen freien Lauf. José sagt kein Wort. Auch er weiß, wann er schweigen und einfach nur für den anderen da sein muss.

Ein paar Minuten später sagt Pablo:

»Komm, gehen wir ins Wohnzimmer.«

»Geh du schon mal vor«, erwidert José, »ich komm gleich mit der Pizza nach. Wein habe ich auch mitgebracht. Aber zieh dich erst mal an, du weißt ja, wie prüde ich bin …«

Pablo lacht.

»Idiot.«

13

Das Essen und der Wein tun ihm gut. Allmählich lässt die Anspannung nach. Pablo genießt es, dass er bei all dem kein Wort zu sagen braucht. Irgendwann wischt er sich mit der Serviette den Mund ab, steht auf und tritt ans Fenster. Die Bäume draußen sind wie immer, schön und gleichgültig gegenüber dem Schicksal der Menschen.

»Pablo, wir müssen reden.«

»Worüber?«

»Du musst aufhören mit dieser Geschichte.« Pablo dreht sich um und sieht José an. »Es reicht, endgültig. Schau dich doch an! Das ist nichts für Leute wie dich und mich. Wir sind Psychoanalytiker und fertig. Du musst zugeben, dass das hier einfach eine Nummer zu groß für dich ist.«

Da Pablo ihn bloß unsicher ansieht, spricht José weiter.

»Sieh mal, wenn du das Gutachten schreiben willst, um das Paula dich gebeten hat, dann nur zu. Und wenn nicht, dann nicht. Niemand wird dir deswegen Vorwürfe machen. Und du selbst brauchst das auch nicht zu tun.«

Pablo weiß, dass José recht hat, trotzdem sträubt sich etwas in ihm gegen die Worte seines Freundes.

»José, glaubst du, dass der Junge seinen Vater getötet hat?«

Statt zu antworten, holt José ein kleines digitales Aufnahmegerät aus der Tasche.

»Hör dir doch einfach mal das hier an.« Pablo sieht ihn verständnislos an. »Du weißt, wie ich normalerweise arbeite, deshalb brauche ich mich jetzt auch nicht zu rechtfertigen. Außerdem ist es sogar legal, unser Berufsgeheimnis zu brechen, wenn das Leben anderer auf dem Spiel steht, oder nicht? Und genau das ist hier der Fall, würde ich sagen.«

»Ich verstehe dich nicht.«

»Du weißt, dass ich meine Sitzungen normalerweise aufnehme. Natürlich frage ich die Patienten vorher, ob sie einverstanden sind.«

»Ja.«

»Gut, dann hör dir mal diese Aufnahme von meiner letzten Sitzung mit Paula Vanussi an.«

»Aber ...«

»Sag jetzt nichts«, fällt José ihm ins Wort, »hör einfach zu.«

Bevor Pablo Einspruch erheben kann, erfüllt Paulas Stimme den Raum und zieht seine Aufmerksamkeit an.

Pablo schließt die Augen und folgt ihrer Version der Nächte, die er schon aus Camilas Erzählung kennt. Diesmal bekommt er das Ganze jedoch aus Sicht eines Erwachsenen geschildert. Er merkt, wie viel Angst sich hinter der Ironie und dem Hass verbirgt, mit denen Paula über ihren Vater spricht.

Das passierte also, während Camila und ihre Mutter sich in den Panikraum einschlossen? Drogen, Prostitution Minderjähriger, einflussreiche und vor jeder Verfolgung sichere Männer, die sich volllaufen ließen und hemmungslos ihren Geschlechtstrieb auslebten. Jetzt begreift Pablo, warum Victoria die Musik so laut stellte, und Ekel befällt ihn.

Als Paula darauf zu sprechen kommt, was nach ihrer Anzeige bei der Polizei geschah, wird Pablo klar, dass er bis auf Roberto Vanussi alle Beteiligten kennt und sich die Szene genau ausmalen kann: Er sieht Paula vor sich, wie sie die Schläge ihres Vaters ertragen muss, Javier, der unsicher versucht, sich trotz seiner Schwäche dem Ungeheuer entgegenzustellen, und Camila, die all das mitansehen muss und im Stillen fleht, dass es endlich und für immer aufhören möge.

Als Paulas Bericht zu Ende ist, schaltet José das Gerät ab, und eine ganze Weile sagt keiner der beiden ein Wort.

»Ich weiß ja nicht, wie du das siehst«, sagt José schließlich, »aber mir ist es scheißegal, wer dieses Arschloch umgebracht hat. Er hatte es mehr als verdient. Seine Kinder haben die Hölle durchgemacht. Und jedes von ihnen hat versucht, irgendwie damit zurechtzukommen. Aber jetzt ist das ... vorbei ... Mit dem Tod von Roberto Vanussi ist diese Hölle zu Ende. Ob Javier seinen Vater getötet hat, fragst du? Ehrlich gesagt, ich weiß es nicht. Keine Ahnung. Aber wenn du es wissen willst: Ob der Junge ihn umgebracht hat oder irgendein Krimineller, den Vanussi bei einem Geschäft reingelegt hatte, ist mir völlig egal. Wichtig ist für mich etwas ganz anderes.« Er sieht Pablo ernst an. »Meiner Meinung nach kommt es darauf an, was für Vanussis Kinder am besten ist. Und wenn du mich fragst, ist es am besten, den ganzen Dreck nicht weiter aufzuwühlen und ihnen einfach ihre Ruhe zu lassen. Du hast ja selbst mit ihnen gesprochen, und du weißt, was sie alles mit sich herumschleppen. Das ist mehr als genug. Wir dürfen ihnen nicht noch mehr aufladen. Und darum bin ich hier: Auch wenn dir dein eigenes Leben egal ist, denk wenigstens an Camila und Javier. Sollen sie etwa einen Gerichtsprozess durchmachen? Willst du sie zwingen, das alles noch einmal zu durchleben? Ich nicht. Und falls du das anders sehen solltest, wäre ich, glaube ich, imstande, meiner Patientin zu raten, dass sie dich raushält ...«

»Wie bitte?«

»Keine Ahnung, verdammt.« José wird lauter. »Ich will jedenfalls nicht, dass sie leiden muss ... Und ich will auch nicht, dass dir was passiert.« Er nähert sich Pablo und streicht ihm über die Wange. »Pablo, gegen die unfaire Kritik deiner Kollegen habe ich dich verteidigen können, und gegen den Neid von irgendwelchen Nichtskönnern auch. Aber das hier ist was anderes. Denk drüber nach.«

Er steht auf und greift nach seiner Jacke. Als er das Aufnahmegerät einstecken will, sagt Pablo:

»Lass es bitte hier, ich muss mir das noch einmal anhören.«

José ist klar, dass er damit tatsächlich gegen alle nur denkbaren ethischen und beruflichen Grundsätze verstößt, aber für solche Überlegungen ist es inzwischen zu spät.

»Na gut. Aber du musst dich jetzt einfach entscheiden. Viel Zeit bleibt uns nicht, klar?«

»Ja.«

»Also, dann sprechen wir uns morgen. Und ich hoffe, du triffst die richtige Entscheidung.«

Er geht hinaus und zieht die Tür hinter sich zu. Pablo nimmt das Aufnahmegerät, den Umschlag, den Rasseri ihm geschickt hat, und einen zweiten Umschlag, den Luciana ihm unter der Tür durchgeschoben hat, und geht in sein Schlafzimmer. José hat recht, er hat keine Zeit zu verlieren.

14

Vier Stunden später ist Pablo immer noch wach und versucht, seine Gedanken zu ordnen. Er hat sich erneut die Aufnahme der Sitzung mit Paula angehört und noch einmal die Videoaufzeichnung seiner Unterhaltung mit Javier angesehen, die in dem Umschlag war, den Rasseri ihm hat zukommen lassen. Darüber hinaus bemüht er sich, sich sämtliche anderen Gespräche der letzten Tage wieder ins Gedächtnis zu rufen.

Die Umstände dieser Gespräche und die daran Beteiligten wirbeln in seinem Kopf durcheinander: José, Paula, Francisca, Camila, Bermúdez, Javier, Rasseri … Sie alle erheben Anspruch auf einen Platz innerhalb seiner Überlegungen. Und wie sonst auch, wenn er über einen Patienten nachdenkt, erstellt Pablo eine Liste von Fragen, die es ihm ermöglichen sollen, von dem zur Verfügung stehenden Material ausgehend verschiedene Hypothesen aufzustellen.

Hatte Javier Vanussi ein Motiv, um seinen Vater zu töten?

Die Antwort lautet eindeutig: Ja. Auch wenn er sich zu Unrecht selbst die Schuld daran gab, hat Javier in jedem Fall nie das Gefühl gehabt, von seinem Vater geliebt zu werden:

»Es hat mir immer wehgetan, dass mein Vater mich, weil ich so bin, nicht hat annehmen und lieben können.«

Auch wenn es ihm egal war, ja, vielleicht war er sich dessen nicht einmal bewusst – Roberto Vanussi hat seinen Sohn durch seine fehlende Anerkennung auf einen Weg gebracht, von dem es kein Zurück mehr gab. Durch seine Gleichgültigkeit und die Scham, die er offenkundig seinetwegen empfand, hat er Javier gedemütigt und ihm damit noch schlimmere Schmerzen zugefügt als durch die rein körperliche Züchtigung. Trotzdem hat Javier versucht, seinen Vater für sich zu retten, indem er sich selbst die Schuld dafür gab, »so zu sein«. Doch irgendwann muss diese Frustration in Angst und Wut umgeschlagen sein.

Konnte Javiers psychische Struktur ihn so gewalttätig werden lassen, dass er imstande war, ein derartiges Verbrechen zu begehen?

Auch hier lautet die Antwort eindeutig: Ja. Javier verfügt nicht über das nötige Rüstzeug, um etwas Besseres mit seinem Schmerz anzufangen, als anderen oder sich selbst Schmerz zuzufügen. Ihm fehlen die glücklichen Anlagen seiner Mutter oder seiner Schwestern, er konnte sich weder in die Kunst noch in irgendwelche Studien flüchten und war deshalb seinem Schmerz hilflos ausgeliefert. Sein krankes Bewusstsein muss dennoch alles Erdenkliche versucht haben, ohne dass ihm am Ende etwas anderes gelungen wäre, als sich selbst und wahrscheinlich auch seinen Vater zu attackieren.

Austragungsort dieser Kämpfe war sein Körper, was diesem deutlich anzusehen ist. Pablo erinnert sich noch genau an Javiers Antwort auf seine Frage, was im Leben ihm am meisten wehgetan habe, dafür braucht er nicht auf die Videoaufzeichnung zurückzugreifen:

»Alles Mögliche, aber vor allem mein Körper… Das Gefühl, dass mein Körper mir nicht gehorcht. Oder dass ich manchmal in den Spiegel sehe und mich selbst nicht wieder-

erkenne. Oder dass ich mich erschöpft fühle, völlig ausgelaugt, so wie jetzt.«

Dass er all die Wut und Enttäuschung darüber, sich von
seinem Vater weder geliebt noch anerkannt zu wissen, gegen sich selbst richtete, war sicherlich das erste Mittel, zu
dem Javier als Kind griff, um seinen Schmerz irgendwie ein-
zugrenzen. Eine fatale Verhaltensweise, die seine Geisteskrankheit immer stärker Besitz von ihm ergreifen ließ, bis er
irgendwann von eingebildeten Stimmen gequält wurde:

»Von diesen furchtbaren Schreien, ... die mir in den Ohren
wehgetan haben.«

Schreie, die ihre Spuren auf seinem Körper hinterließen,
die Spuren eines so sinnlosen wie qualvollen Schreckens –
sinnlos, bis der Wahn ihm half, einen scheinbaren Grund und
Auslöser dafür zu entdecken:

»Es war die Stimme meiner Mutter. Ihr hat mein Vater
nachts immer so wehgetan.«

Woraufhin ihm schließlich die Idee kam, wie sich all der
Schmerz und die Angst beenden ließen: Dafür brauchte er
bloß die Stimme zum Verstummen bringen, die ihn zweifellos schon seit seiner Kindheit quälte. Anders gesagt, er musste
seine Mutter zum Verstummen bringen. Doch die war ja
schon lange tot, weshalb er sie gar nicht mehr zum Verstummen bringen konnte abgesehen davon, dass seine Erinnerungen an sie durchaus zwiespältig waren. Zum einen war da ihre
Schönheit und Zartheit, zum anderen ihre unendliche Ver-
lassenheit:

»Mama war wunderschön ... Sie war so sanft, aber auch
so hilflos.«

Und durch ebendiese Hilflosigkeit fühlte Javier sich zuletzt
aufgerufen, etwas zu tun, damit der Schmerz seiner Mutter
aufhörte, aber nicht der Schmerz der schönen und sanften

Mutter, sondern der der hilflosen Mutter, deren Schreie ihm so wehtaten. Bis sich ihm offenbar die Idee, seinen Vater zu töten, als der einzig mögliche Ausweg präsentierte.

Leidet Javier tatsächlich an einer Psychose, wie Doktor Rasseri nahelegt?

Als Psychoanalytiker stellt Pablo seine Diagnosen weniger aufgrund eindeutig vorhandener – oder auch fehlender – Symptome. Er folgt dabei vielmehr bestimmten strukturellen Gegebenheiten. Anders gesagt: Das Auftreten von Halluzinationen und delirierenden Zuständen allein genügt ihm nicht als Beleg, da es in manchen Fällen, etwa wenn jemand trauert, auch bei völlig gesunden Menschen dazu kommen kann.

Pablo benötigt für seine Schlussfolgerungen Elemente, die über das bloß Sichtbare hinausgehen, zum Beispiel besondere Ausdrucksweisen seiner Patienten, ihr spezifischer Sprachgebrauch, das Vorkommen von selbsterdachten Begriffen, Einwortsätzen und dergleichen oder – typisch für geistige Erkrankungen aller Art – fixen Ideen, die sich durch nichts und niemanden hinterfragen lassen.

In dieser Hinsicht zeigt ihm die Videoaufnahme seines Gesprächs mit Javier den kalten und abwesenden Blick eines Menschen ohne jede wahrnehmbare Gefühlsregung.

Aber der menschliche Körper ist mehr als bloße Materie. Er ist überzogen von einem Gewebe aus Worten und Begierden. Ein Blick auf einen Leichnam genügt, um festzustellen, dass es dort kein Subjekt mehr gibt, denn ein Leichnam ist ein Körper ohne Worte. Javiers Körper jedoch versucht, sich diesem Zustand sprechend entgegenzustemmen, indem er seine Äußerungen als unangreifbare Gewissheiten präsentiert:

»Du glaubst mir nicht. Du glaubst, ich denk mir das bloß

aus, oder dass ich verrückt bin. Aber ich denke mir nichts aus, und ich bin auch nicht verrückt ... Ich weiß genau, was ich sage und was ich getan habe. Ich habe meinen Vater getötet.«

Aber war Javier, von allen psychologischen Aspekten einmal abgesehen, überhaupt physisch imstande, seinen Vater zu töten?

Glaubt man seinen eigenen Worten, lautet die Antwort auch dieses Mal: Ja.

»Ich weiß, dass ich krank bin. Mein Kopf funktioniert nicht so, wie er sollte, und manchmal habe ich mich nicht im Griff, und dann tue ich Dinge, an die ich mich nachher nicht mal erinnern kann.«

Rasseri scheint diese Einschätzung zu teilen, schließlich hat er Pablo gegenüber von einer Borderline-Persönlichkeitsstörung gesprochen, was bedeutet, dass es seiner Ansicht nach bei Javier sehr wohl zu dem dazugehörigen gewalttätigen Verhalten sowie zu Ausbrüchen unkontrollierbarer Wut und einem Persönlichkeitsverlust kommen kann, der es ihm unmöglich macht, die Folgen seines Handelns einzuschätzen.

Außerdem klingen Pablo Camilas Worte noch in den Ohren:

»Paula hat immer getan, was sie konnte, aber Javier war nie imstande, irgendetwas zu tun bis auf die eine Nacht ...«

Bis auf die eine Nacht, wiederholt Pablo für sich. Aber wozu war Javier in dieser einen Nacht imstande? Und in welcher Nacht genau? In der Nacht, als er seinen Vater ermordete, wovon er Pablo so detailliert erzählt hat?

Bleibt noch eine letzte Frage: Gibt es tatsächlich hinreichend Beweise für die Behauptung, Javier sei der Mörder?

Nein, die gibt es nicht, und Pablo weiß das. Deshalb ist er ja auch so unsicher, aber das ist wohl unausweichlich. Es kann gut sein, dass der Mörder, wie José dargelegt hat, irgendein Krimineller ist, der eine Rechnung mit Vanussi zu begleichen hatte. Sicher ist bloß, dass Javier seit dem Tod seines Vaters viel ruhiger ist. Abgesehen davon, dass Pablo, genau wie sein Freund José, den Eindruck hat, dass Roberto Vanussi den Tod durchaus verdient hat, so wie seine Kinder alles Recht der Welt auf ein bisschen Frieden haben.

Die ihm zur Verfügung stehenden Daten reichen nicht aus, um Javier für schuldig zu erklären, das stimmt, aber sie schließen es auch keineswegs aus, und dieser Zweifel genügt ihm, um das psychologische Gutachten zu verfassen, das Javier helfen soll. Denn genau das wird er jetzt tun. Er wird allerdings nicht schreiben, dass Javier der Mörder ist, sondern bloß darauf Bezug nehmen, was ihm zweifelsfrei klar scheint: Dass Javier Vanussi, falls er tatsächlich seinen Vater ermordet haben sollte, dafür nicht strafrechtlich zur Verantwortung gezogen werden kann. Sein geistiger Zustand – seine Wahnvorstellungen, seine Halluzinationen, sein Persönlichkeitsverlust, seine Verwirrtheit, seine Gefühlsschwankungen –, all das ist so offensichtlich, dass kein Mensch behaupten kann, dieser junge Mann wäre in Augenblicken heftiger Gefühlsbewegung imstande, die Gefährlichkeit seines Tuns zu erkennen.

Und noch etwas wird er schreiben: Er wird den Richter auffordern, Javier an seinem gegenwärtigen Behandlungsort zu lassen, da die Ferro-Klinik die besten Heilungschancen für ihn bietet, bis er womöglich eines Tages wieder nach Hause zurückkehren kann, was jedoch keineswegs garantiert ist.

Doktor Rasseri wird dafür sorgen, dass alle notwendigen medizinischen Maßnahmen ergriffen werden, womit die Sache erledigt wäre: Javier ist in besten Händen, Paula hat ihre Ruhe, Camila kann weiter an ihrer Musikerkarriere arbeiten und dazu die Analyse mit ihm, Pablo, fortsetzen. Und Roberto Vanussi soll weiter in seinem Grab verwesen, er hat nichts Besseres verdient.

Mit einem Seufzer holt Pablo eine Packung Schlaftabletten aus der Nachttischschublade und nimmt eine davon. Schon seit Längerem kommt er nicht ohne dieses Hilfsmittel aus – seit Alejandra weggegangen ist. Er greift zum Telefon. Nach mehrmaligem Klingeln meldet sich die Stimme einer Frau.

»Hallo?«

»Hallo, ich bin's, Pablo. Entschuldige, dass ich so spät noch anrufe.«

»Keine Sorge, ich konnte sowieso nicht schlafen.«

»Das kann ich verstehen. Ich wollte dir nur sagen, dass ich das Gutachten, um das du mich gebeten hast, schreiben werde.«

Nach einer Pause antwortet Paula hörbar erleichtert: »Danke. Du weißt gar nicht, wie wichtig das für mich ist.«

»Ich kann es mir vorstellen.« Erneute Pause. Viel mehr gibt es im Augenblick nicht zu sagen. »Na gut, dann verabreden wir uns morgen, und ich bringe es dir vorbei.«

»Wie du willst. Ich kann es aber auch bei dir abholen.«

»Mal sehen.«

»Einverstanden, vielen Dank.«

Pablo legt auf und fühlt sich auf einmal unendlich müde. Das Mittel beginnt zu wirken, und er möchte jetzt bloß noch ins Bett. Er würde aber gerne mit anderen Gedanken einschlafen, er findet, das hat er verdient. Also öffnet er, bereits liegend, den Umschlag von Luciana, in der Hoffnung, etwas Persönliches, Liebevolles, ja, warum nicht, Erotisches darin vorzufinden. Er weiß, dass Luciana durchaus zu so etwas imstande wäre.

Ihm fallen fast die Augen zu, als er die Papiere aus dem Umschlag zieht. Doch was darauf steht, rüttelt ihn noch einmal wach. Es handelt sich um keine Liebeserklärung, sondern Teile einer Krankenakte. Mit einer großen Kraftanstrengung macht Pablo sich daran, den Text zu entziffern, aber schon bald überwältigt ihn der Schlaf. Einzelne Wörter wirbeln jedoch noch eine Weile in seinem Bewusstsein umher: 200 Milligramm Mirethol. 4 Milligramm Alcorex. Epaphenol 3000 … Bis er endgültig in tiefen Schlaf versinkt.

15

Eine halbe Stunde später greift der Anwalt Alberto Míguez mit einem Gefühl ungeheurer Erleichterung zum Telefon und wählt eine Nummer.

»Alles in Ordnung. Ich hab ja gesagt, dass ich das erledige.«

»Sind Sie ganz sicher?«

»Selbstverständlich.«

»Das haben Sie beim letzten Mal auch gesagt.«

»Ich weiß. Aber Sie brauchen sich keine Sorgen zu machen, ja, ich würde sogar sagen, jetzt sieht es noch besser für uns aus als davor.«

»Wie meinen Sie das?«

»Doktor Rouviot ist ein angesehener Spezialist, man kennt ihn auch außerhalb von Psychologenkreisen.«

»Und was haben wir davon?«

»Sie wissen doch, wie die Dinge funktionieren – selbst Richter lassen sich von so was beeindrucken. Und dass wir eine so bedeutende Persönlichkeit auf unserer Seite haben, kann uns nur nützen.«

»Das hoffe ich.«

»Da können Sie ganz sicher sein. Wahrscheinlich kann ich schon morgen sein Gutachten bei Gericht einreichen, und dann haben wir keinerlei Schwierigkeiten mehr zu befürchten, das verspreche ich Ihnen.«

»Besser für alle… Wissen Sie, ich habe mir schon Sorgen um Sie gemacht. Ich mag Sie, und ich hätte es nicht schön gefunden, wenn Ihnen etwas Unangenehmes zustößt.«

Míguez schluckt und versucht, sich seine Verunsicherung nicht anmerken zu lassen.

»Vielen Dank, aber ab sofort können Sie wirklich beruhigt sein.«

Kurzes Schweigen, das Míguez wie eine Ewigkeit vorkommt.

»Na gut, alles andere wissen Sie ja: Sobald der Fall zu den Akten gelegt wird, bekommen Sie den Rest des Geldes. Und rufen Sie mich bitte nie wieder an. Wenn es so weit ist, werden wir von uns aus Kontakt zu Ihnen aufnehmen. Und falls wir Ihre Dienste irgendwann erneut benötigen sollten, werden Sie hoffentlich zur Verfügung stehen.«

»Selbstverständlich«, sagt Míguez, auch wenn das eine Lüge ist. Er möchte die Stimme am anderen Ende der Leitung nie wieder hören.

»Schön, bis dann also.«

Der Mann legt auf, und Míguez hält den Hörer noch eine Weile in der Hand. In dieser Nacht wird er endlich wieder ruhig schlafen können. Glaubt er zumindest.

16

Pablo wälzt sich im Bett, atmet angestrengt, und die Augen unter den geschlossenen Lidern bewegen sich heftig – offensichtlich hat er einen unruhigen Traum.

Er sieht sich selbst eine dunkle Straße entlanggehen. Am nachtschwarzen Himmel leuchtet ein rötlicher Schimmer, Wind und Regen peitschen auf ihn ein. Er friert, und er hat Angst, weiß aber nicht, wovor. An einem Fenster in der Ferne steht eine alte Frau und schreit furchterregend. Vor ihm läuft ein Hund über die Straße, und als wäre das Tier durchsichtig, nimmt Pablo dahinter die Gestalt eines Mannes mit Hut wahr. Der Mann sieht ihn an.

Pablo zittert. Von hinten hört er das Geräusch sich nähernder Schritte, dreht sich aber nicht um. Er ist wie gelähmt. Er kann die Person nicht sehen, aber er weiß trotzdem, wer da kommt. Da spricht sie ihn an. Er erkennt die Stimme. Es ist Paula. Auf einmal packt ihn eine überraschend kräftige Hand an der Schulter. Jetzt kann er sich doch umdrehen. Javiers Augen blicken ihn an – aus Victorias Gesicht.

Pablo fährt aus dem Schlaf hoch. Sein Herz klopft wie wild, und er ist schweißgebadet. Er steht auf, geht ins Bad, zieht den Schlafanzug aus und stellt sich unter die Dusche. Er dreht auf, ohne abzuwarten, dass das Wasser sich erwärmt.

Der eiskalte Guss macht ihn wach, erleichtert spürt er, wie der Verstand wieder die Herrschaft über seine Gedanken ergreift. Der Traum verschwimmt allmählich, die Erinnerung an Paulas Stimme und Javiers Blick aus Victorias Gesicht lässt sich jedoch nicht so ohne Weiteres vertreiben.

Pablo bleibt fast eine halbe Stunde unter der Dusche, dann rasiert er sich, zieht sich in aller Ruhe an und lässt den Computer hochfahren.

Er ist kein Spezialist für gerichtsmedizinische Fragen und stellt in diesem Augenblick fest, dass er nicht einmal weiß, wie das Gutachten, das er abliefern soll, in formaler Hinsicht aufgebaut sein muss. Doch er beschließt, einfach so vorzugehen, wie es ihm am logischsten erscheint. Javiers Anwalt wird alles Nötige ergänzen.

Buenos Aires, 5. August 2009

Sehr geehrte Damen und Herren,
auf Bitten der Angehörigen von Herrn Javier Vanussi bringe ich hiermit zur Kenntnis, dass ich nach eingehender psychologischer Untersuchung des oben Genannten zu dem Schluss komme, dass dieser eine Borderline-Persönlichkeitsstörung aufweist, deren Symptomatik noch durch eine schizophrene Anlage mit paranoiden Zügen verstärkt wird. Hieraus folgt, dass der Betreffende in seiner Wahrnehmung der Außenwelt schweren Einschränkungen unterliegt, was dazu führt, dass dieser vielfach nicht zwischen Realität und Einbildung unterscheiden kann.
Diese Einschränkungen, zu denen regelmäßig auftretende Symptome wie Wahnvorstellungen, Halluzinationen und Persönlichkeitsverlust kommen, bewirken ein Verhalten, das zwischen völliger Passivität, die ihrerseits die Gestalt gänzlicher Kommunikationsunfähigkeit annehmen kann, und unkontrollierbar aggressivem Benehmen hin- und herschwankt, wie es für manische Erkrankungen typisch ist.

*Nach ausführlicher Beschäftigung mit der Vorgeschichte des
Erkrankten und der bereits erwähnten persönlichen Begegnung mit diesem gelange ich des Weiteren zu dem Schluss,
dass der Betreffende, sollte er tatsächlich die ihm zur Last
gelegte Tat begangen haben, sich der gefährlichen Auswirkungen seines Tuns nicht bewusst sein konnte, weshalb er
als im juristischen Sinne nicht zurechnungsfähig anzusehen
ist.*

*Ich plädiere darüber hinaus für eine Fortsetzung der Unter-
bringung des jungen Mannes in der Ferro-Klinik, wo dieser
bereits seit Jahren in Behandlung ist. Durch die dort garan-
tierte professionelle Versorgung ist jede Gefahr, die von dem
Erkrankten für andere wie auch für sich selbst ausgehen
könnte, ausgeschlossen.*

*Für weitere Fragen im vorliegenden Zusammenhang stehe
ich selbstverständlich jederzeit zur Verfügung.*

*Hochachtungsvoll,
Pablo Rouviot*

Fertig. Er liest das Ganze noch einmal durch und sagt sich,
dass es voller Ungenauigkeiten ist und von jedem Studenten,
der einen Grundkurs in Psychopathologie absolviert hat, zer-
pflückt werden könnte. Schließlich vermengt es bedenkenlos
medizinische und psychologische Begriffe wie es auch Krank-
heitssymptome und Charaktereigenschaften durcheinander-
wirft. Pablo weiß jedoch – zumindest daran erinnert er sich
noch von seinen wenigen Kursen zum Thema Gerichtsmedizin –, dass Richter für gewöhnlich nicht nur keine Ahnung
von der Struktur psychischer Erkrankungen haben, sondern
sich auch nicht im Geringsten dafür interessieren, weshalb es
bloß darauf ankommt, sich möglichst anschaulich und allge-

meinverständlich auszudrücken, damit sie das Einzige beurteilen können, was sie tatsächlich wissen wollen, und zwar, ob der Angeklagte im entscheidenden Augenblick in der Lage war, die Folgen seines Tuns zu ermessen.

In dieser Hinsicht glaubt Pablo sich klar ausgedrückt zu haben, weshalb er nun unterschreibt, seinen Stempel hinzufügt und alles in einen Briefumschlag steckt. Das war's, jetzt muss er das Ganze bloß noch übergeben und kann die Sache vergessen beziehungsweise sich um das kümmern, was tatsächlich seine Aufgabe ist – Camila.

Er ruft Paula an, und sie verabreden sich für in einer halben Stunde in ihrer Wohnung. Bevor er losgeht, wirft er einen Blick in den Spiegel und stellt fest, dass die letzten Tage seinem Aussehen nicht gerade gutgetan haben.

Er hat dunkle Ringe unter den Augen und wirkt müde, vor allem aber ist da etwas Neues, Unbekanntes in seinem Ausdruck. Die Worte von Bermúdez fallen ihm wieder ein:

»Ich kann Ihnen sagen, der Tod kann Formen annehmen, die Sie sich in Ihren schlimmsten Albträumen nicht ausmalen würden. Sind Sie wirklich sicher, dass Sie mehr darüber erfahren möchten? Denn glauben Sie mir, wer diese Abgründe einmal kennengelernt hat, vergisst sie nicht mehr. Und das Leben ist danach nie mehr wie zuvor.«

Er geht hinaus. Der frische Wind, der draußen bläst, ist ihm angenehm. Er hält ein Taxi an und nennt dem Fahrer Paulas Adresse. Obwohl er das sichere Gefühl hat, das Richtige zu tun, ist er unruhig. Am besten wäre es gewesen, er hätte nie etwas mit dieser Geschichte zu tun gehabt, sagt er sich.

Das Klingeln des Mobiltelefons unterbricht seine Gedanken.

»Hallo?«

»Hallo, Rubio.«

»Helena! Wie geht's?«

»Gut ... wie man so sagt. Aber ich mach mir Sorgen um dich.«

»Brauchst du nicht. Gleich habe ich das Ganze hinter mir.«

Schweigen.

»Wie meinst du das?«

Pablo seufzt, als müsste er seine ganze Kraft zusammennehmen, bevor er weiterspricht.

»Ich habe das Gutachten fertig, und ich bin gerade damit auf dem Weg zu Paula.«

»Wow! Da bin ich aber erleichtert, Rubio. Wenn du es abgegeben hast, musst du aber gleich in die Praxis kommen, ich glaube, wir beide haben einen ordentlichen Mate verdient.«

»Ich ja, aber warum du?«, sagt Pablo scherzhaft.

»Was heißt hier, ›warum du‹? Ich hab die ganzen letzten Nächte nicht geschlafen, bloß wegen dir. Ist das etwa nichts?«

»Schon gut. Bis gleich also.«

»Bis gleich. Ciao.«

»Eins noch, Helena.«

»Ja?«

»Danke!«

»Wofür? Na gut, immerhin bin ich dir jetzt nicht mehr ganz so viel schuldig wie noch vor ein paar Tagen ...«

Pablo lächelt und beendet das Gespräch. Im Radio des Taxis ist die Stimme eines bekannten Kritikers zu hören. Gerade spricht er über eine neue Inszenierung von Puccinis *Madame Butterfly*, eine von Pablos Lieblingsopern:

»Die Kunst offenbart schonungslos, was wir im normalen Leben ständig zu kaschieren versuchen: Es gibt bloß zwei wirklich wichtige Dinge, die Sexualität und den Tod. Was sein Gutes, aber auch sein Schlechtes hat.«

Im Hintergrund ertönt die Stimme von Maria Callas, sie singt die große Arie aus dem vorgestellten Werk – da steigt plötzlich eine Erinnerung in Pablo auf. Hastig geht er das Verzeichnis seines Mobiltelefons durch und wählt schließlich eine Nummer.

»Praxis Doktor D'Angelo, guten Tag.«

»Guten Tag, könnte ich bitte den Doktor sprechen?«

»Er ist im Augenblick beschäftigt. Wer ist denn am Apparat?«

»Pablo Rouviot.«

Als die Frau am anderen Ende seinen Namen hört, ändert sich ihr Tonfall deutlich.

»Herr Rouviot, schön Sie zu hören.«

»Danke.«

»Warten Sie bitte einen Augenblick, vielleicht hat Doktor D'Angelo ja doch einen Moment Zeit für Sie.«

»Das ist sehr nett von Ihnen.«

Kurz darauf meldet sich die Frau erneut:

»Ich verbinde, Herr Rouviot.«

»Vielen Dank.«

»Hallo, Pablo.«

»Hallo, Carlos, entschuldige, dass ich dich mitten in der Sprechzeit anrufe.«

»Keine Sorge. Dass ich so viele Patienten habe, liegt unter anderem daran, dass du so viele an mich weiterleitest, da kannst du also ruhig auch mal zwischendrin anrufen. Aber worum geht es?«

»Ich hätte gerne deine Einschätzung zu ein paar Medikamenten.«

»Um welche handelt es sich denn?«

»Genau genommen geht es um 200 Milligramm Mirethol, 4 Milligramm Alcorex und Epaphenol 3000.«

»Hoppla! Ich weiß ja nicht, für wen das bestimmt sein soll, aber ich würde diese Mischung nur sehr ungern zu mir nehmen müssen.«

»Wie meinst du das?«

»Also, Mirethol ist ein neu entwickeltes Antipsychotikum, das in äußerst schweren Fällen eingesetzt wird. Es ist nicht nur sehr teuer, sondern hat auch ziemlich unangenehme Nebenwirkungen. Trotzdem gibt es für den eigentlich vorgesehenen Zweck derzeit nichts Besseres. Es beendet Wahnvorstellungen fast schlagartig, vor allem, wenn es sublingual verabreicht wird.«

»Verstehe.«

»Alcorex wiederum ist ein viel verordnetes Anxiolytikum, normalerweise allerdings in kleinen Dosen, vier Milligramm sind das Äußerste, was sich vertreten lässt. Und Epaphenol ist ein Antidepressivum. Auch hier ist die Dosis, die du genannt hast, die höchstzulässige.« Er macht eine Pause. »Der Psychiater, der diese Verordnung zusammengestellt hat, muss wirklich wissen, was er tut. Sein Patient dürfte jedenfalls in ziemlich schlechter Verfassung sein, wenn man ihm so etwas zumutet, und er muss streng überwacht werden, ohne tägliche Kontrolle geht das nicht, würde ich sagen. Von wem stammt die Anweisung denn?«

»Das bleibt jetzt unter uns, ja?«

»Selbstverständlich.«

»Der behandelnde Arzt ist Doktor Rasseri.«

»Von der Ferro-Klinik?«

»Genau.«

»Dann müsste alles in Ordnung sein. Ich habe bei ihm Vorlesungen in Pharmakologie gehört, der Typ ist echt ein Genie.«

»Dass man gleichzeitig ein Antipsychotikum, ein Anxiolytikum und ein Antidepressivum verabreicht, ist aber nichts Besonderes, richtig?«

»Ja, allerdings, wie gesagt, normalerweise nicht in so hoher Dosierung, und auch nicht gerade diese drei Mittel. Das ist wirklich ein extremer Fall.«

»Und was sind die Nebenwirkungen?«

»Da gibt es eine ganze Menge. Aber was genau möchtest du wissen?«

Pablo überlegt. Er weiß, dass sein Bekannter, Doktor D'Angelo, sich über seine Frage wundern wird, aber ihm geht es in diesem Fall wie dem zuständigen Richter: Er braucht eine möglichst klare Erklärung, um zu verstehen, was sich abgespielt haben könnte. Weshalb er seine Frage jetzt auch so klar und direkt wie möglich formuliert.

Als er fertig ist, bleibt es am anderen Ende der Leitung eine ganze Weile still, und der Taxifahrer, wie Pablo merkt, beobachtet ihn im Rückspiegel. Selbst die Stimme des Opernkritikers im Radio verstummt wie zufällig im selben Moment.

17

Seltsam, wie sehr Gefühle die Wahrnehmung beeinflussen, jedenfalls kommt ihm die Wohnung diesmal längst nicht so einladend vor. Zudem fehlt die sanfte Hintergrundmusik, und Paula ist normal gekleidet – keine Spur von dem blauen Bademantel. Nur der angenehme Zitronenduft liegt auch jetzt in der Luft. Pablo geht zu einem der Wohnzimmersessel, legt den Umschlag dort ab und lässt sich auf der Armlehne nieder. Seine Stimmung ist mit der, in der er vor einer halben Stunde ins Taxi gestiegen ist, nicht zu vergleichen. Auch sein Blick ist ein anderer, und im Kopf kreist unaufhörlich ein Gedanke, den er vergeblich auszuformulieren versucht.

»Möchtest du einen Kaffee?«, fragt Paula.

»Ja, gern.«

Sie geht in die Küche, und er bleibt, weiterhin nervös und unruhig, sitzen. Er kennt das Gefühl, wenn er kurz davor ist, etwas zu begreifen. Wenn er selbst, bei seinen eigenen Analysesitzungen, als Patient auf der Couch liegt, geht es ihm des Öfteren so. Es ist, als schwirrte eine Vielzahl von Dingen in chaotischem Durcheinander in seinem Kopf herum, bis diese allmählich und wie selbstverständlich in einen Zustand der Ordnung übergehen.

Danach ist es ungefähr so, wie wenn man ein Rätsel nach seiner Lösung noch einmal in all seinen Bestandteilen analysiert – dann kommt es einem meistens verblüffend einfach vor. Als hätte die Lösung von Anfang an offen zutage gelegen. Dazu fällt ihm eine berühmte Erzählung von Edgar Allan Poe ein.

In seine Gedanken versunken, achtet er nicht auf die Frage, die Paula ihm von der Küche aus stellt. Für alle Fälle antwortet er jedoch mit Nein. Unruhig lässt er den Blick durchs Zimmer schweifen, bis ein gerahmtes Foto auf dem Couchtisch seine Aufmerksamkeit auf sich zieht. Er nimmt es in die Hand und sieht es lange an. Er kennt die Person darauf, er hat sie schon einmal gesehen.

»Das ist deine Mutter, oder?«

Paula streckt den Kopf zur Tür herein und sieht, welches Foto er in der Hand hält.

»Ja.«

»Sie war sehr schön.«

»Wunderschön.« Mehr sagt sie nicht.

Die Frau auf dem Bild ist noch jung. Ihr langes, dunkles Haar bewegt sich im Wind, im Hintergrund ist eine Berglandschaft zu sehen. Bei dem Anblick hat Pablo das gleiche seltsame Gefühl wie an dem Tag, als er das Foto zum ersten Mal zu sehen bekam, in Camilas Arbeitszimmer, heimlich im Geigenkasten aufbewahrt. Verwirrt stellt er es auf den Couchtisch zurück. Anschließend wandert sein Blick zu dem Gemälde an der Wand.

Da ist wieder die Berghütte, deren oberer Teil vom Nebel verhüllt wird, die hohe Kiefer und der Jäger mit dem Hasen mit den großen Augen in der Hand.

Pablo versucht, das Bild zu betrachten, ohne einen spezifischen Punkt anzuvisieren, bis ihm auf einmal ein bis dahin unbemerktes Element auffällt. Ob das tatsächlich sein kann …? Er muss es unbedingt überprüfen.

»Paula, ich geh mal kurz auf die Toilette.«

»Nur zu, du weißt ja, wo sie ist«, erwidert Paula und zieht sich wieder in die Küche zurück.

Pablo betritt den Flur, begibt sich jedoch nicht ins Bad,

sondern auf direktem Weg in das zweite salonartige Zimmer. Dort hängt das andere Bild, das ihn an Picassos *Guernica* erinnerte. Auch hier versucht er, es anzusehen, ohne einen konkreten Punkt in den Blick zu nehmen. Und tatsächlich, wieder ist da dieses beim ersten Mal unbemerkt gebliebene Element. Auch wenn es hier durch die Schraffierung stärker verborgen ist. Und dazu gibt es hier noch etwas anderes ...

Auf dem Weg in Paulas Zimmer verleiht er den Bildern in Gedanken unterschiedliche Titel: Das Hütten-Bild, das *Guernica*-Bild – gleich kommt wieder das rote Bild.

Außerdem ist da noch das Bild in dem Landhaus, das Regen-Bild. Er weiß, dass sie alle von demselben Künstler stammen, oder vielmehr – inzwischen ist er sich da sicher – von derselben Künstlerin.

Auch diesmal versucht er, die Sache so schnell wie möglich durchzuführen, er hat jedoch das Gefühl, als dauere es eine halbe Ewigkeit, es kommt ihm vor, als bewege er sich in Zeitlupe.

Paulas Zimmer ist ebenso aufgeräumt und blitzsauber wie bei Pablos erstem Besuch. Ohne anzuhalten, geht er direkt zu dem Bild, das, an die Wand gelehnt, auf dem Boden steht. Das rote Bild. Diesmal ist es ganz einfach, weil er inzwischen weiß, wonach er sucht. Und tatsächlich, erneut präsentiert sich ihm das bereits bekannte Element, und dazu, wie schon bei den Bildern davor, noch etwas anderes ...

Auf dem Rückweg ins Wohnzimmer betritt Pablo das Bad, drückt, ohne das Licht einzuschalten, auf die Spülung und lässt dann am Waschbecken einen Augenblick lang Wasser über seine Hände laufen. Dabei versucht er, in seinem Inneren den Anblick des Regen-Bildes im Landhaus der Familie Vanussi heraufzubeschwören. Wie wenn bei einem Kreuzworträtsel nur noch wenige Buchstaben eines Begriffs fehlen, braucht er diesmal nicht lange zu suchen, bis er das gewünschte Element gefunden hat, das seinen Teil zur Vervollständigung des Gesamtbildes beiträgt. Im Wohnzimmer lässt er sich wieder auf der Armlehne nieder, und obwohl er das Gefühl hat, viel zu lange fort gewesen zu sein, stellt er auf einmal fest, dass Paula noch gar nicht mit dem Kaffee erschienen ist. Kurz darauf betritt sie endlich den Raum.

»Du hast zwar gesagt, du nimmst keinen Zucker, aber für alle Fälle hab ich doch welchen mitgebracht.« Als sie das Tablett auf dem Couchtisch abstellt und Pablo ansieht, merkt sie, dass etwas in der Luft liegt. »Ist etwas?«

Pablo nickt.

»Bevor ich dir das Gutachten gebe, müssen wir über etwas reden.«

»Klar, über dein Honorar, nehme ich an.«

»Nein, darum geht es nicht.«

»Sondern?« Paula setzt sich Pablo gegenüber in einen Sessel.

»Heute Nacht hatte ich einen Traum.«

Paula lächelt.

»Ich würde dir ja gerne helfen, aber ich habe noch nicht mal die Abschlussprüfung gemacht, und ich möchte nicht das Risiko eingehen, dass man mich wegen unerlaubter Berufsausübung von der Uni wirft«, sagt sie scherzend.

Pablo geht nicht auf ihre Bemerkung ein.

»Ich habe darüber nachgedacht, was in den letzten Tagen passiert ist. Meine Unterhaltung mit Doktor Rasseri, der Besuch bei Javier, unsere Treffen und die Gespräche mit Camila …«

Selbstverständlich erwähnt er die Aufnahme nicht, die José ihm gegeben hat, und ebenso wenig, was Luciana und Rasseri ihm haben zukommen lassen.

»Ich habe eine Weile gebraucht, um das alles auf einen Nenner zu bringen. Aber du weißt ja selbst, wie das ist, manchmal müht sich der Verstand ewig lange ab, um den Sinn von etwas zu erkennen, und dann wird es einem durch den Einfluss des Unbewussten schlagartig klar.«

»Ich weiß nicht, ob ich dich verstehe …«

»In meinem Traum kamen alle möglichen Dinge vor, ein rötlicher Schimmer am Nachthimmel, das Gefühl von Angst, ein Hund, ein Fenster, Regen, ein Mann, der sein Gesicht unter einem Hut zu verstecken versucht. Und am Ende drei Personen, die zu einer verschmolzen waren: deine Mutter, dein Bruder und du.«

Paula setzt sich, ohne ein Wort zu sagen, im Sessel zurecht.

»Und nachdem ich das alles anschließend noch einmal rekapituliert habe, bin ich zu zwei Schlussfolgerungen gelangt. Erstens, dass es nicht sicher, aber doch wahrscheinlich ist, dass dein Bruder deinen Vater getötet hat. Und zweitens, dass dein Vater ein Schwein war und verdient hat, was ihm passiert ist. Trotzdem passen ein paar Dinge immer noch nicht recht zusammen. Bevor ich weiterrede, musst du mir aber versprechen, dass du offen und ehrlich zu mir sein wirst so wie ich zu dir.«

Paula blickt ihm direkt in die Augen.

»Ich verspreche es dir.«

»Gut. Kurz bevor dein Vater verschwand, hatte dein Bruder eine schwere Krise, das weißt du noch, oder?«

»Ja.«

»Von da an bekam Javier mehrere Monate lang sehr starke und keineswegs ungefährliche Psychopharmaka.«

»Und?«

»Heute habe ich mit einem Freund telefoniert, der ein sehr erfahrener Psychiater ist. Ich habe ihm eine Frage gestellt.«

»Und zwar?«

»Ich habe ihn gefragt, ob ein Mensch, der seit mindestens einem Monat mit solchen Medikamenten behandelt wird, in der Lage wäre, jemanden zu töten, die Leiche einzuwickeln, in einen Kofferraum zu hieven, mehrere Kilometer zu fahren, die Leiche wieder aus dem Kofferraum herauszuholen, bis zu einem See zu schleifen und dort zu versenken, dann wieder nach Hause zu fahren und alle Spuren so sorgfältig zu beseitigen, dass niemand etwas merkt.«

Im Zimmer macht sich angespannte Stille breit.

»Und was hat er geantwortet?«

»Dass es nicht allzu schwierig ist, jemanden zu töten, ja, dass eigentlich fast jeder Mensch dazu imstande wäre. Es ist offensichtlich viel einfacher, ein Leben auszulöschen, als man normalerweise denkt. Die hier verwendete Mischung von Medikamenten jedoch sorgt für eine derartige Muskelverspannung und geistige Vernebelung, dass jemand in diesem Zustand nichts von dem, was ich gerade aufgezählt habe, zustande bringen würde. Da habe ich mir gesagt, dass, selbst wenn Javier gegen alle Wahrscheinlichkeit der Mörder gewesen sein sollte, er einen Komplizen gehabt haben muss, der die restliche Arbeit übernommen hat.«

Pablo leert seine Tasse auf einen Zug und spricht weiter.

»Es wäre jedenfalls vollkommen logisch gewesen, unter all den obskuren Geschäftspartnern deines Vaters nach dem Täter zu suchen. Trotzdem hast du nie daran gezweifelt, dass Javier der Schuldige ist.«

»Du dagegen schon.«

»Allerdings. Wie auch immer – später ist jedenfalls nicht Javier in meine Wohnung eingedrungen, und er hat auch nicht zwei Killertypen beauftragt, mich vor der Haustür abzupassen.« Pablo verstummt und fängt an, unruhig im Zimmer hin- und herzugehen. »Als ich meine Zweifel geäußert habe, sind verschiedene Leute nervös geworden. Wer hat ihnen verraten, dass ich dabei bin, alte Geschichten aufzurühren? Du? Bermúdez? Rasseri? Der Richter? Fernando? Wer, verdammt?« Er nähert sich Paula.

Paula scheint wie gelähmt. Pablo ist inzwischen sehr aufgebracht. Trotzdem sieht er Paula geradezu flehend an.

»Du musst mir helfen, das Ganze zu verstehen. Du weißt, wie es funktioniert. Der Analytiker bringt die Dinge zusammen, aber der Patient muss mitmachen, vor allem mit seinen spontanen Einfällen. In diesem Fall kannst du den Patienten spielen.« Paula wendet den Blick ab. »Verstehst du? Ich könnte dir jetzt einfach dieses Scheißgutachten geben und die Geschichte vergessen. Ich kann aber nicht weiterleben, wenn ich mich die ganze Zeit fragen muss, ob José oder Helena mich in eine Falle gelockt beziehungsweise mir diese Typen auf den Hals gehetzt haben. Außerdem…« Unwillkürlich muss er lächeln. »Ich bin Analytiker, und so gefährlich es ist, ich kann nicht dagegen an: Ich muss die Wahrheit rausfinden, das ist meine große Leidenschaft.«

»Na gut«, stammelt Paula mit gesenktem Kopf, »wenn du der Analytiker bist und ich die Patientin… dann musst du mir auch helfen, die Wahrheit auszusprechen, von selbst schaffe ich das nicht.«

Damit fordert sie ihn auf, das zu tun, was er am besten kann. Trotzdem zögert er. Seine Vernunft rät ihm erneut, aufzuhören, ihr das Gutachten zu übergeben und alles Übrige auf sich beruhen zu lassen. Aber es ist zu spät, er hat es gerade selbst gesagt: Die Wahrheit ist seine große Leidenschaft.

»Weißt du, dass ich das Foto deiner Mutter schon mal gesehen habe?« Paula blickt ihn erstaunt an, aber Camilas Geheimnis wird er ihr nicht verraten. »Wo, spielt keine Rolle, aber gesehen habe ich es jedenfalls schon mal«, fährt Pablo fort und nimmt erneut das Porträt von Victoria in die Hand. »Und gleich beim ersten Mal ist mir etwas aufgefallen. Ich kann aber erst jetzt sagen, was es ist.«

»Was denn?«

Pablo hält ihr das Foto hin.

»Dass sie dir überhaupt nicht ähnlich ist.«

»Was findest du daran so besonders? Töchter sehen nicht immer wie ihre Mütter aus.«

»Etwas war aber in meiner Erinnerung hängen geblieben, eine Äußerung von Javier. Bei meinem Gespräch mit ihm hat er gesagt, sie sei dir total ähnlich und dass man euch nicht unterscheiden könne.«

Schweigen.

»Das hat er gesagt?«

»Ja.«

»Das verstehe ich nicht.«

»Ich schon. Allmählich wird mir alles klar. Eigentlich hätte ich längst darauf kommen können.«

»Worauf?«

»Was der Traum mir sagen wollte.«

»Und was wollte er dir sagen?«

»Er wollte mich auf die Bilder aufmerksam machen. Alle Bestandteile meines Traums gibt es auch auf den Bildern: die rote Farbe, den Regen, den Hund, die durchscheinenden Flächen und Gestalten, das Fenster, vor allem aber den halb verborgenen Mann. Der Mann kommt sogar auf jedem Bild vor, was andererseits kein Wunder ist. Immer ist er bloß wie angedeutet, biegt gerade um eine Ecke, hat keine Augen, wird von einer Schraffur verdeckt oder vom Regen, verstehst du? Die Bilder sind in meinem Traum aufgetaucht, weil mir unbewusst klar war, dass sie eine verborgene Wahrheit enthalten, die entziffert werden will.«

»Wie meinst du das?«, fragt Paula unsicher.

»Zwei Sachen sind dabei zu beachten. Zunächst einmal darf man diese Bilder nicht einzeln analysieren, ihr Sinn ergibt sich erst aus dem Zusammenhang. Mit psychologischer Bildanalyse hast du dich an der Universität sicher schon beschäftigt, oder?«

»Ja.«

»Gut, dann stell dir vor, jemand würde dir all diese Bilder gleichzeitig vorlegen, und du sollst sagen, was sich auf jedem von ihnen wiederholt oder ob unterschiedliche Elemente womöglich auf dieselbe Bedeutung abzielen. Und daraus sollst du dann Schlüsse ziehen.«

»Konvergenz und Rekurrenz«, erinnert sich Paula.

»Genau. Also, ich nenne dir jetzt eine Reihe von solchen Elementen, und du sagst, was dir dazu einfällt... Zuerst einmal sind da die Farben: überwiegend Braun, Rot und Schwarz. Dann die Augen, sie fallen entweder auf, weil sie so groß sind wie bei dem Hasen, oder ungewöhnlich klein, wenn sie nicht ganz fehlen wie etwa bei dem Jäger. Dazu kommen seltsam durchscheinende Flächen, zum Beispiel auf dem Bild mit den vielen geometrischen Elementen. Außerdem gibt es jedes Mal eine Figur, die schwach und verängstigt wirkt, und mindestens eine weitere, die auf die eine oder andere Weise nicht der Norm entspricht, als fehlte ihrem Körper etwas, oder sie hat zwei Herzen...«

Paula hört mit gesenktem Kopf zu, während Pablo seine Schilderung mit wachsender Begeisterung fortsetzt.

»Die Kiefer und die Hütte, die beide steil in die Höhe ragen, sind phallische, also sexuell stark aufgeladene Elemente, der Nebel dagegen, der den Kamin einhüllt, oder der Baum, der sich im Wind biegt, verweisen darauf, dass es in diesem Zusammenhang etwas zu verbergen gibt, etwas, das der Künstler nicht zulassen will. Sein Unbewusstes zwingt ihn aber, trotzdem darüber zu sprechen, beziehungsweise etwas zu zeigen, das sein Bewusstsein nicht sehen will. Dafür könnte die Person stehen, die, halb in der Dunkelheit verborgen, aus dem Fenster blickt.«

Da fällt ihm eine Äußerung Paulas wieder ein von der Aufnahme, die José ihm gegeben hat: ›Manchmal habe ich aus meinem Zimmerfenster gesehen, aber ohne Licht zu machen, ich wollte wissen, was da draußen vor sich geht…‹ Aber damit darf er sich jetzt nicht aufhalten.

»Die aneinandergepressten Beine und die Hände auf den Oberschenkeln lassen das Bedürfnis erkennen, den eigenen Genitalbereich zu schützen, und…«

Er verstummt, weil er merkt, dass Paula angefangen hat, zu weinen.

»Du weißt, worauf ich hinauswill, oder?«, fragt er behutsam. Paula nickt. »Die Person, die diese Bilder gemalt hat, gibt unverblümt zu erkennen, dass sie missbraucht wird. Ja, ich würde sagen, dass dieses Thema so hartnäckig immer wieder auftaucht, zeigt, wie schlimm die Qualen sind, die diese Person durchmachen muss. Ihr Leid in Kunst zu verwandeln war zweifellos das einzige ihr zur Verfügung stehende Mittel, um unter diesen schrecklichen und eigentlich unerträglichen Umständen nicht den Verstand zu verlieren, glaubst du nicht?«

»Doch.«

Ein angespanntes und lastendes Schweigen tritt ein. Trotzdem spürt Pablo, dass die Wahrheit mit aller Kraft hervorzutreten versucht. Paula gibt sich größte Mühe, nicht die Beherrschung zu verlieren. Schließlich hält Pablo ihr die Hand hin.

»Komm, setz dich neben mich.«

Paula tut, was er sagt.

Bei seinem ersten Besuch hätte Pablo sie niemals so nah an sich herangelassen, aber von der herausfordernd sinnlichen Paula von damals ist kaum etwas übrig. Deshalb versucht er jetzt auch, sie ganz in seiner Nähe zu haben, er möchte sie vor dem, was schon bald in ihr aufsteigen wird – da ist er sich ganz sicher –, beschützen.

Er fasst sie sanft am Kinn und hebt ihren Kopf an, damit sie ihn ansieht. Dann streicht er ihr zärtlich das Haar aus dem Gesicht.

»Kann ich weitermachen?«

Paula nickt.

»Als Javier geschildert hat, wie er deinen Vater getötet hat, hat er sich vollkommen klar und eindeutig ausgedrückt. Ich weiß, dass eine Wahnvorstellung immer eine Wahnvorstellung bleiben wird, und trotzdem war etwas Wahres an dem, was er erzählt hat. Aber ich begreife erst jetzt, was das war.«

»Und zwar?«

»Manche Bestandteile seiner Erzählung waren der Wirklichkeit entnommen, andere seiner Fantasie, eben genau auf die Art, wie sein kranker Verstand ihn traumatische Erlebnisse verarbeiten lässt. Das heißt, Javiers Psyche hat das Ganze sozusagen verdichtet und aus zwei Szenen eine gemacht, aber nicht nur das, er hat auch zwei Zeiten und vor allem zwei Todesfälle miteinander vermischt.«

»Das verstehe ich nicht.«

»So wie ich es sehe, hat er tatsächlich gehört, wie dein Vater jemanden angeschrien und beschimpft hat, und auch, wie er diesem Menschen Befehle erteilt und ihn geschlagen hat. Javier war währenddessen in seinem Zimmer und hat vergeblich versucht, nichts mitzubekommen, indem er sich das Kissen auf den Kopf gepresst hat. Doch was dann geschah, war mehr, als er ertragen konnte, und da kam es zum Bruch mit der Realität. Von da an ging bei ihm alles durcheinander.«

»Wie meinst du das?«

»Ich meine damit, dass dein Vater den anderen Menschen nicht nur geschlagen und beleidigt und misshandelt hat. Die Schreie und das, was Javier sonst noch mit anhören musste, legen etwas anderes nahe. Dein Vater hat mit der Person, die bei ihm war, Sex gehabt, er hat sie vergewaltigt. Und das konnte Javier nicht verarbeiten. Diesen Teil der Wirklichkeit hat er zurückgewiesen und durch etwas anderes ersetzt. Für ihn war es auf einmal so, dass nicht die Vergewaltigung, sondern die Schreie seine Angst und seine Schmerzen ausgelöst haben, wodurch nicht sein Vater, der Vergewaltiger, sondern die schreiende Frau – denn bei der anderen Person handelte es sich um eine Frau – zum Verursacher seines Leidens wurde. *Sie* musste er also zum Verstummen bringen, nicht ihn. Deshalb ist er aufgestanden, hat sich ein Messer genommen und ist in das Zimmer deines Vaters gegangen.« Er sieht Paula an. »Ich glaube, ich kann die Szene rekonstruieren. Soll ich?«

Nach langem Schweigen nickt Paula.

»Ja.«

»Javier betritt das Zimmer deines Vaters und sieht, dass dieser eine Frau schlägt und vergewaltigt – das ist vollkommen real. Für ihn handelt es sich bei dieser Frau jedoch um seine Mutter. Und auf einmal hat er das Gefühl, dass er seinen *Vater* töten muss, damit die quälenden Schreie aufhören, denn ein letzter Rest Vernunft lässt ihn erkennen, dass es nicht hilft, die Frau, also seine Mutter umzubringen, schließlich ist die längt tot, auch wenn sie sich in diesem Augenblick vor ihm befindet und schreit. Sein Verstand sagt ihm: Es reicht! Und er geht mit dem Messer auf deinen Vater los. Aber die Worte ›Es reicht!‹, die sein Verstand ihm einzugeben scheint, stammen in Wirklichkeit nicht von ihm, er macht sie sich bloß zu eigen, jemand anders spricht sie aus.«

»Wer?«

»Camila. Auch sie hat immer wieder solche Szenen mit anhören müssen. Diesmal ist es jedoch noch viel schlimmer als sonst, und deshalb sind auf einmal alle da, auch du.« Pablo kann Paula ansehen, wie verzweifelt sie versucht, sich dem drohenden Zusammenbruch entgegenzustemmen. »Und jetzt erklärt sich für mich auch die Überraschung, die das Foto deiner Mutter bei mir ausgelöst hat.«

»…«

»Javier hat bei unserer Unterhaltung gesagt, du und eure Mutter, ihr wärt euch vollkommen ähnlich, man könne euch nicht unterscheiden. Aber in Wirklichkeit kann nur *er* euch nicht unterscheiden. Das heißt, am Anfang konnte ich es auch nicht.«

Paula sieht ihn verwundert an.

»Ja, als ich die Bilder gesehen habe, war ich tief beeindruckt, und als ich die Signatur entdeckt habe, war ich sicher, dass sie von deiner Mutter stammen. V. P., das war für mich Victoria Peña. Erst später habe ich angefangen, daran zu zweifeln.«

»Wann denn?«

»Als Camila gesagt hat, deine Mutter habe einen Vater erfinden wollen, den es gar nicht gab, das sei bloß wie eins der schönen bunten Bilder gewesen, die sie immer gemalt habe und mit denen sie die Wahrheit verdecken wollte. Die Person dagegen, die die Bilder gemalt hat, die *ich* gesehen habe, hat mit allen Mitteln versucht, die Wahrheit zu enthüllen. Und zwar eine finstere und bedrückende Wahrheit.« Er streicht Paula sanft über die Wange. »Erst heute ist mir klar geworden, dass V. P. gar nicht für Victoria Peña steht, sondern für

Vanussi, Paula. *Du* hast die Bilder gemalt, *du* hast versucht, der Welt zu zeigen, was für Foltern du durch deinen Vater ausgesetzt warst. Und du, Paula, warst auch die Frau, die dein Vater geschlagen und vergewaltigt hat, oder?«

Er sieht Paula an, und da bricht ihr Widerstand endgültig zusammen. Sie fängt an, verzweifelt zu schluchzen und schreiend auf Pablo einzuschlagen. Das sind die gellenden Schreie, die Javier mit anhören musste und die Victoria vergeblich durch laute Musik überdecken wollte, wenn sie sich mit Camila in deren Zimmer einschloss. Pablo läuft es kalt den Rücken hinunter, doch gleich darauf legt er schützend die Arme um Paula.

Bei seinem ersten Besuch hatte sie versucht, ihn zu verführen. Jetzt ist ihm klar, dass kein echtes Begehren dahintersteckte, sondern bloß ein kranker Automatismus. Sie war in dem Glauben aufgewachsen, für alles mit ihrem Körper bezahlen zu müssen, dazu verdammt, unweigerlich das Lustobjekt der anderen zu sein. Er war darauf jedoch nicht eingegangen, und ebendeshalb kann er sie jetzt in die Arme schließen, nicht wie ein Liebhaber, sondern wie ein Vater, der Schutz und Zuflucht gewährt.

Lange hält er Paula so in den Armen, bis sie irgendwann zu sprechen anfängt.

»Das habe ich noch nie jemandem erzählt, nicht einmal José«, sagt sie, als müsste sie sich rechtfertigen. »Aber es ging viele Jahre so. Seit meinem vierzehnten Geburtstag. In der Nacht kam mein Vater betrunken in mein Zimmer... Er hat mich angefasst und geküsst.« Sie weint wieder. »Es war schrecklich. Aber am schlimmsten war, dass es nicht bei diesem einen Mal geblieben ist. Im Gegenteil, er hat es immer wieder getan, und ich habe jede Nacht vor Angst gezittert, dass er gleich in mein Zimmer kommt.«

»Und deine Mutter?«

Er weiß, wie unangenehm und schmerzhaft diese Frage ist, aber Paula hat alles Recht der Welt, die Heilige, zu der alle anderen ihre Mutter Victoria stilisiert haben, vom Sockel zu stürzen.

»Camila war erst kurz davor zur Welt gekommen, und ich glaube, meine Mutter hat sich gesagt, dass sie bloß einen von uns schützen kann, und das war dann die Jüngste, Camila. Deshalb hat sie nie etwas gesagt, sondern sich bloß mit Camila in deren Zimmer eingeschlossen. Manchmal hat sie auch Javier mitgenommen.«

»Manchmal, das heißt, nicht immer.«

»Nein… Auch er hat unter meinem Vater leiden müssen.«

Pablo sieht sie an.

»Hat dein Vater auch Javier vergewaltigt?«

»Ja«, stammelt Paula, »ein paarmal. Bis…«

»Bis du dich an seiner Stelle angeboten hast. Du hast mit deinem Körper für ihn bezahlt.«

Paula nickt, und Pablo spürt, wie unbändiger Hass in ihm aufsteigt. Was für Schweine… beide, Roberto Vanussi und seine Frau Victoria auch. Jetzt versteht er, warum Paula auf der Aufnahme so heftig reagiert, als José davon spricht, ihr Vater habe es mit lauter Prostituierten getrieben. Denn genau diese Rolle fiel auch ihr zu, vielleicht am öftesten von allen. Und er begreift, warum die Frau am Ende seines Traums sich aus Paula, Javier und Victoria zusammensetzte, während Camila fehlte – Camila war es schließlich, wie auch immer, gelungen, dieser Hölle zu entkommen.

Schweine, sagt er sich nochmals.

Beide. Der Vater war in jeder Hinsicht hemmungslos, und die Mutter so verliebt in ihren perversen Mann, dass sie ihm die eigenen Kinder zum Opfer brachte, damit er seine Geilheit befriedigen konnte.

Ihm fällt wieder ein, was Doktor Rasseri über sie gesagt hat: »Victoria Peña war eine äußerst ungewöhnliche Frau. Sie war wunderschön und betete ihre Kinder an. Zu ihrem Unglück war sie jedoch viel zu verliebt in ihren Mann, und das hatte großen Einfluss auf die Art, wie sie mit ihrer Mutterrolle umging.«

Und wie das ihr Verhalten beeinflusste! Das ging so weit, dass sie ihre beiden älteren Kinder auslieferte. Nur Camila bewahrte sie davor. So wie die Dinge standen, wäre jedoch auch Camila eines Tages vielleicht noch an die Reihe gekommen. Hätte nicht jemand beschlossen, dem Ganzen ein Ende zu setzen. Aber wer?

»Ich glaube, dass Javier bei der Schilderung, wie er deinen Vater getötet hat, zwei Dinge miteinander hat verschmelzen lassen. Dass er mit einem Messer in der Hand im Zimmer erschienen ist, dürfte stimmen, und auch, dass er ihn damit angegriffen hat. Ich glaube aber nicht, dass er ihn in seinem Zustand hätte töten können.«

Bermúdez hatte Pablo erzählt, dass Roberto Vanussi mehrere harmlose Verletzungen zugefügt worden seien, die ihn keinesfalls das Leben gekostet hätten. Diese Verletzungen dürften von Javier stammen. Später sei es aber doch noch zu einer tödlichen Verwundung gekommen. Wann und durch wen?

Den Rest der Szene rekonstruiert Pablo vorläufig mithilfe dessen, was er der Aufnahme hat entnehmen können, die José ihm überlassen hat.

»Im Gegenteil«, fährt er fort, »dein Vater hat Javier zu Boden geschlagen und ihn anschließend mit dem Gürtel ausgepeitscht, bis du dazwischengegangen bist. Und daraufhin kam es zu eurem Pakt: Dein Vater würde von Javier ablassen und dafür könnte er über deinen Körper verfügen, wann und so oft er wollte.«

Pablo wird auf einmal klar, dass Javier sich in seinem Wahn eingebildet hat, in diesem Augenblick seinen Vater getötet zu haben. Deshalb wohl auch sein neuerlicher Zusammenbruch, als mehrere Monate danach dessen Leiche gefunden wurde. Pablo erinnert sich, dass Javier in diesem Zusammenhang davon sprach, er habe mit angehört, wie Paula zu Camila gesagt habe, »Papa ist wieder da.«

Was natürlich nicht möglich ist, aber für Javier stellte es sich in dieser Weise dar: »Papa ist wieder da.« Anders gesagt, für Javier war in diesem Moment nicht der verweste Leichnam seines Vaters aufgetaucht, sondern sein Vater selbst und damit der altbekannte Schrecken. Woraufhin er erneut den Versuch unternahm, ihn zu töten.

Pablo ist überzeugt, dass Javier sich in seinem Wahn aufgespalten und beide Rollen übernommen hat, seine eigene und die des Vaters. Deshalb hat er sich selbst mit dem Gürtel ausgepeitscht – im Glauben, er sei sein Vater –, so wie er sich auch die Adern aufschnitt, im Glauben, dies geschehe seinem Vater. Und ebendeshalb schrieb er zuvor noch auf einen Zettel: »Es ist vorbei. Ich habe ihn umgebracht.« Das war jedoch kein Geständnis, sondern ein Triumphschrei.

Was eine weitere Unstimmigkeit von Javiers Erzählung erklärt. Zu Pablo hat er nämlich gesagt, er habe zweimal versucht, sich das Leben zu nehmen, während es seiner Krankenakte zufolge drei solche Versuche gab. Den dritten Versuch erlebte Javier jedoch nicht als Selbstmord, sondern als neuerlichen Angriff auf seinen Vater.

Doch auch wenn Javier sich in seinem Wahn einzureden versucht hat, seine Attacke sei erfolgreich gewesen, ist Pablo sich mittlerweile sicher, dass jemand anders an seiner Stelle die Tat zu Ende gebracht hat. Jemand, der nicht nur klarer bei Bewusstsein und körperlich stärker war – der oder die Betreffende muss auch so aufgewühlt gewesen sein, dass es für ihn oder sie keinen anderen Ausweg mehr gab als Roberto Vanussis Tod.

Da fällt Pablo wieder ein, dass Doktor Rasseri einmal gesagt hat, er sei Roberto Vanussi bloß zweimal persönlich begegnet. Das eine Mal, als er Javier in der Klinik abgeliefert habe. Außerdem weiß er, dass Vanussi seinen Sohn dort nie besucht hat und auch sonst nie mehr in der Klinik erschienen ist. Wann fand also die andere Begegnung statt?

Die Antwort hierauf ist in einer anderen Äußerung Doktor Rasseris während desselben Gesprächs enthalten:

»Paula Vanussi, noch so eine wunderschöne junge Dame. Sie hatte schon als Mädchen ihren eigenen Kopf, abgesehen davon, dass sie wirklich äußerst attraktiv ist.«

Schon als Mädchen, wiederholt Pablo innerlich.

Als Javier zum ersten Mal in die Klinik eingeliefert wurde, war Paula bereits ein Teenager. Wieso hat Doktor Rasseri sie dann schon als Mädchen gekannt? Vielleicht fand seine andere Begegnung mit Roberto Vanussi gar nicht im Zusammenhang mit Javiers Erkrankung statt, sondern lange davor.

»Paula, du warst zeitweilig auch bei Doktor Rasseri in Behandlung, oder?«

Paula zögert mit der Antwort, Pablo drängt sie jedoch nicht.

»Ja, als ich noch ganz klein war, hatte ich manchmal eine Art Absencen, und da sind meine Eltern mit mir zu ihm gegangen.«

»Absencen? Meinst du Aurae?«

»Ja.«

»Bist du Epileptikerin?«

»Ja. Seit ich denken kann, nehme ich deswegen Tabletten, aber es geht mir gut dabei. Nur manchmal, wenn ich äußerst angespannt bin, tritt für kurze Zeit einer dieser Zustände auf.«

Jetzt wird Pablo auch klar, woher Paulas großes Interesse an Nervenleiden rührt. Es ging und geht ihr nicht nur um ihren Bruder, sondern auch um sie selbst, und er fragt sich, ob diese Absencen sie geschützt haben, wenn ihr Vater sie wieder einmal missbrauchte. Gut möglich. Auch wenn die Tatsache, dass ihr Bewusstsein bei solchen Gelegenheiten offenbar wie ausgelöscht war, letztlich vor allem dem Versuch geschuldet gewesen sein dürfte, das, was mit ihr geschah, zu verdrängen. Die Absencen hätten dann also mehr mit einer Art Selbstverteidigung zu tun gehabt als mit einer neurologischen Störung.

Eine bedrückende und abstoßende Geschichte, aber er muss sie zu Ende bringen.

»Paula, du hast damals den Rest übernommen, stimmt's?«

Sie nickt.

»Du hast die Leiche deines Vaters eingewickelt, ins Auto gehievt, in den See geworfen und anschließend die Spuren verwischt.«

»Ja, aber wie sich gezeigt hat, habe ich keine gute Arbeit geleistet. Ich war nicht einmal imstande, das Messer verschwinden zu lassen.«

»Du hast getan, was du konntest«, sagt Pablo.

Sie nickt erneut, und etwas, was Paula bei ihrem Besuch bei Verónica gesagt hat, fällt ihm wieder ein: »Jemanden umzubringen ist nicht so einfach.« Wie hätte sie das mit solcher Bestimmtheit äußern können, wenn sie nicht …?

Pablo weiß, dass er noch eine weitere Frage stellen muss: »Paula, Javier hat deinen Vater also nicht getötet, oder?«

Sie sieht ihn ängstlich an und flüstert kaum hörbar:

»Nein.«

»Deshalb wolltest du mit ihm sprechen, bevor ich ihm gegenübertreten würde. Du wolltest sicher sein, dass er mir das keinesfalls sagt.«

»Ja. Du hast es geschafft… Das ist die Wahrheit, die du herausfinden musstest. Und jetzt? Was wirst du jetzt tun?«

Pablo steht verwirrt auf. Paula hat recht, er weiß jetzt, was er wissen wollte. Und nun? Soll er sie anzeigen? Hat sie es verdient, im Gefängnis zugrunde zu gehen, nur weil sie das Pech gehabt hat, in eine solche Familie hineingeboren zu werden, das Kind abartiger Eltern zu sein, deren Willkür sie schon als kleines Mädchen ausgesetzt war? Oder weil sie später versucht hat, ihre Geschwister zu beschützen? Woher nimmt er das Recht, sie zu verurteilen?

Es stimmt, die Wahrheit ist die Wahrheit, und er hat einen Eid geleistet, als man ihm seinen Titel verliehen hat. Aber zählt dieser Eid mehr als die Hölle, die Paula hat durchmachen müssen?

Er erinnert sich noch an das Telefongespräch mit Rasseri:

»Was wollen Sie also mit der Sache erreichen?«

»Die Wahrheit, Doktor Rasseri, sonst nichts.«

»Egal, wem Sie damit vielleicht schaden?«

Da begreift Pablo: Rasseri weiß Bescheid, auf einmal ist er sich ganz sicher. Und trotzdem hat er niemandem etwas gesagt. Jetzt ist es an ihm, Pablo, diesen Konflikt auszutragen und eine Entscheidung zu treffen.

Unwillkürlich richtet er den Blick auf das Bild an der Wand. Darauf zeigt Paula, welches Grauen und welche Einsamkeit sie hat durchmachen müssen, und bittet auf ihre Weise um Hilfe.

Ihre Stimme reißt ihn aus seinen Gedanken:

»Du hast mir noch nicht geantwortet. Was wirst du jetzt tun?«

Er sieht sie an und begreift, dass er nur eine Sache tun kann. Er nimmt den Umschlag, holt das Gutachten heraus, legt es auf den Tisch und streicht ihr über den Kopf, bevor er sich verabschiedet.

»Hier, tu damit, was du willst. Und wegen des Honorars brauchst du dir keine Sorgen zu machen, du hast für diese Geschichte schon genug bezahlt. An deiner Stelle würde ich José anrufen. Er kann dir jetzt am besten helfen.«

Sie verbirgt das Gesicht in den Händen und weint. Er kann ihr Schluchzen hören, aber ihr beizustehen ist nicht mehr seine Aufgabe. Schweigend geht er zur Tür und verlässt die Wohnung. Während er im Aufzug nach unten fährt, schreibt er eine SMS an José.

»Ruf Paula an. Sie braucht dich.«

Als er das Gebäude verlassen will, öffnet ihm der Wachmann, der ihn offenbar bereits kennt, die Tür.

»Auf Wiedersehen, Herr Doktor.«

Pablo erwidert nichts. Leichter Nieselregen fällt, und es dauert mehrere Minuten, bis ein freies Taxi vorbeikommt. Es ist ein ziemlich klappriges Modell, und normalerweise würde man lieber auf das nächste warten, aber in diesem Augenblick ist ihm das egal.

»Tag, wo soll's denn hingehen?«, fragt der Fahrer leutselig.

Pablo ist von seiner Antwort mindestens so erstaunt wie der Chauffeur. Warum hat er ihm diese Adresse genannt? Er weiß es selbst nicht.

18

Francisca öffnet ihm die Tür.

»Camila hat mir nicht gesagt, dass Sie kommen würden.«

»Ich weiß. Könnten Sie ihr bitte mitteilen, dass ich da bin? Ich würde gern mit ihr sprechen.«

»Aber natürlich. Warten Sie bitte einen Augenblick.«

Sie verschwindet im Flur, Pablo bleibt allein zurück. Er tritt an das Fenster, durch das Camila ihn beobachtet hat, als sie bei seinem letzten Besuch Verstecken spielten. Ein Stück entfernt steht der alte Backofen.

Auf der Fahrt hierher hat immer wieder sein Handy geklingelt, bis er es schließlich ausgestellt hat. Bestimmt war es Helena, die sich Sorgen um ihn macht, oder José, der seine SMS erhalten hatte. Aber es war ihm egal, er wollte mit niemandem sprechen, weil er diese Zeit brauchte, um nachzudenken.

Als er nach dem Besuch bei Paula mit dem Aufzug nach unten gefahren war, hatte er das Gefühl gehabt, nun sei alles erledigt, als er dann jedoch auf das Taxi wartete, war ihm auf einmal ein Satz wieder eingefallen, den Paula kurz davor zu ihm gesagt hatte: »Das ist die Wahrheit, die du herausfinden musstest.« Wenn das die Wahrheit war, die er herausfinden musste, was war dann die andere Wahrheit, die, die er nicht herausfinden sollte, die, die Paula lieber für sich behalten wollte? Woraufhin er sich an etwas erinnert hatte, was ein Psychoanalytiker nie vergessen darf: dass die ganze Wahrheit niemals von einem Menschen allein ausgesprochen werden kann. Auch in dieser Geschichte ist es so, dass jede ihrer Hauptfiguren etwas beizutragen hat, was die anderen bewusst oder unbewusst verschweigen.

Javier und Paula hatten den Teil der Wahrheit, über den sie verfügen, bereits erzählt, aber Pablo war sich sicher, dass noch etwas fehlte, und da hatte er begriffen, dass er mit Camila würde sprechen müssen, wenn er erfahren wollte, was weder Paula noch Javier ihm hatten sagen können.

»Wie genau weiß Camila, was beim Tod deines Vaters passiert ist?«, hatte er Paula vor ein paar Tagen gefragt.

»Sie weiß alles«, hatte Paula geantwortet.

Alles. Doch erst jetzt ist Pablo klar, was das bedeutet.

Jetzt weiß er, dass auch Camila in jener Nacht dabei war, und dass er, wenn er dazu beitragen will, dass sie ihr Leid überwinden kann, ihre Version der Geschichte erfahren muss. Deshalb ist er erneut zu ihr gefahren. Um sie zum Sprechen zu bringen und ihr damit zu helfen, das Geheimnis in Worte zu fassen, das, so wie es bis jetzt stumm in ihr ruht, die Ursache ihrer schrecklichen Albträume ist. Er weiß, dass dieses Geheimnis hinter dem namenlosen Wesen steckt, das Camila als »die Stimme« bezeichnet. Aus diesem Geheimnis zieht die Stimme ihre Kraft, sodass sie sich immer wieder bemerkbar machen kann, und wenn es ihm nicht gelingt, Camila dazu zu bewegen, dieses Geheimnis zu benennen, wird die Stimme sie weiterhin quälen und vielleicht noch verrückt machen.

Auf der Fahrt hierher hat Pablo in Gedanken noch einmal nachverfolgt, wie sich all die Sätze, Eindrücke und Empfindungen der letzten Tage nacheinander eingestellt haben wie die Steine eines Tetris-Spiels. Und er hat versucht, sie in eine sinnvolle, nachvollziehbare Ordnung zu bringen.

Er hat sich die Frage gestellt, warum Paula ihn mit einbezogen hat, obwohl sie ihn für die Durchführung ihres Plans gar nicht unbedingt gebraucht hätte. Und er hat sich selbst die Antwort gegeben: Sie hat sich an ihn gewandt, weil sie ihr Geheimnis gestehen wollte.

Warum hat sie das nicht bei José gemacht, ihrem Analytiker?

Ganz sicher ist sich Pablo nicht, aber er hat den Eindruck, die große Bewunderung, die Paula offensichtlich für ihn empfindet – sowohl Doktor Rasseri wie auch José haben ihm das bestätigt –, gibt ihr in Bezug auf ihn ein Gefühl der Sicherheit, das sie bei der Analyse vorläufig noch nicht hat.

José hat ihm außerdem erzählt, dass er lange gezögert hat, bevor er Paula als Patientin annahm, und dass er lange von Angesicht zu Angesicht mit ihr gearbeitet hat, bis er sie schließlich auf der Couch hat Platz nehmen lassen. Warum? Vielleicht wollte er, unbewusst, nicht darauf verzichten, ihre schönen Augen vor sich zu haben. Wie er selbst gesagt hat, Paula ist eine wunderschöne Frau.

Vielleicht ist es also bei ihren Sitzungen zu einer Art erotischer Gegenübertragung gekommen. Und Paula würde sich bei jemandem, der ihren Körper begehrt, niemals wirklich offen aussprechen, da ist Pablo sich sicher. Schließlich ist sie viel zu sehr daran gewöhnt, ein auf sie gerichtetes Begehren als Bedrohung zu empfinden. Vielleicht wollte sie ihn bei seinem Besuch in ihrer Wohnung unbewusst nur auf die Probe stellen, und dass er sich ihren Annäherungsversuchen damals entzog, war dann womöglich der Schlüssel dafür, dass sie zuletzt ihren Widerstand aufgegeben und ihm ihren Teil der Wahrheit offenbart hat.

Sie wollte sprechen, aber ohne dass sich daraus eine Gefahr für ihre Geschwister ergab. Dafür hatte sie schließlich lange genug ihren eigenen Körper hergegeben. Deshalb wollte sie unbedingt unter vier Augen mit Javier reden, bevor Pablo ihn zu sehen bekam, und aus demselben Grund, da ist Pablo sich inzwischen sicher, bat sie sich auch eine Bedenkzeit aus, bevor sie zuließ, dass er mit Camila eine Analyse begann. In beiden Fällen wollte sie sichergehen, dass ihre Geschwister nichts sagen würden, was sie nicht sagen sollten. Aber Camila ist völlig anders als Javier, und Pablo ihr Analytiker, wenn auch erst seit Kurzem. Was genau aber will Paula um jeden Preis geheim halten?

»Sie können jetzt zu ihr.«

Franciscas Stimme reißt ihn aus seinen Grübeleien. Pablo bedankt sich und folgt Francisca durch den Flur zu Camilas Zimmer. Er würde den Weg auch ohne sie finden, aber er weiß, dass Francisca ihn niemals allein zu ihr lassen würde. Auf ihre Art kümmert sie sich weiterhin sehr um sie. Deshalb hat sie bis jetzt auch jedes Mal die Tür angelehnt gelassen, wenn sie sich zurückzog, und aus demselben Grund verkündete sie bei seinem ersten Besuch scheinbar völlig unnötig: »Ich bin in der Küche.«

Pablo wird allmählich klar, wie die ungeschriebenen Regeln in diesem Haus funktioniert haben, mit deren Hilfe die Kinder dieser Familie geschützt oder zumindest in die Lage versetzt werden sollten, halbwegs mit dem Grauen zurechtzukommen, für das ihre Eltern verantwortlich waren. Ihre Eltern – für Pablo trägt nicht mehr nur Roberto Vanussi die Schuld an allem, seine Frau Victoria hat das Ihre zur Aufrechterhaltung der perversen Situation beigetragen. Natürlich hat sie ihre Kinder nicht selbst geschlagen oder missbraucht, aber ohne ihre Beihilfe hätte ihr Mann nicht in dieser Weise nach Lust und Laune über sie verfügen können.

Als Pablo ins Zimmer kommt, sieht Camila ihn verunsichert an.

»Ich hatte dich nicht erwartet.«

»Ich weiß.«

Sie sehen sich eine Weile an, bis Camila zu Francisca sagt: »Geh nur. Und mach bitte die Tür zu.«

Ein gutes Zeichen, sie vertraut ihm.

Francisca tut, was Camila ihr gesagt hat, und lässt die beiden allein. Die Geige liegt auf dem Tisch, während Camila nervös mit dem Bogen herumspielt, den sie immer noch in der Rechten hält. Pablo spürt, dass etwas seine Aufmerksamkeit auf sich zu ziehen versucht, was genau, kann er aber nicht erkennen, er weiß jedoch, dass er es nicht forcieren darf – »die Aufmerksamkeit frei fließen lassen«, anders geht es nicht, sagt er sich einmal mehr.

Camila trägt wie immer weit und bequem geschnittene Kleidung. Sie sieht ihn ernst an, schlägt die Beine übereinander und legt die Hände um die Knie, ohne den Bogen loszulassen. Der Anblick erinnert ihn an ihre erste Begegnung draußen vor dem Haus, als sie unter dem Vordach in ihrem Schaukelstuhl saß. Ihr Blick ist freundlich, bleibt aber gefasst und aufmerksam, als wollte sie ihn in keinem Moment aus den Augen verlieren und alles genau unter Kontrolle behalten.

Auch damals hatte sie die Beine übereinandergeschlagen und die Hände um die Knie gelegt. Pablo überlegt, wo ihm eine ganz ähnliche Haltung zuletzt begegnet ist – dann fällt es ihm ein: auf dem roten Bild.

Die Frau, die dort zu sehen ist, sitzt auf dem Boden und lehnt mit dem Rücken an der Mauer. Die Beine hat sie eng aneinandergepresst, die Hände liegen auf den Oberschenkeln. Die typische Haltung von jemandem, der unbewusst versucht, seine Geschlechtsteile zu schützen, wie sie besonders bei Menschen vorkommt, die missbraucht worden sind oder Angst vor Missbrauch haben.

Dass Camila mitbekommen hat, was sich bei ihr zu Hause abspielte, ist offensichtlich. Und auch dass ihre Mutter, die sie so liebt und an die sie sich so verzweifelt klammert, mit dafür verantwortlich war, ist ihr im Grunde genommen klar, auch wenn sie es sich noch nicht bewusst eingestehen kann.

Jetzt erkennt Pablo auch den Grund für einen scheinbaren Widerspruch: »Ich kann ihre Stimme noch genau in mir hören«, hat sie einmal zu ihm gesagt. Und trotzdem hat sie später darüber geklagt, dass sie, obwohl sie doch Musikerin sei, diese Stimme immer mehr vergesse – ein typischer Verteidigungsreflex ihres Bewusstseins. Es spaltet die Erinnerung einfach auf und bewahrt einerseits die sanfte Stimme der schützenden Mutter, während es andererseits die der Komplizin und Mittäterin auszustoßen versucht. Ob hinter der bedrohlichen Stimme, von der sie gesprochen hat, in Wirklichkeit nicht vielmehr Victoria steckt, die sie jedes Mal zwang, sich mit ihr in ihrem Zimmer einzuschließen, während ihr sadistischer Vater sich an ihren Geschwistern verging?

Er weiß es nicht, aber er darf sie jetzt noch nicht danach fragen, vorläufig braucht Camila die Vorstellung von ihrer »guten Mutter«, das scheint ihm klar, und er wird auf jeden Fall Rücksicht darauf nehmen.

Ebenso begreift er nun, warum sein Eindruck von ihr jedes Mal so schwankend und widersprüchlich war: Camila hat auch sich selbst in zwei Personen aufgespalten. Die eine bemüht sich, weiterhin einen kindlichen Eindruck zu vermitteln und die Rundungen zu kaschieren, die inzwischen an ihr zu bemerken sind, die Brüste und Hüften, die die attraktive Frau ahnen lassen, in die sie sich allmählich verwandelt. Das ist auch der Grund dafür, dass sie immer so weit geschnittene Kleidung trägt. Unbewusst sagt sie sich, dass ihr Körper, so lange er der eines Kindes ist, die Aufmerksamkeit desjenigen, der vorhat, auch sie irgendwann zu missbrauchen, womöglich nicht auf sich ziehen wird.

Zum anderen sind da ihr Abstraktionsvermögen und ihr Verantwortungsgefühl, die eher an einen Erwachsenen denken lassen als an den Teenager, der sie ist. Dieses frühreife, um nicht zu sagen altkluge Bewusstsein weist andererseits auch darauf hin, dass sie bereits mit erheblicher Gewalt konfrontiert worden ist.

Camila war gezwungen, eine eigene, abgeschlossene Welt für sich zu errichten, in die niemand eindringen kann. Ihre große musikalische Begabung und ihre erstaunliche Fähigkeit, stundenlang allein zu sein und zu üben, verbargen beziehungsweise rechtfertigten eine Haltung, die in Wirklichkeit auf Rückzug und selbstgewählte Isolation abzielte. Dass bei ihr eine verdeckte Depression vorliegt, scheint Pablo klar. All dies, und auch, dass sie in der beängstigenden Situation während des Versteckspiels auf einmal ihre Blase nicht kontrollieren konnte, verweist auf ihre Furcht, wie ihre Geschwister, Opfer der körperlichen und sexuellen Gewalt ihrer Eltern werden zu können.

Pablo setzt sich ihr gegenüber und sagt mit sanfter Stimme: »Camila, wir müssen reden.«

Da sie so ist, wie sie ist – so anders, als die meisten Mädchen in ihrem Alter –, braucht er nicht mehr zu sagen, damit sie versteht, worauf er hinauswill.

»Jetzt?«

»Ja, jetzt.«

Sie nickt.

»Du hast einmal gesagt, Javier sei nie zu irgendetwas imstande gewesen bis auf die eine Nacht. Ich möchte, dass du mir erzählst, was in dieser einen Nacht passiert ist.«

Camila senkt den Blick und schweigt.

»Zuerst muss ich dir erzählen, was an dem Tag bis zu dieser Nacht geschehen ist«, sagt sie schließlich.

»Gut, erzähl es mir.«

»Mein Vater kam damals fast jeden Tag nach Hause. Normalerweise tat er das nicht. Meistens schlief er irgendwo anders und sah höchstens ein- oder zweimal in der Woche bei uns vorbei. Ab und zu blieb er aber einen ganzen Tag und länger. Das war jedes Mal ganz besonders schrecklich.« Sie sieht auf. »Pablo, sei mir nicht böse, aber ich habe dich neulich angelogen.«

»Inwiefern?«

»Ich habe gesagt, dass mein Vater viele schlimme Dinge getan hat und dass er meine Geschwister geschlagen hat.«

»Und war das nicht so?«

»Doch.«

»Also …?«

»Das war nicht alles. Auch mir war schon seit mehreren Jahren klar, was passierte, wenn er zu Hause blieb und sich volllaufen ließ. An dem betreffenden Tag haben wir alle gespürt, dass es diesmal wieder so weit war und dass er …«

»Dass er was?«

»Ich schäme mich, das zu sagen.«

»Du brauchst dich nicht zu schämen, du hast nichts Schlechtes getan und deine Geschwister auch nicht.«

Camilas Haltung entspannt sich.

»Mein Vater … hat immer wieder mit meiner Schwester geschlafen.« Ihre Stimme zittert, und ihr treten Tränen in die Augen. »Mein Vater … war ein Schwein. Beim Abendessen habe ich gemerkt, wie bedrückt Paula war. Sie hat gewusst, was ihr bevorstand. Wie kann das sein, Pablo? Wie kann ein Vater so etwas tun?«

Was kann Pablo hierauf antworten? Er weiß es nicht. Deshalb macht er, was er am besten kann – er hört schweigend zu.

»Die arme Paula… Am nächsten Tag konnte sie mir fast nicht in die Augen sehen. Sie hat sich furchtbar geschämt, aber ich wusste, dass sie meinem Vater nicht entkommen konnte.«

Pablo kennt das, in vielen Missbrauchsfällen empfindet das Opfer nicht nur Scham, sondern auch Schuldgefühle. Die Täter kennen das auch – für sie ist es ein zusätzlicher Reiz.

»Auch Javier wusste Bescheid«, fährt Camila fort, »trotz seines Zustands ist er intelligent, und ich glaube, zumindest zeitweilig hat er sehr wohl begriffen, was vor sich ging.«

Dass er davon überzeugt ist, und dass auch Javier von seinem Vater missbraucht wurde, ja vielleicht sogar von seiner Mutter, wie er inzwischen annimmt, wird Pablo ihr nicht sagen. Das braucht sie nicht unbedingt zu wissen.

»Ich habe mich immer in meinem Zimmer eingeschlossen und den Fernseher eingeschaltet. Schlafen konnte ich jedes Mal kaum… Ich habe mir bloß gewünscht, dass es ganz bald Morgen wird. Bei Tag kommt einem alles immer ganz anders vor. Bis zu diesem Morgen…«

»Was ist an dem Morgen passiert?«

Camila holt tief Luft, bevor sie weiterspricht.

»Ich war früh aufgestanden und frühstückte gerade in der Küche. Geschlafen hatte ich in der Nacht so gut wie gar nicht. Aber ich wollte trotzdem so schnell wie möglich mit dem Üben anfangen, ich musste an zwei schwierigen Stellen arbeiten. Deshalb habe ich auch nicht gewartet, bis Francisca das Frühstück vorbereitet hatte.«

Sie verstummt. Pablo merkt, dass sie Hilfe braucht, um fortfahren zu können.

»Und dann?«

»Dann ist auf einmal mein Vater in der Küche erschienen. Er hat sich einen Kaffee gemacht. Ich habe meine Partitur angesehen und weiter gefrühstückt. Plötzlich habe ich gemerkt, dass er sich hinter mich gestellt hat. Er hat angefangen, mir übers Haar zu streichen.«

Sie verstummt erneut, und Angst und Wut erscheinen in ihrem Blick.

»Cami«, hat er gesagt, »du wirst langsam erwachsen... und du wirst von Tag zu Tag schöner.«

»Und was hast du gemacht?«

»Nichts. Ich habe wie gelähmt dagesessen, bis er verschwunden ist. Dann bin ich in mein Zimmer gegangen und habe angefangen zu üben.«

»Warst du dazu imstande?«

»Ja.«

Üben, ihr einziges Fluchtmittel.

»Ich konnte kaum etwas sehen, ich habe einfach nur gespielt und gespielt. So entschlossen und wütend wie noch nie. Ich bin den ganzen Tag in meinem Zimmer geblieben.« Da ist er wieder, der Panikraum. »Bis zum Abend.«

Pablo atmet langsam und lange aus, um die Spannung, die auch ihn erfasst hat, ein wenig aufzulösen. Er weiß, dass Camila ihm gleich eine kaum erträgliche Wahrheit offenbaren wird, aber eigentlich hat er nichts anderes erwartet.

»Wir haben zu Abend gegessen, und danach hat mein Vater zu Francisca gesagt, sie soll rüber in ihr Haus gehen. Sie hat gesagt, sie muss noch aufräumen und das Geschirr spülen. Auf diese Weise wollte sie noch länger bei uns bleiben können. Aber mein Vater hat es nicht zugelassen. Also ist sie gegangen. Dabei hat sie mich angesehen, als wollte sie mich um Verzeihung bitten, und ich habe begriffen, dass auch sie nichts machen konnte. Auch sie konnte uns nicht beschützen.

Niemand konnte uns beschützen. Wir waren meinem Vater hilflos ausgeliefert.«

Pablo nickt, ohne etwas zu sagen.

»Ich bin in mein Zimmer gegangen, aber an dem Abend habe ich weder den Fernseher angemacht noch Geige gespielt. Ich hatte gespürt, wie er mich angesehen hatte, und das und die Erinnerung daran, wie er mir beim Frühstück übers Haar gestrichen hatte, ließ mir keine Ruhe.« Sie verstummt für einen Augenblick. »Dann war wieder zu hören, was immer zu hören war. Er hat sich nämlich schon seit Langem nicht mal mehr die Mühe gemacht, zu vertuschen, was vor sich ging. Er hat geglaubt, ihm könne keiner was.« Sie sieht Pablo an. »Aber da hatte er sich getäuscht.«

Vorhin, bei Paula, hatte Pablo noch geglaubt, dass er dabei sei, die Wahrheit zu erfahren. Jetzt wird ihm klar, dass das so nicht stimmt. Allerdings hat Camila selbst ihm das schon lange davor gesagt, er war damals bloß nicht imstande, es zu hören: »Der Schein trügt, wie man so sagt … Im Inneren war es hier aber ganz anders.«

»Irgendwann habe ich gehört, wie Paula geschrien hat, er soll bitte, bitte aufhören. Ich bin aufgestanden und habe geglaubt, dass er sie wieder … vergewaltigt.«

»Aber so war es nicht.«

»Nein. Er hat Javier mit dem Gürtel geschlagen. Mein Bruder hat wimmernd in einer Ecke gekauert und versucht, seinen Kopf zu schützen, und Paula hat versucht, meinen Vater zurückzuhalten. Er hatte ein paar Kratzer abbekommen, und am Fußende des Bettes lag ein blutiges Messer.« Sie bricht ab. Dann überwindet sie ihre Angst und spricht weiter. »Schließlich hat Paula es geschafft, meinen Vater zu beruhigen, und da hat er die Arme um sie gelegt und angefangen, sie zu betatschen. Es war schrecklich. Als hätte ihn das, was davor passiert war, bloß noch mehr erregt. Und Paula musste alles über sich ergehen lassen, sonst wäre er wieder auf Javier losgegangen. Irgendwann haben unsere Blicke sich getroffen, und sie hat mir zu verstehen gegeben, dass ich bitte weggehen soll, damit ich nicht sehe, was gleich passieren würde.«

»Aber du bist nicht weggegangen.«

»Nein, bin ich nicht.«

»Und was hast du gesehen?«

»Alles.«

Mehr braucht er sie hierzu nicht zu fragen, es ist so schon schlimm genug. Aber eine Sache muss er noch wissen.

»Warum bist du nicht weggegangen?«

»Weil ich es nicht mehr ausgehalten habe, mir vorzustellen, was dabei passiert – ich musste es mit eigenen Augen sehen.« Pablo sieht sie fragend an. »Denn an dem Morgen hatte ich begriffen, dass mir genau das Gleiche bevorstand, wenn niemand etwas dagegen unternahm. Entweder ich würde mich weigern und dann geschlagen werden, so wie Javier, oder … oder ich müsste mich vergewaltigen lassen wie meine Schwester.«

»Und da hast du eine Entscheidung getroffen.«

Camila nickt.

Pablo hatte es selbst zu Paula gesagt: Wenn Roberto Vanussis Sohn sein Mörder sein konnte, warum dann nicht auch seine Tochter? Er hatte recht gehabt, aber er hatte die falsche Tochter dahinter vermutet.

»Camila«, sagt er so behutsam wie möglich, »du musst mir sagen, wie du es gemacht hast.«

Camila holt tief Luft, wischt sich mit dem Ärmel die Tränen aus dem Gesicht und fängt wieder an zu weinen. Aber sie weint jetzt nicht aus Angst, sondern aus Wut.

»Als es vorbei war, bin ich in mein Zimmer gegangen und

habe mich auf mein Bett gesetzt. Irgendwann habe ich Geräusche gehört aus der Küche. Da bin ich aufgestanden und habe nachgesehen. Mein Vater saß nackt und ziemlich betrunken vor einem Glas Whisky am Küchentisch. Die Stirn hat er in die linke Hand gestützt, und mit einem Finger der rechten Hand hat er die Eiswürfel im Glas kreisen lassen.

Bei seinem Anblick habe ich mir gesagt, dass ich ihn nie wieder so wehrlos vor mir haben würde – es musste diese Nacht sein oder nie, das war klar.

Ich bin leise in Paulas Zimmer zurückgekehrt und habe das Messer genommen. Javier kauerte immer noch in der Ecke, und Paula war offenbar eingeschlafen. Ich bin wieder in die Küche gegangen. Er hat meine Schritte hinter sich gehört.

›Wer ist da?‹, hat er gefragt.

›Ich bin's, Camila‹, habe ich gesagt.

Er hat gelächelt und gesagt:

›Cami… du bist jetzt erwachsen.‹

Und ich habe geantwortet:

›Ja, Papa, ich bin jetzt erwachsen.‹

Mir war klar, dass ich genau die richtige Stelle treffen musste. Wenn mir das nicht gelang, würde er mich umbringen, oder etwas noch Schlimmeres tun… Weißt du, wo die Halsschlagader verläuft?«

»Ja.«

»Siehst du? Für irgendwas ist der Biologieunterricht an der Schule doch gut.« Sie versucht vergeblich, zu lachen. »Die Lehrerin hat es uns erklärt, und sie hat uns gezeigt, wie man sie ganz leicht finden kann. Das hat sie uns auch an unseren Klassenkameraden ausprobieren lassen. Und sie hat im Spaß gesagt, dass jemand mit einem normalen Puls innerhalb von zwei Minuten verbluten würde, wenn man ihn an der entsprechenden Stelle aufschlitzt… Wenn ich schnell genug wäre, würde mein Vater mir also nichts mehr tun können. Ich hatte allerdings nur eine einzige Chance. Ich musste mit der linken Hand die Stelle ertasten und fast im selben Augenblick mit der Rechten zustechen. Ich wusste, dass ich nicht besonders viel Kraft dafür brauchen würde, es kam nur auf die Präzision an.«

Pablo sieht, wie sich der Bogen in Camilas Hand bewegt, und plötzlich bekommt das, was sie einmal dazu gesagt hat, eine völlig neue Bedeutung: ›Die Finger der linken Hand müssen flink und feinfühlig sein, aber die rechte Hand muss sich perfekt bewegen, da darf nichts schiefgehen.‹

»Und die nötige Präzision war für dich ja kein allzu großes Problem ...«

»Genau. Es ging erstaunlich leicht. Und er hat zunächst kaum reagiert. Er hat sich umgedreht, die Hand auf die Wunde gelegt und mich angesehen. Ich bin sofort in Paulas Zimmer gerannt. Dabei habe ich laut nach ihr gerufen.«

›Bei Paula habe ich oft Schutz gesucht und mich auch geborgen gefühlt.‹ So hat sie es Pablo bei ihrem ersten längeren Gespräch beschrieben.

»Aber er ist nicht hinter mir hergelaufen«, fährt Camila fort. »Paula ist erst aufgewacht, als ich sie fest geschüttelt habe, und dann habe ich ihr zitternd erzählt, was ich gerade getan hatte. Zuerst schien sie nicht zu begreifen, oder sie konnte es einfach nicht glauben. Aber dann hat sie mit der einen Hand das Messer genommen und die andere mir gegeben, und wir sind zusammen in die Küche gegangen. Mein Vater war nicht mehr da. Wahrscheinlich hatte er begriffen, dass er ganz schnell Hilfe brauchte und dass er von uns keine Hilfe erwarten konnte. Deshalb war er aus dem Haus gegangen. Ich nehme an, er hat gehofft, an der Straße ein Auto anhalten zu können. Am Anfang war es ganz einfach, ihm zu folgen, wir brauchten bloß der Blutspur nachzugehen, die er hinterlassen hat. Draußen bei der Dunkelheit wurde es allerdings schwieriger.

›Zu Francisca ist er auf keinen Fall‹, hat Paula gesagt. Sie war sich offenbar sicher, dass Papa wusste, dass auch Francisca ihm nicht helfen würde. ›Gehen wir zum Tor‹, hat sie dann gesagt. Und das haben wir auch gemacht. Und bei den Kiefern haben wir ihn schließlich gefunden. Ich habe bloß noch gezittert. Paula hat das gemerkt, und sie hat mich in die Arme genommen und gesagt, ich brauche keine Angst zu haben, sie wird die Leiche fortschaffen. Zuerst sind wir aber nochmal ins Haus gegangen und haben Javier in sein Bett gelegt. Und dann hat sie eine Tablette aus ihrer Handtasche geholt und sie mir gegeben.

›Was ist das?‹, habe ich gefragt.

›Nimm das, das wird dir guttun, dann kannst du schlafen.‹

Ich habe die Tablette genommen und bin in mein Bett gegangen, und sie ist bei mir sitzen geblieben und hat mir den Kopf gestreichelt, bis ich eingeschlafen bin.«

»Und dann?«

»Das war alles. Am nächsten Tag bin ich aufgewacht, und als ich aufgestanden bin und mich im Haus umgesehen habe, war nichts mehr davon zu bemerken, was in der Nacht passiert war. Ich nehme an, Paula hatte das alles erledigt, sie hat jedenfalls zu mir gesagt, ich soll keine Fragen stellen, je weniger ich von alldem wüsste, desto besser. Und sie hat mir versprochen, dass alles gut gehen würde. Ich habe ihr geglaubt. Und so war es auch, bis vor ein paar Wochen.«

Sie sieht Pablo an.

»Ich weiß, dass ich etwas Schreckliches getan habe. Aber niemand sonst hätte dieses Grauen beenden können.«

Paula hatte es so formuliert: »Camila ist die Einzige, die ihre Sache wirklich gut gemacht hat.«

Und jetzt begreift Pablo auch, was Paula bei anderer Gelegenheit über Camila gesagt hat: »Sei vorsichtig mit ihr.« Das war also nicht nur als Bitte, sondern zugleich als Warnung zu verstehen. Paula wollte ihm klarmachen, dass Camila durchaus auch zu gefährlichen Dingen imstande ist, obwohl sie ihn andererseits damit natürlich bat, ihre Schwester nicht zu verraten, sondern sie vielmehr zu beschützen. Und genau das nimmt Pablo sich nun vor – er wird sie beschützen.

»Ich verstehe dich, Camila.« Ein Analytiker weiß, dass er die Handlungen seiner Patienten vor diesen nicht bewerten darf, aber in diesem Augenblick kann Pablo sich einfach nicht zurückhalten: »Das, was du getan hast, war für alle das Beste.«

Sie selbst sieht es ebenfalls so, weshalb sie auch nicht mehr das Gefühl hat, Paula etwas schuldig zu sein. Schließlich hat sie, Camila, diesem Albtraum ein Ende bereitet – Paula wird nie wieder von ihrem Vater missbraucht werden, Javier hat keine Schläge von ihm mehr zu befürchten, und Camila selbst hat es geschafft, nicht das nächste Missbrauchsopfer ihres Erzeugers werden zu müssen. Zu einem unendlich hohen Preis. Und Pablo möchte alles dafür tun, dass sie an diesem Preis weniger schwer zu tragen hat.

Camila legt den Bogen auf den Notenständer, nimmt die Hände von den Knien und streckt die Beine aus.

»Bitte nimm mich in den Arm!«, sagt sie.

Und genau wie am Ende ihres Versteckspiels schließt Pablo sie in die Arme wie ein Vater, der Schutz und Zuflucht gewährt. Und Camila fängt wieder an zu weinen, verzweifelt, bewegend, aus tiefster Seele. Pablo wird jedoch nicht versuchen, ihre Schluchzer mit Musik von Mozart oder Beethoven zu überdecken, im Gegenteil, er lässt ihnen den Raum, der ihnen in dieser Geschichte zusteht.

Eine halbe Stunde später durchquert er das Tor. Wie erwartet hat der Taxifahrer nicht so lange warten wollen und ist fortgefahren. Doch zu seiner Überraschung wartet jemand anders auf ihn, ein Mann mit hellen Augen, der in einem schwarzen Peugeot 504 sitzt und ihm jetzt zur Begrüßung von innen die Beifahrertür öffnet.

»Steigen Sie ein«, sagt er im Befehlston, »wir müssen reden.«

Und ohne recht zu wissen, wie und warum, steigt Pablo ein.

19

Bermúdez fährt los. Eine ziemlich lange Zeit sagt keiner ein Wort. Pablo fragt sich, warum er sich freiwillig in die Hände dieses Polizisten begeben hat. Als sie irgendwann in die Autobahnauffahrt Richtung Buenos Aires einbiegen, atmet er allerdings erleichtert auf.

Bermúdez wirft ihm einen Blick zu und lächelt vielsagend.

»Sie haben mich also die ganze Zeit verfolgt.«

»Nein. Wenn ich das gemacht hätte, hätten Sie nichts davon gemerkt. Ich musste einen Idioten damit beauftragen, der am liebsten gleich mit Blaulicht und Sirene hinter Ihnen hergefahren wäre... Aber was soll man machen, andere Leute haben wir eben nicht bei der Polizei. Wenn jemand so ahnungslos ist wie Sie und trotzdem merkt, dass er beschattet wird, können Sie sich ja vorstellen, wie schwierig das erst bei richtigen Verbrechern ist...«

Pablo geht nicht auf die Bemerkung ein.

»Wohin fahren wir?«

»Ich bring Sie nach Hause. Ich habe dem Taxifahrer gesagt, er braucht nicht zu warten. Auf die Art sparen Sie eine hübsche Summe Geld. Der Mann hat sich für die Wartezeit natürlich entschädigen lassen, aber keine Sorge, das übernimmt Vater Staat.«

Pablo nickt.

»Herr Rouviot, darf ich Sie etwas fragen? Aber nehmen Sie mir die Frage bitte nicht übel, ich will Sie auf keinen Fall beleidigen.«

»Nur zu.«

»Sind Sie wirklich so dumm, oder tun Sie bloß so?«

Bermúdez' Tonfall ist tatsächlich kein bisschen beleidigend.

»Warum fragen Sie das?«

»Weil Sie mir bei unserer ersten Begegnung ziemlich schlau vorgekommen sind, wirklich, ein pfiffiges Kerlchen, wie man so sagt. Aber als Sie sich immer tiefer in diese Geschichte verstrickt und den übelsten Dreck aufgewühlt haben, da habe ich gemerkt, dass Sie nicht die geringste Ahnung haben, worauf Sie sich eigentlich einlassen. Ist Ihnen klar, dass die entsprechenden Leute Sie schon für die Hälfte dessen, was Sie angestellt haben, hätten plattmachen können?«

Pablo denkt einen Augenblick nach und sagt:

»Die beiden Killertypen in dem großen Auto, das waren nicht Ihre Leute, oder?«

Bermúdez lacht schallend.

»Glauben Sie etwa, wir können uns solche Luxuskarossen leisten? Und solche Profis dazu? Bei mir reicht es gerade mal für diese Klapperkiste, und wenn ich sie nicht benutze, fährt ein gewisser López damit herum, und der wäre nicht mal imstande, einen Blinden zu verfolgen, ohne dass der etwas mitbekommt.« Wieder wirft er Pablo einen Blick zu. »Im Gegenteil, Herr Rouviot, ich habe Sie zu Ihrem eigenen Schutz beschatten lassen.«

»Vielen Dank.«

»Nichts zu danken – für Idioten wie Sie habe ich immer schon eine Schwäche gehabt.« Jetzt lacht auch Pablo. »Außerdem bin ich Ihnen was schuldig.«

»Wieso?«

»Das erklär ich Ihnen später, zuerst möchte ich Sie um etwas bitten: Lassen Sie die Finger von der Geschichte, das ist nichts für Sie.«

Bermúdez ist offensichtlich nicht auf dem neuesten Stand, schließlich hat Pablo bereits beschlossen, die Sache nicht weiterzuverfolgen. Er weiß, was er wissen wollte, und er hat das gewünschte Gutachten abgeliefert. Fertig, das war's.

»Gestern habe ich versucht, Sie anzurufen, ich wollte mich mit Ihnen treffen, aber Sie gehen offenbar normalerweise nicht ans Telefon.« Pablo lächelt, und Bermúdez spricht weiter: »Wissen Sie, bei unserem Gespräch in meinem Büro habe ich Sie angelogen.«

»...«

»Ich habe gesagt, die tödliche Verletzung von Vanussi sei reiner Zufall gewesen, der Täter habe eigentlich keine Ahnung gehabt, wie man so was macht.«

»Und?«

»In Wirklichkeit habe ich eine andere Theorie. Vielleicht kommt Ihnen die ein bisschen verrückt vor, jedenfalls glaube ich, dass hier keineswegs Zufall im Spiel war.«

»Ach so?«, fragt Pablo und tut überrascht. Umso neugieriger ist er jedoch, zu erfahren, wie die Denkweise eines Polizisten wie Bermúdez funktioniert.

»Nein, der Schnitt traf genau die Halsschlagader, auf dieser Höhe, sehen Sie?« Bermúdez zeigt auf eine Stelle unterhalb des Kiefers. »Genauer gesagt, den Gerichtsmedizinern zufolge drang das Messer durch den Adamsapfel ein. Wissen Sie, was das bedeutet?«

»Nein.«

»Dass die Luftröhre sich mit Blut gefüllt haben muss. Normalerweise tritt daraufhin Schaum aus dem Mund des Opfers aus, und es erstickt.« Er schüttelt nachdenklich den Kopf. »Trotzdem hat sich der Kerl noch ein ziemliches Stück vom Haus entfernt, wie auch immer er das geschafft hat, verdammt. Das Arschloch hat wohl wirklich an seinem Leben gehangen.«

»Und die anderen Schnittverletzungen?«

»Die Kratzer, meinen Sie?«

»Ja.«

Bermúdez überlegt.

»Also, es gibt zwei Möglichkeiten. Entweder sie wurden ihm später zugefügt, absichtlich, damit man nicht merkt, dass der Mörder ein Profi war. Oder es war noch jemand an der Tat beteiligt, einer, der keine Ahnung hatte.«

»Was scheint Ihnen wahrscheinlicher?«

Bermúdez zuckt die Achseln.

»Ist eigentlich egal, der Typ ist tot, und ich habe schon vor Langem die Anweisung erhalten, den Fall nach dem Geständnis des Sohns einzustellen.«

»Entschuldigen Sie, dass ich noch einmal frage, aber glauben Sie wirklich, dass der Junge der Mörder ist?«

Bermúdez sieht ihn aus dem Augenwinkel an.

»Halten Sie mich bitte nicht für einen Idioten, Herr Rouviot. Dieser Junge kann sich noch nicht mal die Fingernägel selbst schneiden.«

»Das heißt?«

»Das heißt, dass wir die Sache am besten auf sich beruhen lassen. Wissen Sie, die Leute glauben, alle Polizisten sind korrupt. Für die anderen sind wir bloß Gauner, die regelmäßig bei den Spielhöllenbesitzern und Nutten ihren Anteil abkassieren und sich ansonsten von den Kneipiers aus ihrem Bezirk durchfüttern lassen.«

»Und das stimmt gar nicht ...«

»Doch, das stimmt ... aber nicht in allen Fällen. Mir liegt meine Arbeit am Herzen, ich möchte stolz darauf sein können ... Aber auch ich habe meine Grenzen.«

»Das verstehe ich nicht.«

»Die Justiz. Wir sind der bewaffnete Arm des Gesetzes,

aber nicht das Gesetz. Wenn ein Richter sagt, ich soll einen Fall einstellen, obwohl mir das gegen den Strich geht, stell ich den Fall ein und behalte meinen Ärger für mich. Dafür versuche ich bei anderer Gelegenheit, mein Bestes zu geben, vorausgesetzt, man lässt mich.«

»Und warum sollte ein Richter so etwas tun?«

»Weil er in die Sache verwickelt ist, weil er sich hat kaufen lassen, weil er Angst hat, oder weil jemand, der über ihm steht, Druck macht. Was weiß ich, so sehr anders als bei uns Polizisten geht es dort auch nicht zu. Manche Richter sind eben korrupt, und andere müssen die Klappe halten und es ertragen so wie ich. Verstehen Sie?«

»Ja.«

»Gut, freut mich. Und was unseren Fall angeht, wie gesagt, da war schon alles fertig eingetütet, und alle waren zufrieden, auch die Familie von dem Jungen. Aber dann sind Sie auf einmal aufgetaucht und haben überall die Nase reingesteckt, und das ist manchen Leuten ziemlich auf den Sack gegangen. Und genau die Leute haben Ihnen bestimmt auch die Killertypen auf den Hals gehetzt.«

»Ob diese Leute auch hinter dem Mord stecken?«, fragt Pablo und merkt, dass er bereits ganz darauf eingestellt ist, Camila zu decken.

»Ich weiß es nicht. Kann sein, muss aber nicht.«

»Warum sollten diese Leute sonst so nervös geworden sein?«

»Weil viele mächtige Leute, auch wenn sie Vanussi vielleicht nicht umgebracht haben, zu Lebzeiten eine Menge mit ihm zu tun hatten, und wenn sein Fall wieder aufgerollt würde, könnten dabei am Ende doch noch alle möglichen Geschäfte bekannt werden, die sie mit ihm betrieben haben, und daran haben sie nicht das geringste Interesse. Verstehen

Sie, ich bringe es in meinem Leben ja vielleicht nie mehr besonders weit, aber ich weiß nun mal, wo meine Grenzen sind. Manchmal stelle ich mich möglicherweise ziemlich dämlich an, aber ich vergesse nie, wie weit ich gehen kann. Ich versuche einfach, mein Einflussgebiet so gut wie möglich unter Kontrolle zu haben, nicht mehr, aber auch nicht weniger. Von vielen Sachen haben Sie keine Ahnung. In dem Haus, wo Sie gerade waren, hat sich zum Beispiel alles Mögliche abgespielt.« Pablo verzieht keine Miene. »Sie wissen gar nicht, wie oft ich nachts beobachtet habe, wie jede Menge ahnungslose junge Dinger dort rein sind, um sich anschließend bis zum Morgengrauen von irgendwelchen Scheißkerlen durchnehmen zu lassen. Aber ich konnte nie was dagegen tun. Doch auch wenn ich nicht weiß, wer Vanussi umgebracht hat – eins ist wenigstens klar: In diesem Haus wird es keine Vergewaltigungen mehr geben. Und das reicht mir.«

Bermúdez weiß selbst nicht, wie wahr seine Worte sind, sagt sich Pablo.

»Darum sage ich: Lassen Sie diese Sache bitte auf sich beruhen.«

Das ist tatsächlich ehrlich gemeint und hat eine ehrliche Antwort verdient.

»Keine Sorge, ich habe gerade mein Gutachten abgeliefert, und ab sofort habe ich nichts mehr mit dieser Geschichte zu tun. Vielleicht übernehme ich die Behandlung der jüngsten Tochter der Familie, aber darüber hinaus nichts. Die Ärmste, ihr geht es nach all dem ziemlich schlecht.«

»Kann ich mir vorstellen. Na gut, wenigstens musste sie nicht auch noch erfahren, was für ein Mensch ihr Vater war … Stimmt's?«

»So ist es«, erwidert Pablo.

Vor ein paar Minuten haben sie die Autobahn verlassen

und sind durch die Avenida 9 de Julio Richtung Avenida del Libertador gefahren. Schweigend legen sie das letzte Stück bis zu Pablos Haus zurück. Schließlich hält Bermúdez vor dem Eingang. Pablo ist sich bewusst, dass das Auto nicht unbedingt in diese Gegend passt, trotzdem hat er sich schon lange nicht mehr so sicher gefühlt.

»Na gut, Bermúdez, vielen Dank für alles.«

Pablo hält ihm zum Abschied die Hand hin.

»Warten Sie, ich hab doch gesagt, ich bin Ihnen noch was schuldig, wissen Sie noch?«

»Ja.«

»Also, es ging darum, dass Sie recht hatten.«

»Ich weiß nicht, wovon Sie sprechen.«

»Von dem Mord an dieser jungen Frau. Sie hatten recht. Als Sie damals wieder gegangen sind, habe ich eine Weile nachgedacht, und irgendwann hat sich dann eins zum anderen gefügt. Und wissen Sie was? Schon einen Tag später habe ich die Frau gefunden.«

»Welche Frau?«

»Die, nach der ich Ihrer Ansicht nach suchen sollte. Ich glaube, ich hab sie jetzt, und deshalb brauche ich Ihre Hilfe.«

»Bermúdez, reden Sie keinen Quatsch, Sie haben so viel Erfahrung, Sie müssen doch gemerkt haben, dass ich einfach ins Blaue hinein irgendwelche Mutmaßungen angestellt habe, um Sie zu beeindrucken und mir Respekt zu verschaffen. Ich wollte bloß verhindern, dass Sie mich für einen Trottel halten.«

»Ich weiß. Aber Sie hatten trotzdem recht.«

»Reiner Zufall.«

»Nein, Zufall ist das nicht. Das nennt man Intuition. Ich weiß nicht, was die Psychologen davon halten, ich habe inzwischen jedenfalls großen Respekt vor Menschen mit Intuition. Und Sie gehören auch dazu. Deshalb wollte ich Sie um einen Gefallen bitten. Schließlich sind Sie mir auch etwas schuldig, oder?«

Pablo ist überrascht und weiß nicht, was er sagen soll.

»Und wie soll dieser Gefallen aussehen?«

Bermúdez nimmt einen Ordner aus dem Handschuhfach.

»Ich möchte, dass Sie sich noch einmal diese Fotos ansehen und die Aussagen dazu lesen. Vor allem die von einer gewissen Rosa Gauna. Mir ist klar, dass Ihnen Sachen auffallen, die ich übersehen würde. Sie sitzt vorläufig bei mir auf dem Kommissariat in Untersuchungshaft, aber spätestens übermorgen muss ich sie dem Gericht überstellen, und was ich bis dahin nicht herausgefunden habe, werde ich später wohl kaum noch herausfinden können. Auch wenn kein Richter seine schützende Hand über sie hält. Sie ist bloß eine kleine Nummer genau wie das Opfer. Die Gerichte haben daran wenig Interesse, aber bei mir ist das anders. Und wenn sie tatsächlich die Mörderin ist, will ich das wissen und dafür sorgen, dass sie in den Knast wandert. Jedes Leben hat schließlich seinen Wert, finden Sie nicht?«

Bermúdez sieht Pablo an, dass er zögert, und spielt seine letzte Karte aus.

»Hier.« Er übergibt ihm den Ordner. »Denken Sie darüber nach. Wenn Sie nichts damit zu tun haben wollen, kann ich das verstehen. Dann brauchen Sie mir den Ordner bloß morgen zurück ins Kommissariat zu schicken, und ich werde Sie nicht weiter belästigen, versprochen.«

Pablo nickt und steigt aus, mit dem Ordner in der einen Hand. Unwillkürlich sieht er sich um, ob ihn jemand beobachtet. Als Bermúdez das bemerkt, lächelt er.

»Sie können beruhigt sein, niemand wird Ihnen jetzt noch auf den Sack gehen.«

Nach diesen Worten fühlt Pablo plötzlich eine ungeheure

Erleichterung. Langsam geht er auf die Tür zu, betritt das Gebäude. Als er oben die Wohnungstür aufschließt, merkt er, dass er sich nicht daran erinnern kann, gerade den Aufzug benutzt zu haben, so müde und verwirrt ist er.

Drinnen wirft er den Ordner, den Bermúdez ihm gegeben hat, so schwungvoll auf den Tisch, dass er weitergleitet und am anderen Ende hinabfällt. Der Inhalt verteilt sich über den Boden, und Pablo flucht.

Er legt sein Mobiltelefon in das Bücherregal. Es ist immer noch ausgeschaltet. Ihm ist klar, dass Helena sicherlich aufgeregt nach ihm sucht und José auf seinen Anruf wartet, aber er hat in diesem Augenblick keine Lust, mit irgendjemandem zu sprechen. Alles was er jetzt will, ist ein bisschen Ruhe und Frieden.

Da fällt ihm Luciana ein. Das ist es: Er wird sie anrufen, zum Abendessen einladen, sich duschen und ausruhen, etwas Leckeres für sie kochen und sich danach mit Leib und Seele dem Genuss überlassen, bis sämtliche Zellen seines Körpers mit neuer Lebenskraft aufgeladen sind.

Als er sich dem Telefonapparat nähert, sieht er, dass das rote Lämpchen blinkt, das anzeigt, dass auf dem Anrufbeantworter eine Nachricht gespeichert ist. Ohne zu überlegen, drückt er auf den Knopf. Die Stimme erkennt er sofort.

»Hallo, Pablo, ich bin's, Alejandra ... Ich weiß selbst nicht, warum ich dich auf einmal anrufe, irgendwie hatte ich so ein Gefühl ... Vielleicht wollte ich dich auch bloß hören.«

Anschließend hat sie nicht aufgelegt, sondern schweigend gewartet, bis das Signal ertönt, das das Ende der Aufnahmezeit anzeigt.

Alejandras Stimme bringt bei Pablo den letzten Rest Widerstand zum Einsturz, und eine Flut bedrückender Bilder ergießt sich über ihn.

Er sieht vor sich, wie Paula sich mit dem blutigen Leichnam ihres Vaters abquält, Camila, die zitternd das Messer in der Hand hält, und Javier, der misshandelt in einer Ecke des Zimmers kauert.

Und dann stößt sein Blick auf etwas, was am Boden liegt, eins der Fotos, die Bermúdez ihm gegeben hat, es zeigt das zur Unkenntlichkeit entstellte Gesicht der ermordeten jungen Frau.

Und während er sich gleichzeitig auf Luciana freut und Alejandras Botschaft zu verarbeiten sucht, steigen die Tränen in ihm auf.

Er versucht ein letztes Mal, sich dem Ansturm der Gefühle zu widersetzen, aber dann gibt er auf, all seine Kräfte sind erschöpft. Seine Knie werden weich, und er sinkt zu Boden und weint. Überwältigt von einer Verzweiflung, die von sehr weit her kommt und die er weder unterdrücken will noch kann.

Ja, nach so langer Zeit weint er endlich. Warum auch nicht? Schließlich ist auch er einfach nur ein Leidender.

20

Ein letzter Rest Vernunft sagt ihr, dass das völliger Wahnsinn ist, aber sie weiß, dass letztlich nur ein Mensch schuld an all dem ist: ihr Vater. Er hat es so weit getrieben, und das ist dabei herausgekommen. Jetzt sollen die Ratten und Würmer ihre Freude an seinen Resten haben. Er hat nichts anderes verdient.

Sie kehrt zum Auto zurück und widmet dem Toten noch einen letzten Gedanken: »Soll er da unten verfaulen, das Schwein.«

Dann fährt sie nach Hause, räumt, so gut sie kann, auf, steigt unter die Dusche und schaltet danach den Fernseher ein. Anschließend wirft sie einen Blick in das Zimmer nebenan.

Offenbar ist alles in Ordnung.

Danksagung

Vielen Dank an Alberto Díaz, für sein unschätzbares Vertrauen.

An Lucas und Sonia, dafür, dass sie meinen Text ihrer strengen Lektüre unterzogen haben.

An Tere, für die Beratung in musikalischen Fragen.

An Malena, weil sie es mir nicht übel genommen hat, wenn ich nicht da war.

An Tata, für die immer gleiche Liebe.

An Doktor Manuel Carreiro und Doktor Cristina Culipe, für die fachlichen Ratschläge.

An Fernando Rabih, für seine freiwilligen Beiträge und für die anderen auch.

An Ernesto Mallo, für seinen großherzigen Rat.

An Adriana, weil sie mich auf dem letzten Wegstück begleitet hat.

An Claudia und Pablo, weil sie mich in Augenblicken des Zweifels bestärkt haben.

An Sergio, El Negro und die Jungs.

An Gastón, Sebas, Anita und Mariela.

Zusammen mit mir unterschreiben wie immer Nacho und Mariano.

Gabriel Rolón

Auf der Couch

Wahre Geschichten aus der Psychotherapie

256 Seiten, btb 75389
Aus dem Spanischen von Peter Kultzen

**Ich begleite die Menschen auf einem gefährlichen Weg
mit ungewissem Ausgang.
Zu den verborgensten Stellen ihrer Seele.**

Liebe und Leidenschaft, Eifersucht, Trauer und Schuld. Leben
und Tod. Die Psychoanalyse ist ein gefährlicher Weg mit
ungewissem Ausgang. Man dringt zu Dingen vor, die tief
verborgen im Inneren der Seele liegen – und letztlich weiß man
nie, was man dort finden wird.
Davon erzählt Gabriel Rolón in seinen acht Geschichten aus
der Psychotherapie. Unorthodox, weise und immer als Freund
seiner Patienten zeigt der argentinische Psychoanalytiker, dass
die Psychoanalyse eines der größten Abenteuer ist, die das
Leben zu bieten hat – wenn man sich nur darauf einlässt …

»In einer therapeutischen Praxis begegnet man acht Menschen,
die sich ihren tiefsten Ängsten und Sehnsüchten öffnen.
Der Psychoanalytiker Gabriel Rolón hat ihre Schmerzen und
Kämpfe literarisch machtvoll in Szene gesetzt.«
Deutschlandradio Kultur

btb